# HERDEIRAS DE PEDRA E AR

MAR FREITAS

# HERDEIRAS DE PEDRA E AR

1ª edição

Galera
RIO DE JANEIRO
2025

REVISÃO
Rodrigo Dutra
Rachel Agavino

DIAGRAMAÇÃO
Abreu's System

CAPA
Victor Coelho

CIP-BRASIL. CATALOGAÇÃO NA PUBLICAÇÃO
SINDICATO NACIONAL DOS EDITORES DE LIVROS, RJ

F937h Freitas, Mar
Herdeiras de pedra e ar / Mar Freitas. – 1. ed. – Rio de Janeiro: Galera Record, 2025.

ISBN 978-65-5981-697-2

1. Ficção brasileira. I. Título.

25-100364.0 CDD: B869.3
CDU: 82-3(81)

Carla Rosa Martins Gonçalves – Bibliotecária – CRB-7/4782



Texto revisado segundo o Acordo Ortográfico da Língua Portuguesa de 1990.

Direitos exclusivos de publicação em língua portuguesa somente para o Brasil adquiridos pela
EDITORA GALERA RECORD LTDA.
Rua Argentina, 120 – Rio de Janeiro, RJ – 20921-380 – Tel.: (21) 2585-2000,
que se reserva a propriedade literária desta tradução.

Impresso no Brasil

ISBN 978-65-5981-697-2

Seja um leitor preferencial Record e
assine nossa newsletter.
Cadastre-se no site record.com.br

Atendimento e venda direta ao leitor:
sac@record.com.br

EDITORA AFILIADA

*Para Thaís,*
*Meu amor por você ultrapassa a barreira dos mundos.*

# NOTA DA AUTORA

Este livro surgiu de uma brincadeira, quando falei para as minhas leitoras: imagina se eu fizesse um *Pousando no amor* sáfico inspirado no universo de Avatar: a lenda de Aang… Eu imaginei, gostei do que vi e criei este livro.

No começo, não era para ser nada tão sério. Mas a ideia cresceu, se expandiu e se tornou aquilo que eu sempre quis escrever: um livro de fantasia épica sobre amores que são capazes de mudar o mundo inteiro.

Aquela ideia engraçadinha virou um universo complexo, com guerras, conflitos, deuses e magia. Uma história que tem cenas de tortura, assassinato (inclusive, menção a infanticídio), sexo, e que vai falar sobre abandono, fome, miséria, desigualdade, exploração do trabalho, entre outros temas. Por isso, recomendo a leitura para maiores de 18 anos.

Por se tratar de um mundo completamente novo, há um glossário no fim do livro, para que você possa consultar quando tiver dúvidas ou curiosidade sobre algum termo.

Criar esta história foi um dos processos mais marcantes da minha vida. Espero que ela possa te marcar também.

Com amor,
Mar

Querido irmão,

Você ainda ouve os gritos? Eu ouço. A cada segundo, mesmo após todos esses séculos.

A memória é o vento, são as areias do deserto. É cada sorriso que criamos, cada amor que moldamos, cada esperança que alimentamos. É tudo o que deixamos para morrer.

Ainda sinto o mundo tremer como no dia em que Wata acordou os vulcões.

Onde você estava naquele dia? Vendo o chão se abrir e engolir cidades inteiras? Assistindo à terra cuspir lava e fumaça preta sobre o deserto e as montanhas? Vigiando as ondas que engoliram toda a Ilha de Osin?

Nós comemoramos quando o norte congelado que era Eurai ficou ainda mais gelado? Ou lamentamos quando o deserto muito quente de Asai ficou ainda mais quente?

Não me lembro mais.

A memória é traiçoeira, uma serpente que quer ser dragão.

Onde eu estava quando o rio Hanyang secou? Quando planta nenhuma cresceu? Quando nada mais nascia, e tudo morria?

Você estava do meu lado ou lutando em algum lugar? Tentou salvar nosso povo ou apenas se ajoelhou e lamentou como eu fiz?

Não me lembro.

Mas os gritos... Esses, sim, continuam aqui.

Nunca esqueço, Vaelith. Não *consigo* esquecer.

Foram os gritos que me fizeram ajoelhar mais uma vez aos pés de Tacruk, para ouvi-lo repetir o de sempre em sua voz grave que balançava o mundo.

"Minha resposta para você é a mesma que dei a Wata", ele disse na própria língua, estalada e grave. "Nunca criarei essas pedras."

Implorei de novo, argumentei que queria apenas uma pedra. Apenas a minha. Que oferecia todo o restante de meu poder para isso. Mas a Montanha nunca cede. Ele temia que Wata roubasse o poder para si e, com ele, dominasse o mundo.

"Então coloque regras", eu disse tolamente.

O que poderia ser tão desesperador a ponto de eu estar disposta a perder todo o meu poder? Por que eu faria algo assim?

Por causa dos gritos, Vaelith, eles nunca paravam.

Wata seguiria varrendo o mundo até afundar a todos nós. Primeiro Otau, depois Asai, depois Osin. E agora ela está em Amaya, transformando tudo em lama e desespero. Eu não aguentava mais ver nosso povo sofrer. Mil anos, Vae. Mil anos de guerra para eles terminarem entulhados no porão daqueles navios, ou no fundo do oceano. Para chegarem, cheios de esperança, a uma terra nova só para Wata tomá-la mais uma vez.

Não era justo.

Então contei a ele sobre a visão. Aquela... Eu te contei?

De que minha pedra salvaria uma garota, e que essa garota destruiria Wata.

"Você quer arriscar tudo por uma profecia?", ele me perguntou, sem entender que não era por uma profecia, era por uma *esperança*.

Se tudo desse errado, as pedras seriam o fim de todos os deuses. E nós já vivemos tempo demais. Talvez seja a hora de deixarmos esse mundo para os mortais que criamos.

Ele me olhou com aqueles olhos de pedra e balançou a cabeça.

"Tem certeza?"

Não me esperou responder.

Ele me apunhalou bem no meio do peito, fincando sua espada fundo enquanto meu sangue escorria pela lâmina e era absorvido por ela. Fraquejei, claro que sim. Senti a vida indo embora conforme o sangue escapulia de dentro de mim. Era tão lindo. Vi a pedra vermelha nascendo das mãos de Tacruk.

Um rubi feito de Éter.

O deus da Montanha forjou um colar bonito, feito de um ouro escurecido, e o colocou em volta do meu pescoço.

"Sem esse colar, você não terá força para manter um corpo", ele disse. "Se tornará um espírito vagando pelo mundo, sem forma, sem memória e sem poder. Não o perca."

Anos depois, o próprio Tacruk o roubou de mim.

Não confie nele, não confie em ninguém.

Guarde essa memória como um relicário, pois eu não posso guardá-la mais.

E, no momento certo, faça o rubi chegar até *ela*.

Te amo por cada areia do meu deserto, e cada estrela do seu céu.

Da sua irmã,
Vaelay

# Parte 1

# Minéria

*O pior inimigo de um pai é um filho abandonado.*

Ditado popular mineriano

## CAPÍTULO 1

# Rubi

A última coisa de que Rubi se lembrava era da garota linda com quem flertara no Takahashi Hotel. Seus cabelos pretos e muito lisos, o paletó de linho meio aberto, mostrando parte dos seios, a postura de cafajeste. Elas flertaram, beberam juntas e depois… O quê? O depois sumia, perdido em algum lugar entre um drink e outro. Rubi passou as mãos pelo próprio corpo, ainda usando o vestido azul da noite anterior.

Ela tatcou o colchão duro e esburacado até seus dedos encontrarem a borda da cama.

Rubi Takahashi conhecia todos os tecidos finos de Körin. Ela poderia nomear cada seda asaiana, cada linho raro, só de sentir a textura entre os dedos. Era capaz de conhecer o luxo em qualquer lugar, até mesmo naquela escuridão toda.

Aqueles trapos em que estava deitada eram repugnantes, feitos de uma lã tão áspera que irritava a pele. E o cheiro? Um fedor de ferro, poeira e graxa velha.

Torceu o nariz. Espirrou.

*Onde estou?*

Uma fresta de luz murcha e amarela escapava sob a porta, tímida, sem promessas. Rubi apurou os ouvidos para captar qualquer barulho que viesse lá de fora, mas só ouvia um ranger de aço, um sopro de engrenagem, como um bicho dormindo sob a terra.

Devagar, ela se levantou e caminhou até a porta. O toque gelado do metal deu um choque na ponta de seus dedos. Encontrou uma maçaneta, ainda mais fria, que não abriu ao ser girada.

— Ei. — Rubi bateu com os punhos. O som morreu no metal. — Ei. — Chutou a porta. — Abre essa merda!

Pensou no vento. O vento sempre a obedecia. Poderia arrancar a porta do lugar. Mas… como mesmo? Sentiu o ar parado, pesado. Não lembrava.

— *A garota acordou!* — gritou alguém ao longe.

Passos, firmes e rápidos, depois um clique, um ranger, e o clarão fez seus olhos doerem. Dois vultos se enfiaram no quarto — um garoto alto, outro robusto como pedra.

Eles a seguraram e ela se debateu. Não tinha força para escapar deles. Ainda assim, poderia incomodá-los.

Uma cicatriz enorme na lateral do pescoço de um dos garotos dava um medo do caralho. Gente bacana não tinha cicatriz assim. Gente bacana pagava curandeira de Minéria para limpar até espinha de adolescência. E curandeiras eram caras em Körin.

*Será que são soldados minerianos?*

Faltava só um empurrãozinho para as duas nações entrarem em guerra. E, ainda que um conflito desses fosse ótimo para as Indústrias Takahashi, Rubi tinha calafrios com a ideia de ver os Herdeiros da Terra de Minéria transformando Körin numa grande floresta.

Ela *odiava* mato.

Tentou se soltar de novo, sentindo cada músculo dos braços doer, mas os garotos nem piscavam, seus olhos fixos na luz no final do corredor.

— Me solta, caramba! — Rubi chutou e acertou só o vento. Caiu de joelhos no piso metálico.

Eles não se deram ao trabalho de erguê-la, apenas a arrastaram, como uma *coisa*, pelo corredor estreitado por paredes de chapas escuras. O ar viciado de graxa e óleo e o ranger constante de engrenagens lembrava um trem, só que mais abafado. Cansada, deixou o corpo pesar, o pescoço amolecido caído de um jeito desconfortável que a fazia olhar para as paredes.

Foi quando ela viu, pela abertura na fuselagem, o nada do lado de fora.

Um dirigível… Estava na merda de um dirigível.

Xingou baixinho. Para uma Herdeira do Ar feito ela, estar entre as nuvens não deveria ser tão aterrorizante. Mas era.

E aquele não era qualquer dirigível: sentia a oscilação, a altitude, o cheiro fétido de óleo barato. Era um Takai, um veículo aéreo de elevadas altitudes. Antigo, pelo desgaste do metal, mas um dos grandes.

Rubi conhecia todos os modelos de dirigíveis das Indústrias Takahashi. Também conhecia os aviões de guerra, os tanques, os carros. Cada arma e cada soldado mecânico que a empresa de sua família produzia esperando pela guerra inevitável, que nunca chegava.

Tentou se erguer para estudar melhor, mas o garoto da cicatriz forçou seu braço para baixo.

— Calma, princesa — ele tinha uma voz grossa para alguém tão jovem.

— Cala a boca. — Rubi sentiu uma pontada de raiva. *Pirralho*!

Chegaram ao fim do corredor, a porta de aço foi destrancada com um estalo. Do outro lado, a sala era o lugar mais bagunçado que Rubi já tinha visto. Havia mapas pregados com tachinhas na parede, gavetas reviradas, um relógio (ou algo que *parecia* um relógio) preso de cabeça para baixo.

Ao fundo, recostada numa cadeira, a mulher do hotel. Rubi a reconheceu pelo paletó meio aberto. Embora estivesse naquele ambiente sujo e precário, ela ainda parecia luxuosa. Ainda lembrava as pinturas de Vaelay, a deusa da Chama.

O tipo de mulher que destrói vidas… Mas Rubi nunca imaginou que seria literalmente.

Tinha caído no golpe mais antigo de Etéria.

— Perdão pelos métodos. — A voz da sequestradora era aveludada, gostosa de ouvir. Ela fez um gesto para os rapazes soltarem Rubi, e eles praticamente a jogaram no chão. — Cuidado, moleque!

— Desculpa, chefa — o garoto da cicatriz murmurou.

A mulher descruzou as pernas e se levantou, indo até eles.

— Você não pode ferir a herdeira Takahashi — ela disse, e Rubi notou os olhos negros e amendoados do povo de Asai, a pele escura de quem veio do deserto, centenas de anos atrás, procurando um lugar para viver após o cataclisma. — Eu sou a May Song. Líder rebelde.

— Líder rebelde… — Rubi debochou. Odiava heróis. — Vocês são um bando de gente à toa, isso sim. É falta de emprego? Tenho certeza que deve ter alguma vaga nas minhas fábricas.

May se aproximou, e Rubi sentiu seu perfume suave de flores cítricas. O mesmo cheiro da noite no hotel.

— Senta, vamos conversar.

— Não converso com criminosos.

— Você *só* conversa com criminosos, princesa. — May voltou para sua cadeira, a mesma pose de cafajeste. — Sua família mata pessoas todos os dias naquelas fábricas. Crianças…

— Ai, pelo amor de Zora. — Rubi colocou as mãos na cintura. — Estou pouco me lascando pra isso. Vá choramingar para o Imperador, não para mim.

Um lampejo de irritação passou pelos olhos escuros de May.

— Você é mesmo uma Takahashi — falou com desdém. — O que esperar da merda de uma Herdeira do Ar?

Ali estava, a mágoa mais antiga de Etéria. May Song era descendente dos asaianos, dava para ver nos olhos alongados como os de Rubi, mais arredondados e inclinados para baixo. E os asaianos *odiavam* a Ilha de Osin desde muito antes da invasão, odiavam seus avanços e sua superioridade.

Rubi não gostava muito de história, embora a conhecesse. Preferia mergulhar na engenharia muito superior que eles, osinianos, vinham desenvolvendo há milhares de anos. Ela tinha orgulho de ser uma Herdeira do Ar, tinha orgulho por sua família ter sobrevivido e cruzado os mares revoltosos depois que Osin afundou.

Ela era uma Takahashi, porra, não ia abaixar a cabeça para uma asaiana amargurada.

Rubi estava prestes a soltar outra provocação, quando o dirigível inteiro balançou de forma violenta. Mapas e papéis voaram, e a porta atrás deles se abriu com um estrondo. O barulho de vento e trovões encheu a sala, e o garoto da cicatriz correu para checar o painel de controle.

— A tempestade está piorando. — Ele lançou um olhar ansioso para May.

O alerta ecoou e, no peito de Rubi, algo vibrou.

Se havia tempestade, havia vento.

Se havia vento, havia chance.

Os olhos vasculharam a sala. Ali, na lateral, viu o caminho ao convés. Era agora.

Rubi tomou fôlego e saiu correndo, empurrando o garoto, que tentou segurá-la. Ele quase caiu sobre a mesa, derrubando mapas e copos.

May gritou, mas Rubi já tinha saído disparada pelo corredor estreito, sentindo o metal do piso tremer sob seus passos. O vento frio entrava em rajadas, machucando seu rosto. A cada solavanco, ela lutava para não cair.

Chegou ao convés aberto, onde um relâmpago iluminou as nuvens escuras de uma tempestade furiosa. O vento era tão forte que mal dava para se manter de pé. *Isso vai dar muito errado*. Mas ficar ali como refém era pior.

Atrás dela, vinham passos pesados. *Muitos* passos. Alguém gritava seu nome. Mãos tentavam agarrar seu corpo.

Ela pôs o pé sobre a grade lateral, fechou os olhos, orou pela proteção de Zora e pulou sem hesitar.

O ar cortava seu rosto e a chuva despencou tão forte que doía. O vento gritou, e ela gritou junto. Sentiu a queda, o desespero do vazio. No meio das gotas pesadas de chuva, algo dentro dela despertou e uma corrente de ar envolveu seu corpo, comprimindo-a numa espécie de casulo.

Um relâmpago riscou o céu, e um cheiro estranho de ferro inundou seu nariz. Rubi abriu os olhos o suficiente para ver as nuvens girando. A tempestade não perdoou. Rajadas violentas a jogaram de um lado para o outro e uma dor aguda atravessou seu peito. Ela choramingou baixinho, lutando para manter aquele casulo de ar, porém a dor era tão forte que quase a fez desmaiar.

*Eu vou morrer*.

Rubi atingiu o chão com um baque rouco, rolou sobre terra molhada e pedregulhos, engasgou com a água da chuva e tossiu, engolindo barro e sangue. A tempestade a chicoteava, e o peito ardia como se houvesse algo errado, muito errado, vindo de dentro para fora.

Ela se encolheu ali, sem conseguir se mexer, levantar e correr. O cheiro de terra úmida e ferrugem se misturava ao gosto amargo de sangue na boca. Quando ergueu os olhos, viu uma paisagem de rochas vermelhas e cascalho, tudo açoitado pela tormenta. Cada golfada de ar doía, c a visão escurecia nas bordas.

*Ai, que merda!*

Ela não conseguia mais manter o foco, estava apagando. A consciência indo embora devagar, feito uma mãe doente.

Rubi Takahashi não conhecia o chão duro sob seus dedos, não gostava do cheiro daquela terra molhada. Era diferente demais, mineral demais.

Ela queria voltar para casa.

## CAPÍTULO 2

# Céu

A capitã Céu Steinbachi dividiu sua madrugada inteira entre desobstruir estradas e limpar as ruas. A vila ainda estava caótica por causa da tempestade, mas ela precisava checar os pontos da fronteira agora que tinha amanhecido, *aquele* era o seu trabalho.

— Capitã. — Alexander passava por ela com dois galhos enormes, um sobre cada ombro. O rapaz parecia um armário, alto, de ombros largos e braços grossos, mas ainda era menor que o irmão.

— Vou patrulhar a fronteira — ela falou. — Avise Álvaro e Linn, por favor.

— Sim, senhora — ele respondeu sem parar o que estava fazendo, descendo a rua para depositar os galhos no terreno de onde um caminhão do exército os tiraria depois.

A capitã seguiu na direção contrária, para o sul, rumo à barreira mágica que separava o Reino de Minéria do Império de Körin. Que *protegia* Minéria de Körin, ela se corrigiu. Pelo menos aquela era a propaganda.

Sem a Barreira de Naki, o reino estaria aberto para invasões do exército körinense e para o contrabando de pedras e metais preciosos. Não que ele já não acontecesse. Körin sempre dava um jeito de continuar roubando as riquezas de Minéria.

— *Capitã* — Linn a chamou pelo comunicador, a voz grave denunciando que havia algo errado. — *Patrulheiros da Vila da Divisa viram um kairú ontem, antes da tempestade, vindo para oeste.*

— Um kairú? — Céu parou de andar, engasgando com a própria saliva. — Na fronteira?

— *Foi o que eles disseram.*

Céu levou a mão até o braço, onde ficava sua tatuagem. Kairús eram os guardiões das montanhas de Amaya, símbolo de Tacruk. Eles não eram vistos há anos, desde o massacre.

A capitã engoliu em seco e continuou andando.

— Vou mandar o Álvaro para o mirante depois que limparmos a vila. Um kairú na fronteira não é bom sinal.

— *Só... toma cuidado na mata, Céu* — Linn disse, não como sargento, mas como amiga.

— Eles nunca aparecem de dia, fica tranquila.

— *Nunca se sabe. A tempestade de ontem não foi normal, os tempos estão esquisitos.*

Céu avistou de longe o primeiro posto. A torre se estendia muitos metros acima das árvores, como um farol, absorvendo a magia que escapava da barreira mágica. Ela respirou fundo ao ver que a construção ainda estava de pé.

Então um gemido de dor a fez parar de andar. Céu sabia que não era um bicho. Ela seguiu o som, seus pés estalando galhos caídos, a respiração difícil na umidade quente da mata.

Uma pequena clareira redonda tinha se formado em volta do corpo caído no chão. Céu se aproximou lentamente, evitando pisar em algo que pudesse fazer barulho.

Era uma mulher.

Os cabelos loiros, naquele tom quase branco, do povo de Osin. O vestido azul rasgado revelava arranhões na pele clara e deixava as pernas expostas. Ela era pequena e parecia frágil, mas levantou num pulo quando viu Céu.

— Quem é você? — perguntou numa voz doce, ainda que o tom fosse arisco.

— Eu pergunto a mesma coisa. — A capitã cruzou os braços, analisando os ferimentos da garota, o sangue escorrendo pela testa e pelos braços. Ela parecia ter *caído* ali. Mas caído de onde? — Quem é você e de onde você veio?

— Não vou responder nada pra uma soldada mineriana.

— Deveria. Sou a encarregada de...

— Não me interessa. — A petulante bateu o pé na lama quase seca. A capitã analisou melhor as roupas, parecia um tecido caro e aquele tom de azul… A garota era körinense, tinha que ser. — O que me interessa é o que *você* está fazendo…

— É *capitã* Steinbachi. *Senhora* para você.

Ela bufou com desdém.

— Você não faz ideia de com quem está falando.

— Você está em *Minéria*. Seu status em Körin não interessa. — Céu fez uma pausa e a encarou de um jeito duro, dando um passo para a frente. — Então vou perguntar de novo, quem é você e o que está fazendo aqui?

A körinense baixou os olhos até o coldre da capitã, e deu um passo para trás ao notar sua arma.

*Ótimo!* Céu descruzou os braços, deixando à mostra parte do uniforme mineriano, uma jaqueta de corte austero em tecido negro, abotoada na diagonal com botões metálicos, com detalhes discretos em vermelho e um punho em verde-oliva próximo às mangas. A calça, também preta, estava enfiada em botas de couro que subiam quase até o joelho.

Céu deu mais um passo para a frente, ciente de que a estranha encarava as insígnias no ombro esquerdo — dois pequenos traços dourados marcando o posto de capitã. A curiosidade estampada no rosto da garota logo se transformou em algo feroz. Antes que Céu reagisse, uma rajada de vento estourou contra seu tronco, arremessando-a de costas num impulso brusco. Ela se estatelou no chão úmido, o ar escapando dos pulmões.

— Mas o quê…? — Tossiu enquanto tentava recobrar o fôlego. Com um gemido, se forçou a levantar, sentindo as costelas protestarem.

A jovem loira ofegava, as mãos erguidas. Céu percebeu que não estava diante de uma ameaça comum.

Era a porcaria de uma Herdeira do Ar.

Céu recuou e sua coxa latejou, a mão deslizando para o coldre, mas hesitando em sacar a arma. A garota piscava várias vezes, a respiração irregular, parecendo estar sentindo dor. Ainda assim, era perigosa.

— Não… — Céu mal terminou de falar e outra rajada avançou, sacudindo as folhas caídas e arrancando um pedaço do tronco de uma árvore próxima. A capitã se jogou para o lado, rolando no chão enlameado. *Isso não é normal.* As correntes de ar giravam sem controle.

Ela levou a mão ao comunicador preso na aba do bolso lateral do uniforme.

— Ajuda na fronteira sul! — A voz saiu rouca, cautelosa. — Perto do Posto Três.

— *Certo, capitã* — Linn respondeu.

Um rugido de vento soou mais forte ainda e o tronco rachado de uma árvore balançou violentamente. Céu não podia permitir que aquela garota destruísse todo o posto de energia.

A estranha deu meia-volta, correndo em disparada por entre as árvores. Céu xingou baixinho, se levantou e partiu atrás dela, o coração martelando contra o peito.

Os galhos estalavam sob suas botas e a mata se abria num caminho quase natural em direção aos postos de coleta, a sombra da torre número três já estava sobre ela e Céu estremeceu ao imaginar o que aconteceria se aquela manipulação de ar atingisse as estruturas.

Ouviu os passos pesados e velozes de seus soldados. Linn na frente, como sempre, e os gêmeos atrás feito duas montanhas.

— Capitã! — Linn gritou.

— Precisamos contê-la! — Céu apontou para a garota que parecia querer se esconder atrás da torre.

*Isso não é bom.*

A garota virou o rosto e ergueu as mãos de novo, uma série de correntes de ar varreu o local. O vórtice de vento ricocheteou na base do posto de energia, arrancando placas metálicas e estilhaçando a alavanca principal que ancorava a torre. A estrutura estremeceu. As hélices no topo, projetadas para captar e armazenar magia, começaram a girar em falso, rangendo de modo sinistro.

Céu prendeu a respiração quando um clarão verde se espalhou pelas engrenagens da torre. Pedaços de metal voaram, lançando faíscas e quase atingindo Linn, que se jogou no chão.

— Droga! — Alexander protegeu a cabeça com o braço.

Um estampido ecoou e parte dos painéis despencou, espalhando uma poeira esverdeada pelo ar.

A capitã pôde antever as severas punições militares que recairiam sobre todos se aquele posto fosse considerado destruído por negligência. Mas não havia tempo para lamentar: a garota tinha voltado a correr, tropeçando em galhos e musgos, rumo à fronteira. Se tentasse atravessar... Céu gelou só de pensar. A magia de Naki a transformaria em pó.

*Que os deuses nos protejam.*

— Estabilizem o que puderem da torre, eu pego a garota.

Em poucos instantes, Céu já emergia da vegetação mais pesada, no calor abafado do pós-tempestade. A barreira de Naki estava à vista, um muro translúcido que cintilava entre as árvores e subia até sumir no céu azulado. Era a mais pura magia da deusa da Terra, impenetrável.

E a magia de Naki, Céu sabia muito bem, não perdoava *ninguém*.

— Ei, para! — ela gritou, mas a körinense já tinha visto uma brecha entre pedras, e corria rumo à luz, alheia ao risco. *Essa garota é burra ou o quê?*

Céu se lançou para a frente. Cada músculo doía; a queda, as rajadas de vento, tudo tinha feito seu corpo protestar. Sentiu a umidade do solo, o cheiro de terra pesada, o gosto de suor e sangue. Precisava chegar antes.

Quando a garota ergueu o braço para passar, Céu se jogou em cima dela, apertando seu punho. Houve um clarão esverdeado e o sibilo da barreira mágica, como uma serpente enfurecida.

— Me solta! — a körinense urrou quando as duas foram jogadas no chão.

A capitã estava decidida a não deixá-la morrer ali e segurava seus braços com firmeza no chão, para evitar que acionasse ao menos uma brisinha.

— Essa barreira… te mataria. — Céu arfava, o coração latejando na têmpora. — Você não sabe o que está fazendo!

A garota hesitou, os olhos perdidos, desacreditados. Um filete de sangue escorria pelo canto de sua boca, misturando-se às gotas que ainda pingavam das folhas mais altas das árvores.

Não era hora de pensar nisso, mas Céu não conseguia controlar o aperto no peito. Aquela era a mulher mais bonita que já tinha visto. Seus olhos pretos e monólidos eram suavemente erguidos nas extremidades. A boca parecia desenhada, o lábio superior um pouco menor do que o inferior. A pele muito lisa, sem marca nenhuma, o rosto oval, levemente alongado, o nariz reto e arrebitado. Linda *demais*.

E körinense.

Uma Herdeira do Ar.

Descendente da Ilha de Osin.

Uma inimiga, certamente uma espiã.

Um *risco*.

Quando tentou puxá-la para cima, a garota amoleceu, quase desmaiando. Céu a segurou contra o peito, sentindo o corpo frágil tremer.

— Você… você não sabe de nada… — a jovem sussurrou, a voz falhando.

— Pelo jeito, você também não. — Céu respirava com dificuldade. Lançou um olhar em direção à torre, que ainda lançava faíscas de energia esverdeada. Álvaro vinha na direção delas, os olhos arregalados. — Klein, me ajude a segurá-la.

A capitã Steinbachi estudou mais uma vez o rosto da garota, procurando algum sinal de que fosse uma espiã körinense. Mas ela nem mesmo olhava nos olhos de Céu agora, apenas tremia.

— O que vamos fazer com ela? — Álvaro ajeitou o fuzil nas costas antes de se aproximar.

Céu limpou o suor e a água que insistiam em escorrer da testa. A lateral de seu corpo doía. Não podia chamar seus superiores ali. Precisava mentir.

Ela tinha dado graças aos deuses por ter sido enviada para aquele fim de mundo, onde não chamaria a atenção de ninguém. Uma investigação seria o fim de seu segredo.

— Vamos levá-la para a Vila.

## CAPÍTULO 3

# Rubi

O sol da manhã iluminava os contornos acidentados de Minéria, revelando uma paisagem que, aos olhos de Rubi Takahashi, parecia rudimentar e hostil.

Os soldados minerianos a conduziram silenciosamente por trilhas de terra e pedras escorregadias até avistarem uma vilazinha sem graça, que não passava de meia dúzia de casinhas brancas espalhadas aos pés de uma montanha de pedra. As ruas — se é que dava para chamar aqueles becos de ruas — estavam cheias de lama, poeira e vestígios da tempestade, os telhados das casas pequenas haviam sido arrancados, e o cheiro de terra pairava no ar.

Que pesadelo!

Eles contornaram a vila pelos morros, numa descida que os aproximava cada vez mais das casas, ainda que escondidos, certamente para não chamar a atenção dos moradores.

E se Rubi gritasse? Seu corpo chegou a inclinar para correr, mas ela deu por si quando notou uma pintura enorme, maior que a copa das árvores, no que parecia ser o centro da vila. Nela, o rosto severo de uma mulher, a pele do povo nativo de Amaya, os cabelos muito escuros e longos. Ao apertar os olhos, Rubi conseguiu ler:

*Rainha Eterna, a Mãe do Povo.*

Havia algo de irônico naquilo: uma mãe que deixava seus filhos vivendo numa pobreza gritante. Minéria estava arruinada. Aquele era o momento ideal para Körin invadir e tomar aquelas terras de vez.

A capitã Steinbachi seguia à frente, sem abrir a boca para dar explicações. Apenas indicava com um gesto aqui e ali quando deviam virar à esquerda ou desviar de algumas raízes. Ela mantinha a postura ereta, o uniforme escuro exibindo os botões metálicos agora opacos por respingos de barro. Os cabelos pretos curtinhos, raspados nas bases, mostravam sua nuca, onde Rubi via o final de uma tatuagem que, certamente, começava nas costas. Quis ver o que estava desenhado ali.

As casas foram deixadas para trás.

— Pra onde estão me levando? — Rubi imaginou que seria levada para um matadouro ou prisão. A torre de vigia se erguia no alto do morro onde estavam e ela pensou que seria aquele o último lugar que veria.

Em vez de subirem, eles desceram. Rubi entendeu que tinham chegado quando seus pés escorregaram na lama e ela quase caiu em um quintal amplo. Um dos soldados loiros e branquelos a segurou pelo braço e a guiou até uma varanda.

— Entrem. — A capitã parou diante de uma casa branca. Era exatamente como as outras na vila, com o mesmo telhado marrom.

Não era tão pequena quanto a maioria e, quando Rubi olhou para trás, viu que o quintal realmente terminava na mata densa que se estendia até os pés do morro. Havia uma cerca de madeira nas laterais do lote, mas não nos fundos.

Tudo bem, ninguém invadiria uma casa cheia de soldados, mas… e os bichos?

Ela afastou aquele pensamento e olhou para cima. A casa ficava na mesma linha que a torre de vigia lá em cima e a cerca de madeira se estendia floresta adentro, parecendo mais como uma demarcação de propriedade do que uma proteção contra invasores.

Rubi passou pela varanda e entrou pela porta dos fundos, para a escuridão de um corredor estreito, que levava a alguns cômodos. A capitã a guiou até a primeira porta da direita, que cedeu com um rangido. O cômodo claustrofóbico lembrava um depósito, mas era um escritório com uma mesa de madeira, pilhas de papéis e livros fedorentos. A parca iluminação vinha de um lampião e uma janela que deixava entrar raios difusos.

— Senta aí. — A capitã apontou para uma cadeira azul, e espantou os soldados com um gesto de cabeça.

Rubi cruzou os braços, desejando protestar, mas seu corpo doía tanto que achou melhor obedecer. Ela se sentou, mantendo o queixo erguido, as costas retas mesmo naquele assento desconfortável. Ainda estava enjoada pela queda e pelos machucados, mas não demonstraria fraqueza diante de nenhum mineriano.

A capitã se apoiou na beira da mesa.

— Eu deveria ter te levado direto para o Departamento de Segurança e entregado você aos meus superiores.

— Por que não fez isso? — perguntou Rubi.

— Porque… — A mineriana hesitou, desviando o olhar para os papéis espalhados. — Achei melhor avaliar por mim mesma antes. Quero evitar problemas.

Rubi percebeu algo no ar. Steinbachi era um sobrenome euraiano, mas nenhum que ela conhecia. Óbvio que não, a mulher certamente era descendente do povo comum, se fosse uma Herdeira da Água, Rubi conheceria sua família. Mas aquela pele mais escura e os cabelos pretos entregavam parte da origem amayara.

— Gostou de mim, capitã? — disparou com sua habitual arrogância, forçando um sorriso que lhe doeu o rosto.

A mulher travou as mandíbulas.

— Não acho que seja um bom momento para gracinhas. Você sabe o que Minéria faz com espiões, não sabe?

Rubi se lembrou de boatos sobre as torturas em Minéria, pessoas enterradas vivas, plantas crescendo dentro do corpo, escapando pelos orifícios… gente que saía sem sequer lembrar do próprio nome. Um calafrio percorreu sua pele inteira, lembrou-se da morte do avô, mas manteve a pose altiva.

— Então por que ainda estou aqui, e não lá? — Rubi fez um gesto vago na direção da janela pequena que mostrava o quintal.

— Porque estou te dando a chance de colaborar comigo. — Era uma mentira deslavada. A capitã se inclinou, aproximando o rosto ao de Rubi. — O que veio fazer em Minéria?

Rubi ficou em silêncio. Dava para ver que a mulher apertava o punho fechado contra a coxa, mas a körinense não sabia o que aquilo significava.

— Certo. — A capitã bateu os punhos contra as próprias pernas. — Então você vai acabar respondendo para o Departamento de Segurança.

Ela começou a se afastar, mas Rubi segurou seu braço.

— Eu *caí* aqui.

— Caiu?

— Na verdade, me joguei de um dirigível. — Rubi ainda estava decidindo se contar sobre sua identidade era uma boa ideia. Talvez a capitã, ou algum dos soldados, pudesse ser comprada. Talvez a devolvesse para Körin se soubesse quem ela era.

Ou talvez a matasse ali mesmo.

Todos tinham percebido que era uma Herdeira do Ar, e não havia mais tantos assim. Ou seja, eles *já sabiam* que ela era de uma família importante.

Rubi esboçou um sorriso forçado e dolorido, observando a capitã esperar que ela continuasse. Em sua mente, já traçava rotas de fuga, calculando quantos soldados havia naquela vila, quantas passagens existiam, como desativar a barreira mágica. Se estava viva, era porque ainda tinha alguma chance de escapar. E, se fosse preciso, não hesitaria em enganar aquela mulher ou qualquer um que surgisse no caminho.

Porque Rubi Takahashi não se sujeitaria a ser refém por muito tempo. Não importava a dor no peito ou a ardência nas pernas, ela encontraria uma brecha.

— Fui sequestrada por um bando de rebeldes sem serviço.

— Ah, é? — Steinbachi cruzou os braços.

— Minha família é bem rica, *muito* rica na verdade. — Rubi olhou para a arma no coldre da capitã. Era uma Yezi 40, ou 30 talvez. Não dava para ver o final do cano. Mesmo que não tivesse o grande T das Indústrias Takahashi, aquela *era* uma arma Takahashi.

— E?

— E, não sei, fugi de lá antes de me contarem o que eles queriam. Aproveitei a chuva para pular.

— De um dirigível, no meio daquela tempestade?

— Sou uma Herdeira do Ar. — Ela deu de ombros.

— Seria necessária uma habilidade nível três de dominação do ar para sobreviver a uma queda desse tipo. Poucos Herdeiros chegam a esse nível. — A capitã descruzou o braço e se aproximou de Rubi. O hálito quente, com cheiro de menta, atingiu seu rosto e fez seu coração acelerar. — Quem. É. Você?

Realmente, aquele não era poder para qualquer um. Mas ela não era qualquer um. Era...

— Takahashi. — Jogou o sobrenome no ar e viu, com certo prazer, os olhos da capitã se arregalarem. Foi só um lampejo, mas uma faísca de pavor surgiu ali. — Sou Rubi Takahashi.

— É algum tipo de brincadeira?

— É uma informação bem fácil de checar. Sempre apareço nas colunas sociais e... — Parou quando a outra virou de costas, a ouviu resmungar:

— Mas que merda...

— Pois é, uma merda. Não acho uma boa ideia me mandar para o Departamento de Segurança. Meu tio não vai gostar muito.

Era prazeroso provocá-la, Rubi não conseguia nem conter o sorriso. Aquela capitãzinha de fronteira não sabia com quem estava se metendo.

— Eu não me importo nem um pouco em agradar o general Takahashi. — Steinbachi se sentou em sua cadeira acolchoada. — Pelo contrário, teria um prazer imenso em *de*sagradá-lo. Tenho certeza que meus colegas do exército pensam igual. Mas a maioria deles não seria tão piedosa se colocasse as mãos em você. — Se inclinou para a frente, e Rubi viu ódio puro em seus olhos. Pela primeira vez, sentiu medo, a ponto de os ossos tremerem. — Aqui, senhorita Takahashi, seu sobrenome, sua família e seu dinheiro não valem nada. Não é isso que vai determinar se você é digna de viver ou não. Sou *eu*. E a única coisa que importa agora, para mim e para você também, é se você vai colaborar ou não.

Rubi queria rebater, doía admitir que a capitã tinha razão. Com a guerra tão próxima, talvez a Rainha Eterna de Minéria tivesse mais prazer do que cautela em matá-la. Então, o melhor a fazer era manter a cabeça baixa.

— Vou — respondeu contrariada.

Mas só até descobrir o ponto fraco de Minéria. Só até descobrir o ponto fraco daquela capitã de olhos tão lindos e tão determinados. Afinal, Rubi já havia sentido uma rachadura no olhar dela — e qualquer rachadura, por menor que fosse, podia ser usada a seu favor.

Até a pedra mais dura de Minéria podia ser quebrada.

E Rubi a transformaria em pó se precisasse daquilo para fugir.

## CAPÍTULO 4

# May

— Então foi assim? — May Song perguntou numa voz baixa e tranquila. — Vocês deixaram a herdeira Takahashi simplesmente *saltar* do meu dirigível?

Ela deslizou os dedos pelo mapa da antiga Etéria, pregado entre outros na sua parede. Aquele pedaço de pergaminho amarelado mostrava um mundo muito diferente do atual, era de antes da Guerra do Deserto.

Primeiro, May passou os dedos sobre Amaya, o continente a oeste, cercado por um mar profundo e traiçoeiro. A silhueta de Amaya era quase circular, com uma grande ilha em seu extremo norte. Naki, a deusa da Terra, governava as florestas densas do oeste, enquanto Tacruk, o deus das Pedras e das Montanhas, erguia seus templos nas rochas do leste.

— Ela… ela é uma Herdeira do Ar, né? — Estéfano perguntou.

May respirou fundo, cerrando os punhos com tanta força que as unhas arranharam a palma. Ela se virou para encarar os dois subordinados, ambos cabisbaixos e amedrontados. A culpa parecia cair especialmente sobre Estéfano, que coçava a cicatriz no pescoço e mantinha a cabeça quase enfiada nos ombros.

— Vocês ficaram com medo porque a princesa sopra um ventinho?

Wei pigarreou.

— Ela pegou todos de surpresa, May. A tempestade estava forte, quase não vimos quando ela correu para o convés.

— Quase não viram… — May repetiu, seu tom gotejando sarcasmo. Não gostava de se irritar com os garotos, eles eram jovens demais, assustados demais. Apenas crianças sem família que buscavam algum sentido na vida. Não deveria descontar a frustração neles. Mesmo assim...

Ela inspirou e expirou lentamente, olhando para as espadas sobre a mesa, lutando para não colocar fogo na cabine por puro impulso. Sentia o calor chamando por ela.

— Saiam daqui.

Os dois não esperaram uma segunda ordem. Saíram tropeçando na soleira da porta. May estava tão furiosa que seu maxilar doía. Morta, Rubi Takahashi não lhe servia de nada. Vaelith a queria viva.

Sabrina apareceu em seguida, a cabeleira ruiva caindo pelos ombros, o macacão utilitário manchado de graxa e marcando seu corpo curvilíneo. Ela ainda segurava as luvas de couro na mão esquerda, e May percebeu a preocupação em seus olhos azuis de euraiana.

— Você precisa se acalmar — Sabrina falou, mansa e firme. Sempre autoritária, do jeito que May gostava. — Se continuar jogando essa raiva em todo mundo, vai matar a tripulação de medo.

— Era só manter a porra da Takahashi aqui dentro, custava tanto assim?

— Você também não conseguiu mantê-la aqui. Não dá para culpar os garotos.

Afiada como sempre.

May cruzou os braços, virando o rosto para uma das janelas estreitas do gabinete. Via o céu agora quase limpo, exceto por nuvens baixas. O dirigível se mantinha em um voo mais calmo, ainda que as hélices rangessem de vez em quando.

— Não posso ser paciente. O Vaelith não é paciente — murmurou, com um leve tremor na voz.

Sabrina se aproximou e esticou o braço para tocar seu ombro. A diferença de altura amoleceu o coração de May.

— Nós vamos dar um jeito. Pegamos ela uma vez e podemos pegar de novo. Só... não esquenta essa sua cabeça, porque ela já é quente o bastante. O importante é que ninguém se machucou, apesar do susto.

May cerrou os dentes, evitando olhar para sua melhor piloto.

— É que essa porcaria de acordo... — Fechou os punhos. — Só quero manter esses moleques vivos. Quero que eles voem, lutem e se rebelem por muito tempo.

— E eles vão. Eu já disse, vamos pegar a garota.

— Já sabe onde ela caiu?

Sabrina foi até um dos mapas na parede e apontou para a fronteira oeste de Körin, no Estreito do Imperador.

— Estávamos sobrevoando algum lugar perto de Hökanami, mas o vento estava muito descontrolado, pode ter nos levado para leste ou oeste, não tenho como saber. Eu estava concentrada demais tentando nos manter no ar.

May analisou o mapa.

— Isso é *muito* perto da fronteira.

— É onde você me mandou ir.

— E desde quando você faz o que eu mando?

Sabrina respondeu com uma risada.

— *Às vezes* eu faço.

A líder rebelde analisou o mapa de novo. Minéria era o último lugar onde Rubi Takahashi poderia cair. Os minerianos eram duros como as rochas de Tacruk. Se Rubi caísse nas mãos deles, dificilmente sobreviveria às famosas torturas dos Herdeiros da Terra.

— Vou preparar o avião para uma busca — Sabrina sugeriu. — Posso sobrevoar as áreas próximas. Pode ser que ela tenha sobrevivido…

— É uma região de muitas montanhas e mata fechada.

— Eu *consigo*, May.

E conseguia mesmo. Sabrina parecia ter nascido para voar. Em outra vida certamente teria sido um pássaro.

— Faça isso. Mas peça aos nossos informantes em Minéria para manter os olhos abertos. Se ela caiu no território deles, talvez alguém tenha visto.

Sabrina aquiesceu, apertando de leve o ombro de May. Quando saiu para transmitir as ordens à tripulação, a líder rebelde permaneceu imóvel, encarando a porta fechada. Precisou de um instante para se recompor, pois o calor em seu peito latejava. Um fogo antigo se agitava em suas veias.

Quando ficou sozinha, a cabine escureceu. Uma sombra se moveu num dos cantos, gelada e silenciosa, parando em frente aos mapas.

May se inclinou numa reverência, a mão sobre o coração.

— Vou encontrá-la, eu juro. — Manteve os olhos baixos, como se falasse com um rei. — Confie em mim, não vou falhar de novo.

A sombra se mexeu. Uma pontada de dor no peito a lembrou do pacto que havia feito para proteger sua tripulação.

— Vou encontrá-la… — repetiu, quase num sussurro, apertando os punhos ao lado do corpo.

Um sopro de vento sacudiu os papéis na mesa. A sombra recuou pouco a pouco, escoando-se pela fresta da porta como uma névoa. May ergueu a cabeça, ofegante, o olhar fixo no ponto onde ela sumira.

Assim que a luz voltou, a rebelde afrouxou os ombros, limpando uma fina camada de suor na testa com a manga do terno. O tecido ainda conservava o cheiro cítrico do perfume que usara para seduzir Rubi, mas agora aquele aroma parecia podre.

*Maldita Takahashi.*

Passou a mão nos cabelos pretos e muito lisos, soltando-os um pouco mais. Caminhou em direção à mesa, onde as suas espadas repousavam — lâminas longas e curvas, afiadas a ponto de cortar um homem em dois. Era um presente do Mestre Song, mas fazia tanto tempo que nem lembrava mais. Tinha sido resgatada por ele, doente e muito ferida, trabalhando em uma das fábricas em Stashi. Ela não tinha nome, nem casa, nem história. Era só uma coisa pronta para ser devorada pela ambição dos Takahashi.

Uma coisa pronta para se vingar.

Vestiu um sobretudo por cima do paletó amassado e saiu do gabinete. O barulho de hélices e motores indicava que Sabrina já estava preparando o avião. Ainda havia esperança de recuperar Rubi Takahashi — e, com ela, tudo de que May precisava.

*Não vou falhar*, repetiu para si mesma, descendo a escada de metal que dava para o corredor principal. Precisava provar seu valor para a sua tripulação e, principalmente, para o deus das Sombras. Precisava provar que May Song não desistia, não se curvava. E *nunca* perdia.

CAPÍTULO 5

# Hideo

A garoa fina deixava a manhã fria e cinzenta em Stashi, e o General Hideo Takahashi ajeitou o casaco sobre o uniforme pardo enquanto subia os degraus de pedra polida rumo ao escritório principal das indústrias de sua família.

Aquilo tudo deveria ter sido seu.

Seria em breve.

Lá dentro, a recepção estava vazia. Talvez fosse o efeito da greve que tinha começado um mês antes, quando um grupo de operários havia sido esmagado por uma prensa de metal, ou só uma coincidência. Mas Hideo não acreditava em coincidências, nem em destino. Tudo — o tempo, a história, o poder — obedecia a um fio que ele queria puxar e comandar.

Ao entrar na ampla sala que pertencera a sua avó e agora era ocupada por seu irmão mais novo, Hideo foi recebido por um quadro enorme na parede à esquerda: uma pintura de Zora envolte em nuvens, empunhando um cetro feito de vento. Os cabelos longos e quase brancos se misturavam às pinceladas vibrantes de seu manto, o que quase lhe dava a impressão de movimento.

Hideo parou em frente ao quadro, cruzando as mãos às costas. Muitos acreditavam que os deuses moldaram Etéria, cada um com seu elemento. Zora do Ar, Wata da Água, Naki da Terra, Tacruk da Montanha, Vaelay do Fogo, Vaelith das Sombras e N'oto dos Sonhos.

Um conjunto de seres poderosos, ancestrais e… infalíveis.

Mas a história tinha provado o contrário. A mãe de Rubi, por exemplo, venerava Zora e dizia que ê deuse era bondose. E, no entanto, a vida dela terminou da forma mais cruel possível. Ninguém a protegeu.

Ele tocou o anel no dedo indicador — o rubi vermelho incrustado reluziu no brilho da luminária. Hideo, às vezes, se questionava se não estava mexendo com um poder além de qualquer compreensão. Balançou a cabeça e voltou a encarar a pintura.

Os deuses tinham poderes além da compreensão e, mesmo assim, onde eles estavam agora?

— O Hiro está brincando comigo — murmurou, sozinho. A ausência de criados ali era estranha, e o silêncio do prédio o irritava.

Finalmente, passos apressados surgiram no corredor. Hiro Takahashi irrompeu pela porta, ajeitando o colarinho amarrotado do paletó. Tinha olheiras fundas e o olhar preocupado.

— Perdão, Hideo, essa greve está me dando nos nervos. Os trabalhadores se recusam a operar as máquinas mais antigas até receberem aumento de risco e…

— Não interessa — Hideo interrompeu. — Tenho um assunto muito mais sério do que meia dúzia de operários amotinados.

Hiro parou ao lado dele, franzindo a testa. O olhar se voltou para a pintura de Zora, mas rapidamente se desviou para o rosto do irmão.

— O que houve?

Hideo se virou. Ali, tão próximos, as diferenças entre os dois eram evidentes: ainda que tivessem o mesmo tom de cabelo, um loiro bem claro, Hiro era magro e tinha um ar cansado, ao passo que Hideo se mantinha firme, o corpo robusto coberto pelo uniforme com insígnias douradas.

— Sua filha desapareceu.

O rosto de Hiro empalideceu e seus lábios tremeram. Hideo precisou conter um sorriso. Ver o desespero de Hiro era muito divertido. Se soubesse que seria tão prazeroso tinha mandado, ele mesmo, alguém sequestrar Rubi.

— Desapareceu como? — Hiro gaguejou, recuando até quase esbarrar num enorme retrato de Riku Takahashi, que carregava um pouco da aparência dos dois filhos. — Onde? Quando?

— Você conhece a Rubi, ela é impulsiva. Pode ter saído por aí atrás de alguma mulher… ou homem, dependendo do humor da noite. — Hideo encolheu os ombros, como se não fosse nada. Na verdade, já tinha recebido informações desencontradas: sequestro, fuga à noite com uma mulher misteriosa, assassinato por vingança. Ele colocou a mão no ombro do irmão mais novo. — Não se preocupe, você sabe que ninguém toca na nossa família sem pagar por isso.

— Precisamos avisar o Imperador! — Hiro passou a mão pelos cabelos desalinhados, os olhos marejados. Era patético. — Vou falar com o Conselho.

O general cerrou os dentes, mas manteve o tom de voz baixo e quase amistoso:

— Não faça isso. — Ele olhou de lado, fingindo preocupação. — Se o Imperador ficar sabendo que a única herdeira Takahashi está sumida, vai ser um escândalo. Você sabe que aquelas serpentes do Conselho só esperam a primeira oportunidade para tomar nossas fábricas. Na primeira fraqueza, eles já estariam prontos para o bote. Não precisamos de mais problemas além da greve.

— E se ela estiver em perigo? Rubi pode estar ferida!

Hideo apertou os ombros do irmão.

— Confie em mim. Quando falhei com nossa família?

Hiro pareceu vacilar. Apertou os lábios, mas cedeu.

— Então... então faça o que precisar — falou baixo, quase vencido. — Só... me mantenha informado. E nada de violência desnecessária, entendeu? Tenho planos de expandir a fábrica, para não prejudicar...

— Não se preocupe com detalhes — Hideo interrompeu, mantendo a mão no ombro de Hiro por alguns segundos a mais, num gesto que seria reconfortante para quem não o conhecesse. — Vá cuidar da sua greve. Eu cuidarei de Rubi.

O irmão baixou a cabeça, murmurando um agradecimento antes de sair quase correndo do escritório. Restou um silêncio tenso, que o general saboreou com um meio sorriso.

Ele deixou a sala também, o uniforme pardo roçando nas paredes estreitas do corredor. No andar inferior, um homem de expressão dura e cicatrizes no rosto já o aguardava — um dos muitos capangas que o general mantinha sob seu comando particular. Rudolf se curvou levemente, sem dizer uma palavra sequer.

— Investigue o que aconteceu com Rubi — Hideo ordenou. — Vasculhe qualquer pista em Körin e também Minéria. Descubra se está viva, se alguém a mantém em cativeiro... Se for necessário, ofereça ouro. Se não for suficiente, ofereça chumbo.

O capanga assentiu, já se preparando para partir. Hideo lançou mais um olhar em direção ao escritório do irmão, onde o retrato de seu pai encarava o quadro de Zora na parede do outro lado. Zora estava ocupade demais dando para o deus da Montanha para se preocupar em salvar Rubi ou qualquer outro sobrevivente de Osin.

E também não salvaria Hiro do destino que Hideo estava prestes a comandar com a ponta de seus dedos.

Com passos firmes, o general deixou as Indústrias Takahashi, o rubi do anel faiscando como sangue ao sol. O desaparecimento da sobrinha não era um problema, era uma *oportunidade*. E ele não deixaria essa chance escapar.

CAPÍTULO 6

# Céu

A estrada de chão esburacada que dava acesso ao Caminho do Rei fez o veículo sacolejar até Céu achar que seus ossos sairiam do lugar. E não melhorava muito ao chegar na estrada principal que levava até o Forte da Pedra.

A cidade, aos pés da Espinha do Lagarto, uma cadeia de montanhas altas que se estendiam até a fronteira com os Estados Livres, era maior do que a Vila do Mirante, e cercada por uma fortaleza de pedra, dos tempos da Invasão à Amaya.

Céu subiu até o Forte, um prédio escondido atrás da muralha, e encontrou seu superior com aquela cara de poucos amigos. O rosto marrom-claro do Major Ronaldo estava vermelho escuro, parecia que ele mesmo tinha acabado de ver um kairú.

Como a capitã previra, aquele era o assunto da reunião urgente. Um Tenente-Coronel vindo de Figueira Doce fez uma apresentação entediante sobre as criaturas guardiãs de Tacruk e seus perigos — esmagar um humano de qualquer porte com as patas, partir um homem pela metade com uma única garra, abrir um buraco no chão, causar terremotos, arrancar cabeças em uma abocanhada…

Céu já conhecia todos aqueles e muitos outros.

Mas a pergunta que importava para ela ainda continuava no ar: o que estava acontecendo para os kairús descerem das montanhas? Quem ou o que eles queriam guardar e proteger? Se Tacruk continuava em sua cidade escondida entre as nuvens, se os Herdeiros da Montanha estavam mortos…

Seria Körin? Céu não duvidava nada que o Imperador já estivesse reunindo um exército para invadir Minéria.

A tatuagem em seu braço queimou, e ela se forçou a prestar atenção no Tenente-Coronel.

— Há poucos jeitos eficazes de matar um guardião da montanha — ele continuou e Céu precisou apertar os dedos contra as palmas para não se levantar e deixar aqueles homens para trás. Kairús eram sagrados, ninguém deveria nem *cogitar* matar um deles. Mas ali estavam os patéticos soldados de Minéria discutindo maneiras de fazer isso. — Balas e lâminas comuns são repelidas pelo escudo mágico mantido pelas manchas amareladas. Se um kairú estiver brilhando, você já está morto. Se não, apenas magia de Éter pode atingi-los.

— Ou seja, melhor correr — um dos capitães falou e os outros concordaram com risadinhas.

Somente os membros do alto escalão do exército, como coronéis e generais, eram Herdeiros da Terra, as patentes menores eram formadas totalmente por pessoas comuns. E pessoas comuns não podiam ferir guardiões.

— E a lâmina de Tacruk? — alguém muito corajoso perguntou e Céu se encolheu em seu assento. — Existem armas de metal especial, não? Tem um esqueleto de Yba-tu na floresta perto da minha vila. Ela foi morta por um comum usando uma espada...

— São lendas. E, mesmo que não fossem, a magia da Montanha é proibida em Minéria.

— Mas a lâmina...

— Só Éter pode destruir Éter — o Tenente-Coronel cortou. — É por isso que trouxemos um esquadrão de Herdeiros da Terra para a região, eles vão ficar aqui no Forte, a postos para qualquer ocorrência. Não andem na mata à noite, pois kairús são criaturas noturnas. Mas... — Deixou aquela palavra no ar por tempo o bastante para causar calafrios. — Se virem um kairú, informem imediatamente aos superiores.

*Se sobreviverem*, era o que parecia ter ficado sem ser dito.

Céu tinha visto um kairú uma única vez, naquela noite em que fugiram da vila, mas nunca o esqueceu. Os pelos do guardião eram de um marrom profundo, com manchas amarelas que brilhavam feito fogo à noite, sempre grandes e simétricas, parecendo inscrições de um idioma antigo, correndo pelo seu dorso como marcas de uma história que ninguém mais contava.

Quando a onça gigante emergiu das sombras naquela noite, movendo-se como um rio, não emitiu som algum. Nem o farfalhar da grama, nem o estalo de um galho. Nada. Mas os olhos — ah, os olhos — eram o que mais assombrava a memória de Céu, porque eles pareciam conhecer os segredos mais profundos de sua alma de criança.

Ela teve a sensação de que aqueles olhos amarelos ainda a observavam de algum lugar, ocultos entre as sombras da pedra e do tempo.

Céu fechou os olhos e viu a mãe bem ali na sua frente, apontando uma adaga para a onça de três metros de altura. Júlia Moraes nunca mataria um guardião, mas, ainda assim, tinha levantado aquela pequena lâmina de Tacruk contra a criatura para proteger a filha. A fera soltou um rugido baixo e abaixou a cabeça, oferecendo o torso comprido e musculoso para que as duas montassem.

A capitã apertou o braço esquerdo, que queimava como se estivesse sendo beijado pelas chamas de Vaelay.

Quem os guardiões estavam protegendo dessa vez?

Alguém levantou a mão, mas o Tenente-Coronel ignorou, porque um grupo de três homens e duas mulheres se levantou e parou ao lado dele.

Céu gelou ao reconhecer um deles e não conseguiu prestar atenção em mais nada, só naqueles olhos castanho-esverdeados, comuns aos Herdeiros da Terra. A pele era mais escura que a dela, em um tom de marrom-claro amarelado, e ele tinha rugas na testa que ela não reconhecia. Vinte anos já haviam se passado desde a última vez que o vira.

— Esse é o esquadrão de Herdeiros, liderado pelo Coronel Araúna. — O Tenente-Coronel fez uma reverência.

Não, não, não.

Por que logo ele?

A capitã tentou se manter firme, mesmo com a visão desfocada. Sua mente querendo arrastá-la de volta para aquele dia, para aqueles mesmos olhos castanho-esverdeados procurando por ela entre as frestas na portinhola. O pai dela se colocando entre o Herdeiro da Terra e o esconderijo da filha. A lâmina que o cortara em dois enquanto Céu e a mãe fugiam pela floresta.

Não podia ser. Mas era.

Balançou a cabeça para afastar a lembrança. Precisava se livrar da garota Takahashi antes que Araúna a encontrasse.

Céu foi a primeira a sair, assim que a reunião terminou. Mal respondeu o cumprimento de Linn quando chegou. Estava com pressa em descobrir um jeito de devolver Rubi para Körin.

Ela puxou o maço de papéis de uma pasta amarelada, ajeitando-o sobre a escrivaninha com cuidado. Ali estavam registros que sugeriam um enfraquecimento progressivo na barreira mágica de Naki, um segredo máximo de Estado, porque significava que o poder da própria deusa também estava enfraquecendo.

Ainda assim, a barreira estava longe de colapsar. Estar enfraquecida não significava que tinha deixado de ser mortal para quem tentasse atravessá-la. E muitos tinham tentado ao longo daqueles anos. Alguns para invadir, outros para fugir.

O fato era que, sem aquela proteção, Minéria estaria vulnerável a qualquer investida de Körin. Céu pensou na população da Vila, a maioria idosos, que não conseguiriam se defender de um ataque. Era uma tendência no reino inteiro que os jovens se mudassem para as cidades maiores ou para o Vale do Ouro ou o Vale das Pedras, onde as oportunidades eram melhores.

A capitã fechou o registro e o guardou de volta na gaveta. Tentar encontrar ou, pior, *criar* uma brecha na barreira seria o mesmo que arriscar seu povo, então ela se esforçou para pensar em outra solução.

Os livros empoeirados no canto do escritório chamaram por ela. Fazia tempo que não os abria. Eram um presente do pai, e doía pensar nele.

Ela sabia exatamente qual livro queria olhar, sabia que ele poderia dar respostas — não necessariamente as que ela precisava.

— Pelos Sete Infernos! — resmungou, indo até lá.

Suas mãos foram certeiras até o terceiro livro empilhado ali, mas não teve coragem de folheá-lo, então o deixou de lado e pegou o primeiro da pilha.

*A Era de Amaya.*

Céu abriu direto no último capítulo, que cobria a história mais recente do continente, começando com o fim das Guerras da Invasão e a divisão do território amayara: o oeste, intocado, abrigando as Grandes Florestas, era o refúgio original de Naki, onde nenhum forasteiro Além-Mar tinha conseguido ao menos pisar.

Já o leste, coberto especialmente pelas montanhas de Tacruk, havia sido dividido em três.

Ao norte, na região mais seca e infértil do continente, ficavam os Estados Livres, a terra dos refugiados vindos dos continentes do outro lado do mundo, dos pobres e do povo comum, destituído de qualquer magia.

No centro, onde ficavam concentradas as maiores montanhas do continente, estava o Reino de Minéria.

E ao Sul, o Império de Körin.

Mas aquele mapa estava desatualizado, ainda não mostrava a conquista körinense do Estreito do Imperador. Naki estava tão preocupada em matar todos os Herdeiros de Tacruk que esqueceu Körin por *um* segundo, e isso foi o bastante para tomarem toda a costa e isolarem Minéria do mar.

Céu até sentiria prazer em ver Naki perder aquele território, se aquilo não tivesse afundado ainda mais o reino em pobreza.

Ela passou a mão na capa do livro.

*Lembrar sempre para não esquecer nunca*, é o que seu pai tinha dito ao colocar o livro em sua mochila, lhe dar um beijo na testa e dizer para correr o mais rápido que ela podia.

— Não vou mexer nisso... não agora. — Sua voz quebrada acariciou o silêncio do escritório.

*Lembrar sempre...*

E como ela poderia *esquecer*?

## CAPÍTULO 7

# Linn

O homem de sombras apareceu outra vez. Ele sempre aparecia nos sonhos de Linn Montealto. Às vezes, não tinha forma definida — era apenas um contorno escuro, feito de uma escuridão ondulante, que roçava o solo sem emitir ruído algum. Mas às vezes, como agora, ela podia ver perfeitamente os ombros largos e o corpo esguio, o rosto bonito que podia destruir sua vida inteira. Às vezes, ele a encarava como se pudesse devorá-la e sorria ao prensá-la contra uma parede quente.

Linn sentiu a mesma ânsia de sempre, uma fome, um desejo de ser abraçada pelas sombras, quando a textura úmida da escuridão roçou sua pele, quase como um toque de seda fria. Parte de sua consciência disse para ela correr, mas suas pernas estavam pesadas, a garganta seca, o suor frio escorrendo pela nuca. Ela estava presa, *queria* estar.

O vulto se ergueu sobre ela, roubando-lhe o ar, e tocou seus lábios, oferecendo algo que ela não queria recusar.

— Linda — aquela voz muito rouca sussurrou perto demais. — Você precisa acordar agora.

Ela ouviu o sibilo de um vento distante e…

Acordou em meio a um sobressalto, sentando-se no colchão duro do pequeno quarto que agora dividia com Rubi Takahashi. O coração parecia prestes a saltar do peito, e ela levou alguns segundos para lembrar onde estava.

— Pelos Sete Infernos… — Sentiu a garganta arranhada.

A região entre as pernas doía e pulsava de um jeito enlouquecedor. Ela respirou fundo, limpando a testa úmida com a manga da camiseta.

Sem coragem de tentar dormir de novo, calçou as botas, pegou seu martelo e foi até o quintal. Era um espaço grande, nos pés do morro onde ficava a torre de vigília, e perfeito para o seu treinamento. De vez em quando, ao longe, ouvia os pássaros de pedra que gostavam de cantar nas primeiras horas da manhã.

A grama encharcada molhava as barras de sua calça, mas Linn se concentrou no martelo, girando-o devagar entre as mãos. A cada movimento, as pedras mágicas que trazia na pulseira e no centro da arma pareciam formigar, soltando um brilho arroxeado. Não era algo grandioso, mas suficiente para indicar que havia Éter ali.

Estremeceu ao lembrar da primeira vez que sentiu o poder pulsar pelo martelo. No começo, quando a arma era muito pesada e o poder a cansava, Linn tinha pensado em se desfazer dela, mas era um presente de seu pai. O *último* presente dele.

Olhou para a pulseira de pedra negra em seu pulso. Às vezes, mas bem raramente, sombras escapavam dali, o que fazia Linn acreditar que talvez sua arma tivesse relação com os pesadelos que nunca lhe davam trégua.

Lembrou-se do homem feito de sombras. Ele nunca passava do limite, nunca ia além do que ela queria. O problema era que ela queria cada dia mais e com mais força.

Ela ergueu o martelo acima da cabeça, e o poder das pedras correu por seus braços. Arremessou-o para a frente e ele subiu, cortando o ar, depois passou a cair — Linn esticou a palma da mão e, num sussurro inaudível, puxou a arma de volta, como se houvesse um ímã unindo-a à pulseira em seu pulso. O movimento exigia concentração. O martelo fez um arco abrupto e retornou à mão de Linn, num baque que reverberou pelo quintal.

Seu pai havia dito que as pedras eram fragmentos de uma pedra maior, e que uma atraía a outra. Por isso a arma era tão boa. Linn podia jogá-la na distância que quisesse e ela sempre voltava.

A sargento repetiu esse exercício várias vezes, deixando a mente mergulhar no ritmo do lançamento e da atração. À medida que o céu clareava, o canto dos pássaros substituía o cricrilar dos grilos, e aquela névoa noturna se dissipava, dando lugar ao vento quente de uma nova manhã.

O cheiro de café fresco chegou até seu nariz, e só então percebeu que as lâmpadas da casa estavam acesas.

— Treinando de novo? Já não basta ganhar de nós todas as vezes? — A voz de Álvaro chegou acompanhada de passos calmos, e o coração de Linn deu um salto. Quem dera fosse de susto. Ele se aproximou, carregando uma caneca de barro. — Quer um gole?

Linn apoiou o martelo no ombro. Álvaro tinha os lábios médios, nem tão finos e nem tão grossos, e eles ficavam mais rosados de manhã. Ela sabia que não deveria ficar olhando tanto tempo e tantas vezes para aquela boca, mas não conseguia se controlar.

— Por favor. — Aceitou a caneca e tomou um gole. Era forte, amargo, mas ajudava a pensar em outra coisa. — Tive um… pesadelo.

— De novo? — Álvaro franziu a testa.

— Sempre.

Linn deslizou o dedo na pulseira.

— Quer conversar?

Ela não queria, mas demorou a responder. Isso acontecia bastante. Sempre que olhava para Álvaro, sentia o coração doer de um jeito bom e ruim. Queria abraçá-lo e destruí-lo.

Pelos deuses, ela o amava *tanto*.

— Eu, ahn… — Sua boca secou. — Não, melhor esquecer.

Ele tentou dar um sorriso, mas a ruga de preocupação continuava ali.

Linn devolveu a caneca para ele, que a dispensou com a mão.

— Pode beber. Depois faço mais pra nós e… pra nossa *convidada*. — Ali estava a carranca que ele mostrava para todo mundo, o tempo todo. — Por mim, a gente teria entregado ela pro DESEG. Talvez ainda dê tempo…

O rosto de Linn endureceu.

— E a gente vai explicar que, por causa do nosso despreparo, quase perdemos uma torre? Pior, vamos dizer que a capitã mentiu quando disse que foi a tempestade que destruiu os painéis?

Ela virou o rosto, encarando as primeiras luzes cor de laranja do sol que tingiam o horizonte.

— É um erro manter essa garota aqui. — Álvaro chegou mais perto dela, que sentiu o espírito abandonar seu corpo no instante em que a respiração dele tocou sua pele. — Ela é Takahashi, sabe o que isso significa?

Linn queria dizer que sabia, mas não tinha muito interesse nas hierarquias de Körin. Ele mesmo respondeu:

— Que ela é uma das três famílias poderosas que sobreviveram quando a Ilha de Osin afundou.

— Ah… isso é ruim mesmo. — Ela não fazia ideia. — Mas eu nunca faria nada que prejudique a Céu ou traia a confiança dela, você sabe disso.

— Só me preocupo em proteger você… — Álvaro engasgou. O coração de Linn quase parou. — E a equipe, óbvio.

Ele mordeu o lábio gostoso.

— Sei disso. — Linn entregou a caneca para ele, porque o café já tinha esfriado.

— Vou lá fazer mais — Álvaro disse. — Se precisar de mim…

— Eu sei. Obrigada.

Ele se afastou, e Linn encarou o céu pálido do amanhecer. Se Rubi realmente fosse um problema, resolveriam do jeito que a capitã achasse melhor. Ela voltou a jogar seu martelo, até ouvir passos se aproximando. Dessa vez, não era Álvaro.

Rubi Takahashi atravessou o quintal, sem falar nada, e foi até a horta de Álvaro. Linn apenas a observou mexer na terra por alguns minutos, até ouvir alguns xingamentos e reclamações.

— O que você acha que tá fazendo, hein?

Rubi se levantou, limpando as mãos sujas de terra na calça, que ficava larga em suas coxas finas. Linn não se importava de emprestar suas coisas para ela, mas esperava que, ao menos, ela lavasse a sujeira depois.

— Estou tentando… plantar.

Linn cruzou os braços ao ver a terra toda revirada.

— Não está dando muito certo.

*O Álvaro vai matar essa garota.*

A körinense desviou o olhar antes de murmurar algo inaudível.

— Estou *entediada*.

— Você quer ser entretida, princesa? — Linn bufou e revirou os olhos. Então se afastou alguns passos rumo à varanda, que precisava urgentemente ser varrida. — Vem aqui.

Rubi correu para alcançá-la.

— Vocês precisam me ajudar a ir embora…

— Você entendeu que a capitã está te protegendo, não é? — Linn pegou a vassoura que estava apoiada na parede e se virou para a körinense. — Sim, ela também está protegendo a gente, mas principalmente *você*.

Ninguém quer o Departamento de Segurança aqui. Você não faz ideia do que acontece lá, o que te contaram é *pouco*. Então, fica na sua e espera a capitã encontrar uma solução. Ela sempre encontra.

— Você confia mesmo nela.

— Ela salvou a minha vida, do mesmo jeito que salvou a sua. Você deveria ser mais grata. — Linn jogou a vassoura nas mãos de Rubi. — Quer fazer alguma coisa? Então pronto.

— Você quer que *eu* varra o chão?

— Não tá óbvio? — Linn indicou o chão cheio de folhas, e saiu deixando uma das herdeiras mais poderosas de Körin com uma vassoura na mão.

## CAPÍTULO 8

# Rubi

O primeiro sintoma veio na madrugada, como garras rasgando seu peito de dentro para fora. Rubi despertou ofegante, cada respiração ardendo na garganta. Um arrepio percorreu sua pele quando percebeu que a dor continuava mesmo depois de abrir os olhos.

Ela piscou, tentando enxergar no breu do quarto que dividia com Linn. A soldada estava ausente, provavelmente em algum treino noturno ou vigiando os arredores. Rubi tateou a coberta puída, sentindo o tecido áspero arranhar suas palmas.

*Preciso sair daqui.* O pensamento martelou em sua mente. Não era apenas a sensação de ser prisioneira, tinha algo em Minéria que parecia drená-la pouco a pouco, como um animal faminto por sangue. Talvez fosse a influência daquela maldita terra, ou dos deuses que a regiam. Talvez fosse uma cicatriz das guerras. Talvez Minéria só a odiasse.

Pensou no pai, em como ele deveria estar desesperado. Ele vasculharia até a última pedra dos Sete Infernos para achar sua única herdeira. Ele daria um jeito de levá-la para casa.

Mas e se não desse? Minéria tinha fechado as fronteiras, estava quase impossível contrabandear até as minúsculas pedras preciosas do Vale das Pedras. Como eles a tirariam dali antes que ela caísse nas mãos do Departamento de Segurança ou, pior, da própria Rainha?

Pensou em cada um de seus amigos, será que eles estariam preocupados com ela? Não… Estariam *felizes*. Nenhum deles a suportava, não de verdade, fingiam que gostavam dela porque suas festas eram as melhores. Mas nunca tinha conseguido conversar de verdade com nenhum deles.

Ela se levantou sem fazer barulho, forçando as pernas dormentes, e vestiu uma roupa larga que Linn tinha separado para ela. O tecido coçava sua pele, mas ela não reclamaria. Abriu a porta do quarto e deu de cara com Alexander, o soldado altão que vigiava o corredor. Ao contrário dos demais, ele não a olhou com desconfiança. Pelo contrário, parecia até amigável.

— Você tá bem? — ele perguntou, a voz grave, mas gentil. — Teve um pesadelo?

— Insônia… — Rubi tentou desviar o olhar. *E dor no peito.* — E você, ainda tá de plantão?

Ele assentiu, relaxando os ombros largos.

— A Céu… Digo, a *capitã* acha que é melhor reforçar a segurança.

Rubi já tinha notado como os soldados tratavam a capitã de um jeito muito informal, mas duvidava que eles não respeitassem a superior, eles só… pareciam *amigos*.

E Céu era um nome bonito. Não combinava com aquela chata.

Até então, todos os soldados agiam como guardas carrancudos, sem abrir espaço para conversa, a não ser quando era para mandar que ela fizesse algum serviço da casa, como varrer o chão ou limpar a poeira dos móveis. Mas Alexander, apesar da expressão cansada, não demonstrava a animosidade ferrenha dos outros, especialmente Álvaro.

Como podia dois sujeitos tão parecidos não terem nada a ver um com o outro? Embora tivessem o mesmo tom loiro-escuro nos cabelos, rosto quadrado e olhos verdes, eles não poderiam ser mais diferentes.

— Hm… — Ela tocou o peito. — Obrigada pela preocupação, mas estou bem.

— Se precisar de alguma coisa, me fala. — Ele se afastou, retomando a ronda silenciosa no outro extremo do corredor.

Rubi soltou o ar, aliviada. Pelo menos um soldado não a tratava como uma criminosa perigosa. Ela teve pouco tempo para pensar nisso, porque logo o outro gêmeo acordou e a colocou para limpar teias de aranha no teto.

E era o que ela estava fazendo, horas depois, já no fim da manhã, quando ouviu vozes sussurradas vindas do corredor. A curiosidade a fez se esconder atrás da porta do escritório da capitã.

— … manter ela aqui é arriscado demais. — Mesmo sendo quase igual à voz grossa de Alexander, o tom de Álvaro era mais áspero, arrouqueado. — Ainda não noticiaram nada em Körin, mas confirmei que é mesmo a garota Takahashi.

Rubi podia imaginar o soldado mostrando um jornal com sua foto para a capitã.

— Se o DESEG vier, eles vão investigar todos nós…

Céu não concluiu a frase. Álvaro bufou alto.

— Eu sei, mas… Não confio nela.

— Eu também não. — A capitã ficou um segundo em silêncio. — Mas não vou entregá-la pra eles, Alvy, seria desumano.

— Eu também sou contra os métodos da Rainha, você sabe… Mas não vou arriscar nosso pescoço por uma Herdeira.

— Se eu não conseguir pensar em nada, prometo que a entrego sem pensar duas vezes, está bem?

O estômago de Rubi embrulhou. Talvez não hoje, mas cedo ou tarde a capitã a entregaria. O medo reverberou em sua coluna. Ela se afastou da porta e encarou aquele cômodo pequeno e bagunçado, até notar um livro deixado sobre a mesa. O título, numa capa costurada à mão, chamou sua atenção:

*A Caçada.*

Nunca tinha ouvido falar.

Numa ânsia incontrolável de saber o que a capitã estava lendo, abriu e folheou algumas páginas amareladas. Era um livro pequeno, lembrava mais um diário digitado em uma máquina de escrever. Não parecia ser nenhuma fábula eteriana de que Rubi gostava, mas ela quis ler mesmo assim.

Era um relato sobre a época da Revolução de Minéria — ou Golpe, como o autor insinuava. Era um livro *proibido*. Ficar do lado contrário à Rainha Eterna ou criticar seu regime era heresia em Minéria. Mas ali estava o texto, descrevendo como o governo democrático, instaurado por Tacruk após a divisão de Amaya, foi derrubado e como as forças leais ao deus da Montanha foram massacradas até desaparecerem.

Rubi se sentou, porque o ar ficou mais pesado. Não conseguia parar de ler.

*As crianças foram escondidas nas montanhas do Refúgio, para a proteção dos kairús, enquanto os pais eram caçados como bichos, dilacerados e mortos por Yba-tus que vieram da Floresta do Norte.*

*As serpentes gigantes de Naki eram implacáveis. Ninguém fugia, ninguém sobrevivia. Só deixavam os ossos para mostrar que elas estiveram ali.*

*Naki mandou seus Herdeiros da Terra para o sopé da montanha. Era madrugada quando eles chegaram. Alguns dizem que ela compareceu, em pessoa, para o massacre, montada sobre as escamas geladas de sua serpente guardiã.*

*Todas as onças rugiram quando o primeiro kairú morreu, caindo com tanta força no chão que o mundo inteiro tremeu.*

*Não havia como vencer.*

*Dizem que as crianças ergueram uma parede de diamante para se protegerem, dizem que ela ainda está lá. Mas ninguém podia vencer um deus. Naki abriu um buraco no chão e as puxou para dentro da terra com raízes em forma de tentáculos. Elas ainda gritaram e rezaram para que o deus da Montanha viesse protegê-las, mas ele nunca atendeu.*

*Tacruk nos abandonou.*

— Por Zora! — ela murmurou.

As descrições eram brutais demais. Rubi conhecia o poder e a crueldade dos deuses. Amava Zora, mas temia Wata na mesma intensidade. Sua mãe gostava de ler para elas as fábulas de Eurai, que contavam como a deusa da Água destruía vilas inteiras para alimentar seu dragão Iskurath, deixando apenas os corpos das crianças, empalados com grandes estalactites de gelo.

A deusa da Terra e das Florestas era conhecida por ser bondosa, uma mãe para seu povo. Seu poder era o de criar vida, não de tomá-la daquele jeito tão terrível. Talvez a invasão dos Povos de Além-Mar a tenham transformado, assim como a destruição de Osin transformou Zora.

Ou talvez…

Rubi levantou num pulo ao ouvir a maçaneta girar.

A capitã entrou no escritório.

— O quê…? — As sobrancelhas dela se ergueram ao ver Rubi com o livro nas mãos. — Que merda você tá fazendo?

Rubi tentou recuar um passo, mas tropeçou no tapete, fazendo uma nuvem de poeira subir.

— Calma, eu só estava entediada e queria ler algo.

— Não minta pra mim! — Céu avançou e arrancou o livro de suas mãos, o rosto ruborizado. — Por que mexeu nas minhas coisas?

— Eu estava limpando. — Rubi apontou para o teto, tremendo de leve. — Não tenho culpa se esse livro estava dando sopa.

Céu apertou o exemplar contra o peito, como se quisesse protegê-lo do mal. Ela estava vestida apenas com uma camiseta branca sem mangas, e só então Rubi notou a tatuagem de onça em seu braço esquerdo.

*E que braço…*

A voz da capitã saiu grave, quase um rosnado, pegando de volta a atenção de Rubi.

— Sai. Vá ajudar os garotos lá fora ou sei lá. Só… só para de fuçar as minhas coisas!

Rubi travou a mandíbula. Uma pontada voltou a latejar no peito, ela odiava aquele lugar. Abriu a boca para retrucar, mas a capitã não deixou.

— Estou arriscando minha pele por você, Takahashi. E você só me espia e me irrita. Talvez eu devesse te deixar fugir e ser devorada por algum bicho na floresta.

A körinense se forçou a erguer o queixo, alimentando a raiva para não desabar com o pânico daquela ideia.

— É melhor ir parar na boca de um lobo do que ficar aqui olhando para essa sua cara. — Uma risada seca escapou de sua garganta. — Eu posso muito bem encontrar um jeito de ir embora antes que a gente se mate por nada.

O olhar de Céu queimou de ódio.

— Ótimo.

Rubi deu as costas, saindo do escritório pisando duro. O coração socava o peito, e não era só pela discussão. Era a impressão sufocante de que aquele lugar desejava quebrá-la.

Lá fora, Linn varria algumas folhas que se acumulavam na varanda. Embora não tivesse intimidade com a soldada, Rubi preferiu enfrentar aquela expressão meio fechada do que continuar na mesma casa que Céu. Sem jeito, aproximou-se, agarrando a pá encostada na parede.

— Posso ajudar? — Sentia o resto da raiva escapar por sua voz, mas se esforçou para soar minimamente educada.

Linn não a encarou, porém ergueu a vassoura, como um aceno de consentimento.

— Se quiser. — E voltou a se concentrar na tarefa, deixando que Rubi recolhesse as folhas num balde.

Elas trabalharam em silêncio. Rubi se pegou pensando demais nos braços musculosos da capitã, na tatuagem em seu braço, na maneira como seus olhos brilhavam de raiva, tão intensos, tão…

Ela se forçou a pensar em outra coisa. Sua mente escorregou até o horror que tinha acabado de ler, em como uma deusa tinha feito algo tão cruel com o próprio povo. Mas aí ela se lembrou que a "caçada" era aos descendentes de Tacruk, não aos da deusa da Terra. Talvez Naki fosse misericordiosa com os seus, e cruel com os outros.

Era por isso que Rubi precisava sair logo dali.

Depois do pôr do sol, ela voltou ao quarto que dividia com Linn, aproveitando que a soldada estava em seu turno de patrulha com Álvaro. Exausta e com dor no peito novamente, esperava encontrar apenas a escuridão, mas se surpreendeu ao ver um pequeno livro sobre seu travesseiro. A capa trazia desenhos de criaturas estranhas e, em letras douradas, "Fábulas de Amaya".

Rubi apoiou o joelho no catre, tocando o livrinho com cuidado. Não sabia de quem partira aquele presente, mas só podia ser de Céu. Ela tinha dito para a capitã que estava entediada e queria ler, mas não esperava um gesto tão gentil vindo de uma pessoa tão intragável.

Abriu a capa devagar, passando o dedo nas ilustrações delicadas de animais fantásticos, montanhas que falavam e ninhos de pássaros de pedra. O cheiro de papel antigo a fez fechar os olhos.

— Obrigada… — sussurrou para a escuridão do quarto.

Quando a brisa da noite entrou pela janela, Rubi se deitou, abraçando o livrinho de fábulas contra o peito, como se ele fosse precioso e não apenas um conjunto de folhas velhas.

Mas sua mente ainda estava grudada àquele livro proibido sobre um passado que ninguém deveria esquecer.

CAPÍTULO 9

# Álvaro

A casa dormia naquele comecinho de manhã fria quando Álvaro Klein pisou no corredor, arrastando as botas com cuidado para não acordar ninguém. Mais uma noite sem descansar. Era o mesmo ritual de sempre — acordar em sobressaltos, a nuca gelada de suor, a mente o atormentando com lembranças que ele faria tudo para esquecer.

Ele entrou na cozinha e estacou, o olhar preso na mesinha onde um bule o aguardava, soltando um fio de vapor. Sentiu o cheiro quente de jasmim, madeira e fumaça de Linn, sempre misturado àquele toque amargo do café. Mas ela não estava por perto. Álvaro afundou na cadeira, apoiando o cotovelo na mesa, a caneca de barro já esperando por ele.

Como Linn sabia que ele acordaria tão cedo?

Pegou a caneca — descascada, velha companheira de suas manhãs maldormidas — e se serviu.

A lembrança do dia em que Linn chegou à equipe do Mirante, toda firme e calma, ainda arrepiava algo dentro dele. A forma como ela falava sem precisar erguer a voz, sua confiança silenciosa, o tom marrom-escuro de sua pele negra. Pensar nela agora trazia um aperto agridoce ao peito, uma vontade de correr para longe e de chamar por ela, tudo ao mesmo tempo.

Ela nunca amaria alguém como ele, um sujeitinho sem família, sem história, esquecido numa vila engolida por raízes grossas. Álvaro ainda lembrava de sentir o corpo menor do irmão agarrado ao dele enquanto os Herdeiros da Terra abriam buracos no chão para enterrar vivos os moradores da vila. Os gritos desaparecendo entre as risadas dos soldados.

Sua mãe tinha dito para os dois correrem, porque os Herdeiros da Terra nunca faziam perguntas. Mas Alexander ficou apavorado demais para andar quando a viu ser enforcada por vinhas que deixaram seu rosto esverdeado e esbugalharam seus olhos azuis. Tudo o que Álvaro conseguiu fazer foi arrastar o irmão para trás de uma raiz e rezar para que algum deus — qualquer um — os ajudasse.

Ninguém veio.

Se existiam mesmo, os deuses simplesmente não se importavam.

Ainda assim, ele esperou.

Esperou que Wata despejasse uma tempestade de gelo sobre os soldados, ou que Zora os espantasse com um furacão. Juntou as mãozinhas e rezou para que Tacruk descesse de sua cidade entre as nuvens e transformasse aqueles homens em pedra. Implorou que Naki os fizesse parar. Torceu até para que os deuses da Chama e das Sombras retornassem para queimar o mundo mais uma vez.

Quando não aguentava mais os gritos de dor e as risadas, ou o fedor de tripas e sangue, fechou os olhos e pediu que N'oto levasse Alexander e ele para seu Mundo dos Sonhos.

No fim, sozinho com o irmão menor embrulhado em seus braços, ele soube que nenhum ser poderoso parava para ajudar dois garotos comuns, vindos de uma terra maldita.

Tomou um gole do café, forte e quase impossível de engolir sem uma careta.

No Exército, o ódio dele por Herdeiros só cresceu. Ele não queria ter sobrevivido àquele dia, não queria ter sido encontrado e treinado para se tornar um soldado. Não tinha amor nenhum pela Rainha Eterna, que tinha mais sangue mineriano nas mãos do que o Imperador de Körin. Mas faria tudo o que pudesse para evitar que outras crianças de Minéria sofressem como ele tinha sofrido.

Era irônico pensar que sua missão atual fosse proteger uma Herdeira do Ar.

Deixou a caneca na mesa, engolindo em seco, quando o comunicador no bolso apitou baixinho.

— Alvy, cê tá aí? — A voz de Alexander estava séria. — Tem um veículo militar vindo na nossa direção pela estrada principal.

— Mineriano? — Álvaro endireitou a postura, sabendo que era uma pergunta óbvia, mas precisava confirmar antes de chamar a capitã.

— Sim.

*Merda.*

Talvez uma invasão körinense fosse melhor.

E se fosse alguém do Departamento de Segurança? E se alguém tivesse visto Rubi e denunciado todos eles?

Eles abrigavam a porcaria de uma *herdeira de Körin* — qualquer oficial descobriria em dois tempos só de olhar para aquele cabelo quase branco e aquela postura de rica.

Levantou-se num salto, o café ficando para trás, o cheiro amargo subindo como um presságio ruim.

No corredor, topou com Céu, já com a expressão sobressaltada de quem percebeu o perigo.

— Que foi, Alvy? — ela soltou, a voz rouca pelo susto e pelo sono.

— Um veículo militar. — Ele passou a mão pelos cabelos curtos. — Pode ser alguma inspeção oficial.

Céu praguejou baixinho, tão pálida que Álvaro quase se assustou. Ele nunca a vira assim.

— Leva a garota pra torre de vigia, pra floresta, pros Sete Infernos... mas some com ela daqui.

— Sim, capitã.

Álvaro disparou até o quarto onde Rubi dormia. Ele escancarou a porta, encontrando a körinense já meio acordada, assustada pelo barulho.

— Mas o q...

— *Shhh.* — Ele colocou o indicador sobre os lábios dela. — Tem um veículo militar lá fora. Veste alguma coisa e vem comigo agora.

Rubi pareceu pronta para brigar, mas apenas puxou um casaco velho de Linn, jogado ali. Ele a agarrou pelo braço sem delicadeza, o medo de ser tarde demais apertando seu peito.

Do lado de fora, o ronco do motor aumentou, seguido de freios estridentes. Logo escutaram vozes, passos duros na varanda e batidas firmes na porta. Seu coração despencou. Ele arrastou Rubi em disparada pelo corredor, mas não pôde evitar um tropeço. Ela esbarrou num enfeite pendurado na parede, que se espatifou no chão num barulho agudo.

A respiração de Álvaro falhou.

Na varanda, a voz da capitã soou abafada:

— Coronel.

Merda. O posto mais alto que um militar comum poderia alcançar era o de Major. Acima disso, apenas Herdeiros da Terra.

O sangue de Álvaro gelou.

O chão pareceu se abrir diante dele, como tinha acontecido vinte anos atrás.

— Alvy. — Rubi agarrou sua mão gelada.

Linn veio correndo pela porta de trás e apenas apontou com o polegar para a mata às suas costas, passando por ele para ir até a cozinha esperar o coronel e seus soldados. Ele entendeu o recado, mas estava muito claro. Eles seriam vistos por qualquer um que estivesse lá fora, perto ou dentro do carro. Certamente *alguém* tinha ficado.

— Desculpa vir sem aviso. Estamos verificando os postos avançados, capitã… ahn, Steinbachi.

— Claro, senhor.

Eles iam entrar. Já dava para ouvir o ruído metálico da maçaneta.

— Linn? — Álvaro olhou para ela e apontou para o terreiro muito iluminado. Linn pareceu sussurrar uma palavra para o vento, então os mandou correr com um gesto de cabeça.

A porta rangeu.

Sem pensar muito, Álvaro guiou Rubi pela porta de trás, na esperança de cobri-la com suas costas grandes e de que sua fuga não fosse vista com estranheza. Mas sua mente martelava a verdade: não tinha jeito. Eles estavam fodidos.

Uma nuvem escura tomou o céu — enorme, densamente cinzenta, trazendo uma estranha escuridão que engolia até o pequeno clarão do sol nascente. O quintal inteiro mergulhou num dia que mais parecia noite.

Álvaro puxou Rubi, deixando a varanda às pressas. Contornaram a velha mangueira, passaram pela horta, sentindo o vento frio chicotear a pele e atirar poeira em seus olhos. A körinense arfou alto, mas ele fez sinal para que ela se calasse.

Correram em direção à mata, onde uma trilha subia o morro, serpenteando entre pedras molhadas e raízes expostas. As árvores fechadas criavam um labirinto que ele conhecia bem, mesmo naquela escuridão. Rubi quase escorregou várias vezes, e ele a segurou pelo cotovelo, tentando não a deixar para trás.

— Por que…? — ela começou, mas Álvaro fez que não com a cabeça, pedindo silêncio.

Explicar ou não, agora não faria diferença. Se o Exército pegasse a herdeira Takahashi ali, seria o fim deles todos. E ele morreria antes de deixar qualquer coisa acontecer à Linn.

A subida era íngreme, quase vertical. O joelho dele doía, mas Álvaro não recuou até avistar a velha torre de vigia despontando entre as copas.

Rubi, arfando, caiu de joelhos no pequeno patamar que antecedia a entrada, pressionando a mão contra o peito. Álvaro foi tomado por um lampejo de compaixão, mas afastou o sentimento depressa.

Não sentiria compaixão por uma Herdeira.

— Vamos subir depressa. — Ajudou Rubi a se levantar.

Deu um passo para dentro da torre de vigia, escorada em vigas de madeira antigas. Nenhum soldado parecia seguir seus passos, ao menos por enquanto. Com certeza eles viriam verificar a torre, mas Álvaro tinha esperança de que a capitã os enrolasse por tempo o suficiente para que ele conseguisse esconder a körinense.

Rubi se recostou na parede, tentando recuperar o fôlego. A nuvem estava indo embora.

*Pelos Sete Infernos, como conseguimos escapar?*

— Alvy? — Alexander chamou, despontando de cabeça para baixo pela portinhola. — O que foi?

— Um... coronel apareceu. — Sua cabeça doía. — Precisamos escondê-la.

Ally desceu em um pulo, fazendo a estrutura tremer.

— Me ajuda aqui. — Alexander puxou a porta que ficava no chão e dava para um abrigo antibombas que servia mais como depósito.

— Eles vão checar aí. — Álvaro apontou o óbvio.

— Mas não vão checar o túnel.

A porta cedeu.

Eles tinham descoberto o túnel secreto nos primeiros meses de patrulha, enquanto entulhavam bagunças no abrigo. A abertura não dava para lugar algum, aparentemente seu criador tinha desistido dela.

— Eles vão senti-la debaixo da terra — Álvaro insistiu.

— Só se estiverem *procurando* por ela. E, se esse for o caso, estamos mortos. — Alexander ajudou a garota a descer até o abrigo e abriu a porta ele mesmo. — Anda até o final do túnel, a uns dez metros daqui. Vai ser sufocante, mas... você consegue, sei lá, criar seu próprio ar ou algo assim?

— Consigo — Rubi respondeu baixinho. — Eu acho.

Se ela morresse, os problemas de todo mundo estariam resolvidos.

Ainda assim, o peito de Álvaro doeu quando Rubi entrou pela abertura. Parecia que a terra a engolia a cada passo que ela dava dentro da escuridão.

Ele apertou os punhos e observou calado enquanto o irmão fechava a porta e voltava a tapá-la com os entulhos e bagunças de antes.

Os dois subiram e esperaram pelo inevitável.

CAPÍTULO 10

# Rubi

Rubi Takahashi odiava o escuro. O cheiro de terra. O silêncio.

Sua bolha de ar não era suficiente para protegê-la daquela falta. Daquele vazio que se abriu dentro dela quando pisou no chão áspero do túnel.

Não podia continuar ali, enfiada naquele buraco feito um bicho.

O peito ardia, queimava.

Parecia que algo tinha nascido dentro dela e queria sair. *Rasgava* para sair.

Seu poder oscilou e o cheiro de terra ficou mais forte. Terra e outra coisa, mais mineral, mais dura. Pedra.

Tinha que sair dali.

Precisava andar, mas os pés não obedeceram. Não fazia sentido caminhar do nada e para o nada naquele escuro absoluto. Onde era o começo? Quando chegaria o fim?

Tocou a pedra fria e ouviu um eco, um ronco grave chamando por alguém. Uma canção antiga, sussurrada por uma voz antiga, numa língua que ninguém lembrava mais.

*Kruak reinê joprek. Kang, kupariú.*

A dor rasgou seu peito, a fazendo ajoelhar.

*Kang, Kairú. Kruak japrak.*

Não havia mais ar para ser respirado, nem criado. Não dava para saber se seus olhos estavam abertos ou fechados. Nem sentir ela conseguia mais. Tudo o que fazia era ouvir os sussurros da montanha.

*Kang, kupariú.*

Ela caiu com o rosto no chão, a bochecha tocando a terra áspera.

A canção, que antes parecia chamar alguém de longe, voltou-se para ela, para ninar os sonhos que começavam a vir.

*Kang, kruak taruh.*

*Tup-nunúk.*

CAPÍTULO 11

# Hideo

O general Hideo Takahashi odiava aquelas festas da elite körinense, especialmente quando envolviam pessoas fantasiadas de deuses e guardiões, mas precisava estar ali.

Entrou no edifício sentindo no ar o odor mesclado de incenso doce e vinho caro, um contraste com a fuligem de fora. O tapete azul amaciava seus passos, mas o general mantinha firmeza militar na postura, a farda de gala ostentando suas insígnias.

O general cruzou o hall com olhares frios, cumprimentando rapidamente damas e cavalheiros que se curvavam para saudá-lo. Sua mente estava longe, no entanto, focada nas informações que receberia sobre Rubi. Precisava verificar se alguém tinha visto a sobrinha desaparecida. Precisava também manter o Império sob controle e evitar fofocas que pudessem enfraquecer as Indústrias Takahashi.

Teve seu primeiro vislumbre do salão principal e deixou escapar um suspiro de desdém. O lugar era um monumento à grandiosidade e à vaidade körinense. Mas, pior de tudo, era uma homenagem aos deuses.

No teto, a pintura grandiosa mostrava o Oculto, fractalizando-se nos sete deuses que criaram Etéria. Seus olhos pararam primeiro em Zora, que erguia o cetro dos ventos, seu robe branco se mesclando com o azul-claro do céu. Fukiryu, seu dragão celeste, planava ao redor, como uma grande serpente voadora pronta para abraçar o corpo dê deuse, as escamas prateadas e os olhos azuis brilhavam. Hideo não queria analisar a pintura, mas era impossível olhar para qualquer outra coisa no salão. No mesmo quadro em que ê deuse do Ar aparecia, o azul-claro delu se misturava com o tom um pouco mais forte de Wata. A deusa da Água, com longos cabelos loiros ondulados, soprava um vento glacial que moldava Iskurath, seu terrível e lendário dragão de gelo.

Do outro lado do teto abobadado, os tons frios de Wata e Zora davam lugar ao amarelo e ao verde expressivos dos deuses de Amaya. Naki aparecia envolta em troncos e raízes, que formavam a serpente Yba-tu, guardiã das florestas. Os cabelos pretos e lisos da deusa caíam sobre o vestido de um verde tão profundo que parecia brotar da tinta. Ela era linda, a mais bonita entre todos os deuses. Ao seu lado, Tacruk, com o mesmo tom de pele marrom-amarelado e os mesmos cabelos pretos e longos. Mas, ao contrário dela, que era pequena e magra, Tacruk parecia ser ele a própria montanha, grande como o kairú que despedaçava rochas com um golpe, pintado abaixo de seus pés.

Tinha algo de fascinante na forma como as cores pareciam vibrar sob a iluminação amarelada, mas Hideo não sentia o menor apreço pelos mitos, menos ainda pelos deuses. Odiava saber que existiam seres tão poderosos no mundo, enquanto outros eram tão insignificantes. Perdeu o interesse pela pintura, não quis analisar as imagens dos outros. Deuses mortos, excluídos ou exilados não o interessavam em nada.

Enquanto fingia prestar atenção aos cumprimentos, percebeu dois informantes trocando olhares ansiosos. O general fez um gesto para que os homens o seguissem até seu camarote à esquerda, mas não esperou por eles, nem olhou para trás ao entrar por uma abertura e subir as escadas que o levariam ao terceiro andar.

Os homens o seguiram, óbvio. Um deles se aproximou e, inclinando--se, sussurrou:

— Sua sobrinha foi sequestrada por rebeldes.

— Körinenses? — Hideo perguntou. Havia uma diferença entre os rebeldes de Körin e os de Minéria. Os minerianos não passavam de um bando de desesperados querendo fugir das garras da Rainha Eterna. Já os körinenses... Esses, sim, eram organizados e perigosos.

O homem fez que sim com a cabeça.

— Ouvi dizer que o dirigível deles foi visto sobrevoando a fronteira...

— Investigue discretamente — ele interrompeu, com a voz seca. Temia que aquilo pudesse espalhar um rumor de fraqueza em sua família. — Nenhum alarde.

Os homens se foram e Hideo voltou o olhar para o salão, mantendo a compostura, mas com a raiva fervendo no peito.

Como ousaram tocar em alguém de sua família? Mesmo querendo ver a sobrinha morta, era uma ousadia sem tamanho sequestrar uma Takahashi. Uma afronta.

Seus olhos percorreram o salão e, entre as colunas, perto da mesa de comidas, avistou uma dupla estranha, com fantasias corajosas para um baile como aquele. A mais baixinha tinha os cabelos ruivos e vestia um sobretudo discreto, certamente para deixar todo o destaque em sua máscara de Xinyan, a fênix de fogo de Vaelay. Ao lado dela, a própria deusa da Chama estava representada por uma bela mulher, num longo robe preto e duas espadas nas costas.

Ele a reconheceu de imediato.

Maldita May Song.

A rebelde sorriu para ele, e ele soube. Ela era a única com coragem e ousadia para sequestrar sua sobrinha.

Hideo já estava pensando em montar uma armadilha mais elaborada para capturá-la sem chamar a atenção quando Hiro irrompeu em seu camarote como um raio caindo de uma tempestade.

— Ela está aqui. — Hiro tropeçou nos próprios pés e quase caiu.

— Ela quem? — o general respondeu na maior calma que conseguiu.

— Aquela rebelde, Hideo. — Hiro apontou e o general teve vontade de cortar aquele dedo fora. — Foi ela que sequestrou a minha filha.

Como, nos Sete Infernos, Hiro soube antes dele?

— Hiro… — Tentou manter um tom cauteloso.

— Não podemos deixá-la escapar! — Ele tremia e suava.

Hideo rangeu os dentes, o ódio crescendo tanto que estava para explodir.

— Não seja idiota. Acalme-se. Tem muita gente olhando.

Hiro, num rompante tolo, tomou a pior decisão que poderia tomar: virou as costas para ele.

— Cansei de esperar você agir.

— Não faça isso…

Mas já era tarde, o irmão mais novo já estava se direcionando para fora do camarote.

— Prendam May Song — Hiro disse para seus guardas.

*Imbecil.*

Os seguranças do baile se precipitaram rumo às duas mulheres, que se posicionavam para fugir. Hideo fechou as mãos, amaldiçoando o irmão.

May Song e a parceira se esquivaram com agilidade, abrindo caminho pelas pessoas que ainda dançavam ao som de uma música animada. Não adiantou, os seguranças as cercaram.

A líder rebelde sacou duas lâminas longas e meio curvadas. Um clarão de chamas tomou o metal, projetando labaredas alaranjadas. O calor do fogo chegou até ele, ou talvez fosse sua própria raiva escapando pelos poros.

Guardas urraram ao serem queimados ou cortados. Sangue gotejando no chão. Berros, correria, vidro estilhaçando. Hideo não se mexia enquanto o salão se transformava em caos.

As chamas lambiam as espadas de um jeito que ele nunca tinha visto antes.

Ele ficou estático. Não existiam mais manipuladores de fogo. Os Herdeiros de Vaelay tinham sido extintos durante a Guerra do Deserto, quando as forças de Eurai e Osin varreram Asai.

Aquilo só podia significar alguma nova descoberta em Minéria ou algum artefato que a família Takahashi jamais pôde recriar. Um lampejo de interesse o tomou. Aquelas espadas eram poder puro, e ele só conseguia olhar para elas, dançando no ar.

*Fascinante.*

May Song parecia mesmo a pintura de Vaelay que enfeitava o teto sobre eles.

— Devemos interferir, senhor? — um de seus homens perguntou.

*Não. Finalmente esta festa está interessante.*

As duas rebeldes saltaram por uma janela lateral, estilhaçando um vitral de Vaelay e Xinyan, infelizmente encerrando a confusão tão depressa quanto começara. Os cacos coloridos choveram no salão, e a noite fria de Stashi entrou como um sopro, causando ainda mais gritos agudos de desespero.

Enquanto seguranças corriam para apagar focos de incêndio e conter a baderna, Hideo viu o irmão encolhido em um canto.

Avançou até ele, dominado pela ira.

— Está feliz agora?

— Elas fugiram — Hiro murmurou, os olhos muito arregalados.

Hideo lançou ao irmão um olhar gelado, reluzindo asco.

— Você nos expôs ao ridículo — disse entredentes. — Agora todos sabem que há algo de errado.

Sem mais palavras, abandonou o irmão ali, cercado por homens confusos. Seus sapatos batiam no piso manchado de fumaça e cacos de vidro, enquanto ele caminhava pela confusão, a farda ainda impecável.

Se May Song era capaz de chamas tão intensas, talvez tivesse descoberto algo sobre o Éter que os Takahashi não conheciam. Talvez tivesse uma das Sete Pedras do Equilíbrio.

Mas, não, como poderia?

A pedra da Chama estava em Aymora, ele mesmo a tinha colocado lá, suavemente repousada naquela plataforma de pedra no templo central. E, se aquela rebelde tivesse encontrado a Cidade Perdida, os problemas de Hideo eram muito maiores do que ele havia previsto.

Precisava acelerar seus planos.

## CAPÍTULO 12

# Céu

Os soldados do Forte das Pedras andavam de lá para cá, nervosos, como se esperassem que a qualquer momento uma onça gigante surgisse para os despedaçar. Céu cruzou o pátio, reparando no acúmulo de caixas e munições — o Exército claramente aguardava um chamado maior, talvez contra os kairús, talvez contra Körin. A guerra estava próxima, dava para sentir no ar.

E Céu faria todo o possível para evitá-la.

Um secretário a mandou entrar numa salinha apertada. Ela se sentou e fechou os olhos. Rubi estava viva. Os gêmeos a esconderam muito bem, logo o coronel Araúna não tinha prova alguma contra eles. Então por que a tinha chamado ali? Do que estava desconfiado?

A capitã deixou a mente trazer a imagem de Rubi caída no túnel, a respiração fraca que escapava de seus pulmões. A própria Céu tinha pegado a körinense no colo e a levado de volta para a casa. Ela estava tão frágil, tão pequena. Mesmo com os olhos fechados, seu rosto exibia uma expressão de dor que fez o coração de Céu se partir.

Não deveria sentir empatia alguma por uma Herdeira de Zora, o melhor teria sido deixá-la morrer naquele túnel escuro. Mas Céu não conseguiria dormir à noite se tivesse feito aquela escolha. Não podia se igualar aos monstros que havia jurado combater.

Agora Rubi estava bem. Todos eles estavam. Era nisso que Céu acreditara, até receber o chamado. Dias tinham se passado, por que Araúna a havia convocado ali logo agora?

Quando o coronel a fez esperar por muito tempo, ela entendeu que era um problema grave. Mesmo ocupados, os militares de Minéria eram muito rígidos quanto a horários. Se ela estava mofando daquele jeito numa salinha de espera, era porque o coronel pretendia tirá-la do eixo, o que nunca era bom sinal.

Seu estômago roncava, ela precisava de água, mas não arredou o pé.

Entrou após ser anunciada, esperando que Araúna a autorizasse a se sentar, o que ele não fez.

— Seus relatórios parecem um pouco diferentes da realidade que encontrei — disse naquele tom frio, sem olhar para ela.

— Diferentes como, senhor?

— Você disse que uma tempestade causou muitos estragos na Vila e em uma das torres de energia.

— Minha equipe conseguiu consertar...

— Em *três* dias? Um trabalho que poderia ter sido feito em um? Como você explica isso, capitã Steinbachi?

Ela não podia mandar todos os soldados ao mesmo tempo, simples assim. Alguém sempre tinha que ficar de olho em Rubi.

— Talvez eu tenha falhado em especificar o tamanho dos estragos nos meus relatórios.

Araúna apoiou as costas no espaldar da cadeira e analisou a mulher. Céu não desviou o olhar. O homem estava impecavelmente vestido com o uniforme verde, quase preto, com detalhes em vermelho escuro, destinado aos líderes de qualquer segmento do exército. Ele tinha tantas medalhas que nem dava para contar.

Araúna estreitou os olhos.

— Tem algo estranho no ar. — Ele voltou a colocar os cotovelos sobre a mesa.

— Nosso posto fica muito perto da fronteira, senhor. Coisas estranhas acontecem o tempo todo perto da barreira. O tempo é meio diferente...

— Notei pela nuvem escura que apareceu no céu. Parecia uma sombra... Isso é comum?

Céu nunca tinha visto nada igual.

— Como eu disse, senhor. Perto demais da barreira.

O homem se levantou e deu alguns passos lentos até ela. Céu se controlou para não recuar.

— Quero fazer um teste de Zieger.

— Como? — Seu peito apertou.

— Pode ser a barreira, sim. Mas passei muito tempo caçando Herdeiros da Montanha e sei reconhecer magia do Éter quando a vejo.

— Herdeiros da Montanha conseguem escurecer o céu daquele jeito, senhor? — Ela sabia que não, perguntou apenas para provocá-lo. O que ele tinha visto ou sentido no ar da Vila do Mirante?

— Nunca se sabe.

— O senhor quer que eu convoque meus soldados? Posso fazer…

— Quero testar apenas você.

Ele *sabia*.

É claro que sabia.

— Entendo.

Ela já tinha passado por aquele teste duas vezes, quando entrou no Exército e quando foi promovida a capitã. Mas, em nenhuma delas, ele tinha sido aplicado por alguém como o coronel Araúna.

Ele a quebraria até que ela se revelasse ou até que a matasse.

Araúna chamou o major Ronaldo e explicou a situação para ele. O olhar que o sujeito lançou para Céu era de pavor puro. Mas o homem apenas acenou com a cabeça e prometeu organizar a sala.

O teste em si era muito simples: infringir uma dor tão grande na pessoa, em um nível de quase morte, que seu poder reagiria para protegê-la. Existia um limite de dor que qualquer pessoa aguentaria sem morrer. Em casos normais, o teste ficava bem abaixo desse nível, porque o Éter sempre reage para proteger a vida.

Mas o método de Araúna era outro, ele não tinha limites.

Céu foi levada para uma sala escura, e ela já sabia o que esperar. Ainda assim, quando a primeira onda de dor atingiu seu corpo, ela se encolheu.

— Você é uma Herdeira? — A voz do coronel saiu pelos alto-falantes da sala.

— Não — respondeu firme.

Outra onda de dor veio, junto com o cheiro de terra queimada que lembrava aquele que vinha da barreira de Naki.

— Você é uma Herdeira?

— Não — disse, ainda firme.

A dor comprimiu seu corpo, como se um deslizamento de terra estivesse caindo sobre ela, pressionando, sufocando o ar.

— Você é uma Herdeira?

— Não. — Dessa vez não conseguiu ser tão firme. Duvidou de si mesma, de sua coragem.

A pressão sobre seu corpo ficou quase insuportável, então a soltou de uma vez, a derrubando no chão. A escuridão foi substituída por uma luz forte que queimou seus olhos.

Tentou não gritar, em vão. Queria pedir que o coronel parasse, quis implorar.

— Você é uma Herdeira?

Pelos Sete Infernos!

— NÃO.

Então tudo parou. A escuridão voltou a envolvê-la, quentinha, protegida. E Céu apenas ficou ali, agarrada ao próprio corpo como se fosse abraçada pela mãe.

A calmaria durou até que seu corpo se acostumou, então ficou muito frio. Um frio que queimava a pele, congelava as pontas dos dedos. Tão forte que anestesiava, só para voltar a doer.

Dando esperança para depois tirar.

— Você é uma Herdeira?

Céu não conseguiu responder.

Seu corpo foi pressionado de novo, como pedras de gelo dessa vez. Soterrada por uma avalanche.

— Você. É. Uma. Herdeira?

A voz que saiu foi apenas um sussurro:

Não.

Seu corpo parecia estar sendo rasgado em dois. Ardia, queimava.

Quanto tempo havia passado? Um minuto? Uma hora?

Céu, resignada, apenas abraçou o próprio corpo e se *lembrou*. O pai sendo partido ao meio por uma espada longa. O mar de sangue em que seus pés afundavam enquanto ela era puxada pela mãe.

O sacrifício impossível que as duas tiveram que fazer.

— Já é o suficiente, coronel — uma voz escapou pelo alto-falante. — Ela não é uma Herdeira.

— Aumente. — Foi a resposta de Araúna. — Aumente, major.

Sangue escorria por seu nariz, mas ela só conseguia pensar nas mãos pequenas da irmã pendendo no ar, buscando as dela.

Seu corpo queria virar uma rocha, mas ela não podia deixar aquilo acontecer.

Precisava sobreviver, porque Sol não pôde. E viveria uma vida boa, longa e feliz.

— Você é uma Herdeira? — A pergunta voltou e Céu pensou que ela nunca pararia de vir. E se dissesse que era? Será que acabaria com tudo?

Ela se abraçou ainda mais, as lágrimas ficaram mais grossas e quentes. O cheiro metálico do sangue a envolveu.

— Não sou.

*Prankang, Kruak*, repetia para a energia que borbulhava dentro dela, querendo escapar para defendê-la, para destruir aquele cômodo, aquele prédio, aqueles homens malditos.

*Durma.*

E então apagou.

— Desculpa, Céu — o major Ronaldo disse assim que ela abriu os olhos.

— Não tem problema — respondeu numa voz fraca. — O coronel precisava saber.

Ronaldo se aproximou dela e tocou de leve seu braço, abaixando-se para confidenciar em seu ouvido:

— Ele é obcecado com isso de Herdeiros de Tacruk.

— Tudo bem, de verdade. — Ela deu tapinhas em seu braço. — Ele precisava ver que não sou herdeira de ninguém.

Céu se levantou, sentindo tontura, mas não ficaria naquele forte por nem mais um segundo sequer.

— Descansa mais um pouco.

— Já deixei meu posto por tempo demais. — E olhou para o céu alaranjado lá fora. — Daqui a pouco escurece e eu não quero encontrar um kairú na estrada. — Riu. — Já estou liberada, senhor?

— Já, sim. Pode ir.

Alguém tinha limpado seu rosto, mas ela ainda sentia o sangue em sua pele.

O coronel esperava por ela do lado de fora, com certeza não para se desculpar.

— Obrigado pelos esclarecimentos, capitã — disse numa voz fria que, em outro momento, teria arrepiado a pele de Céu, mas agora só lhe provocava raiva.

— Imagina, senhor. — Ela o cumprimentou com uma reverência.

— Você resistiu muito mais do que uma pessoa comum.

Ela abaixou a cabeça em outra reverência, mais exagerada dessa vez.

— Obrigada, senhor. Tudo por Minéria.

— Tudo por Minéria — ele repetiu e a liberou com um aceno.

Quando chegou em casa, o céu já estava azul-escuro, quase não havia mais luz, a não ser a de uma ou duas estrelas que despontavam.

Viu a porta da frente escancarada, o que fez seu coração disparar. Correu pelos cômodos, chamando por Rubi, mas ninguém respondia.

— Capitã. — Linn correu até ela, vindo do quintal.

— Cadê a Rubi?

— Eu... Desculpa, mas eu não sei.

Seu corpo inteiro endureceu.

— Cadê os garotos?

— O Ally tá na torre de vigia... — Linn engasgou com as palavras e a capitã já sabia o resto da resposta. — Eu e o Álvaro fomos atrás dela, mas...

— Ele não voltou.

A capitã engoliu o pânico e forçou a coluna a ficar reta. Precisava pensar rápido. Era óbvio que Rubi tinha corrido para a mata e tentaria atravessar a fronteira a qualquer custo. A mente lógica de Céu dizia para deixar a garota pagar o preço por sua escolha, mas o coração... Nossa, como ele apertava ao pensar em Rubi sendo atacada por algum bicho ou virando pó ao tentar atravessar a barreira.

— Eu vou atrás deles e você fica aqui, caso voltem. Vai tentando falar com o Alvy pelo comunicador.

Ela saiu pela porta, a adrenalina soltando fagulhas pelo corpo dolorido, e correu para a escuridão do quintal, mesmo com as pernas fracas e o cansaço pesando seus músculos. O vento seco vinha das montanhas do outro lado, para se chocar contra a pedra alta.

Então um rugido reverberou pela terra e pelo ar, fazendo o chão tremer.

O kairú tinha encontrado seu alvo.

## CAPÍTULO 13

# Rubi

Galhos e folhas batiam no rosto de Rubi Takahashi, deixando arranhões que ardiam conforme o suor descia por sua pele, mas ela não pretendia parar. Nem mesmo quando tropeçou numa pedra e caiu de joelhos, sentindo a dor irradiar até a barriga.

Ela não fazia ideia de quanto tempo tinha passado desde que saíra da casa, mas as pernas já doíam. Não que isso significasse alguma coisa, porque seu condicionamento físico era desastroso.

A cada tropeço novo, ela caía e se levantava, sentindo os músculos reclamarem. Mesmo assim, não parava. Um impulso mais forte que o medo a empurrava adiante. Precisava atravessar a fronteira de alguma forma. Precisava voltar a Körin, custasse o que custasse. Era loucura, mas também a única chance que tinha aparecido. Céu não iria ajudá-la. Minéria não era sua casa.

E ela queria ver o mar de novo.

Sempre que virava a noite em alguma festa, chegava em casa e ia direto para o jardim, onde se sentava para ver o sol surgir de trás do oceano. Apenas nesses momentos, sua solidão era bem-vinda.

Numa pausa rápida para recuperar o fôlego, Rubi escutou:

— Rubi. — Era a voz rouca de Álvaro, tinha quase certeza. Mas ele não estava gritando. Por que não estava gritando? — Espera.

O coração dela pulou. Precisava despistar o soldado, mas estava no seu limite. Mordeu o lábio, sentindo o gosto de sangue, e recomeçou a correr. A floresta se adensou, galhos se esticando contra seu corpo, agarrando suas roupas emprestadas. O ar esfriou, e ela pensou, pela primeira vez, que fugir tinha sido um erro enorme.

Um estalido agudo fez sua pele inteira arrepiar. Rubi freou instintivamente. Algo espreitava na escuridão da mata.

Mal teve tempo de reagir. A besta saltou sobre ela soltando um rugido tão grave que fez o ar tremer. O grito de Rubi ficou preso na garganta e ela queria ter visto a vida passar diante dos olhos, mas tudo o que conseguia pensar era que morrer ali era uma grande merda.

Álvaro se jogou sobre ela e os dois caíram no chão. Uma dor ardida tomou a lateral de seu braço. O bicho voou acima dos dois, indo parar do outro lado da clareira, sem fazer barulho nenhum ao tocar o chão.

Em meio a um brilho amarelado, Rubi enxergou a silhueta de uma onça gigante, muito maior que um cavalo.

— Por Zora! — murmurou sem fôlego algum.

A pelagem marrom profunda cintilava em marcas simétricas douradas, parecendo vivas sob o brilho da lua. E os olhos... *Pelos deuses*. Os olhos *brilhavam*, amarelos como o sol.

— Fica atrás de mim. — Álvaro a ajudou a se levantar, entre ela e o bicho. Mesmo ele sendo muito forte e grande, a onça tinha, pelo menos, um metro a mais. — Corre!

Ela correu e se protegeu atrás do tronco largo de uma árvore. Viu, com horror, quando a onça derrubou Álvaro com um golpe e o segurou no chão com uma única pata pressionando seus ombros, enquanto o soldado gritava e tentava se desvencilhar.

— Alvy! — Sua voz falhou de pânico. Tudo nela gritava para que corresse, mas algo mais forte a fez ficar.

Ela ergueu o braço, num gesto instintivo de puxar o ar ao redor, comprimindo uma rajada que pudesse distrair a criatura. O bicho piscou, soltando um rugido tão baixo que vibrava no chão. Garras negras se abriram para fincar no peito de Álvaro. Rubi soltou a rajada de vento, que explodiu, varrendo folhas e poeira e tirando a onça gigante de cima do soldado.

— Vai embora! — ela gritou, sem saber se a fera entenderia. Rubi cambaleou para trás, o coração batendo contra as costelas, mas respirou de alívio quando Álvaro rolou para o lado e se aproximou dela.

O rosnado da onça agora estava mais perto, ela vinha devagar, estalando gravetos sob suas patas enormes. Os padrões dourados na pelagem brilharam com mais intensidade, e Rubi sentiu, nos ossos, que aquilo era um péssimo sinal.

— Não banca o herói — ela resmungou para Álvaro, que segurava o ombro deslocado.

— A gente tá muito morto.

Que momento *ótimo* para descobrir que o soldado tinha algum senso de humor…

O problema do bicho era com Rubi. Seus olhos amarelos não desviavam dos dela. Quando Álvaro tentou atacar, simplesmente foi afastado com a pata e arremessado contra uma árvore.

*A onça sabe que sou de Körin.*

Rubi caiu para trás, sua costela latejou. Ia morrer ali.

O bicho a encarava de cima, com olhos tão penetrantes que pareciam enxergar sua alma. Ela tentou usar seu poder do ar novamente, mas não conseguia mover o braço direito. Restou-lhe apenas fechar os olhos e tremer, feito uma criança.

*Acabou. Finalmente vou te encontrar, mãe.*

O rosnado subiu para um rugido, seguido de um estrondo de galhos inteiros sendo esmagados. A fera aproximou o focinho do rosto de Rubi, tão perto que ela sentiu seu bafo quente, um misto de cheiro de carne, terra e algo ainda mais metálico.

— Rubi! — Céu gritou e se meteu entre ela e a onça.

— O que você está…? — Rubi balbuciou, ainda tonta.

O animal se voltou para a capitã, os músculos tremendo sob a pelagem.

— Não faz isso… — Rubi implorou, engasgada com seu próprio terror.

A onça aproximou o focinho ainda mais, dessa vez contra Céu. Suas garras se cravaram no solo, e um calor estranho percorreu a floresta. As árvores silenciaram, e nem um único inseto se atreveu a voar. O bicho soltou um som grave, quase um ronronar estrondoso, quando a capitã ergueu a mão devagar. Os dois se entreolharam. Rubi só conseguia ver o perfil de Céu, mas sabia que ela não estava com medo.

— Está tudo bem, guardião — a capitã disse baixinho, tocando o focinho do bicho, e então sussurrou: — *Prankang, kupariú.*

A onça gigantesca *se curvou* para Céu.

Aquelas palavras…

Rubi abriu a boca para falar, mas se calou ao ver a onça piscar lentamente, como se reconhecesse a capitã, e então se afastar.

O bicho inclinou a cabeça, soltando uma baforada de ar úmido contra elas e, num movimento ágil, pulou para dentro da vegetação mais densa.

Rubi não sabia se acreditava naquilo. Estava estatelada no chão, o corpo inteiro doendo, mal respirando. Os três eram uma senhora refeição, mas a onça tinha simplesmente ido embora.

Céu deixou escapar um suspiro, depois se virou para Rubi e a ajudou a se erguer. Sem soltar uma única palavra, a segurou firme.

Ao redor delas, a floresta voltava a viver. Um sussurro de vento balançou folhas, trazendo de volta o cheiro de terra molhada e o calor da noite. Álvaro, um pouco distante, ainda gemia. Céu chamou o nome dele, que se levantou, ainda trêmulo e assustado, mas vivo.

Ele perguntou, no meio de uma tosse:

— O que foi isso, capitã?

— Um kairú — Céu respondeu, mas Rubi tinha a impressão de que a pergunta de Álvaro era outra. Ele queria saber como ela tinha domado a onça daquele jeito. Rubi também queria, mas nunca perguntaria.

*Kang Kairú*, a canção em sua cabeça tinha dito.

Mas aquilo tinha sido um delírio. Não podia ser mais do que isso.

— Que gatinho bonito vocês têm aqui em Minéria — falou só para aliviar o clima e provocar um sorriso ou um revirar de olhos na capitã. Conseguiu as duas coisas.

— Lindo — Céu respondeu. — Mas torça para nunca mais encontrar um desses na vida. Agora, vem. — Passou o braço em volta da cintura de Rubi. — Vamos pra casa.

## CAPÍTULO 14

# Céu

A pele de Rubi era quente e macia demais, deveria ser proibido uma körinense ser assim. Como capitã do exército de Minéria, Céu tinha sido treinada para matar körinenses como se eles fossem moscas.

Rubi Takahashi estava longe de ser uma mosca.

Céu não deveria ter se exposto daquele jeito para salvá-la. Se meter na frente de um guardião... era muita coragem. Ela sabia que o kairú a reconheceria — eles sempre reconhecem os seus —, mas como explicar que uma fera lendária de três metros de altura a obedecia feito um gatinho?

Seu segredo estava ameaçado a cada segundo que Rubi passava em Minéria e, ainda assim, Céu não queria se livrar dela.

Mesmo agora, após a tentativa de fuga, mesmo tendo motivos de sobra para sentir ódio, não conseguia.

Um bom soldado era aquele que não via o inimigo como humano.

*Sou uma soldada de merda.*

Havia arranhões nos braços de Rubi e uma expressão meio abatida em seu rosto bonito.

— Se você estava tentando morrer, parabéns — Céu ralhou numa voz rouca e baixa. O pano com álcool roçava a pele de Rubi como uma desculpa para tocá-la. Ela tentava não pensar em como aquele calor a atravessava até o pulso. A janela aberta do quarto deixava entrar a brisa suave da noite, trazendo o cheiro de mato e pedra que Céu amava. — *Quase* conseguiu.

— Eu pensei que você queria me ver morta. Não entendi por que me salvou.

— Fui salvar o meu soldado.

— Ah, sim... — Rubi fez um biquinho fofo que era de matar. — Então por que não deixou aquela onçona me comer? Se eu tivesse morrido ali, ninguém saberia.

— *Eu* saberia. — Afastou o pano. — E os kairús não comem pessoas. Ele mataria lentamente só para te ver sofrer.

— Eu não entendo você.

— Que bom!

Céu voltou a limpar os arranhões, e a herdeira mordeu o lábio para conter um gemido de dor. Uma pontada de compaixão surgiu no coração da capitã, e ela quase suavizou o toque. Mas Rubi merecia ao menos um pouquinho de sofrimento e havia algo perversamente prazeroso em vê-la se contorcer sob seus dedos.

— Não vou fugir de novo. — Rubi desviou o olhar. — Mesmo que eu odeie ficar aqui.

— Ótimo — Céu respondeu mais baixo. — E se comporte porque não quero ter que me explicar para o...

— Departamento de Segurança — Rubi completou numa voz irritante. — Você já disse isso umas oitenta vezes.

Céu sentiu um calor discreto no peito, um desconforto que não sabia nomear.

Com os curativos prontos, ela se endireitou e puxou uma cadeira para se sentar ao lado da cama.

— Álvaro me disse que você não sabe usar o seu poder direito.

— O Álvaro é um bocudo.

— Como uma Herdeira tão forte não consegue controlar os próprios poderes?

— É porque é natural. — Rubi jogou os cabelos curtos para trás. — *Nasci* poderosa.

— E acha bonito se gabar disso?

— Acho.

— Um poder treinado é muito melhor do que um poder inato. — Céu ergueu a sobrancelha. — Se tudo o que você tem de bom é aquilo que herdou, então nada te pertence. Só é seu de verdade aquilo que você mesma conquistou.

Rubi tombou a cabeça e riu. Uma risada gostosa, que vinha do fundo do peito. Era bonito.

— Nada nunca é nosso de verdade, capitã. Alguém mais forte, mais cruel, sempre pode surgir e tomar tudo de nós. Uma deusa amargurada pode despertar os vulcões do mundo e, do dia para a noite, tudo o que você conhece pode desaparecer.

— É por isso que nunca podemos confiar nos deuses.

Ela riu de novo.

— Não deveríamos confiar em ninguém.

— Nisso você está certa. Mas não se preocupe, Takahashi. — Céu se levantou e se afastou rumo à porta. — Em breve você voltará para casa.

## CAPÍTULO 15

# Linn

Amar alguém era como viver com uma faca arranhando a jugular, pronta e sedenta.

Era o que Linn pensava sempre que olhava para Álvaro.

Ela sabia que podia perdê-lo a qualquer momento, que a guerra ou a tragédia inevitavelmente cairia sobre eles. Era sempre assim. Ela costumava pensar que ter uma vida feliz e tranquila era um privilégio apenas dos ricos, mas Rubi Takahashi tinha provado que ninguém estava a salvo.

Bastava um deus furioso e, bum, tudo o que ela amava viraria pó.

Linn passou as mãos pela manta que cobria o corpo de Álvaro, só para ter certeza de que ele estava mesmo ali, deitado na cama pequena onde costumava dormir quando não estava na torre de vigia.

A brisa da noite balançava o lampião pendurado no teto, projetando sombras nas paredes de madeira. Ela tentou ignorar o arrepio gelado em sua pele.

O cheiro de ervas amargas enchia o ar, um chá que Alexander preparava para aliviar as dores do irmão, e a conversa alta da capitã com Rubi vez ou outra chamava sua atenção.

Mas não tinha jeito, seus olhos sempre voltavam para Álvaro.

Ele definitivamente tinha levado a pior contra o kairú e mantinha o braço esquerdo numa tipoia. Um corte feio no ombro exigia curativos regulares. Álvaro insistia que estava bem, mas Linn conhecia aquele rosto — ele estava mentindo.

Ela queria se deitar na cama e aninhar seu corpo junto ao dele.

Pelos deuses, ele podia ter morrido!

— E essa carinha? — A voz rouca a fez abrir um sorriso. — Cê tá aí tem muito tempo? — Ele se levantou com certa dificuldade.

— Não. — Era mentira. — Só passei pra ver como você estava. Fiquei o dia todo na torre, porque o Ally se recusou a te deixar sozinho.

— Aquele bobão.

— Pois é… — Linn fez que ia se levantar, mas Álvaro a segurou pela mão. O toque dele doía.

— Fica mais um pouquinho.

— Eu… é, nós vamos fazer uma fogueira no quintal e preciso ajudar o Ally a organizar as comidas.

— Só um pouquinho. — Ele virou um pouco de lado, do jeito que dava, e abriu espaço para que ela se deitasse na cama. Linn piscou algumas vezes, a boca meio seca, mas acabou se ajeitando perto dele, sentindo o calor de sua pele.

— Toma. — Ela removeu o cordão com um anel que ficava grande demais para seus dedos. A pedra tinha uma cor tão escura que refletia uma luz roxa se exposta à claridade. — Pra eu nunca te perder de novo.

Puxou a mão dele devagar, testando em qual dedo o anel cabia, e tremeu quando ele se encaixou no anelar esquerdo de Álvaro.

Ele a olhou, confuso, mas aceitou.

— Isso é um pedido de casamento? — falou no ouvido dela, que sentiu que poderia morrer bem ali.

— Não, né? — Mas ela queria que fosse. — É só um anel. Meu pai encontrou esse diamante negro muitos anos atrás, assim, partido em três. As outras partes estão…

— No seu martelo e na sua pulseira. — Ele a puxou para mais perto.

— Desse jeito, espero poder te encontrar sempre que você se perder. Então… só usa, por favor — pediu, sem encarar diretamente os olhos dele.

— Eu nunca mais vou tirar.

As bochechas dela esquentaram. Linn apenas fechou os olhos e se permitiu ficar deitada com ele em silêncio.

Até que Alexander apareceu na porta, todo saltitante.

— Já acendemos o fogo. Vocês não vêm? Também fiz umas ervas pra você, Alvy. Vamos, gente!

Linn se levantou.

Os dois se reuniram ao redor da fogueira que Alexander acendera no quintal, junto de Rubi e Céu. Rubi ainda estava meio ferida do ataque do kairú, mas aparentava estar num melhor humor, rindo de alguma coisa que Alexander dizia, enquanto Céu revirava os olhos.

— O que foi? — Álvaro perguntou.

— O Ally quer saber com qual deus a gente transaria. — Rubi parecia estar se divertindo.

— Pelos Sete Infernos, Alexander, você tem quantos anos? — O Álvaro ralhou, se sentando ao lado do irmão. — O que vocês responderam?

Todos riram.

— O Tacruk, óbvio — Ally disse sem titubear. — Ele é um gostoso.

— Eu não arriscaria a fúria da Naki para pegar o Tacruk nem em mil anos. — Linn se sentou do lado direito de Álvaro, e de frente para a capitã.

— Eu faria que nem Zora e criaria uma cidade no céu, bem longe da Naki. — Alexander respondeu, fazendo Álvaro revirar os olhos.

— Vocês acreditam nisso ou é alguma piada? — Rubi debochou.

— Claro que sim! — Ally parecia realmente ultrajado. — Tem um lago enorme uns vinte quilômetros daqui, de onde a cidade foi elevada.

— Eles eram *inimigos*... — a körinense tentou rebater.

— Inimigos se apaixonam.

Linn viu o olhar de Rubi procurar o de Céu e, rapidamente, se desviar ao perceber que a capitã a encarava também.

*Interessante*...

— Mas deuses *não podem* abandonar o povo deles só pra ficar se pegando entre as nuvens. — Rubi tinha razão.

— Os deuses nem existem. — Álvaro deu de ombros, arrancando risadas dos outros.

Linn sabia que ele falava sério. Para Alvy, os deuses eram apenas lendas que os Herdeiros usavam para justificar as atrocidades que cometiam contra o povo comum, para dizerem que a linhagem deles tinha sido escolhida pelos próprios deuses, o que os fazia ser superiores.

Para não deixar a conversa desconfortável, perguntou:

— Rubi, pegaria quem? Se você disser Wata, eu me jogo de um penhasco.

— Só pode escolher um?

— Só um. — Alexander fez um biquinho, e lá foram os dois começar outra minidiscussão.

— Zora então.

— Mentirosa! Você tem cara de que pegaria a Vaelay.

— Ela *afundou* Osin, Ally.

Linn franziu o cenho, a história que conhecia era outra, mas não diria nada sobre aquilo com eles.

— Se a gente fosse analisar bem, não transaria com deus nenhum. — Alexander parecia se divertir com aquilo. — Vamos focar só nos atributos físicos. A Linn, por exemplo, pegaria a Vaelay.

— Não, calma, ainda não pensei. — Mas tinha pensado, sim. Ela só conseguia pensar *nele*.

— E você, irmão?

— Vaelith — Álvaro respondeu sem nem pensar.

— Acho que todo mundo concorda que os deuses da Chama e das Sombras são os mais gostosos — Linn disse.

— Eu não acho! — Alexander cruzou os braços.

— Só você. — Linn fez uma careta para ele. — Até a capitã concorda.

— Acho mais fácil perguntar pra Céu que deus ela *mataria* — Alexander brincou, buscando o olhar da capitã. Ela não respondeu.

— Acho que todo mundo vai dar a mesma resposta — Linn intercedeu, porque o olhar de Céu estava obscurecido por uma dor que ela nunca revelava. — Wata.

— Óbvio — Álvaro concordou e Alexander fez que sim com a cabeça.

Rubi tombou a cabeça.

— Concordo que ela é cruel e horrível, mas, se eu pudesse matar um deus, seria Naki. — Olhou diretamente para Céu.

Alexander bufou.

— Óbvio, né? O que esperar de uma körinense?

— Ah, mas não é por isso. Wata é cruel. A invasão a Otau, depois a Asai, foi terrível, mas vocês *já* a odeiam por isso, assim como nós odiamos os Vaes pelo cataclisma. A Naki pode ser cruel no mesmo nível, e quem é que fala sobre isso? Vocês podem falar sobre isso sem serem presos ou pior?

— Tacruk — Céu cortou. — Acho que eu mataria o Tacruk.

Todos a encararam, meio perplexos, esperando por uma explicação que nunca veio.

Para não deixar o climão se estender, Alexander contou um causo sobre a infância no Vale do Ouro, quando tinha encontrado uma pepita entre as pedrinhas de um rio. Linn percebeu que Rubi ouvia atentamente, mas os outros dois fingiam estar entediados por já terem escutado aquela mesma história mil vezes antes.

Linn sorriu de leve, sentindo um calor aconchegante tomar conta do grupinho. Ali, entre a fumaça suave da fogueira e os estalos de gravetos, surgiu o poder mais perigoso de todos, o sonho: Rubi contou como queria expandir as Indústrias Takahashi para além de armas e veículos de guerra, Alexander revelou seu objetivo de se tornar o melhor atirador de Minéria para poder trabalhar no palácio, Céu deixou escapar uma pontinha de saudade da mãe ao dizer que não queria muita coisa além de vê-la em breve. Já Álvaro soltou algumas poucas frases sobre o sonho de ter uma terra própria para cultivar, longe de tudo. Aquele também era o sonho de Linn. Ela desejava que a paz fosse uma possibilidade real, mas sabia que não era.

— E você, Linn? — Rubi esticou as pernas diante do fogo, enquanto sua blusa surrada mostrava alguns curativos no braço.

Linn pigarreou, sem querer expor muito.

— Eu gostaria de acabar com a mineração. Queria que não fosse mais necessário que pessoas como meu pai morressem soterrados dentro de uma mina.

Todos olharam para ela, que continuou:

— Queria que as pessoas pudessem ter uma vida tranquila e boa. Amaya é rica o bastante para dar a todos, amayaras, refugiados e até a invasores essa vida. Mas alguns… — Linn olhou diretamente para Rubi. — Têm muito mais do que precisam ter. Enquanto outros não têm nada.

A brisa da noite soprou, fazendo as chamas espalharem um vapor quente sobre eles, mas o silêncio ficou desconfortável. Ela sabia que tinha matado toda a graça da reunião, então apoiou a mão no ombro de Álvaro, checou rapidamente se o anel estava firme em seu dedo, e se levantou com um suspiro.

— Vou me deitar. Fiquei o dia todo na torre e estou cansada.

— Eu também vou. — Álvaro se levantou.

Os dois se despediram com acenos breves e entraram na casa. O corredor estava escuro, mas ela não acendeu a lamparina. Gostava das sombras.

— Boa noite, Linn. — Álvaro segurou a maçaneta do próprio quarto, mas seus olhos queriam dizer outra coisa.

— Boa noite.

— Eu… ahn, obrigado pelo anel.

Ela queria tocá-lo, se esquentar no corpo dele, dizer que o amava demais, que a ideia de perdê-lo a atormentava o tempo todo.

Linn apenas balançou a cabeça e sorriu, esperando que fosse o suficiente. Ela entrou no quarto depressa, porque, se pensasse muito, pediria para dormir na cama de Álvaro e ele talvez aceitasse, o que seria muito pior do que se a rejeitasse.

Deitou-se em sua própria cama, sentindo o cheiro de lençóis lavados e, por baixo dele, o sutil aroma do sabão que sempre perfumava as roupas em Minéria.

Fechou os olhos. O cansaço abraçava seu corpo, mas o sono nunca vinha de graça. Sua mente inevitavelmente a levou para o sonho de sempre.

As sombras desenharam contornos no canto do quarto. Ele estava ali outra vez, o homem feito de escuridão. Seu rosto estava mais nítido, quase humano, a pele clara contrastando com os cabelos longos e escuros e o manto de um preto absoluto. Os olhos, alongados e amendoados, brilhavam como estrelas quando ele sorria.

— Você entregou o anel para ele. — Não era uma pergunta. — Quer que eu o proteja?

Ela queria dizer que sim, mas tinha medo do preço que Álvaro pagaria.

— Vae… — Linn sussurrou. Já era tarde demais.

Outra figura alta saiu da escuridão, a silhueta que ela conhecia bem, o perfume de terra, suor e café que ela amava. Álvaro usava apenas uma calça larga, deixando exposto o tronco musculoso, coberto de cicatrizes e tatuagens. Olhando ali, no meio daquela escuridão, as marcas dele pareciam feitas de sombras também.

— O que você está fazendo? — ela perguntou para o deus.

— Não vou machucá-lo, Linda. — A voz de Vaelith reverberou num grave macio que fazia os ossos tremerem, e deu um empurrão de leve no ombro de Álvaro. — Eu nunca machucaria algo que você ama.

— Linn? — Álvaro chamou, confuso, mas havia algo a mais nos olhos dele. Algo que fazia chamas subirem por todo o sistema nervoso de Linn, até se alojarem na região entre suas pernas.

Em volta deles, o quarto não estava mais mergulhado em escuridão. Tinha se transformado em um espaço amplo e iluminado pela luz que entrava através das enormes janelas de vidro. Lá fora, dava para ver um deserto avermelhado, tão vasto que fazia o horizonte parecer infinito. O céu, de um azul quase impiedoso, sem uma nuvem sequer, deixava o sol cair de lado, afundando nas dunas cor de ferrugem.

— O sol vai baixar depressa — o homem feito de sombras disse. — E a escuridão vai voltar, absoluta, exceto pelas estrelas pintadas no céu. — Ele falava num tom nostálgico, dolorido, e Linn sentiu pena. Vaelith tinha perdido sua casa, seu povo, sua irmã e até a própria existência no mundo real. Estava exilado e preso naquele mundo de sombras, sozinho, sem ter como retornar.

Mas a pena foi substituída por um desejo doloroso, quando o deus foi até Álvaro e teceu sombras no seu tornozelo e pulsos, como correntes suaves. Sem dó, o jogou sobre uma cama enorme, de lençóis tão brancos que ofuscavam a visão. Os lábios de Álvaro se entreabriram num gemido, que poderia ser de surpresa, sim, mas parecia mais de um desejo meio confuso.

Num piscar de olhos, Vaelith já estava atrás dela, cobrindo-lhe o corpo com suas sombras geladas.

— Eu sei o que você quer, Lina Montealto… — murmurou perto do ouvido de Linn, com um timbre grosso. A voz parecia arranhar a alma dela.

— Você não sabe de nada… — Ela tentou resistir, mas as pernas fraquejaram, a pele formigando nos pontos onde as sombras roçavam.

Ele deu uma risada que cortava o ar quente.

— É só um sonho. — O sopro a arrepiou por inteiro. — Sonhos não têm consequências. — As mãos grandes tocaram seu pescoço e o toque frio fez seu coração disparar, uma onda de adrenalina colidindo em seu peito. Quando ergueu o olhar, viu Álvaro sentado na beira da cama olhando para eles com um desejo feroz.

Mas aquele não era o Álvaro de verdade. Era só um sonho e…

*… sonhos não têm consequências,* sussurrou a voz de Vaelith dentro de seus pensamentos.

Ela deixou a cabeça cair para trás, recostando-se no torso de trevas do homem-sombra. Álvaro, como sonho que era, fez exatamente aquilo que ela queria: veio até eles. O roçar da barba por fazer no rosto dela provocou um estalo que sacudiu seu corpo, os lábios dele buscaram seu pescoço e deixaram escapar um gemido rouco.

Ele era tão quente, tão *real.*

— Você é tão linda. — Beijou o rosto dela de um lado, depois do outro, enquanto as mãos percorriam sua cintura. — *Tão* linda.

Ela mal conseguia pensar. O corpo pedia mais, ansiava pelo toque de Álvaro, mas também pelas sombras que pareciam aquecer e gelar ao mesmo tempo. Fechou os olhos quando os lábios de Álvaro encontraram os seus. Os corpos colidiram e as sombras contornaram sua carne, como tentáculos de seda escura. Ela deixou escapar gemidos trêmulos, enquanto tocava o peito de Alvy, sentindo o pulsar do coração, o suor misturado à areia fina que o deserto arremessava contra as janelas. Era tudo, e era nada. Era demais, mas era pouco.

Álvaro a afastou de leve, parecia querer checar se nada havia mudado, e ela abriu os olhos, deixando o olhar descer até o brilho da pedra preta gentilmente abraçando o dedo anelar dele.

As sombras caíram sobre os dois quando o sol se escondeu por trás das dunas do deserto vermelho.

— Isso é um sonho mesmo? — Linn perguntou para Vaelith, mas ele havia sumido.

— Pensa menos e aproveita mais. — A voz do deus das Sombras era feita de vento. — O tempo está acabando.

Tudo cedeu. Álvaro sumiu num rastro de areia, a cama desapareceu. Ela se viu caída no vazio, sentindo apenas o eco do beijo quente nos lábios e o pavor de um abismo sem fim.

Seu corpo deu um solavanco e ela despertou, arfando, a nuca coberta de suor e o coração batendo na garganta. O quarto estava escuro, só uma lamparina fraca na sala lançava um brilho alaranjado pelo batente da porta. Linn ergueu a mão ao pulso, meio inconsciente, querendo checar se a pulseira de pedra preta ainda estava ali — sim, estava.

Ainda sentia o calor das mãos de Álvaro na pele, a pressão dos lábios, o pulsar que misturava vida e desespero. Uma lágrima pequena escorreu por seu rosto, quente e amarga.

— Pelos Sete Infernos… — Queria convencer a si mesma de que era apenas um sonho. Mas o desejo que corria entre suas coxas contava outra história.

Ela se deitou de lado, encolhida, sem conseguir se livrar dos tremores. Engoliu em seco e fechou os olhos, sabendo que as sombras voltariam. E, dessa vez, ela queria que elas voltassem.

# CAPÍTULO 16
# May

Entrar em Minéria era muito mais fácil do que sair.

E May Song sempre tinha a impressão de que o objetivo daquela barreira era muito mais sobre impedir o exílio dos minerianos para as cidades ricas de Körin do que protegê-los de algum perigo.

Vendo o estado em que a cidade de Figueira Doce se encontrava, May conseguia entender — jamais aceitar — o porquê.

O rio sagrado estava vermelho de rejeitos de mineração, e fedia mais do que o esgoto de Stashi. Fazia uns quinze anos desde que os Herdeiros da Água tinham desistido de tentar purificar o rio körinense, já o rio mineriano nunca teve essa chance.

Soldados marchavam pelas ruas em seus uniformes verdes, mas ela não se escondeu. Não precisava. Seguiu andando com Sabrina. Os garotos tinham ficado no dirigível, estacionado perto da Pata da Onça, a quilômetros dali. Não queria colocá-los em perigo. Sua tripulação era formada, em maioria, por pessoas muito jovens ou muito quebradas. Gente abandonada por ambas as nações, órfãos que tinham perdido os pais nas minas de Minéria ou nas fábricas de Körin.

Minéria afundara em uma pobreza dolorosa desde que a Rainha Eterna subira ao trono. Em vez de governar para o povo, ela passou quase meia década empenhada em exterminar todos os Herdeiros de Tacruk — e qualquer vestígio da magia da Montanha. Os minerianos ficaram, assim, abandonados.

Homens, crianças e bichos dormiam amontoados nas ruas. A fome estava estampada na pele das pessoas. Aquela fome que se impregnava nos ossos, que transformava as costelas em grades sob a carne. Fazia as crianças correrem atrás de ratos e os velhos lamberem os dedos sujos na esperança de um gosto de sal ou gordura.

Sabrina andava ao lado de May, os olhos azuis atentos, as mãos enfiadas nos bolsos como se precisasse escondê-las para não tocar em nada. Seu rosto estava coberto por um lenço fino de algodão, para evitar o cheiro podre do rio.

May observou enquanto um grupo de crianças enfiava os braços num monte de entulho, revirando lixo em busca de qualquer coisa que pudesse servir de alimento ou ser vendida. A menor delas encontrou um pedaço de pão embolorado, mas, antes que pudesse levar à boca, uma mulher mais velha o arrancou da sua mão, enfiando direto na própria boca, mastigando rápido.

May prendeu o ar.

Isso era Minéria.

A Minéria *real*, abandonada por seu deus nas mãos de uma tirana.

Um povo que vinha da terra agora não tinha nem comida para oferecer aos seus filhos.

Sabrina não falou nada, mas seus olhos ferozes diziam o suficiente.

— Isso aqui está pior do que a última vez — May murmurou, não sabendo se falava com Sabrina ou consigo mesma. Os olhos da piloto percorreram o ambiente, como se a cidade estivesse queimando e ela buscasse alguém entre as chamas.

— Claro que está pior — respondeu, seca. — Eles *querem* que esteja pior.

May não perguntou quem eram "eles". Não precisava. Sabia a resposta. Para que os nobres deitados em camas de ouro pudessem ostentar anéis de diamante puro, precisava existir gente que dormia no chão, sem um teto sobre a cabeça, apenas as estrelas.

*Eles*. Aqueles que retiravam as riquezas de Minéria para transformá-las em armas ou em luxos para a elite de Körin. Gente como os Takahashi, que compravam matéria-prima a preço de miséria para construir seus dirigíveis, seus autômatos, suas armas de guerra. Que enchiam os cofres às custas da fome de Figueira Doce, do desespero de Stashi, das vidas das pessoas comuns.

— Aqui — Sabrina chamou, parando ao lado de uma construção baixa, de tijolos rachados e um toldo rasgado que anunciava um boteco.

May ergueu a sobrancelha.

— Tem certeza?

Sabrina sorriu, mas não havia alegria em seu rosto.

— Confia em mim.

A líder rebelde ajeitou as alças da bolsa e seguiu a mulher para dentro, porque a seguiria para qualquer lugar.

O cheiro era forte — suor, álcool barato, fritura queimada e poeira. Algumas mesas estavam ocupadas por trabalhadores de mãos grossas e sujas de minério. Havia alguns soldados num canto, conversando em voz baixa, os uniformes desalinhados. Pelo tom mais claro do uniforme, de baixo escalão.

O corpo de May entrou em estado de alerta.

— O que exatamente a gente veio fazer aqui? — sussurrou para Sabrina.

— Conseguir informação.

— *Aqui?* — Não parecia um lugar confiável.

Sabrina não esperou que ela perguntasse mais nada, já se aproximava do balcão, onde um homem grande e de expressão cansada secava uma caneca com um pano puído.

— Ei, patrão — Sabrina chamou, apoiando o cotovelo no balcão. — Queremos uma garrafa da *boa*.

O dono do boteco ergueu os olhos e analisou as duas. Seu olhar demorou em May, então desviou, pegando uma garrafa suja de um armário baixo.

— Vocês não são daqui. — Ele serviu duas doses de um líquido dourado.

Sabrina riu, pegando seu copo.

— Isso importa?

O homem deu de ombros, limpando as mãos no avental imundo.

— Importa se vocês forem da polícia.

May quase riu.

— Acha que *parecemos* policiais?

— Já vi contrabandista com farda e já vi soldado com lenço de bandido — retrucou o dono do boteco. — Em Minéria, ninguém é apenas o que parece ser.

Sabrina virou seu copo de uma vez, fez uma careta e bateu o vidro na madeira.

— E você, o que é?

O homem sorriu.

— Um homem que precisa ganhar a vida.

May entendeu o jogo.

Sabrina puxou uma moeda de prata do bolso e a girou entre os dedos.

— Agora a *boa*. Estamos procurando uma garota.

O sujeito não disse nada.

— Körinense — May acrescentou baixinho.

Um silêncio pesado dançou pelo bar. O homem olhou para o lado, para os soldados, e então estendeu a mão. Sabrina depositou a moeda ali.

Ele a analisou por um instante, depois falou baixo, para que só as duas escutassem:

— Há boatos sobre uma garota körinense nas redondezas do Mirante, escondida por soldados minerianos.

May segurou a respiração.

— Quem mais ouviu isso?

O homem a encarou com olhos de quem viu coisas demais na vida.

— Quem precisava ouvir.

Isso era ruim. Muito ruim.

May trocou um olhar com sua piloto, que fechava o punho em volta da garrafa.

— Obrigada pela bebida. — Sabrina puxou May pelo braço, saindo do boteco sem olhar para trás. Assim que estavam do lado de fora, longe dos ouvidos atentos do dono do bar e dos soldados, ela disse: — Isso significa que o DESEG já sabe?

— Se soubesse, a garota estaria com eles. Agora… por que ela está com *soldados minerianos*?

A outra mulher soltou o ar devagar e olhou para a rua imunda.

— Talvez eles queiram dinheiro, May. Eu não os julgaria.

— Soldados *de Minéria*? Arriscando o pescoço assim? Estranho.

— Talvez sejam traidores. Mas, se nós já sabemos, certamente o Departamento de Segurança já sabe ou saberá muito em breve.

— Estamos sem tempo. — May mordeu o lábio.

Sabrina nunca parecia desesperada. Embora seus olhos queimassem, ela sempre costumava pensar muito antes de agir. Mas agora May via algo diferente no rosto dela.

Algo *pessoal*.

— Nós vamos destruí-los, Brina. Vamos fazer todos eles pagarem por tudo o que fizeram, por todas as famílias que exploraram até destruírem. Nós vamos acabar com tudo o que eles são e o que representam, eu te prometo.

Sabrina não olhou para ela.

A cidade seguia ao redor delas. Os gritos das crianças, o cheiro do rio podre, os olhos fundos de um povo esquecido.

Então, num tom mais baixo, Sabrina respondeu:

— Mas isso não vai trazer de volta o que eles tiraram de nós.

May quis dizer algo, mas não conseguiu. Quantas crianças as duas tinham conseguido salvar das fábricas de Körin? Quantas ainda estavam lá? May tinha sido uma dessas crianças, embora se lembrasse muito vagamente disso. Pensou no Mestre Song guiando funcionários para fora de uma fábrica em chamas, logo antes do teto inteiro desabar sobre sua cabeça.

Sabrina tinha razão, nada traria de volta o que elas tinham perdido.

E ambas já tinham perdido demais.

CAPÍTULO 17

# Hideo

A noite mergulhara Stashi naquele típico manto de poluição e umidade. Nas ruas próximas aos prédios das Indústrias Takahashi, as fábricas continuavam a exalar vapores e fuligem, dando à escuridão um tom amarelado de lâmpadas a querosene e um sabor amargo de metal. E no meio desses prédios, bem no coração da cidade, ficava a gigantesca torre Takahashi, de onde um dirigível levantava voo.

Hideo aguardava em frente ao templo de Zora, imóvel como uma estátua, diante de um vitral que retratava o Dragão Celeste, lendário guardião dê deuse do Ar. Mas os olhos do general estavam fixos na torre a alguns prédios de distância, pensando em como se sentiria poderoso se olhasse a cidade lá de cima todos os dias.

Esse dia, felizmente, não demoraria a chegar.

Rudolf se aproximou em silêncio, a cabeça baixa. As botas cobertas de fuligem mal faziam ruído ao pisarem no calçamento sujo da rua.

— Não há sinal de May Song nas redondezas de Körin. Parece que ela e os rebeldes se dispersaram ou voaram para algum lugar que ainda não descobrimos. — O informante mantinha a voz tão baixa que quase soava um sussurro. — Mas, confirmamos, a senhorita Takahashi está mesmo em Minéria.

A mandíbula de Hideo se contraiu; seus lábios quase se curvaram num esboço de sorriso.

— É claro que está. — Fez um gesto com a mão para que o capanga o seguisse e entrou na igreja que, secretamente, escondia um túnel que levava até o prédio principal dos Takahashi. — Então ela ainda está viva…

Fez-se um longo silêncio enquanto os dois seguiam pela passagem ora inclinada, ora cheia de degraus. Conforme andavam, luminárias se acendiam, revelando os vitrais na parede — que começavam com a figura dê deuse e seus cabelos branquíssimos, mas eram seguidos por imagens da linhagem Takahashi, começando por Taishi, o primeiro Herdeiro do Ar, até chegar à avó de Hideo, depois ao pai e, por fim, ao irmão mais novo. Todos sorrindo, os cabelos claros como os de Zora.

— Eu quero que você voe pessoalmente até lá ainda esta noite. Se essa garota realmente for Rubi, já sabe o que deve fazer. — Sua voz soou fria como vento de montanha.

— Mas, senhor… — o capanga arriscou, calando-se ao ver o olhar de Hideo endurecer.

— Faça o que eu disse.

O homem desceu a escadaria, e Hideo nem sequer se deu ao trabalho de olhar para trás. Continuou subindo até deixar aqueles vitrais na escuridão. Ele tocou a parede gelada, feita de pedra, que se abriu, deixando a luz da sala de Hiro entrar.

O general encontrou o cômodo vazio, os únicos olhares sobre ele eram o de Zora na pintura à sua frente, e o do próprio pai, no retrato que Hideo colocou de volta no lugar ao fechar a abertura da passagem secreta. Depois, cerrou as cortinas, não queria ficar olhando para a cidade, e nem que a cidade olhasse de volta para ele. Não queria testemunhas.

Sentou-se na cadeira do irmão e encarou os jornais abertos sobre a mesa.

Baile em chamas: rebelde destrói segurança e foge.

Indústrias Takahashi em nova crise?

Amassou uma das páginas nas mãos, sentindo a frustração azedar a língua. Se Hiro não tivesse interferido naquela noite, ele teria rastreado May Song e, talvez, finalmente, a tivesse capturado. Mas agora o Império inteiro sussurrava o nome Takahashi. Ele precisava assumir o controle depressa antes que o irmão fizesse outro estrago daqueles.

Passou a mão no anel de rubi que carregava no indicador. Quase pôde ouvir o retinir do metal contra seu próprio osso. Não ia falhar, não como tinha falhado com Makiko.

A porta rangeu e se abriu.

— Ah, ninguém me avisou que você tinha chegado… — Hiro manteve aquele tom neutro e cordial, quase entediante.

— Seus homens são *inúteis*. — Hideo se levantou, mas continuou de costas para as janelas. O cheiro do perfume de Hiro tomou o cômodo inteiro, tão doce que lhe causava náusea.

— Descobriu algo sobre a minha filha?

— Sinto muito, irmãozinho. — Hideo pousou a mão no ombro dele, num fingimento de afeto que fazia seu próprio estômago revirar. — Tem certeza que quer ouvir?

Hiro o encarou, trêmulo, a pele suando.

— O que foi? O que aconteceu com ela? Aquela rebelde…

Com um aceno sutil, Hideo ordenou que ele se calasse.

— May Song não manteve Rubi por muito tempo. Não sei exatamente como, nem por que, mas a sua filha está em Minéria. — Fez uma pausa, analisando a reação chocada do irmão.

— Como assim? — Hiro enrugou a testa. — O que ela está fazendo lá? Foi vendida para eles? — Abriu os olhos em puro horror. — Ela está no Departamento de Segurança?

O general conseguiu controlar a risada por muito pouco. Ele nunca foi capaz de entender por que o pai tinha entregado a empresa nas mãos daquele patife.

Como Makiko tinha preferido se casar com alguém tão fraco?

Hideo foi até o pequeno bar no canto do escritório, onde uma garrafa de uísque euraiano estava quase no fim, e se serviu com uma dose, que bebeu de uma só vez.

— Quer? — Hideo ofereceu, já preparando a bebida para Hiro. — Se ela estivesse no DESEG, nós saberíamos. — Entregou o copo para ele e encostou os dedos em seu peito, se demorando ali o suficiente para a sentir a mão esquentar. — Fica tranquilo. Sua filha fugiu dos rebeldes e, de alguma maneira, caiu em Minéria.

Hiro bebeu o uísque de uma vez só.

— Ela está bem?

— Não sei muito, mas já mandei meus homens cuidarem dela.

Hideo sorria no canto da boca. Um sorriso quase imperceptível, mas afiado como uma espada.

— Ah, que bom! — Hiro passou as mãos no rosto vermelho e se sentou numa das poltronas que ficavam em frente a sua mesa. — Eu já não sabia mais o que fazer. — Seus dedos tremiam tanto que deixaram o copo cair no chão. O cristal se partiu em milhares de pedaços. — Pelos deuses, estou tão nervoso com tudo isso. Eu não suportaria perdê-la também.

Uma onda de desprezo dominou Hideo, o gosto do uísque ainda amargando sua língua.

— Ah, querido irmão.

— Meu peito… — Hiro caiu de joelhos, apoiando-se na borda da mesa, os olhos arregalados de pânico.

— Pensei que eu teria mais prazer em tirar tudo de você, mas te olhando assim, não sinto nada.

— O quê…?

— *Shiu.* — Colocou o indicador sobre os lábios do irmão. — Chega de falar. Você já falou demais. Já teve tudo nessa vida, tudo o que deveria ter sido meu.

Ele se abaixou para que os rostos ficassem na mesma altura, e falou bem perto do ouvido de Hiro.

— Quando eu soube que a Makiko tinha se casado com você, eu tinha acabado de encontrar uma das Sete Pedras, a de Naki. Sabe o que ela faz, irmão? — Não esperou resposta alguma. — Cria *raízes* dentro da pessoa. Imagina uma árvore crescendo de dentro para fora, lascas de madeira rasgando seus órgãos, abrindo a pele. Horrível. É a cena mais linda que já vi.

Hiro soltou uma golfada de saliva misturada a sangue, os olhos revirando enquanto tentava encarar o irmão mais velho. O rosto estava ficando roxo, e uma veia pulsava em seu pescoço.

Ele parecia querer dizer alguma coisa, mas apenas chiava feito uma chaleira velha.

— Foi assim que o papai morreu. — Hideo se afastou para não se sujar com os fluidos que escapavam do corpo do irmão, e sorriu verdadeiramente pela primeira vez em muito tempo. — Ele também caiu de joelhos assim, patético, vocês dois são iguais nisso. Fracos demais.

Hideo observou, sem piscar, a morte chegando. Gostava de analisar cada espasmo, cada tentativa de sobrevivência que o corpo do outro fazia.

— Vai doer bastante, mas vai acabar dentro de alguns minutos. Você está durando mais do que ele, sabia? — Deu uma risada vendo que Hiro tentava se manter de joelhos, mas já não conseguia mais. Num baque seco, caiu de lado, com o rosto no chão. — Morra logo para eu poder recuperar a minha pedra. Ela já está dentro de você há tempo demais.

O outro abriu e fechou a boca, pateticamente, sem emitir voz alguma. Seus olhos suplicavam, mas Hideo só via a fraqueza de um incompetente. Em meio a um espasmo, o corpo de Hiro endureceu, então as raízes fizeram seu peito e barriga explodir, espalhando sangue e tripas para todo lado.

Hiro ficou ali estatelado no chão, os olhos sem vida, a boca ligeiramente aberta, vinhas se enrolando em sua língua, crescendo até se prenderem no chão polido.

Era isso. Quase com delicadeza, Hideo retirou a pedrinha que brilhava esverdeada naquele mar de vermelho e marrom. Limpou-a numa toalha de linho que estava sobre a mesa.

Deixaria que a cena falasse por si quando encontrassem o corpo do irmão. Ninguém teria dúvidas de que aquela era uma obra de um Herdeiro da Terra.

O general guardou a pedra no bolso interno do casaco. No ar, o odor doce e nojento do perfume de Hiro se misturava ao fedor metálico e terroso de sangue e raízes.

— Que o pior dos Sete Infernos te receba. — Hideo arrumou as mangas do casaco.

Sem olhar mais para o cadáver, arrastou o quadro do pai para o lado e entrou pelo buraco na parede, para ser recebido pelas sombras da passagem secreta, prometendo para si mesmo que nunca mais entraria ali usando aquele caminho. Não, a partir daquele momento, sempre entraria nas Indústrias Takahashi pela porta da frente.

## CAPÍTULO 18

# Rubi

As ruas de Figueira Doce eram estreitas e cheias de buracos, cobertas de poeira vermelha e lama velha. As casas, feitas de tijolos rachados, pareciam prestes a desmoronar. Rubi franziu o nariz. O cheiro era uma mistura de fumaça, água podre e carne seca, e havia gente por todos os lados.

A cidade era um buraco esquecido pelo mundo, cortado por um rio avermelhado entre entulhos e pedras. Os cabelos do povo estavam emaranhados, as roupas mal serviam para cobrir os corpos esqueléticos. Algumas pessoas tinham machucados na pele, queimaduras do sol forte ou cortes que nunca foram tratados.

Crianças magras corriam descalças pelo chão poeirento, brincando. Riam alto, correndo atrás de cães pequenos e surrados, de costelas aparecendo, mas com rabos abanando de alegria.

Como conseguiam ser felizes num lugar como aquele?

Uma menina negra segurava um filhote de cachorro, protegendo-o do vento. O cachorrinho a lambeu no rosto, e ela riu, um riso doce e puro, como se não existisse nada errado naquele mundo.

Rubi desviou o olhar e apenas observou Céu parar o carro dentro de um galpão abandonado e sair. Rubi a seguiu sem perguntar e viu a capitã fechar a porta grande de metal com um cadeado.

— Esconde o cabelo. — Céu apontou para a cabeça de Rubi. Apesar do calor abafado da cidade, ela cobriu seus fios loiros com um capuz.

A capitã guiou Rubi até a estação de trem, que estava apinhada de gente suada e fedorenta, se empurrando e xingando umas às outras com aquele sotaque carregado dos minerianos. Elas se colocaram no final da fila e o tempo nunca passou tão devagar.

No guichê de bilhetes, um soldado olhou para os documentos falsos de Rubi, que Céu tinha conseguido de alguma maneira que ela nem quis perguntar, depois encarou seu cabelo.

*Merda.*

— Algum problema? — A capitã colocou o braço sobre o ombro da körinense, com sua postura impecável e autoritária.

— Ela parece estrangeira.

— Muitos de nós parecemos estrangeiros. — Ela olhou para os cabelos mais ondulados do rapaz, sua pele clara, seus olhos verdes.

Realmente, quase todo mundo, em Körin e em Minéria, tinha sangue estrangeiro. Poucas eram as famílias nativas de Amaya que não tinham se misturado com o povo que veio do continente ao leste.

— É verdade. — Ele entregou os documentos de volta para Rubi e fez um gesto para que passassem e embarcassem no trem.

O vagão era apertado, de bancos duros e janelas empoeiradas. Céu sentou ao seu lado, perto do corredor, e soltou um suspiro longo.

Rubi relaxou contra o banco, sentindo o trem começar a se mover, se afastando daquela cidade suja, deixando para trás a Vila do Mirante e, em breve, Minéria.

Ela fechou os olhos e aguardou que a esperança viesse. Estava voltando para casa. Será que encontraria Hiro na mansão em Porto Takahashi? Ou será que teria que viajar até Stashi para encontrá-lo em seu escritório? Há quanto tempo não o via? Um ano? Dois? Quando era criança, costumava ficar mais tempo com o pai, vendo o sorriso suave que ele abria sempre que ela aprontava alguma coisa. Ele era a única pessoa que ela amava e, ainda assim, quase nunca falava com ele.

Será que a relação dos dois teria sido diferente se Makiko Takahashi continuasse viva?

Rubi não gostava de pensar em como sua vida tinha se partido em duas. Havia o antes, quando sua mãe era como sol nascendo por trás do oceano. Sempre tão gentil, tão genial. Ela colava os pedaços quebrados do mundo, como fazia com as bonecas de porcelana que a filha insistia em quebrar.

E havia o depois. Quando a morte de Makiko transformou Rubi em fragmentos do que um dia havia sido uma menina. Hiro não suportou ficar ao lado dela, a vendo se desfazer, e mergulhou no trabalho para não encarar as lembranças que seu rosto trazia.

Será que eles teriam tempo de consertar isso agora que Rubi estava voltando para casa?

Ela finalmente estava deixando aquela nação pobre, aquelas tarefas que não estavam no seu nível, e aquelas pessoas que um dia cogitaram matá-la. Logo se veria livre deles, na sua casa com vista para o mar em Porto Takahashi e... Será que, um dia, voltaria a ver o quintal cheio de folhas secas, a sentir o calor da fogueira ou o cheiro de café recém-passado? Será que, em algum momento de sua vida, voltaria a ouvir as brigas bobas e as risadas altas daqueles soldados minerianos?

Ela sabia que não.

Como era insuportável pensar em voltar para casa, ela se aproximou do ouvido da capitã e perguntou:

— Como você conseguiu os documentos falsos?

Céu estreitou os olhos.

— É melhor você nem saber. Quem me garante que você não vai contar essa história para seus amigos em Körin? Eu já estaria numa situação muito ruim só pelo que fiz até agora.

— Eu não vou contar.

— Você não precisa continuar se fazendo de boazinha, não posso mais te matar.

— Não me fiz de boazinha, só estava cooperando para o meu próprio bem-estar.

— Estava se fazendo de inofensiva para sobreviver e encontrar uma brecha que te deixasse escapar. E eu acho isso muito admirável, sabe? Lutar para sobreviver.

A surpresa foi tão grande que Rubi arregalou os olhos.

— Quê?

— Não vou repetir, Takahashi.

Céu abriu o sorriso maroto mais lindo que Rubi já tinha visto. Um sorriso que deveria ser proibido em todas as nações.

Com o coração martelando forte contra suas costelas, ela preferiu olhar para a paisagem do lado de fora. Se ficasse olhando para Céu por muito tempo, não conseguiria conter a vontade de tocá-la, de saber qual era a temperatura de sua pele, a maciez.

Lentamente, as árvores altas iam sendo substituídas por uma planície de vegetação baixa e amarelada. Minéria estava destruída. E uma parte gigante de Rubi dava graças aos deuses por estar deixando aquele lugar.

Aquela outra parte, porém…

Ela estava prestes a falar qualquer coisa para se livrar do silêncio quando a porta do vagão rangeu e se abriu devagar. Três homens entraram, e Rubi soube na hora que havia algo errado. Os três eram altos, vestindo casacos de couro escuro e botas gastas. Um deles tinha uma cicatriz atravessando o nariz, o outro segurava um rifle de cano curto com a confiança de quem sabia usá-lo bem. E o terceiro tinha barba rala e olhos fundos.

— Isso não é bom — a capitã cochichou, enfiando a mão dentro da calça.

O homem da cicatriz sorriu, mostrando dentes amarelados.

Céu apertou a mão de Rubi.

— Corre. — Ela se levantou de uma vez, puxando Rubi, que não soube o que fazer além de correr também, seguindo a capitã pelo corredor estreito até a parte de trás do vagão.

CAPÍTULO 19

# Céu

A primeira coisa que Céu percebeu foi a postura deles. O jeito casual demais de andar pelo vagão, o olhar escaneando cada rosto até pousar nos delas.

Caçadores de recompensa.

Não era difícil reconhecer esse tipo. Ela já havia lidado com o suficiente deles para saber que aquela presença ali não era à toa. Um deles girava distraidamente um rifle curto nos dedos, olhando para as pessoas de um jeito que indicava que não estavam ali para resgatar ninguém.

Eles queriam *matar*.

Foi por isso que Céu segurou firme o pulso de Rubi e correu, a puxando pelo corredor apertado do vagão, os ombros batendo contra os bancos e as malas de passageiros, derrubando coisas pelo caminho. Não havia tempo para pedir desculpas. O trem oscilava sobre os trilhos, sacudindo a estrutura de ferro e madeira, fazendo cada movimento parecer mais desajeitado. Céu ouviu os passos dos caçadores acelerando atrás delas e soube que tinham segundos até que fossem encurraladas.

Abriu a porta traseira do vagão e o vento chicoteou seu rosto. O trem estava em movimento, rápido demais para que saltassem pela lateral sem se machucar gravemente, e o vagão seguinte estava trancado com um cadeado, provavelmente era carga valiosa, contrabando para Körin.

O único caminho era para cima.

Ela parou e pegou Rubi no colo, impulsionando o corpo da garota para cima.

— Sobe.

Talvez tenha sido por pura adrenalina, mas Rubi conseguiu se agarrar ao teto do vagão, escalando com uma agilidade impressionante. Céu a seguiu, os músculos dos braços protestando, mas obedecendo. O maior problema era o vento e o balançar do trem, que a fez perder o equilíbrio no instante em que se ergueu sobre a superfície metálica.

Os homens subiram logo atrás dela.

O vento rugia contra seus corpos, arrancando qualquer resquício de calor, e o teto estreito do trem as forçava a medir cada passo. Uma falha e qualquer um deles poderia ser arremessado para fora.

— Aonde vocês estão indo? — um dos homens perguntou, mas sua voz se perdeu no barulho das rodas no trilho e no uivo do vento.

Céu virou o rosto. O homem da cicatriz vinha rápido, puxando um facão da bainha, a lâmina brilhando, mirando seu pescoço.

O golpe cortou o ar a um fio de seu rosto. Céu agarrou o pulso dele e torceu o braço em um ângulo impossível. Um estalo seco acompanhou o grito abafado do caçador. Ela o chutou na lateral do joelho, fazendo-o tropeçar para trás, deslizando perigosamente perto da beirada.

O segundo homem ergueu um rifle.

Céu se jogou no chão. O disparo ecoou pelo trem. A bala ricocheteou na lataria, deixando uma marca funda. Ela rolou e chutou o rifle. A arma deslizou pelo teto metálico, caindo no vazio. O caçador rosnou e sacou uma adaga do cinto, avançando para cima dela.

Ela mal teve tempo de bloquear o primeiro ataque. A lâmina deslizou rente ao seu rosto, e a pele ardeu quando a ponta do metal cortou superficialmente sua bochecha. O homem tentou um segundo golpe, mas ela desviou para a lateral e agarrou o pulso dele, girando seu corpo e usando o peso do próprio inimigo contra ele. O caçador cambaleou, escorregando.

O trem sacudiu nos trilhos.

O sujeito perdeu o equilíbrio.

Céu viu o terror nos olhos dele no segundo exato em que seus pés deslizaram para fora da beirada do vagão, seu grito sendo devorado pelo vento.

Mas o terceiro ainda estava de pé.

E agora apontava uma pistola para a cabeça de Rubi.

Céu congelou. Não havia tempo para alcançar a körinense antes do tiro. As pontas de seus dedos formigaram, o homem sorriu.

— Só preciso do seu corpo, Takahashi.

Ela sentiu o chumbo, o revestimento de cobre, e *viu* a bala saindo e depois voltando para dentro do cano, onde explodiu. O homem deu um passo para trás, soltando a arma no chão.

Uma corrente de ar explodiu ao redor delas, cortando o silêncio como um uivo corta a noite. Céu viu os olhos de Rubi arregalados, sua respiração curta e errática. Ela não estava controlando a magia.

Estava *vazando* poder.

O caçador tropeçou ainda mais para trás e Céu se aproveitou do momento para se lançar contra ele com força total.

A pancada o jogou no chão, mas ele se agarrou ao teto do trem no último segundo. Céu tentou puxá-lo para longe, porém o homem reagiu com um soco direto no estômago dela, fazendo-a cambalear para trás.

O vento rugiu ainda mais alto.

Céu viu Rubi tremendo, o corpo emanando pequenas correntes de ar que sacudiam o trem, criando redemoinhos ao redor delas.

Se aquilo continuasse, o próprio trem poderia descarrilar.

A única saída era fugir.

Ela puxou Rubi pelo braço e, sem hesitar, correu pelo teto estreito do vagão. O próximo estava perto.

A capitã saltou, sentindo o impacto dos pés contra o metal escorregadio. O trem oscilou nos trilhos, e ela quase caiu, mas se segurou a tempo. Rubi saltou logo atrás, mais desajeitada, e Céu a agarrou antes que ela escorregasse.

— Precisamos sair daqui! — gritou contra o vento.

Rubi assentiu, os olhos ainda assustados.

O trem passava sobre uma ponte agora. O rio abaixo era estreito, mas as margens estavam repletas de pedras afiadas. Não seria uma queda ideal, mas era melhor do que ficar ali esperando os caçadores se recuperarem.

Céu olhou para Rubi.

— Agora!

Elas saltaram.

O impacto foi brutal. Seu corpo bateu contra a água gelada, o choque arrancando todo o ar de seus pulmões. Ela afundou, rodopiando, sentindo a correnteza puxá-la. Então se forçou a subir. Seu rosto emergiu da superfície e ela ofegou, puxando uma lufada de ar. Seus braços se moveram instintivamente, nadando contra a correnteza até encontrar um pedaço de terra firme. Olhou ao redor para se certificar de que Rubi estava ali, tossindo, os cabelos grudados no rosto, os olhos arregalados em choque.

— Eu… odeio… você. — Ela engasgou.

Céu cuspiu um pouco de sangue.

— Ótimo. Pelo menos está consciente.

O trem já estava em um ponto distante, levando consigo os caçadores e qualquer chance de fuga fácil. Agora estavam no meio do nada, sem comida, sem armas e sem plano.

Mas Céu conhecia aquele lugar muito bem. Sabia para onde precisavam ir.

— Vamos, esse cerrado é cheio de guarás.

Rubi a seguiu, reclamando de tudo.

— A gente podia ter morrido. — Ela abraçou os próprios braços.

Céu não respondeu mais nada.

A vegetação se estendeu diante delas, árida e implacável, tingida pelo sol poente em tons de cor de laranja queimado e de violeta profundo. Rubi mancava um pouco atrás, os pés descalços castigados pelo chão rude, e segurando seu único sapato sobrevivente.

— Eu odeio andar — ela resmungou. Céu ignorou.

O sol ainda queimava, mas logo desceria por completo. E então o frio viria. O cerrado era traiçoeiro assim — um inferno durante o dia, uma friagem congelante à noite. Elas precisavam chegar antes que a escuridão tornasse tudo ainda pior.

O aulido de um guará ecoou ao longe, solitário.

Os pelos de sua nuca arrepiaram.

— Temos que andar mais rápido.

Rubi ergueu o rosto para ela.

— Você acha que esse… bicho ataca gente?

Céu balançou a cabeça.

— Não. A não ser que estejam com muita fome, o que é bem provável.

A garota já estava exausta, isso era óbvio. Mas o pior era a magia. Céu podia sentir mesmo à distância, como uma tempestade que não sabia para onde soprar.

— Seu poder está vazando.

Rubi piscou, atordoada.

— O quê?

— O vento está rodopiando só em volta de você.

Rubi olhou para os próprios pés. Pequenos redemoinhos de poeira subiam e se dissipavam conforme ela andava, seguindo seu rastro como sombras.

— Isso sempre acontece quando você usa magia?

— Não... — Rubi hesitou.

— Você precisa aprender a controlar isso.

— E você precisa parar de mandar em mim.

Céu inspirou fundo, mil maneiras diferentes de *mandar* em Rubi passando por sua cabeça.

— Se você continuar vazando poder desse jeito, vai acabar matando alguém sem querer.

O rosto de Rubi se fechou.

O aulido voltou, mais próximo dessa vez.

Céu instintivamente levou a mão ao coldre vazio em sua coxa, onde deveria estar sua arma. Maldição. Se tivesse sido mais rápida, teria pegado uma das pistolas dos caçadores antes de pular do trem. Agora, estavam vulneráveis.

Precisavam chegar logo.

— Parece que ele está gritando. — Rubi olhava para o nada que se estendia diante delas, para os arbustos baixos intercalados por árvores esparsas.

Céu conhecia tão bem esse lugar. Já tinha passado por ali antes, muitos anos atrás, quando ainda era criança. Estavam perto.

Ela apressou o passo.

Seguiram em silêncio até o sol já estar baixando no horizonte, o calor sendo lentamente substituído por uma brisa fresca que, em breve, ficaria fria com o vento que vinha das montanhas.

O cheiro veio primeiro. Fumaça de lenha queimando. Pouco depois, o sítio surgiu entre as árvores.

*Até que enfim!*

Era uma casa de madeira escura, telhado baixo, uma cerca simples rodeando um quintal com laranjeiras, mamoeiros e mangueiras. A luz amarelada de um lampião brilhava na varanda e produzia sombras compridas sobre a terra diante delas.

O cheiro de comida fez o estômago de Céu roncar. Há quanto tempo não comia?

Ela respirou fundo.

Estava em casa.

A porta rangeu antes mesmo que Céu pudesse bater e a primeira coisa que a capitã viu foi o cano da espingarda apontada contra seu rosto.

Uma mulher alta, de cabelos castanhos já levemente grisalhos e olhos afiados, estava além da arma.

— Pelos Sete Infernos, Céu. — A voz dela ainda era a mesma. Grave, firme. Mas doce. Ela abaixou a arma e puxou a filha para um abraço. — O que aconteceu com você?

Um aperto esmagou seu peito, e Céu precisou se esforçar muito para não chorar.

— Tivemos problemas no trem.

A mulher cruzou os braços, o olhar avaliando Rubi.

— E quem é essa?

— Um grande problema.

A mãe de Céu estreitou os olhos, mas deu um passo para trás, abrindo mais a porta.

— Entrem. Vocês estão imundas.

A água quente desceu pelos ombros de Céu, lavando o sangue seco e a poeira. Cada arranhão, cada hematoma, queimava sob o toque da água, mas ela não se importou.

Ficou ali respirando o vapor, deixando que o calor relaxasse seus músculos doloridos. Depois, vestiu as roupas limpas que sua mãe deixou para ela e saiu do banheiro.

Rubi olhou para o vapor que saía pela porta e sorriu.

— É água quente? — Seus olhos brilharam e Céu quase sentiu ternura.

— A água vem direto do fogão a lenha.

— O quê?

A capitã revirou os olhos e saiu. Não ia ficar explicando nada para aquela garota.

Na cozinha, que cheirava a chá fresco e pão recém-saído do forno, a mãe de Céu estava sentada à mesa, mexendo uma xícara com uma colher de madeira.

— Achei que você tinha esquecido que tem mãe.

Céu se sentou, pegando um pedaço de pão.

— Eu estava ocupada.

A mulher olhou para a porta de onde a filha tinha acabado de sair.

— Ajudando uma Herdeira do Ar?

Céu franziu o cenho.

— Como é que a senhora sabe?

— Osinianos são muito preocupados em manter a linhagem pura. Ela tem os olhos, a pele, o cabelo…

— Já entendi, mãe.

— Como essa garota está aqui?

— Ela caiu.

— Caiu?

— Perto da fronteira que eu patrulho.

Dona Júlia se aproximou e falou baixinho:

— E por que ela ainda está viva?

— Essa é a pergunta que eu me faço todos os dias.

Céu tomou um gole de chá e pousou a xícara de volta na mesa.

— Você já sabe os riscos que corre. Não deveria…

— Eu sei, mãe. Eu já sei. Mas não podia ter deixado a garota lá para morrer, não sou assim. Também não poderia matá-la sem que ela oferecesse risco a mim e aos meus soldados.

— Mas ela *oferece* riscos a você. Se o Departamento de Segurança descobrir, vão te abrir até encontrar a verdade.

— Eu sei disso.

A mãe a observou por um instante antes de falar.

— Então tome cuidado. Se descobrirem o que você realmente é…

Ela não precisou terminar a frase. Céu sabia.

E se lembrou, como sempre se lembrava, do dia em que as duas fugiram, tendo que deixar muitos corpos para trás. Os corpos de todas as pessoas que elas já haviam amado na vida.

Naquele dia, Céu decidiu que nunca mais amaria nada, nem se apegaria a nada, mas nunca conseguiu. Mesmo tentando manter todos afastados, com sua seriedade e cara de poucos amigos, alguns se aproximavam demais. O amor era uma fraqueza.

— Mãe, o que é isso?

A mulher organizava uma fileira de tigelas sobre a mesa e também no chão.

— É pras crianças.

— Que crianças?

Sua pergunta foi respondida pelos latidos e gritinhos animados que vinham de trás do pomar.

Três meninas magricelas, seguidas por quatro cachorros barrigudos, entraram pela porta da cozinha, estacando ao darem de cara com a visita. Elas correram para se esconder atrás de Júlia.

— Tia? — A menor delas choramingou.

— Tudo bem, meninas. É a minha filha.

— Ah! — disseram sincronizadas. As três tinham tons diferentes daquele marrom alaranjado do povo de Amaya, olhos escuros ligeiramente amendoados e inchados. Deviam ter entre cinco e oito anos.

Já os cachorros eram de porte médio, em variações de preto e caramelo, que se aninhavam perto das garotinhas feito guardiões.

— Mãe… A senhora não disse que nós não deveríamos chamar a atenção?

— Figueira está colapsando. Eu não podia deixar eles lá — ela disse, e o cachorro maior, coberto por uma pelagem preta, lambeu sua mão.

Pelos Sete Infernos!

— Tem um monte de criança abandonada e esfomeada nesse reino. A senhora vai cuidar de todas?

— Eu deveria.

Céu viu raiva nos olhos da mãe e seu sangue quente queria argumentar, mas então as crianças soltaram um longo "oh" e a capitã se forçou a olhar para trás.

Rubi Takahashi estava parada na entrada da cozinha, os cabelos loiros molhados, a bochecha avermelhada. Linda. Ela parecia um ser de outro mundo, chegava até a brilhar. O coração da capitã foi parar na cabeça, batendo voraz contra seus ouvidos.

— É uma deusa? — a criança menor perguntou, com a boquinha aberta, e levou um tapinha no braço da maior.

— Não seja boboca, Ana. Deuses não existem.

Céu abafou uma risada, que logo se transformou em algo estranho e caloroso quando Rubi chegou perto das crianças e se ajoelhou para ficar da altura delas.

— Não sou deusa, mas olha o que eu sei fazer. — Soprou a palma da mão, que virou um pequeno tornado.

As meninas abriram a boca, os olhos brilhando ao ver a magia do ar.

— É uma deusa, sim! — Ana insistiu, os olhinhos arregalados, enquanto outro cachorro, caramelo e branco, cheirava os dedos de Rubi.

A körinense riu, mas Céu percebeu que havia um certo estranhamento em seu rosto.

Ela soprou de novo, fazendo o pequeno redemoinho girar entre as crianças, levantando fios de cabelo e risos frescos e cheios de vida.

— O vento gosta muito de mim.

A menorzinha estendeu a mão para tocar o ar rodopiante, mas a menina maior a segurou, ainda assombrada.

— E ele gosta da gente também? — a mais velha perguntou.

Rubi hesitou.

— Acho que sim.

A mais nova fechou os olhos e sussurrou algo que Céu não conseguiu ouvir. O vento vacilou por um segundo, depois sumiu, dissipando-se em um sopro suave contra as bochechas delas.

— Ele gosta! — A mais velha se empolgou, balançando os ombros das outras duas.

O cachorro caramelo latiu baixinho, esfregando o focinho na palma da mão de Rubi, e a körinense o afagou, distraída. Havia um brilho novo em seus olhos, ela parecia à vontade e até *feliz*.

— Acho que vocês deviam comer antes que o pão esfrie — Júlia interveio, ligeiramente mal-humorada, juntando as tigelas no centro da mesa.

As meninas soltaram gritinhos de excitação e correram para se sentar, puxando os cachorros para perto. Rubi ocupou uma cadeira ao lado delas.

Céu permaneceu parada.

Não estava acostumada com nada daquilo, tinha crescido naquela mesma casa, sem a companhia de ninguém. Era perigoso demais confiar nas pessoas.

Havia algo errado em ver a herdeira dos Takahashi sentada entre três meninas órfãs de Figueira, dividindo pão caseiro e acariciando um cachorro resgatado das ruas. Algo errado em ver seu cabelo brilhando sob a luz da lamparina, os olhos atentos ao que as crianças diziam, como se nunca tivesse estado fora dali, como se tivesse sido parte daquele lar o tempo todo.

Era *insuportável* de ver.

Então a capitã desviou o olhar e saiu para o quintal.

O céu estava carregado de estrelas, e o calor do dia tinha se dissipado, deixando uma brisa fria, mas ainda confortável. Lá dentro, o som das crianças brincando agora era apenas um ruído aceitável.

Céu se deitou na grama, como costumava fazer quando era adolescente, e ficou olhando para cima. As lendas diziam que o Oculto tinha pintado mil milhões de estrelas, mas ainda se sentia sozinho.

Ela ouviu o som leve de passos, mas não precisou olhar para saber quem se aproximava. Rubi se deitou na grama ao lado dela, os olhos fixos nas estrelas, e não disse nada. Ficaram as duas ali, em silêncio, olhando o céu e sentindo o cheiro de terra, o vento farfalhando as folhas das árvores.

Quando Rubi falou, foi apenas um sussurro.

— Eu pensava que odiava crianças — confessou baixinho. — Quase morri quando era pequena e…

Céu virou o rosto para ela.

— O quê?

— É. — Deu de ombros. — Eu nasci fraca. Muito fraca. Fiquei anos doente e não podia ter contato com ninguém, porque qualquer resfriado me deixava muito mal. — Ela soltou um riso sem humor. — Então cresci sozinha e sem amigos.

— Eu também. — Céu voltou a olhar para as estrelas. — Às vezes ter amigos é perigoso.

— É por isso que meu pai me ensinou a não gostar de ninguém além da família.

— E quem disse que você pode confiar na sua família? — A capitã deu um sorrisinho de canto e ouviu, com o coração agredindo seu peito, a risada alta e gostosa de Rubi. — Você não parece mais doente, não precisa mais afastar as pessoas.

— Mas ainda sou Takahashi. Foi *isso* o que me curou.

— Ser Takahashi? — Aquilo parecia uma besteira sem tamanho.

— Meu pai diz que sim, que minha mãe e o meu tio Hideo fizeram alguma coisa que nunca quiseram contar e me salvaram. Ele acha que meu tio usou o poder de uma das Sete Pedras do Equilíbrio.

Céu ficou em silêncio.

A existência das Sete Pedras do Equilíbrio era uma grande lenda. Mas, para muita gente, o genocídio dos Herdeiros da Montanha também era só uma história de terror que se contava para as crianças antes de dormir. E ela *sabia* que era verdade.

— Como um mortal criaria pedras falsas imitando o poder dos deuses? — Céu perguntou, quase para si mesma, embora fosse uma dúvida genuína.

— Não sei. Só sei que sobrevivi.

A capitã se deitou de lado para olhar o rosto de Rubi.

— Fico feliz por você ter ficado bem.

O olhar de Rubi encontrou o dela por um segundo, antes de desviar e voltar a encarar o céu.

— Também fico, gosto muito de viver.

Nenhuma das duas disse mais nada.

Céu ficou pensando naquilo. Na existência amaldiçoada daquelas pedras falsas. Segundo a lenda, o Povo de Além-Mar veio para Amaya depois de destruir suas próprias terras, e implorou para que Tacruk criasse pedras mágicas usando parte do Éter de cada um dos sete deuses. Mas o deus da Montanha se recusou, porque — *olha, como ele é nobre...* — era perigoso demais. Então, um engenheiro muito poderoso teria criado pedras falsas, uma para imitar o poder de cada deus.

— O que acha que aconteceu com você, de verdade? — Céu perguntou, porque não queria ficar pensando naquilo, lhe causava um incômodo grande demais.

— Acho que minha mãe trocou de lugar comigo. — Havia uma melancolia na voz dela que fez o peito da capitã apertar. — Talvez tenha feito uma promessa a algum dos deuses ou ao próprio Oculto. O que eu sei é que, depois que melhorei, foi ela que adoeceu.

— Você se culpa?

— Sei lá, tem dias que sim, tem dias que não. Tem dias que sou que nem o Alvy e não acredito em deus nenhum.

O vento soprou suavemente entre elas, quente e confortável. Quando Céu virou o rosto, viu os dedos de Rubi se movendo no ar, sem perceber. Pequenos redemoinhos de vento giravam ao redor delas, dançando sobre a grama.

Era bonito.

Era muito bonito.

Céu se pegou admirando aquilo, admirando Rubi, a luz das estrelas refletindo em seus olhos pretos, a respiração lenta e serena.

Poderia beijá-la. Queria fazer isso.

Mas nunca faria.

CAPÍTULO 20

# Álvaro

O sonho era real demais. Como todos os que Álvaro vinha tendo nos últimos dias, desde aquele em que beijara Linn. Ainda podia sentir os lábios quentes dela se moldando aos dele, a língua invadindo sua boca. O toque dela parecia fogo, contrastando com o frio das sombras que o tocaram.

Linn estava à frente, de costas para ele. Uma promessa e uma ameaça ao mesmo tempo — ombros fortes, pernas firmes, a luz arroxeada de sua pulseira reluzindo contra a pele negra. O martelo era o mesmo de sempre, mas parecia mais terrível, absorvendo toda aquela escuridão ao redor deles.

— Linn! — A voz dele saiu baixa, engolida pelas sombras. Ele correu até ela, sentindo o coração bater mais forte conforme se aproximava. Tocou seu ombro e ela se virou.

Estava mais linda do que ele jamais tinha visto.

Os cabelos desarrumados, a expressão feroz, os olhos escuros iluminados como relâmpagos à noite. Antes de dizer qualquer coisa, ela o abraçou.

O toque era calor e tempestade. As mãos firmes dela em sua pele, a pressão do corpo junto ao seu. Ele apertou os braços ao redor de Linn, segurando-a firme, quase temendo que, se soltasse, ela desapareceria como fumaça.

— Você está bem? — Sua voz saiu rouca, urgente.

— Sim — ela respondeu contra seu peito, sem se afastar.

Ele segurou seu pescoço por trás, os dedos enredando nos fios curtos e desgrenhados. Sua pele estava quente, viva. Linn sempre emanava calor, mesmo quando o mundo ao redor era feito de frio e trevas.

Não era sempre que sonhava com ela. Às vezes, estava sozinho naquele mundo, tentando encontrar o caminho de volta. Em outros momentos, uma voz falava com ele, gelada e etérea, mas, de certa forma, aconchegante. O homem nunca aparecia, era feito de vultos e sombras, mas contava histórias antigas, formando pinturas coloridas que se moviam ao redor de Álvaro. Era lindo.

Ainda assim, nada se comparava a encontrar Linn, a sentir sua pele quente encostando na dele. Se os sonhos refletiam seus maiores medos e desejos, ele deveria sonhar com ela todos os dias.

Ele a apertou mais forte contra si, naquela coragem que só tinha ali, no mundo irreal.

Uma voz ecoou ao redor deles. Baixa. Profunda. E, acima de tudo, *faminta.*

Era um som que percorria a pele, arrepiando cada centímetro, como um sopro gelado atrás da orelha.

Uma figura emergiu das sombras. Alta, envolta em um manto preto que se dissolvia nas trevas ao redor. O rosto pálido como a lua, os cabelos longos e tão escuros que pareciam beber toda a luz do mundo. Os olhos eram fendas cor de violeta brilhando no escuro, cheios de segredos e promessas.

— Sinto o desejo dc vocês daqui. — A voz não era alta, mas reverberava no peito de Álvaro como um trovão. — Como vocês aguentam fingir esse tempo todo? Ah, que desperdício de carne e sangue.

— Cala a boca, Vae. — O martelo de Linn girou perfeitamente rumo ao rosto do homem feito de trevas.

Ele nem se moveu.

A arma parou no ar e ficou ali por um segundo antes de ir para as mãos do deus. Álvaro o reconheceu das pinturas — que não eram justas com a sua beleza. Nelas, Vaelith sempre aparecia como um ser monstruoso, ainda que belo, de olhos avermelhados e um rosto duro. Ele sabia que aquelas representações vinham das lendas que diziam que o deus das Sombras e sua irmã, a deusa da Chama, tinham destruído o próprio continente e afundado a Ilha de Osin. Mas Álvaro não se importava com nada disso. Para ele, todos os deuses eram apenas uma história cruel que alguém tinha inventado para assustar e controlar as pessoas comuns. Para colocar os Herdeiros como superiores e, por isso, acima do bem e do mal.

O deus inclinou a cabeça, observando o objeto como um inseto em um frasco. Seus olhos foram diminuindo o brilho até ficarem humanos.

Eram alinhados e amendoados, ligeiramente inclinados para baixo nos cantos.

Lentamente, ele sorriu.

— Você continua muito violenta, Linda — ele disse o apelido como quem prova um vinho raro.

Os olhos de Álvaro se estreitaram.

Ele parecia conhecê-la muito bem.

Uma pontada de ciúmes invadiu seu peito, e ele teve que se esforçar para lembrar que era apenas um sonho.

Vaelith estalou os dedos, e as paredes do labirinto se dissolveram ao redor deles. O mundo girou, tremeu e se desfez como um sonho ruim.

Estavam em uma sala. O chão era de obsidiana polida, refletindo sombras que pareciam se mover por conta própria. Colunas altíssimas se erguiam até um teto invisível, como se aquele lugar não tivesse fim. O ar estava impregnado com um cheiro amargo e frio, que não pertencia ao mundo real.

No centro, surgiu um trono escuro, onde o homem das sombras se sentou, cruzando as pernas com um desleixo proposital, deixando os dedos passearem pelo braço do trono de um jeito quase lascivo, enquanto um gato preto se aninhava aos seus pés.

— Sentem-se. — Ele balançou a mão casualmente. — Vamos conversar.

Nem Álvaro nem Linn se moveram.

Vaelith soltou um suspiro arrastado.

— Não querem? Tudo bem. Vamos brincar, então.

Álvaro sentiu algo dentro de si ficar inquieto. Como se algo dentro dele estivesse sendo puxado até ser arrancado. O olhar do homem estava sobre ele agora, e um calor feroz subiu por seu corpo.

Ele se virou para Linn e a viu de um jeito como nunca havia se permitido antes.

A pele negra, iluminada por uma luz quente e dourada. Os ombros largos, a curva dos braços fortes, as coxas tensas.

A pulsação martelava em seus ouvidos.

Ele queria tocá-la.

Queria *tomá-la*.

— Para com isso, Vae — Linn disse daquele jeito autoritário que apenas o deixava mais afetado.

Por tudo o que um dia amou no mundo, ele *precisava* dela.

— Não fiz nada. — Vaelith jogou o martelo de volta para ela, como se aquilo fosse diminuir o desejo de Álvaro.

Nada nunca diminuiria sua fome.

— Linn — Álvaro deixou escapar numa voz muito rouca, se aproximando dela devagar. Ele parecia um bicho, *se sentia* um bicho. Ainda assim, nunca a tocaria se ela não permitisse, nem sequer olharia em sua direção se fosse deixá-la desconfortável, mesmo que isso lhe causasse dor física.

Vaelith riu baixinho.

— Ah, isso é delicioso. Vocês fazem tanta força para resistir, para fingir que são apenas colegas... — As sombras dele eram como um arrepio que começava na nuca e descia como uma onda morna até os dedos dos pés. — Mas o desejo não mente.

Não tinha sequer uma parte do corpo de Álvaro que não estivesse sensível. Ele queria ser tocado, nunca desejou algo com tanta força.

— É engraçado brincar com a gente desse jeito? — Linn parecia decepcionada. — Olha como ele está. — Pousou a mão direita no rosto de Álvaro, que se sentiu derreter.

— Não estou brincando, Linda. Não sou capaz de produzir sentimentos, só escancará-los ou escondê-los. E sou melhor nisso do que vocês dois. — Sua voz era um sussurro sedento, seus olhos cor de violeta brilhavam, famintos.

Vaelith parecia desejá-los também.

— Mas aqui é mais difícil esconder sentimentos por trás de uma cara sempre fechada — continuou. — Aqui, no Mundo das Sombras, vocês estão despidos de todas as barreiras e fortalezas que construíram em volta de si. E eu só quero que aproveitem antes que o tempo acabe.

Sua garganta secou. Era verdade, Vaelith não estava fazendo nada, não precisava fazer. Álvaro sentia aquele desejo por Linn crescendo a cada dia, a cada risada que davam juntos, a cada patrulha, cada café. Ele a amava, *precisava* dela.

O deus se inclinou no trono, os olhos semicerrados. Então, ao ver que nenhum dos dois se mexia, soltou um suspiro.

— Vou deixar vocês se resolverem sozinhos.

O mundo desmoronou em volta deles, o trono, o homem das sombras, a sala inteira. Tudo virou poeira e trevas.

E Álvaro acordou.

Um suor frio descia por sua nuca, um tremor agitava seus dedos.

O quarto estava escuro, iluminado apenas por um fio de luar filtrado pela janela. Ele só ficou ali, deitado, o corpo ainda latejando, duro e quente.

Foi só um sonho.

Foi só um *maldito* sonho.

CAPÍTULO 21

# Rubi

As crianças corriam pelo quintal, risadas leves se confundindo com o som dos cachorros latindo e brincando ao redor delas. Um vento quente balançava as folhas das mangueiras e trazia consigo o cheiro adocicado das frutas. O céu tinha um azul intenso, quase impiedoso, e as nuvens eram poucas, finas como rastros de poeira. Rubi sorriu sem perceber quando Ana, a menorzinha do grupo, puxou sua mão.

— Vem, a gente precisa achar um tesouro!

Rubi arqueou a sobrancelha.

— Tesouro?

Ana assentiu, os olhos brilhando de expectativa.

— Tia Júlia disse que as mangueiras dessa casa são mágicas. Aposto que enterraram alguma coisa importante nelas.

— E cadê a tia Júlia?

— Saiu com aquela moça fortona para pegar alguma coisa sei lá onde — Ana respondeu.

— A charrete, sua bobona. — Paula, a mais velha das garotas, estava afastada, debaixo do telhado da varanda, olhando para elas de um jeito desconfiado.

— Ah, tá certo.

— Você acha que tem ouro aqui? — perguntou a do meio, que se chamava Dandara, com os olhos muito abertos. Rubi não sabia o que dizer.

— O que mais alguém enterraria? — A lógica infantil de Ana fez Rubi rir.

— Tá bom — Dandara respondeu. — Vamos ver.

Rubi seguiu as crianças até uma das mangueiras mais velhas do quintal, cujas raízes se entrelaçavam sobre a terra, como mãos segurando um segredo. Pegaram galhos e cavaram, revirando a terra com entusiasmo, enquanto os cachorros farejavam ao redor.

Rubi sentiu seu coração leve. Ela ria sem conseguir parar ou controlar, enquanto as crianças jogavam terra e pedrinhas umas nas outras.

A ponta do galho que segurava bateu em algo duro, que a fez parar de cavar. Com as próprias mãos, afastou a terra até seus dedos tocarem o objeto escondido. Quando o puxou para a luz, viu que era um medalhão de metal escurecido pelo tempo, circular, com detalhes entalhados em sua superfície, símbolos que lembravam muito as manchas amareladas daquele kairú. No centro, havia um espaço, de onde uma pedra parecia ter sido arrancada.

E então, no instante em que seus dedos tocaram o medalhão, *dor*.

Uma onda de calor atravessou seu peito. Arfou, cambaleando para trás, o medalhão caindo de sua mão para a terra fofa.

— Moça? — Ana olhou para ela, os olhinhos estreitando de preocupação. — Você tá bem?

Mas Rubi não conseguia responder, só sentir aquela dor estranha, um chamado dentro da cabeça.

Ouviu os passos de Céu e dona Júlia vindo logo atrás.

— O que aconteceu? — Céu franziu o cenho ao ver Rubi ajoelhada no chão, o olhar fixo no medalhão.

Mas foi dona Júlia quem pareceu mais afetada. Sua expressão se fechou de um jeito que Rubi ainda não tinha visto antes. A mulher se abaixou, pegou o medalhão e o virou entre os dedos.

— Onde vocês acharam isso?

— Estava enterrado aqui — Rubi respondeu, ainda tentando entender o que tinha acontecido. — Nós estávamos brincando. — Apontou para as meninas, que pareciam muito assustadas.

A mãe de Céu inspirou fundo, passando o polegar sobre o metal.

— Está quente.

— Ele reagiu quando eu o toquei.

— Ah, é? — A testa de dona Júlia enrugou.

— Sim. — Rubi esticou a mão com a palma aberta para cima. A mãe de Céu olhou para ela, desconfiada, mas entregou o medalhão, cujos símbolos brilharam intensamente assim que o metal tocou sua pele.

A dor no peito tinha diminuído ou Rubi simplesmente estava começando a se acostumar.

— Por que brilha tanto com ela, tia? — Dandara perguntou, atrás dos braços da mais velha, que protegia as menores como se Rubi fosse perigosa.

— Não sei, meu amor. Entra lá com as meninas. — A expressão suave de dona Júlia endureceu ao olhar para Rubi. — Isso... — Pegou o medalhão da mão da körinense. — ... guardava uma das Sete Pedras do Equilíbrio.

O coração de Rubi acelerou, doeu.

— O quê?

Júlia demorou um instante antes de continuar.

— Estava sob a proteção da minha família há gerações. — Pegou o objeto e o analisou. — Mas, num descuido, a pedra foi roubada. Deixaram o medalhão para trás para nos lembrar da nossa falha.

— Quem...? — Rubi perguntou, já sabendo a resposta.

O olhar duro de dona Júlia a destroçou.

— Hideo Takahashi colocou uma espada no peito da minha mãe e levou a pedra.

Rubi olhou para Céu, que cobria a boca com as mãos, então voltou a olhar para Júlia.

— O meu tio... Qual pedra era?

— Não interessa. — A mulher ergueu a mão.

Céu deu um passo para a frente, se colocando entre as duas.

— Mãe?

Júlia olhou para as folhas da árvore sobre a cabeça, depois para o tronco e, então, para o chão.

— Levem isso daqui. — Entregou o medalhão para a filha. — Talvez esteja mesmo na hora de desenterrar algumas coisas.

Céu pegou o objeto, e ele também reagiu a ela.

— Eu não entendo. — A capitã parecia querer entregar o medalhão para qualquer pessoa que o quisesse. — Por que isso reagiu à Rubi, mãe? Não deveria...

— Deveria, mas não é estranho que reaja a uma Takahashi — dona Júlia interrompeu, já se afastando das duas, indo em direção à varanda da casa, onde as meninas e os cachorros assistiam a tudo. — Foi a família dela que criou.

CAPÍTULO 22

# Linn

Linn tinha entrado no exército porque sentia raiva, porque queria esmagar músculos e ossos, porque não sabia fazer outra coisa. Mas sua força tinha lhe feito subir de patente e agora, com a ausência da capitã, precisava tomar decisões.

O dia morria devagar, espalhando uma brisa morna pelo quintal, enquanto o crepúsculo tingia o céu de um azul violáceo, dissolvendo-se em tons quentes de âmbar e vermelho queimado.

Da torre de vigia, Alexander tinha visto homens estranhos na mata, rondando a vila. Encontrar desconhecidos em um fim de mundo como aquele nunca era um bom sinal.

Linn ajeitou a alça do martelo no ombro e lançou um olhar rápido para Álvaro. Ele retribuiu o gesto com um movimento curto de cabeça.

— Vamos dar uma olhada, Ally. — Linn avisou pelo comunicador. — Fica de vigia, por favor.

— Devo atirar se os vir? — Alexander perguntou para Linn, aguardando suas ordens. Ela murmurou um "sim". — Pra matar?

— A ponto de machucar o suficiente para a capitã conseguir interrogá-los.

— Sem matar então. — A voz dele parecia decepcionada, mas Linn não o julgava.

Ela puxou Álvaro pelo braço e o conduziu até a trilha que serpenteava mata adentro, o som de suas botas abafado pelo chão coberto de folhas. O céu escurecia rápido, engolindo as cores do dia e as substituindo por uma escuridão pontilhada de estrelas.

A floresta à noite era um emaranhado de sombras e troncos. Linn manteve os olhos atentos aos rastros no chão, via pegadas fundas na terra, marcas de passos apressados, galhos quebrados.

— Quantos você acha que são? — Álvaro murmurou, a voz baixa, cuidadosa. Ele vinha um pouco atrás, mas ela podia sentir o calor de seu corpo.

Linn se abaixou para examinar um ramo partido.

— Cinco, talvez seis. Estão pesados, andando rápido. Se for um grupo de espiões de Körin, são descuidados demais.

— Rebeldes, então?

— Pode ser. Ou desertores procurando abrigo.

— Ou caçadores de recompensa.

Linn trincou os dentes. Se fosse isso, estavam atrás de Rubi. Era a única coisa de valor que a Vila do Mirante tinha.

Eles continuaram seguindo os rastros, movendo-se em silêncio pela mata, atentos aos menores ruídos. O tempo passou sem que percebessem e a escuridão da noite já estava completamente instalada quando ouviram o primeiro grito — agudo e cortante, interrompido subitamente por um silêncio esmagador.

Linn e Álvaro se entreolharam e correram em direção ao barulho. O cheiro metálico de sangue invadiu o ar antes mesmo de chegarem à clareira, e Linn quase escorregou na lama avermelhada ao se aproximar. As mãos dela buscaram as de Álvaro sem que ela percebesse, o obrigando a parar.

Corpos estavam espalhados pelo chão, desfeitos em roupas rasgadas, ossos e carne, e a terra estava escura, tingida pelo líquido quente que ainda escorria dos ferimentos recém-abertos.

Linn viu primeiro os olhos amarelos, mas aquilo foi o bastante para ela se colocar na frente de Álvaro. O kairú era tão grande quanto as lendas diziam, maior do que qualquer coisa que sua mente conseguia processar.

O guardião da montanha ergueu o focinho ensanguentado, farejando o ar.

Álvaro puxou Linn pelo braço, mas o bicho já os tinha visto e começava a andar suavemente na direção deles, sem fazer um barulho sequer, a não ser quando quebrava os ossos dos corpos espalhados no chão. O estômago de Linn afundou. Não queria morrer. Mas, pior do que essa ideia, era pensar que Álvaro poderia morrer.

Apertou o martelo, mas não era burra. Poderia dar conta daqueles seis homens com facilidade, não de um kairú.

— Vae — chamou baixinho, num sussurro.

Não demorou nem um segundo para que sombras pesadas cobrissem a floresta, derrubando a temperatura de uma vez. Olhos cor de violeta brilharam na escuridão. Enormes. E um rugido feriu o espaço entre eles, fazendo o kairú parar e rosnar, depois descer os olhos amarelo-brilhantes para analisá-los.

Linn teve a estranha sensação de que a onça sabia quem eles eram. O tempo se esticou. Nenhum dos dois ousou se mover.

Então o kairú se virou e desapareceu entre as árvores. As sombras foram embora.

Linn só respirou quando as folhas voltaram a sussurrar floresta adentro.

— Pelos Sete Infernos… — Álvaro passou a mão pelo rosto. — O que foi isso?

Linn ainda olhava para o ponto onde a onça havia desaparecido.

— Odum — ela disse, mais para si mesma do que para Álvaro. Não esperava que ele fosse entender. Álvaro não acreditava nos deuses, certamente não conhecia muito sobre eles.

— O guardião das Sombras? — Ou talvez conhecesse, sim. — Por que o guardião de Vaelith estaria aqui?

Linn ficou olhando para ele, sem saber o que dizer. Como confessar que Vaelith a protegia? Que, mesmo preso e exilado em outro mundo, dava um jeito de ajudá-la, de falar com ela? De tocá-la e amá-la daquele seu jeito sombrio e assustador para qualquer um, menos para ela.

— Vamos voltar — Linn disse, por fim. Álvaro não insistiu na pergunta sobre Vaelith, apenas assentiu e olhou em volta. — Temos que avisar no Forte sobre esses corpos, eles precisam ser recolhidos e…

— Não podemos voltar. Está muito tarde e muito frio. Não estamos sentindo agora, pela adrenalina. Mas quando a energia baixar, vamos congelar.

Ele tinha razão, já era tarde demais para voltarem pela floresta sem risco. A montanha esfriava rápido, e o caminho seria traiçoeiro no escuro.

Encontraram abrigo perto de uma formação rochosa, um pedaço de terra abrigado do vento, e acenderam um fogo baixo para espantar o frio.

O calor das chamas dançava entre eles, lançando sombras nos contornos de seus rostos, iluminando de leve o brilho arroxeado da pulseira de Linn e do anel de Álvaro.

Eles ainda não tinham falado sobre isso. Sobre as pedras e sobre os sonhos.

Álvaro cutucava as brasas com um galho, os olhos fixos no fogo (ou seria nas sombras?), e Linn o observava de canto de olho, sentindo uma dor no peito que não sabia nomear.

— Você também tem sonhado com ele, não tem? — ela perguntou, enfim.

O silêncio demorou um segundo a mais do que deveria. Álvaro ergueu os olhos.

— Vaelith?

Linn assentiu.

Álvaro passou a mão no rosto, soltando um riso seco.

— Então não sou só eu.

Ela exalou devagar.

— Não.

Eles ficaram ali, olhando um para o outro, as palavras não ditas pairando no ar. Algo se arrastava sob suas peles, algo que não era só o frio da montanha.

Álvaro se inclinou para trás, olhando para o céu.

— O que ele quer da gente?

Linn também não sabia. Vae nunca respondia quando ela perguntava. Embora, no fundo, ela achasse que era companhia. O deus das Sombras tinha sido exilado mais de um século atrás, e estava sozinho em seu próprio mundo, isolado de qualquer coisa que tenha amado um dia.

O vento soprou mais forte, e o frio mordeu sua pele. Sem pensar muito, ela se encolheu contra Álvaro. O calor dele a envolveu num abraço inconsciente, natural, como se já tivesse sido assim antes. Como se tivesse sido feito para ser.

A respiração dele estava lenta contra sua pele. O coração batendo perto demais. Tão confortável que o sono a puxou.

O calor veio primeiro. Não um calor comum, mas algo espesso, como o ar antes de uma tempestade. Pesado, carregado, prendendo-se à pele. Linn sentiu antes de enxergar qualquer coisa, antes mesmo de se dar conta de que estava sonhando. Seu corpo estava ali, presente e sensível, mas o mundo ao seu redor era um borrão de sombras que se dissipavam lentamente, revelando um palácio de vidro e trevas, com um céu de ônix refletindo as estrelas. Pilares imensos, altos demais para que seus olhos alcançassem o fim, erguiam-se em curvas impossíveis, moldados por uma arquitetura que os mortais jamais poderiam reproduzir. O chão sob seus pés era de um preto absoluto, brilhando como água parada.

Ela olhou para baixo. Estava vestindo um robe de tecido fino, preto como o fundo do oceano. A pele à mostra refletia um brilho arroxeado vindo de sua pulseira. Seus pés estavam descalços. Não sentia frio.

Sem anunciar sua presença, Vae apareceu. O manto escuro envolvia seu corpo esguio, movendo-se sem que houvesse vento. Seus cabelos longos e escuros caíam sobre os ombros, emoldurando um rosto ao mesmo tempo cruel e bonito.

— Obrigada.

— Eu disse que te protegeria, Linda. — A voz dele escorria como vinho sobre a pele quente.

Linn trincou a mandíbula.

— Eu só nunca entendi o porquê.

— Porque já perdi muito. — Então Vaelith sorriu, e seu sorriso era uma coisa preguiçosa, linda. — E eu gosto do seu humor ácido.

Ela não respondeu.

Havia algo diferente naquele sonho. Algo mais forte. Mais vivo.

*Não*, ela entendeu. Não era o sonho. Era *ela*. Ela que estava cansada do próprio medo.

Os olhos dele desceram lentamente por seu corpo, analisando cada detalhe, cada pedaço de pele à mostra. O calor aumentou. Ela queria que ele a tocasse com suas sombras geladas.

Que os deuses a protegessem, ela o *desejava*.

— Você sente isso, não sente? — Vaelith deu um passo à frente, sua voz vibrando pelo ar. — Esse desejo.

Havia outra presença ali. Ela se virou devagar, sabendo o que veria.

Álvaro estava parado do outro lado do salão escuro, meio confuso, meio alerta. O peito nu mostrando músculos tensionados, o olhar fixo nela e no deus ao seu lado.

Ela estava cercada.

Porque Vaelith estava atrás dela agora, tão perto que seu hálito frio roçava sua nuca. Álvaro à sua frente, os olhos queimando num tom de desejo contido que ela conhecia bem.

A boca de Vaelith se aproximou do ouvido dela, e sua voz veio num sussurro grave.

— Você sabe que não pode ter um sem o outro.

Linn estremeceu.

Os olhos de Álvaro estavam cravados nos dela. Ele deu um passo à frente.

— Linn...

Seu nome saiu num tom rouco, um chamado e um pedido.

Vaelith riu, os dedos desenhando um caminho leve pelo braço dela.

— Vocês se evitam tanto, se punem tanto. Quando tudo que precisam está aqui. — Sua outra mão tocou o peito de Linn, bem sobre o coração. — Eu posso fazer isso parar.

O ambiente mudou. Não estavam mais no salão de sombras. Agora, estavam deitados sobre lençóis negros, a cama vasta como um deserto sem fim. O céu de estrelas ainda os cobria, mas agora mais baixo.

Álvaro estava ao seu lado. Perto demais.

Seu corpo era uma linha de calor pressionada contra o dela. Linn sentia sua respiração descompassada, o jeito que seu peito subia e descia devagar, lutando contra algo que eles fingiam não existir.

E Vaelith...

O deus estava de joelhos sobre a cama, observando os dois com um olhar de pura fome. Seus dedos tocaram o pescoço de Linn, depois desceram, traçando um caminho sutil por sua clavícula.

Os olhos dela se fecharam. A pele ferveu. Ela sabia que era um sonho. Sabia que Vaelith estava controlando tudo, que o ambiente era feito para provocá-los, para tirá-los do controle.

Mas também sabia que não precisava de nada daquilo para desejá-los.

Porque aquele desejo sempre esteve lá. Desde o primeiro toque. Desde o primeiro olhar que durou tempo demais. Desde a primeira vez que eles disseram seu nome de um jeito que fazia tudo dentro dela se partir e se refazer ao mesmo tempo.

Os dedos de Vaelith continuaram seu caminho preguiçoso, como se traçassem os contornos de uma pintura.

Álvaro olhava para ela, e não havia mais nada entre eles. Nenhuma distância, nenhuma barreira.

Nenhuma mentira.

Ela sentia o pulsar de seu próprio sangue, o calor febril subindo por sua pele. Seu corpo inteiro gritava por algo que estava tão perto…

Vaelith sorriu, satisfeito.

— Agora vocês entendem. — Ele puxou o corpo de Linn contra o dele, as costas dela batendo em seu peito gelado. — Diga o que você quer.

Ela arfou, sentindo que aquela agonia podia matá-la.

Álvaro se ajoelhou também, de frente para ela, enquanto Vae aproximava a boca de sua orelha.

— Diga o que você quer, Lina Montealto.

Ela puxou Álvaro pela nuca, e beijou seu pescoço, o ouvindo gemer. As sombras de Vaelith ameaçaram deixá-la, mas ela o segurou com a mão que estava livre.

— Não vai — pediu. — Fica.

— Ah, Linda… — A voz rouca parecia estar entrando dentro dela. — Isso, eu não posso fazer.

A escuridão veio como uma onda avassaladora, tragando tudo, arrancando as estrelas do céu e apagando cada traço de calor.

Linn acordou ofegante. Tremendo. O corpo inteiro latejando com algo que ainda não havia desaparecido.

A primeira coisa que viu foi Álvaro.

Ele estava deitado ao seu lado, perto da fogueira, o rosto tenso, a respiração pesada. Seus olhos se abriram de súbito, e o instante em que seus olhares se encontraram foi um choque.

Ele também tinha sonhado.

Não havia dúvidas.

E, quando Linn percebeu isso, quando viu a verdade crua e explícita em seus olhos, o último fio de resistência se partiu.

Ela não pensou, não hesitou.

Montou sobre ele feito um bicho.

— Linn — Álvaro arfou.

— Me diga que você não quer.

— Não posso. Não há nada no mundo que eu queira mais.

Linn se inclinou e viu os olhos de Álvaro escurecerem. Não sentia frio, mesmo com o vento gelado tocando seu rosto. Não com ele debaixo dela, os músculos tensos, os olhos ferozes.

As mãos de Linn encontraram a gola da jaqueta militar de Álvaro, o tecido pesado e resistente sob seus dedos, a textura gasta do uniforme.

Então, ela subiu os dedos até a mandíbula áspera, sentindo a barba por fazer arranhar suavemente sua pele. As mãos dele encontraram sua cintura, dedos grandes se fechando ao redor dela como se quisessem segurá-la ali para sempre. A fivela do cinto militar pressionou sua barriga.

Ela queimaria por ele, teve certeza disso quando Álvaro a puxou para baixo, a boca quente e faminta tomando a dela com um desespero que fez algo derreter dentro de seu peito. Linn arfou contra os lábios macios, e deslizou os dedos pela linha de sua clavícula, até chegar aos botões da camisa. O tecido verde-oliva se abriu sob seus toques, revelando a pele quente e marcada de cicatrizes. As insígnias douradas na ombreira de sua jaqueta reluziam levemente à luz bruxuleante da fogueira. Desabotoou, expondo o peito musculoso à brisa fria.

Aquilo era perigoso. Eles eram perigosos juntos.

Álvaro soltou um grunhido baixo quando Linn deslizou as mãos por seus ombros, e o som reverberou, provocando um arrepio que se espalhou por cada pedacinho de universo que a formava.

Ela o queria.

Queria há tanto tempo que chegava a doer.

Queria marcá-lo. Com sua língua, sua pele. Com aquela fome que não acabava nunca.

Ele se ergueu para beijá-la e tirar a parte de cima de seu uniforme, e ela deixou escapar um gemido baixo quando as peles se encontraram, quando ele a beijou com ainda mais desespero.

Álvaro virou os dois, pressionando-a contra o chão de terra e folhas secas, e Linn sentiu o peso dele sobre seu corpo, a respiração quente encostando em seu pescoço. Ele enterrou o rosto no vão entre seu ombro e pescoço, e os lábios dele tocaram sua pele ali, primeiro num roçar hesitante, depois em um beijo mais profundo. Um suspiro escapou de sua boca, e ele sorriu.

Desgraçado.

— Você gosta disso… — murmurou entre os beijos que deixava, a voz arranhada pelo desejo.

— Cala a boca. — Foi tudo o que Linn conseguiu responder antes de puxá-lo pelos cabelos e beijá-lo novamente.

A noite respirava com eles, arfava com eles. E Linn podia jurar que até o vento tinha ficado mais quente.

Ela desceu os dedos pelo abdômen musculoso do homem que amava, até encontrar o cós da calça. Ele começou a falar:

— Eu devia...

— Não fala.

— Eu só...

— Álvaro, não fala.

Ele respirou fundo e assentiu, os olhos queimando nos dela, enquanto a ajudava a tirar a calça.

Então não falaram mais.

Não precisavam.

A insígnia dourada caiu entre as folhas quando Linn o puxou ainda mais para perto. Ela voltou a descer as mãos por seu abdômen, explorando a pele firme e marcada por cicatrizes. Linn adorava aquelas cicatrizes desde a primeira vez que as viu, as tinha decorado com os olhos, mas queria aprender com os dedos, com os lábios, com a língua.

Ele se encaixou melhor entre suas pernas, e uma onda de calor subiu por seu corpo, como um incêndio.

Não havia mais pensamento lógico, apenas desejo.

Linn gemeu quando ele entrou nela, e evitou fechar os olhos porque queria olhar para ele. Queria ver seu rosto contorcido, o movimento de seu corpo. Tinha sonhado tanto com aquilo que não perderia nada.

O corpo de Álvaro preenchia o dela, cada vez mais profundamente, soltando gemidos roucos descompassados, enquanto atingia o ponto dentro dela que a fazia tremer. Mas estava indo rápido demais, e ela queria aproveitar tudo. Então espalmou a mão no peito dele e, usando a força das pernas, reverteu a posição. Viu o momento exato em que Álvaro parou de respirar.

— Você é maravilhosa... — Arfou, as mãos indo encontrar a barriga de Linn, subindo até seus seios, que ele apertou, primeiro com cuidado, depois com vontade.

Sem perder o encaixe, ela dançou sobre o colo dele, só para ver aquela expressão de desespero nascer em seu rosto. Era lindo demais. Os olhos dele estavam escuros e brilharam quando ela se moveu para a frente, depois para trás.

Álvaro apertou a coxa dela com uma mão, a outra apoiou em sua cintura, a ajudando com o movimento.

Linn não sabia se o prazer maior vinha do próprio corpo ou da maneira como Álvaro perdia a compostura, gemendo rouco e descontrolado enquanto ela o apertava e soltava, usando a força que tinha para vê-lo enlouquecer.

Ela mesma estava enlouquecendo, percebendo a visão escurecer nas bordas, sentindo as pernas tremerem, os músculos retesarem. Vê-lo daquele jeito despertava nela algo primitivo demais para controlar. Então ela não controlou.

— Linn… — A voz dele falando seu nome, a respiração entrecortada, as mãos a segurando firme, a certeza de que podia devorá-lo e ainda sentiria fome. Aquilo tudo explodiu dentro dela, como um tiro estourando seu peito.

Gritou o nome dele antes de estremecer. E as sombras responderam.

CAPÍTULO 23

# Hideo

Sete clãs. As sete grandes famílias de Osin e Eurai. As que tinham sobrevivido ao cataclisma. Os mais poderosos Herdeiros da Água e os únicos Herdeiros do Ar que haviam restado.

Um bando de inúteis.

As luzes amareladas iluminavam a mesa retangular, onde os membros do conselho estavam reunidos, todos vestidos em mantos brancos e azuis, bordados com os brasões de cada família.

O dragão celeste azul circulando uma engrenagem enquanto comia o próprio rabo, símbolo dos Takahashi, brilhava no peito de Hideo.

O general não estava com paciência para ouvir mais ninguém. Todos já tinham esbravejando sobre a guerra, alguns querendo evitá-la; outros, acelerá-la. Para Hideo, aquele era o preço mais alto a se pagar por comandar as Indústrias Takahashi: ter que suportar aquelas cobras.

Ele se levantou e deixou a reunião. Ninguém ousou protestar. Seguiu pelo corredor, os sapatos polidos ecoando no piso de mármore, até o gabinete destinado à família Takahashi. Seus planos estavam se desenrolando como deveriam. Com Hiro fora do caminho e o conselho em suas mãos, restava apenas garantir que Rubi não se tornasse um problema maior.

Rudolf o aguardava próximo à porta do escritório. O homem era discreto, sempre se mantendo à margem, mas sua presença significava notícias.

— Fale — o general ordenou, abrindo a porta e entrando, sem sequer olhar para o sujeito.

— Meus homens falharam — Rudolf disse sem rodeios. — Não conseguiram capturar a garota.

Hideo parou. Lentamente, virou-se para encará-lo, o olhar frio como uma lâmina recém-afiada.

— *Como* não conseguiram?

— Eles a seguiram quando ela deixou a casa onde estava sendo mantida, mas sua sobrinha conseguiu escapar e desapareceu. Mandei homens atrás dela na vila. — O capanga hesitou. — Mas eles desapareceram.

Hideo pegou um copo no bar de sua sala, despejou um pouco de uísque dentro e tomou um gole, sentindo o calor descer por sua garganta.

Ele não acreditava em coincidências.

Hideo não entendia por que os soldados minerianos não tinham entregado Rubi para o Departamento de Segurança, mas pensava que eles talvez tivessem alguma relação com os rebeldes de May Song. Mas e se não fosse isso?

— E a Rainha de Minéria? — Girou o líquido âmbar no copo.

— É possível que, a essa altura, ela já saiba da presença de Rubi em solo mineriano.

Não podia deixar que Minéria cuidasse de Rubi. Mesmo que fosse prazeroso demais imaginá-la nos portões do DESEG, torturada com a crueldade que Naki sempre destinava aos inimigos e até ao próprio povo quando julgava ncccssário.

A deusa da Terra era cruel. Rubi Takahashi não teria chance.

Ele estava prestes a ordenar que Rudolf voltasse a Minéria, com um exército se fosse necessário, quando o telefone tocou, um grito estridente agredindo a sala. Hideo franziu o cenho e o atendeu.

— O que você pensa que está fazendo, Hideo Takahashi? — A voz gelada o cortou como sempre fazia.

— Senhora. — Fez uma reverência, mesmo sabendo que ela não podia vê-lo.

Hideo apertou o copo até os nós dos dedos ficarem brancos.

— Venha me ver agora, Hideo. Precisamos conversar sobre Rubi.

CAPÍTULO 24

# Álvaro

Quando Álvaro Klein abriu os olhos naquela manhã, aquele mundo não pareceu real. O teto irregular da caverna, as rochas escuras do chão, o som distante de um riacho. Nem o típico frio que descia pela montanha, nem o cheiro familiar de terra molhada e cinzas de fogueira. Nada daquilo tirava a sensação de que estava preso em um sonho.

Porque Linn estava ali, ainda adormecida ao seu lado, os cabelos crespos bagunçados contra seu peito. O corpo dela se encaixava ao dele como se sempre tivesse feito parte de sua pele, como se nunca houvesse existido um tempo antes daquilo. A respiração, ritmada, lenta, a pele quente. Linn ficava especialmente bonita daquele ângulo.

A jaqueta militar dela estava jogada em algum lugar, e o tecido da camisa que vestia estava amassado onde ele tinha segurado na noite anterior.

A memória veio como um soco no peito.

O calor. O desespero. O peso dela sobre ele. O gosto salgado de sua pele.

Desde aquele primeiro segundo em que botou os olhos sobre ela, feroz, segurando seu martelo preto, ele soube que não tinha mais jeito. Não poderia existir um mundo em que ele não a amasse.

Álvaro não queria mais fechar os olhos. Tinha medo de abri-los e acordar no mundo real. Um mundo onde Linn Montealto continuava distante, treinando do outro lado do terreiro.

Linn se moveu, respirando fundo, e ele sentiu seu peito se contrair. Ficou imóvel, observando enquanto ela acordava devagar. Os olhos escuros abriram, piscaram contra a luz fraca do sol filtrado pela entrada da caverna, e encontraram os dele. Nenhum dos dois disse nada, mas ela tocou o rosto dele e sorriu.

Era real.

— Bom dia — ela disse baixinho, a voz suave.

Era *muito* real.

— Bom dia. — Álvaro sorriu também, seu coração ficando gigante.

Linn passou uma mão pelos cabelos dele, beijou a pontinha de seu nariz, depois se afastou. Ela era tão linda. O rosto inchado, os olhos meio vermelhos pela noite maldormida, mas ainda assim brilhando. Com um suspiro, ela se endireitou e pegou sua jaqueta, vestindo-a sem pressa. Álvaro olhou para as próprias mãos, lembrando de como haviam segurado a cintura dela com tanta fome. Respirou fundo, levantando-se também.

— Temos que voltar. — Linn prendeu a fivela do cinto.

Não demorou muito para encontrarem o caminho de volta à clareira onde o kairú tinha deixado um rastro de corpos, montes retorcidos de carne dilacerada. O sangue seco escurecia a terra, misturando-se com pedaços de couro, tecido rasgado e ossos expostos. Moscas zuniam ao redor, e pequenos vermes já começavam a se mover pelos ferimentos abertos. O fedor de carne putrefata e sangue coagulado o fez tapar o nariz com o braço. Mas, além disso, nenhum dos dois reagiu. Nenhum dos dois vacilou.

Álvaro estudou os corpos com um olhar crítico, tentando ignorar a forma como a terra sob seus pés parecia ter absorvido a carnificina. Os trajes dos homens não eram de soldados, tampouco de camponeses ou viajantes comuns. Os restos do que pareciam ser placas de metal e couro eram reforçados, bem-feitos e, agora que ele prestava atenção, alguns tinham marcas distintas nas braçadeiras.

Ele se agachou ao lado de um dos corpos, puxando o que restava da manga esfarrapada de sua jaqueta. O tecido manchado de sangue revelava um símbolo prateado bordado, parcialmente rasgado.

Linn estreitou os olhos.

— Caçadores de recompensa — ela disse, a voz baixa e impassível.

Álvaro assentiu lentamente.

Aquela gente estava ali por Rubi. Era óbvio.

Seus olhos passaram rapidamente pelos outros corpos, notando mais do mesmo — insígnias, facas bem afiadas, armas caras demais para simples vagabundos.

A mão de Álvaro se fechou em um punho. Mais um problema para a conta de Rubi Takahashi.

Que bom que ela tinha ido embora.

Porque, se aquele grupo tinha chegado até ali, outros poderiam aparecer também.

Linn analisou alguns restos de perto, e então se levantou. A luz do sol batia em seu rosto inexpressivo. Ela certamente estava lidando com aquilo melhor do que ele. Talvez estivesse acostumada com o horror. Mas Álvaro não estava. Nunca se acostumaria. Mortes sempre traziam memórias.

Os gritos daquela noite ainda o assombravam. Os corpos espalhados pelo chão, as raízes crescendo das costelas dos mortos, aqueles olhos vazios, engolidos pela terra. Aquilo nunca o deixaria, não importava quanto tempo se passasse, para onde ele corresse, quão feliz conseguisse ser.

Nunca se esqueceria.

Ele piscou e se concentrou na morte que estava ali, nos corpos dos caçadores mutilados, inertes, mas sem raízes os devorando, sem o cheiro áspero de terra molhada com sangue mineriano.

Álvaro soltou o ar devagar, mas Linn percebeu. Sempre percebia.

— Vamos embora — ela disse e, mesmo parecendo que ia perguntar alguma coisa, acabou não dizendo mais nada.

Eles não falavam do passado. Eles mal falavam do futuro. Mas, de alguma forma, isso nunca tinha importado tanto quanto agora. Ele *queria* que ela soubesse.

O caminho de volta começou silencioso. Não porque não houvesse o que dizer, mas porque nenhuma palavra parecia capaz de preencher o que havia entre eles agora.

Álvaro seguia ao lado de Linn, atento à trilha, aos ruídos sutis da floresta, mas principalmente à presença dela ao seu lado. O corpo ainda carregava os ecos da noite passada, os toques, o calor, os suspiros entrecortados. Mas nenhum dos dois mencionava nada. O silêncio entre eles não era desconfortável, apenas pesado, como a neblina que ainda se agarrava às árvores naquela manhã fria.

De vez em quando, ele olhava para ela de canto de olho. Linn parecia igual a sempre: firme, determinada, a expressão fechada. Mas Álvaro conhecia bem demais os gestos dela agora para saber que isso era uma mentira.

Finalmente ela soltou o ar e parou de andar.

— Você está mais branco que o normal, o que foi?

Ele quis rir. Linn não era boa com as palavras e ele também não. Não sabia o que responder, não sabia se estava estranho por causa da noite que passaram juntos ou dos corpos dilacerados no chão. Talvez as duas coisas.

— Se tem a ver com o que aconteceu ontem, saiba que não me arrependo — ela continuou. — A gente não precisa ficar esquisito um com o outro.

— Não é isso — ele respondeu depressa para não deixar dúvidas. Ela pareceu confusa e aliviada ao mesmo tempo. — Eu só... É sempre difícil ver a morte assim, tão brutal.

— Ah...

Ela sabia sobre seu passado, mas não pelo ponto de vista dele. Alexander contava muitas histórias.

Linn colocou as duas mãos quentes em seu rosto.

— Você não precisa me contar.

A proximidade, o toque dela, acordava aquele bicho dentro dele. Agora tinham cruzado essa linha, agora tinham sentido na pele o quanto era impossível negar seus sentimentos.

*Porra, Linn. Por que a gente é assim?*

Queria agarrá-la ali mesmo, mas ela deu dois tapinhas fracos em seu rosto, como se dissesse *agora não*.

— Vamos logo porque temos um problemão pra resolver. — E voltou a andar. Puxando o rádio do cinto. — Alexander — chamou pelo comunicador, a voz ainda um pouco rouca. Ele se lembrou de como essa mesma voz tinha soado horas antes, arfante contra seu ouvido, e precisou de toda a sua força de vontade para não perder a compostura.

A resposta veio logo depois.

— Estão inteiros?

— O suficiente — Linn respondeu. — Entre em contato com o esquadrão do Forte, por favor. E desça para casa assim que possível. Precisamos de gente para recolher corpos aqui na serra.

— Quem eram?

Ela trocou um olhar com Álvaro antes de responder.

— Caçadores de recompensa, pelo que parece.

Alexander soltou um suspiro longo.

— Atrás da Rubi?

— Não deu tempo de perguntar.

— O quê...

— Só chama o esquadrão, Ally — Linn cortou.

— Certo. — Então veio o estalo seco de comunicação encerrada.

Eles seguiram caminhando por horas, sem dizer mais nada. A sensação de que estavam sendo observados continuava ali.

Era apenas paranoia?

De volta à casa, Álvaro foi direto para o banheiro. Precisava de um banho e de uma maldita distração. O cheiro de terra, suor e sangue grudava em sua pele, misturado ao perfume de Linn que ainda parecia estar em sua roupa, em suas mãos, dentro dele.

*Preciso de água fria.*

Ligou o cano que funcionava como chuveiro e esfregou a pele para arrancar as lembranças que não o deixavam em paz. Era inútil. Fechou os olhos e, no instante seguinte, tudo voltou. Linn sobre ele. Os cabelos dela caindo sobre o rosto quando se inclinava para beijá-lo. A força das coxas dela o prendendo no lugar. O jeito como ela ofegava contra sua boca, a forma como arranhava sua pele, marcando, querendo.

*Droga.*

Álvaro se forçou a respirar fundo. Precisava parar com aquilo. Se continuasse pensando nela, se continuasse sentindo aquelas coisas mesmo depois de tudo, não conseguiria agir direito. E ele precisava estar focado.

Ainda com a cabeça molhada, voltou para o quarto, procurando algo limpo para vestir. Suas roupas estavam sujas, porque ele simplesmente não teve tempo de lavá-las, então foi até as coisas de Alexander para pegar uma emprestada. As camisas do irmão ficavam um pouco apertadas em seus braços e ele odiava usá-las, mas dava para o gasto.

Enquanto procurava por uma que coubesse, seus dedos esbarraram em algo duro. Ali, entre os pertences do irmão, cuidadosamente escondido sob uma pilha de roupas dobradas, havia um comunicador. Um modelo pequeno, de longa distância, diferente dos que o exército de Minéria costumava usar. Álvaro franziu a testa. Por que diabos Alexander tinha aquilo? Eles já tinham seus próprios meios de comunicação, e aquele parecia específico demais.

*Que estranho.*

Ele o pegou e girou entre os dedos, sentindo um peso estranho no peito. Com quem Alexander estava se comunicando? Seu primeiro pensamento foi Céu. Talvez aquele fosse um canal particular entre os dois, talvez ela tivesse dado o aparelho a ele para manter contato sem que mais ninguém soubesse.

Mas, se era isso, por que esconder?

A sensação ruim se espalhou por seu estômago. Ele não queria desconfiar do irmão, mas algo ali estava errado.

Estava prestes a ligar o comunicador quando algo se moveu atrás de si.

— Linn?

Ninguém respondeu.

Uma pancada forte atingiu a lateral de sua cabeça, sangue quente escorreu por sua testa. Tudo ficou escuro, e ele desabou.

# CAPÍTULO 25

# Rubi

Rubi ouvia a respiração pesada de Ana, os cabelos pretos caídos no rostinho, enquanto ela dormia em seu colo.

— Entendido — Céu falava baixo com alguém, mas Rubi não conseguia vê-la e não queria se mover, pois Ana estava aninhada de um jeito confortável. — Estamos saindo daqui agora.

Estavam? Rubi não queria ir embora. Gostava daquela casa, sentiria falta das meninas.

Ela ficou olhando para o quintal, para a mangueira, para a terra revirada perto das raízes, no lugar exato onde tinha encontrado aquele medalhão.

Mesmo que quisesse ficar, Minéria não a queria ali. A dor no peito, que aumentava a cada dia, deixava isso muito claro.

Céu surgiu pela porta, o rosto preocupado.

— Aconteceu alguma coisa? — Rubi perguntou e sentiu Ana despertar.

— Pessoas estranhas estavam rondando a Vila do Mirante ontem à noite. Linn e Álvaro as seguiram pela floresta…

— Tá tudo bem com eles?

— Tá, sim. A Linn falou com o Alexander.

— E os estranhos?

— Mortos.

Dona Júlia, que vinha da cozinha com um pano de prato sobre o ombro, franziu o cenho.

— Vou preparar a charrete pra levar vocês até Figueira.

— E aqueles homens do trem? — Rubi perguntou.

— Acho que são os mesmos que estavam rondando a Vila. Mas, não se preocupe, estarei dez vezes mais atenta.

Rubi observou o sono inquieto de Ana por alguns segundos.

— E as meninas? — perguntou para a mãe de Céu.

— Elas ficam bem por algumas horas. Não vou demorar a voltar.

A körinense assentiu, ainda incerta, vendo dona Júlia seguir para os fundos da casa.

— Você vai embora, Rubi? — Ana perguntou com a voz fraquinha.

— Vou, sim. — Ajeitou os cabelos que caíam sobre a testa da menina.

— Mas vem visitar a gente, né? — Os olhinhos de Ana brilharam.

Algumas mentiras doíam mais do que a verdade.

— Claro que venho. Quando a gente se vir de novo, vou te trazer um vestido bem bonito lá de… da minha casa.

— Promete?

Deu um beijinho na testa da menina.

— Prometo.

Os cachorros as acompanharam por alguns metros antes de perderem o interesse e voltarem para a varanda.

Rubi respirou fundo, ajeitando a gola da blusa. Ainda não se sentia completamente confortável dentro das roupas minerianas, porém já não se incomodava tanto. O que a incomodava era a ideia de deixar aquele lugar. Ela havia estado nos ambientes mais luxuosos de Körin, dormira em mansões e palácios, mas nunca se sentira tão em casa quanto naquele fim de mundo em Minéria.

Tanta coisa tinha acontecido naqueles dias. Ela se sentia descaracterizada, estranhamente leve e feliz, ao mesmo tempo em que parecia estar se desfazendo aos poucos, esfarelando feito pele morta.

Despedir-se das meninas foi difícil e doloroso e, mesmo que ela se esforçasse para disfarçar, lágrimas desceram por suas bochechas. Ana abraçara suas pernas e a dor no peito ficara insuportável. Era só uma criança suja de Minéria. Que importância ela tinha?

Era a criança mais importante do mundo.

Ela, suas irmãs, aqueles cachorros fedidos eram os seres mais preciosos que Rubi já havia conhecido. Os primeiros amigos que brincaram com ela. E agora ela nunca mais os veria.

Seu pai a teria repreendido por chorar por aquilo, seu tio a chamaria de tola e patética.

Rubi Takahashi se sentia tola e patética, mas chorou mesmo assim.

A viagem até Figueira transcorreu em silêncio, com a charrete balançando suavemente pela estrada de terra batida. Dona Júlia mantinha as rédeas firmes, o olhar atento ao caminho, enquanto Rubi olhava a paisagem, sentindo o vento quente bagunçar seus cabelos e terminar de secar suas lágrimas. A vastidão das planícies minerianas ainda a surpreendia, não era como as cidades sufocantes de Körin.

Céu estava ao seu lado, as mãos apoiadas sobre as coxas, os olhos semicerrados. Parecia distraída, presa em pensamentos que Rubi não conseguia alcançar.

Ela quis perguntar o que estava acontecendo, mas engoliu as palavras antes que escapassem.

Talvez fosse melhor assim.

O carro militar ainda estava onde Céu o havia deixado, escondido num galpão abandonado. Não havia sinais dos caçadores de recompensa, nem de qualquer outro perigo iminente, mas Rubi não conseguia afastar a sensação de que alguém a vigiava.

— Pegamos o carro daqui — Céu disse para a mãe, pulando da charrete. — Pode voltar para as meninas.

Dona Júlia lançou um longo olhar para a filha.

— Lembrar sempre. — Seus olhos encheram d'água.

— Sempre. — A capitã abaixou a cabeça numa reverência destinada apenas à realeza.

— Que Tacruk as acompanhe. — Bateu as rédeas e seguiu rua abaixo.

As duas observaram a charrete sumir entre a sujeira da cidade.

*Lembrar sempre*, Rubi repetiu. Era uma despedida estranha.

Mas Céu não esperou que Rubi juntasse as peças dentro da cabeça e entrou no carro, ligando o motor com um ronco grave e profundo. A körinense entendeu o recado e correu para se ajeitar no banco do passageiro.

Nenhuma das duas disse nada.

O silêncio foi crescendo conforme avançavam pela estrada esburacada rumo à Vila do Mirante. A planície dando lugar a árvores cada vez mais altas, e uma nuvem escura cobrindo o horizonte, saindo de trás da cadeia de montanhas, tão distantes que pareciam um grande paredão azul.

Rubi sabia que seu tempo em Minéria estava acabando. Alguém a capturaria ou mataria, com *muita sorte* seria mandada de volta para Körin. Ela só torcia para que Céu e os outros não se prejudicassem por tentar ajudá-la.

— Você acha que foi um erro? — ela perguntou de supetão.

Céu piscou.

— O quê?

— Me salvar. — Rubi olhava pela janela. — Lá na floresta. Você podia ter me deixado para aquele bicho, ou me entregado para o DESEG, ou me deixado morrer naquele buraco. Ou até deixado os caçadores me matarem. Mas não fez nada disso. Pelo contrário, me salvou todas as vezes.

— Não, não acho que foi um erro — Céu disse, sem desviar os olhos da estrada. Estavam entrando em uma tempestade. — Se eu tivesse entregado você ao Departamento de Segurança, nenhuma de nós estaria aqui agora… E eu não sou o tipo de pessoa que deixa as outras para morrerem.

Rubi não soube dizer se aquilo era um alívio ou uma condenação. Tudo o que sabia era que estava voltando para casa.

## CAPÍTULO 26

# May

May não tinha lembrança nenhuma do passado, tudo o que sabia era aquilo que o Mestre Song tinha contado. Ela nem sabia direito a própria idade, de onde tinha vindo, por onde tinha andado. Não ter uma história era um vazio que nada era capaz de preencher.

Vaelith tinha prometido que o Colar do Éter lhe daria as respostas que ela vinha procurando durante todos aqueles anos. Tinha prometido que, com aquilo, a capitã e sua tripulação estariam protegidas.

Era por isso que precisava de Rubi, não dava para perdê-la de novo.

O calor áspero da tarde fez o suor escorrer por sua nuca, colando o tecido do macacão à pele. Por mais que já tivesse pisado em Minéria muitas vezes, nunca se sentia menos sufocada. Parecia que algo cutucava seu cérebro, um incômodo, uma vontade de ir embora.

Ela parou junto ao portão de madeira envelhecida e olhou para a casa simples. Não queria causar confusão com os minerianos, mas… que escolha tinha?

Sabrina mantinha a arma em prontidão, enquanto os garotos contornavam a lateral, abrindo caminho por entre galhos caídos e restos de palha.

— Não se espalhem demais. — Ela se aproximou com cuidado, pisando em folhas secas que estalavam sob as botas.

Wei surgiu, ofegante, apontando para a casa:

— Soldados, capitã.

Ela fez um sinal de cabeça, mandando o grupo cercar a saída do fundo. Sabrina seguiu com metade. O resto permaneceu no quintal com May. Estava tudo calmo demais para o seu gosto.

A porta rangeu e um homem cambaleou para fora, tropeçando no próprio pé. O sangue escorria da lateral de sua testa, misturando-se à poeira no rosto. Ele tentou se apoiar no batente, mas um dos rebeldes correu de dentro da casa e o agarrou, forçando-o a se ajoelhar no chão seco.

May ergueu a mão, pedindo calma.

— Precisava bater com tanta força? — ralhou com Estéfano. Não gostava de ferir ninguém além do necessário. Ela se voltou para o soldado. Era um homem grande, muito maior do que qualquer um de sua tripulação, mas ainda assim tinha levado a pior. — Onde está…

Nunca completou a frase. Algo zuniu pelo ar e ela foi salva pelo próprio reflexo, inclinando o corpo para o lado. Um martelo pesado se cravou na parede da casa, soltando pedaços de tijolo que voaram perto de seu rosto. May levou a mão ao cabo de uma das espadas às suas costas, o coração disparado.

Ali na varanda, uma soldada apareceu — expressão afiada, as mangas da camisa enroladas nos braços fortes. A mulher fez um gesto e o martelo balançou na parede rachada antes de voar de volta para a mão dela.

Era uma magia *incrível.*

May ergueu minimamente as mãos, deixando as espadas no lugar.

— Nós só queremos Rubi Takahashi.

O olhar da soldada caiu até o companheiro ferido, então voltou para May.

— Tarde demais. Ela não está aqui.

A rebelde olhou bem para ela, vestia o uniforme verde escuro de Minéria e tinha uma insígnia de sargento no ombro.

— E onde ela está? — May não queria ferir pessoas à toa. Mas é claro que as coisas raramente aconteciam do jeito que ela queria.

De um canto, ouviu-se um disparo. Outro soldado, surgindo da mata, apontava um fuzil para os rebeldes, xingando alguma coisa. Os garotos reagiram e a confusão estava armada.

May bufou, impaciente, e se virou a tempo de ver o martelo da soldada descendo numa diagonal. Ela sacou suas espadas depressa e parou o golpe, o impacto vibrou como um trovão em seus ossos.

— Vamos resolver logo. — May rangeu os dentes, desviando outro golpe. Pensou em acender as chamas, mas realmente não queria chegar a tanto.

As duas se chocaram mais uma vez, e May aproveitou um pequeno vacilo da sargento, que olhou de canto para o soldado ferido no chão, para derrubá-la, jogando seu martelo longe. As lâminas das espadas rasparam o vento, descendo até a garota.

— *Já chega.* — Vaelith gritou dentro de sua cabeça, a fazendo dar um passo para trás.

Mas ela não podia parar. Precisava vencer. Precisava de Rubi.

Um sibilo chamou sua atenção e ela viu, pelo canto do olho, o soldado que estava ferido no chão vir se arrastando na direção delas feito um bicho incapaz de desistir. A mão erguida no ar, o olhar de desespero puro preso na sargento.

Aquela distração quase custou caro. A soldada aproveitou o segundo em que May olhava para o lado e ergueu a mão, fazendo o martelo voar até quase atingir a lateral de sua cabeça. Mas a rebelde levantou sua espada numa velocidade impossível, e golpeou o martelo, dessa vez liberando um fio de fogo pela lâmina. A arma da mineriana voltou com força, atingindo e quebrando a parede da casa.

— Mas o quê? — A mulher se encolheu, sem conseguir tirar os olhos do lugar onde seu martelo tinha acertado.

May encontrou a brecha que precisava. Avançou para baixo, atingindo a lateral da cabeça da sargento com a empunhadura. Foi um golpe seco, preciso, que arrancou um gemido e fez a oponente amolecer.

Alguém atirou no meio do terreiro, e um de seus garotos caiu. O sol forte cegava parte da visão, mas May viu Sabrina se jogando sobre o atirador, derrubando-o em meio a uma nuvem de poeira.

— Linn. — O soldado ferido tinha alcançado a garota do martelo e segurava sua cabeça com as duas mãos.

— Ela vai ficar bem — May murmurou, antes de terminar de apagá-lo também.

A luta acabou e nenhum sinal de Rubi.

Ela tinha mesmo ido embora?

— May… — Sabrina chamou, Estéfano estava deitado em seu colo, sangrando. Tinha levado um tiro no ombro. May se abaixou e analisou a ferida, felizmente não parecia ter acertado nenhum órgão vital, só seria outra cicatriz para a coleção dele. — Empurrei ele bem na hora, senão…

— Eu sei — May interrompeu, se levantando e olhando para todos os lados. Ela podia ter perdido um dos garotos hoje, até mesmo Sabrina, e tudo isso para quê?

Pelo que eles estavam lutando? Já fazia tanto tempo que às vezes ela esquecia. Cada membro de sua tripulação tinha suas razões para estar ali. Eram crianças que May tinha tirado da lama e que estavam ali porque não conheciam uma realidade melhor. Estavam com ela porque acreditavam em sua luta.

Mas em quem *ela* acreditava?

Sua pergunta nunca foi respondida, porque o som alto de um carro roncou pelo quintal, seguido por passos cada vez mais próximos. Virou-se a tempo de ver Rubi Takahashi entrar acompanhada por uma mulher de cabelos curtos e uma expressão de poucos amigos. Ambas fazendo tanto barulho que daria para ouvi-las do outro lado do mundo. A desconhecida encarou May com um olhar fulminante, então seu olhar caiu até os soldados desacordados. Aquilo pareceu a enfurecer. Ela sacou a arma e a apontou para May.

— Quem é você?

— May Song, líder rebelde. — Fez uma pequena mesura. — Ninguém precisa se machucar. Só queremos a garota. — Apontou uma de suas espadas para Rubi.

— Acho que não vai ser possível.

— Por que um grupo de soldados minerianos protegeria uma Herdeira do Ar?

— Meus motivos não são da sua conta — disse entredentes, mantendo a postura rígida, mas, mais uma vez, o olhar desviou para os soldados no chão. Ela se importava com eles. Era uma líder, com certeza.

— Seus soldados estão bem, *capitã*. — May sorriu de canto. — Nós só…

O tiro estourou feito um balão, e veio na direção do rosto de May, que desviou a bala com a espada da mão direita.

— Céu! — O grito de Takahashi parecia até um aviso, porque, quando May piscou, a outra já estava em cima dela com um punhal em cada mão. A capitã era rápida, mas não teria chance contra suas espadas.

Por que tinha que ser tão difícil?

A capitã tinha uma fúria silenciosa nos olhos, uma vontade de ferro. Dois golpes curtos vieram rasteiros, exigindo que May desse um salto para trás, cruzando as espadas contra o primeiro punhal. As lâminas tilintaram num som seco, e o impacto reverberou pelos ossos dos braços.

Rubi Takahashi estava a alguns metros, esboçando um movimento para avançar, mas Sabrina surgiu pelas costas da garota, envolvendo sua cintura com o braço e a puxando para trás.

Rubi se debateu, levantando uma lufada de ar que projetou poeira por todo o quintal. A força do vento sacudiu as folhas, mas Sabrina fincou o calcanhar no solo e segurou a körinense firme, sem permitir que ela viesse socorrer a capitã.

— Para, May! — Rubi gritou. — Por favor, para com isso!

Mas ela não podia simplesmente parar. A capitã continuava golpeando. May percebeu que a mulher não era só veloz, era *treinada* para matar. Muito bem treinada. Cada golpe vinha sem aviso, tentando um ponto vital, que May defendia rápido, sem querer devolver os golpes com a mesma habilidade.

A capitã investiu de novo, dessa vez de forma mais agressiva, e o cabo de um dos punhais roçou seu flanco. O corte rasgou de leve a camisa, arranhando a pele o suficiente para arder. May soprou a ferida, irritada com a dor aguda. No fio da espada da mão direita, deixou a chama florescer. A lâmina brilhou num tom alaranjado, cuspindo calor. A capitã se sobressaltou, hesitando um segundo — tempo suficiente para May avançar e desviar um punhal que vinha em arco crescente. Metal rangendo contra metal, estalido de faíscas no ar.

*Não matar, não ferir mais do que o necessário,* lembrou a si mesma.

Empurrou a capitã, mas a mulher fincou um dos pés na terra e avançou outra vez, o punhal apontado para o coração de May. A rebelde girou, varrendo o ar com a espada acesa, e sentiu o punhal ricochetear contra a lateral da espada. Por uma fração de segundo, seus rostos ficaram próximos — o olhar duro da capitã encontrou o de May, e ali estava um ódio antigo, uma dureza que ela reconhecia de algum lugar. De onde era? Aqueles olhos pareciam feitos de pedra.

— Só me deixa levar a garota — May sussurrou.

A capitã respondeu atacando de novo.

*Cansei.*

May bloqueou um golpe, soltou um chute baixo para desequilibrar a mulher e, quando ela perdeu a base, manobrou as espadas com um movimento firme e inesperado. Extinguiu a chama para não queimar a adversária viva e usou a empunhadura para acertar a lateral de sua cabeça. A capitã arfou, depois caiu de joelhos.

— Céu! — Rubi tentou avançar outra vez, mas Sabrina e os garotos ainda a continham. O vento soprou mais forte, como um pedido de socorro.

A capitã fez menção de se erguer, porém fraquejou. May apertou os lábios, movendo apenas a mão livre para afastar uma mecha de cabelo da testa suada. Não tinha prazer em derrubar aquela mulher, só o alívio de concluir o que viera fazer.

Ela olhou para a capitã e ergueu a espada.

— Eu vou! — Rubi gritou, os olhos marejados, parando de se debater nos braços de Sabrina. — Por favor, May... chega. Eu vou com você, mas não faz isso...

A líder rebelde olhou para a herdeira Takahashi, para o desespero estampado em seu rosto, para a maneira como olhava para aquela capitã mineriana.

O que era aquilo?

Amor?

Não. Não podia ser. Os Takahashi não amavam nada.

Ela desceu o punho da espada de leve na têmpora da mineriana, garantindo que ela fosse ao chão sem causar mais estrago. Foi um golpe limpo, sem alarde, que a fez tombar desacordada, os punhais escorregando pelos dedos inertes.

May ergueu o rosto, encontrando os olhos de Rubi arregalados de pavor, o corpo ainda tenso contra o de Sabrina.

— Ela vai ficar bem — a líder rebelde falou, num tom que ela mesma não reconhecia como seu. — Só não quero que nos siga. — E tombou a cabeça novamente, vendo que Rubi estava quase chorando. — E algo me diz que ela *vai* fazer isso.

Guardou as espadas nas costas. Por dentro, sentia-se gelada, mesmo no calor infernal de Minéria. Deu um passo para trás, observando a capitã, a soldada do martelo desacordada do outro lado, os dois rapazes caídos. Já bastava.

Acenou para Sabrina, que relaxou o braço na cintura de Rubi, sem soltá-la. A herdeira parecia imóvel, lívida, mas decidida. Aquela rendição doía nos olhos dela.

— Vamos — May chamou seus rebeldes para partirem. Precisavam alcançar o dirigível e voar para longe dali.

Enquanto se afastava, um gosto ruim amargou sua boca. Olhou para Rubi, que tropeçava pela trilha. O olhar dela estava fixo no que deixavam para trás, e May sentiu que, por mais que levasse a garota consigo, uma parte inestimável dela tinha ficado ali, caída no chão, junto com aqueles soldados.

CAPÍTULO 27

# Céu

As mãos de Céu ainda doíam do choque com as lâminas de May Song, mas ela não tinha tempo para lamber as próprias feridas. Precisava ir atrás de Rubi antes que escurecesse por completo. Quanto mais tempo perdiam, maiores as chances do rastro dos rebeldes esfriar.

O jeito como Rubi tinha gritado seu nome... Aquilo a atormentaria para sempre.

Não podia deixá-la.

Linn e Álvaro se mantinham perto da mangueira, um cuidando do outro. Enquanto Alexander preparava as armas. Céu olhou para o sol já se escondendo e chamou os três para perto, o ar que vinha da montanha esfriando seus braços ainda descobertos.

Alexander pigarreou, os olhos verdes desviando para o chão poeirento.

— Nós vamos mesmo atrás deles, capitã?

— Não podemos fingir que nada aconteceu.

— Céu... — Ajeitou o rifle nos ombros e balançou a cabeça. — Não é melhor assim? Eu gosto da Rubi, mas ela só causou problemas para nós desde o começo.

A voz dele tremeu. Ela sabia que Alexander não era mau, apenas tinha medo. Depois da coça que haviam levado dos rebeldes, ela também tinha.

— Eles nos atacaram na nossa casa, estão no nosso território — ela disse, a voz grave endurecendo. — A Rubi, gostemos ou não, era nossa responsabilidade. E nós deixamos que eles a levassem.

— Concordo com a capitã — Linn interveio, apertando o cabo do martelo, que estava apoiado na terra ao lado dela. — Não podemos deixar barato, eles quase nos mataram.

Álvaro, o rosto ainda pálido por conta do golpe que levara, levantou uma sobrancelha e olhou rapidamente para Alexander, talvez esperando que ele insistisse mais no argumento contrário. Mas, no fim, apenas levantou as mãos em sinal de rendição.

— Não vou dar uma ordem e vou entender se algum de vocês não quiser vir.

— Nós vamos, Céu. — Linn colocou a mão em seu ombro.

Céu olhou para Alexander, que apenas confirmou com um aceno de cabeça.

— Agora precisamos rastreá-los.

Alexander coçou a nuca.

— Talvez não seja necessário. Se o que a Rubi contou for verdade, eles têm um dirigível grande e só tem um lugar com espaço para pousar um trambolho desses sem ser visto por nenhum mirante de fronteira.

— A Pata da Onça — Álvaro concluiu os pensamentos do irmão.

Aquilo fazia sentido. Era uma clareira larga, aos pés do Caminho do Rei, mas rodeada por enormes formações rochosas enegrecidas que de fato pareciam uma pegada de felino gigante. Eles conheciam bem demais aquela região, passaram três anos a vigiando, talvez conseguissem chegar lá antes dos rebeldes.

— Ótimo, dá para ir de carro. — Céu ajeitou os cabelos curtos, ainda sujos de poeira, e se moveu em direção ao veículo parado em frente à casa, puxando o capô para trás. — Linn, no passageiro comigo. Vocês dois vão sentados atrás.

— Sim, capitã.

O carro rangeu quando os quatro entraram. O motor tossiu antes de pegar, e Céu girou o volante, guiando-os pela estrada de terra que se estendia à frente, já meio coberta pela escuridão que crescia no horizonte.

— Vou ficar devendo uma parede nova — Linn comentou baixinho, olhando para a casa que deixavam para trás.

— Depois a gente dá um jeito. — Céu sabia que teriam muitos problemas por causa daquela invasão, e não podia pensar nisso agora.

Enquanto o carro avançava, o silêncio foi cortado pela voz baixa de Álvaro:

— Aquela mulher acabou com a gente. Ela parecia… sei lá.

— Uma deusa — Linn completou. Céu lembrou do impacto das espadas conta seus punhais, ela tinha a força de uma Herdeira. — Aquela espada trincou meu martelo. — A soldada mostrou o martelo para a capitã, apontando para a pedra no centro. — Isso é um diamante negro, capitã. Que tipo de aço consegue quebrar um *diamante*?

Ninguém respondeu. Céu não tinha uma explicação. E, quanto mais pensava nisso, mais lembrava do fogo que dançava na espada da rebelde. Deveria ter respondido à altura, mas o medo a fez recuar e agora tinha perdido Rubi.

Dessa vez faria diferente.

Engoliu em seco, mantendo as mãos firmes no volante.

— Não precisamos vencê-los, só… — Parou por um momento. — Agora não seremos pegos de surpresa.

O carro sacolejou sobre pedras e valetas, e um dos gêmeos reclamou. Lá fora, as copas das árvores se uniam como um túnel escuro, e um vento de chuva levantava folhas secas pela estrada, trazendo poeira até seus olhos. Arrependeu-se de não ter pegado uns óculos.

Linn resmungou, colocando a mão no ombro. Céu ia falar com ela, mas notou Álvaro se inclinar para a frente e perguntar de um jeito muito carinhoso:

— Tá tudo bem?

De canto de olho, viu o jeito como ela pousou a cabeça na mão que ele tinha colocado em seu ombro e sorriu. Os olhos brilhando.

A capitã não comentou nada. Sua mente foi jogada de volta até a noite em que se deitou ao lado de Rubi para olhar as estrelas. Tinha falhado em protegê-la. O que mais perderia em nome de manter seu segredo? Já não tinha muito perdido?

As montanhas da Pata da Onça eram pedras pontudas e arredondadas, formando os quatro dedos do felino, e o silêncio era cortado apenas por um ronco distante de motor. Céu estacionou numa elevação segura e sinalizou para que todos seguissem na direção daquele barulho.

Ao longe, uma estrutura mais clara se erguia por trás do primeiro dos dedos. Alexander tinha razão, era o dirigível. Dava para ver as lâmpadas internas reluzindo em tons alaranjados, como vaga-lumes gigantes. Ele estava pronto para decolar.

— A gente vai embarcar? — Alexander perguntou baixinho.

Ela precisava decidir depressa.

— Eu vou — Céu respondeu. — Mas vocês não precisam vir.

— É óbvio que a gente vai. — Linn apoiou o martelo no ombro e fez uma careta de dor.

— Então vamos logo. — A capitã correu, confiando que os outros a seguiriam. Ela ouviu os passos deles atrás dela, mas o dirigível já levantava voo. Teve apenas um segundo para pensar. — Vai — gritou para seus soldados.

Linn e Álvaro foram os primeiros a saltar para dentro do casulo metálico do dirigível. Alexander entrou logo atrás, enganchando-se na borda. Céu, por fim, conseguiu se pendurar e rolar para dentro no exato momento em que o chão sumia sob seus pés.

O choque do vento fez o interior balançar, e Céu quase caiu.

— Ei! — gritou um dos rebeldes, atraindo a atenção dos outros, que se voltaram para eles apontando facas e espadas curtas, mas nenhuma arma de fogo.

— Tenta não matar ninguém — a capitã falou para Linn, mas servia para os meninos também, e viu quando sua sargento agarrou seu martelo e o girou, atingindo, com pouca força, o primeiro rebelde que se aproximou. Álvaro virou o fuzil, o segurando pelo cano.

— Sem atirar aqui, Ally — alertou ao irmão.

Ninguém mais avançou, mas uma sirene apitou alto.

— Vocês três fiquem aqui e eu vou atrás da Rubi — Céu ordenou, a voz rouca para abafar a adrenalina na garganta.

— Mas, capitã, e aquela mulher? — Linn não desviou o olhar dos rebeldes, que pareciam estar esperando alguém.

— Eu me viro. — E então avançou. O combate corpo a corpo começou. Linn trocava golpes intensos com um rebelde alto, os dois rodopiando num círculo de gritos e quedas. Alexander gritava ordens para Álvaro, mas a barulheira dentro do dirigível abafava quase tudo. Céu seguiu por um corredor lateral, as paredes metálicas tremendo a cada mudança de altitude.

Ela procurou por vários corredores, ouvindo passos apressados e coisas quebrando. Então a voz fria de May Song disse:

— Eu sabia que você seria um pé no saco.

## CAPÍTULO 28

# Rubi

Rubi sentiu o remelexo violento do piso sob seus pés e se segurou no primeiro ferro que viu, quase tropeçando no vão entre dois assentos. O dirigível tinha subido rápido demais e agora balançava. As luzes internas piscavam e uma sirene insuportável gritava.

Era sua chance de fugir de novo. Mas… e se May fosse atrás de Céu mais uma vez? Precisava sumir, voltar para Körin ou qualquer outra coisa.

Ela se moveu pelo corredor, o coração batendo tão forte que doía. A cada passo, a lembrança da capitã desmaiada no chão voltava. May poderia ter matado Céu. E aí o que Rubi faria? Como viveria o resto de seus dias com aquela imagem na mente?

O aperto em seu peito estava diferente desde o momento em que o dirigível levantou voo. Mais fraco, mais suportável.

Uma explosão de fagulhas à frente a fez recuar um passo.

*Por Zora, fogo numa merda dessas vai nos fazer explodir feito uma bomba.*

O dirigível balançou ainda mais, e uma lâmpada se soltou do teto, estilhaçando a poucos centímetros dos pés dela.

— Merda… — resmungou, esfregando o braço que batera no ferro. Precisava ter cuidado. Uma ventania mais forte e eles desabariam, que nem manga caindo da árvore.

A um corredor de distância, Rubi reconheceu a voz de Céu. Ela se obrigou a correr, passando por portas meio abertas e deslizando em poças de óleo até encontrá-la.

Ela estava de frente para May, segurando seus punhais em uma posição de defesa. As espadas de Song continuavam guardadas nas costas.

— Não precisamos lutar de novo, capitã. Podemos só conversar. Por que quer a garota?

A resposta de Céu foi abafada por uma voz que gritou do lado externo do corredor:

— Estão atacando a gente!

Uma pancada sacudiu o dirigível inteiro.

— Pelos... — Céu olhou rapidamente para Rubi, que correu até a janela mais próxima. Com o vidro embaçado, ela forçou a vista e enxergou, ao longe, uma cadeia de montanhas flutuando no meio da noite. Enormes cachoeiras caíam das bordas, formando nuvens abaixo da... ilha?

— Quê? — Rubi balbuciou. — Nós estamos caindo ou o quê?

Céu surgiu atrás dela e também olhou lá para fora.

— Não é possível...

Um segundo disparo de energia cruzou o ar, vindo daquela direção, e atingiu um ponto do dirigível que fez tudo sacudir mais uma vez. Ele rodou no ar.

Rubi se virou para Céu, sem fôlego.

— Nós vamos cair — disse, mas viu, com horror, que a capitã parecia ainda mais abalada do que ela, olhando atônita para as montanhas cada vez mais próximas.

— Takahashi! — May Song a agarrou pelo braço. — Precisamos da sua ajuda.

— Quê?

— Estamos caindo em Aymora, Rubi. Peça a Zora para nos deixar entrar.

— Ay... Quê?

— Ah, merda! — A rebelde segurou seu rosto com as duas mãos. — Nós estamos *caindo* e, se outra coisa daquelas nos atingir, podemos explodir no ar. Peça a Zora...

— *Ki-jikan, tang pret* — a voz de Céu cantarolou baixinho. — *Kruak roti keh.*

O dirigível continuou caindo.

Mas nada mais as atingiu.

CAPÍTULO 29

# Hideo

Era fim de tarde quando o general Hideo Takahashi chegou ao palácio de gelo onde Wata se refugiava. As montanhas mais altas e frias de Körin às suas costas, e o jardim de lírios-do-vale à sua frente. No centro, após um caminho de pedras, havia uma mesinha baixa, com um bule de porcelana e três xícaras. Wata estava sentada. Seu vestido era de um azul tão claro que parecia branco, o cabelo loiro caía em ondas pelos ombros.

— Você está atrasado — ela disse, a voz mansa como a maré de uma manhã, mas carregada de uma frieza que não combinava com manhã alguma.

— Perdão. — Hideo inclinou a cabeça, tomando cuidado para não deslizar nenhum resquício de ironia por sua voz.

Ele se aproximou e se sentou, mas sentiu a rigidez nos ombros. A última coisa que queria era tomar chá com Wata, mas obedeceu como sempre fazia. Tocou o bule, servindo-se por educação. O aroma doce de ervas marinhas subiu no vapor, um cheiro que lhe causava náuseas desde a infância.

Algumas dores eram tão fortes que sobreviviam ao tempo, ultrapassavam gerações, e se alojavam na memória como uma canção.

Hideo odiava o mar que tinha engolido a terra de seu povo, a casa que ele nunca conheceria e para onde nunca voltaria. Tinha afundado memórias, gente, uma história inteira, enquanto os deuses assistiam sem interferir.

Eles tinham poder para criar o mundo, mas não para salvá-lo? Hideo nunca entendeu aquilo.

Os olhos azuis de Wata, límpidos como a superfície de um lago congelado, carregavam uma serenidade que nunca significava calma de verdade. Ela pousou a xícara sobre o pires, os dedos pálidos desenhando círculos preguiçosos na cerâmica.

— Como foi que você perdeu sua sobrinha dessa maneira tão patética?

Hideo endureceu a mandíbula, movendo os dedos sobre a pele nua de seu anelar esquerdo. O espaço onde seu anel costumava repousar parecia mais frio do que o vento que soprava através dos biombos vazados.

— Eu não podia arriscar chamar a atenção dos minerianos.

— Minerianos... — Wata repetiu, girando levemente o chá em sua xícara. — Se Naki descobrir o que tem dentro daquela garota... Se aquele poder cair nas mãos dela, toda a nossa vantagem pode ser perdida.

Hideo desviou o olhar para o jardim, onde carpas fantasmagóricas deslizavam por entre as pedras enegrecidas no lago.

— Não cairá. A pedra será sua, como prometi.

Wata se reclinou no assento, e ele pensou que ela iria cuspir em seu rosto, mas a deusa apenas cruzou as mãos sobre os joelhos.

— Você prometeu guardá-la em segurança, e agora ela pode cair nas mãos da nossa grande inimiga. Eu não devia ter confiado tanto em você. — A voz de Wata queimou feito gelo, e o silêncio de Hideo foi tão eloquente quanto um protesto. Ele nunca gostou de se ver enredado nos jogos de poder dos deuses, mesmo tendo sido moldado por eles desde sempre. — É por isso que não vou esperar os homens resolverem isso por mim.

Hideo queria protestar, queria lembrar tudo o que tinha feito por ela, tudo o que tinha *perdido* para encontrar aquelas malditas pedras. Mas Wata não entenderia. Para ela, Hideo era apenas um servo.

Ele olhou para o anel de topázio azul no dedo indicador da deusa. O presente que ele mesmo havia lhe dado. Queria tomá-lo ali mesmo, arrancá-lo e levá-lo de volta para seu cofre. Mas a hora ainda não tinha chegado.

Antes que ele pudesse responder qualquer baboseira subserviente para agradá-la, a porta de correr deslizou com um rangido delicado.

Naki entrou como um trovão.

A deusa da Terra não precisou anunciar sua presença, sua chegada foi sentida como uma tempestade de raios caindo no chão. Sua pele marrom amarelada, reluzente sob a luz do fim de tarde, contrastava com os olhos de um verde profundo, tão vivos quanto as florestas de Amaya. Seu longuíssimo cabelo escuro escorria solto pelas costas e ela estava vestida com um manto feito de penas vermelhas sobre os ombros, e uma coroa, também de penas, na cabeça.

Ela era linda. A mais linda entre os deuses.

— O que é tão urgente que eu precisei deixar minhas terras para ouvir pessoalmente? — Sua voz carregava a suavidade de folhas caindo, mas também a dureza de raízes que rasgam o solo. — Decidiu declarar guerra?

Wata sorriu, mas foi um sorriso de predadora, do tipo que antecede a mordida.

— Eu poderia ter perguntado de longe, mas gosto de olhar nos olhos das pessoas quando elas mentem.

A deusa da Terra piscou lentamente.

— Eu não perderia meu tempo mentindo para você.

— Então me diga: onde está a garota Takahashi?

Naki inclinou a cabeça, arqueando uma sobrancelha.

— Não sei.

— Que curioso. — Wata pousou o queixo sobre os dedos entrelaçados, o olhar cintilando como um mar antes da tormenta. — Pensei que ela estivesse em Minéria sob a proteção dos seus soldados. Há traidores no seu exército, Naki?

A deusa da Terra cruzou os braços sobre o peito.

— Os Takahashi são um problema seu. São a herança que Zora deixou para você. Se você está falhando em manter sua preciosa Herdeira do Ar em Körin, isso não é problema meu.

A raiva rastejou sob sua pele, mas Hideo se manteve imóvel. Wata, por outro lado, inclinou-se levemente para a frente, seu sorriso se afinando.

— Nós poderíamos ser amigas, mas você parece realmente *querer* a guerra.

Naki bufou.

— Não quero guerra alguma. Só proteger minha terra e garantir que parasitas como você não destruam o que restou de Etéria.

Wata riu. Um som frio e cortante.

— Minéria já está se destruindo sozinha, porque você é uma rainha fraca. Seu povo mal tem o que comer e você me diz que sou *eu* a parasita?

Hideo viu um brilho assassino passar pelo rosto de Naki. A deusa cerrou os punhos, e a gravidade ao redor da mesa vacilou — a porcelana das xícaras tremeu e rachou.

Naki respirou fundo e se controlou.

— Diga-me, Wata. A verdade dessa vez. — Sua voz soou mais calma do que Hideo esperava. — O que *você* quer?

A deusa da Água não hesitou.

— O mesmo que você.

O silêncio pairou no ar como um véu.

Naki inclinou a cabeça, os olhos apertados.

— Amaya? O momento nunca foi melhor para tentar tomá-la de mim. Tacruk e Zora desapareceram entre as nuvens. Vaelith está preso no Mundo das Sombras. Vaelay, morta. N'oto se isolou em seu continente. Você só precisa *me* vencer. — Ela abriu os braços, sabendo que Wata a temia. Todos temiam Naki. — O que está esperando? As frotas que os Takahashi estão construindo? Que eu perca a minha paciência e jogue você e seus carrapatos de volta no mar?

Naki riu e se virou para Hideo, o olhar afiado como uma lâmina.

— É claro que você não me chamaria aqui pra isso. — Os olhos da deusa da Terra brilharam. — Você quer o que sempre quis, não é? Aquelas malditas pedras. Pensei que o Takahashi tinha encontrado elas para você.

Sim, ele tinha passado décadas da sua vida procurando pelas Sete Pedras do Equilíbrio sob as ordens da deusa da Água. Ele havia viajado até as geladíssimas montanhas da antiga Eurai para buscar a pedra falsa de Wata, mergulhado nas areias escaldantes de Asai em busca da pedra de Vaelay. Tinha até mesmo se enfiado nas perigosas florestas do norte, arriscando encarar a fúria da deusa da Terra. Mas não conseguiu encontrar todas, e Naki sabia disso.

Pela primeira vez, Wata hesitou. Apenas por um instante, mas foi o suficiente.

Naki sorriu.

— Ah, não é isso… Você não quer as pedras falsas que o Hikaru Takahashi criou, claro que não. Elas são fracas demais perto do poder real dos deuses. Você quer as verdadeiras. As que Tacruk fez. Você quer encontrar *Aymora*.

Hideo crispou os dedos sobre a mesa. Naki tinha de esperta o que tinha de amargurada. O general não conseguia entender por que ela havia passado as últimas décadas obcecada em destruir Tacruk e o que tinha restado dos Herdeiros da Montanha. Por que uma deusa tão linda e poderosa se contentava com uma vingança tão infantil? Não poderia ser apenas por causa de uma traição. Havia um segredo no ar, algo que ele deveria saber, mas estava deixando passar. Tacruk tinha tirado algo dela. Seu poder, talvez?

— Como eu disse, nós duas queremos a mesma coisa. — A deusa da Água sempre estava muitos passos na frente de todos. Foi assim que ela destruiu os outros deuses, com muito poder, sim, mas principalmente com intrigas e ameaças.

— É aí que você continua errando, Wata, mesmo depois de todo esse tempo. Nós duas não somos iguais. Eu não sou como os outros que você pode manipular ou subjugar. — Naki ergueu o queixo, orgulhosa.

De fato, as florestas de Amaya, domínio original de Naki, foram os únicos territórios que Wata nunca conquistou, e Hideo sabia a razão. Naki era a única divindade mais poderosa que a deusa da Água. Wata a temia. É por isso que precisava de pedras e dos autômatos.

— Se quer Aymora, pergunte ao Takahashi onde encontrá-la. — Os olhos de Naki perfuraram os de Hideo. — Não a mim. Ele que teve a benção de Zora para entrar na cidade vinte anos atrás. Talvez Zora abençoe novamente seu herdeiro favorito.

Ela se virou para ir embora, mas, antes de sair do jardim, olhou por cima do ombro, um sorriso preguiçoso brincando em seus lábios.

— Mas faça isso logo, porque, se eu encontrar Aymora primeiro, não sobrará nada, nem um grão de areia, para você conquistar. Vou destruir cada pedra e cada deus que estiver escondido naquele lugar. E talvez eu mande a cabeça dos traidores para você inserir na sua coleção. Se o que espera é que eu não seja páreo para Tacruk e Zora juntos, e eles me destruam, lembre-se que eles se escondem de mim há anos. Fogem como dois covardes. Talvez você devesse fugir também.

E então, ela se foi, deixando apenas a poeira e a sensação de que algo antigo estava prestes a se quebrar.

Minha irmã,

Eu quero que você *se lembre*. Quero que tenha algo a que se apegar quando voltar. Ou talvez eu só queira que você sinta de novo seu próprio calor, aquele que eu procurava nas noites frias de Asai quando toda aquela minha escuridão parecia invencível.

Hoje, não tenho calor algum. Aqui, preso no meu Mundo de Sombras, me sinto tão congelado quanto o coração de Wata.

Às vezes, fecho os olhos e me lembro dos dias em que corríamos juntos pelas dunas. Éramos pequenos ainda, espíritos livres. Antes de pintarmos o mundo com mortais, antes de tudo o que criamos só para destruir. Era quase meio-dia, o sol fervia nossas peles e você tinha me proibido de usar minhas sombras para cobrir seu deserto, porque queria correr por ele, sentir a areia quente sob os pés descalços. Eu ia atrás, sem saber se odiava ou amava aquele calor todo. Você gargalhava dos meus resmungos, jogava areia nas minhas pernas e me chamava de reclamão. De vez em quando, virava para trás, me olhando com os seus olhos castanhos que sempre brilhavam num tom avermelhado, até mesmo sob a luz mais inclemente. E então ria, como se dissesse que a vida é assim mesmo: áspera, quente, mas cheia de alegria. E eu acreditava. Sempre acreditei em você, Vaelay.

Até quando você disse que eu era mais do que só a sua sombra, que era por mim que o povo vivia, que era na minha escuridão e no meu frio que eles sobreviviam ao seu calor implacável. Mas, no fim das contas, era sempre o seu fogo que iluminava a todos, que aquecia as minhas noites geladas, que os protegeu quando Wata desceu de suas geleiras no norte para nos conquistar.

Seu fogo era eterno. E, por ser eterno, *ainda* é.

Quando penso no que veio depois, na dor que rasgou nossas terras, no sangue do nosso povo pintando as areias de Asai, sinto ódio. Um ódio puro e antigo, que me faz desejar cobrir o mundo inteiro de sombras, até não sobrar esperança alguma na qual se agarrar.

Odeio Wata, ainda hoje, séculos depois. Eu a odiarei. até o fim dos tempos.

Às vezes, tenho inveja de você por não se lembrar do nosso povo sendo estilhaçado por Wata e seus Herdeiros da Água, e por Zora, com seus Herdeiros do Ar. Faz mil anos agora, mas ainda lembro do choro das nossas crianças, da fome. Eu devia ter deixado você queimar tudo quando a chance apareceu, mas não fui capaz. Era fraco.

Sempre fui o seu oposto.

Quando você voltar, vão dizer que fomos nós que despertamos os vulcões que tornaram nosso continente inabitável e afundaram a Ilha de Osin. Não acredite. Foi Wata, furiosa após você matar seu guardião. Lembrar o grito de Wata é o que me ajuda a dormir até hoje. Foi ela que fez as Montanhas acordarem e cuspirem a lava e os gases que quase nos sufocaram.

Mesmo depois de tantos séculos, Asai ainda é só um deserto sem vida, muito mais quente e inóspito do que antes.

Nós não podemos ir para casa.

Nos refugiamos com o resto do nosso povo em Amaya, o continente do oeste. Trazidos como servos de Wata nos porões apertados de seus navios.

Você queria protegê-los, eu queria proteger você.

Ambos falhamos.

Agora restam poucos asaianos, refugiados na seca quase mortal dos Estados Livres, explorados nas minas de Minéria ou nas fábricas de Körin. Sobreviveram porque se misturaram com outros povos até ser difícil dizer quem veio de Asai. Os filhos dos filhos dos filhos de Asai agora têm uma pele muito diferente da nossa, olhos diferentes dos nossos, cabelos diferentes dos nossos.

Nossos filhos se foram.

Acho que, em breve, nós iremos também.

Fomos criados pelo Oculto e, um dia, ao Oculto retornaremos. Nós e os mortais que criamos a nossa imagem para nos fazer companhia. Será que foi esse o nosso erro? Será que não éramos mais felizes antes? Mas você dizia que não adiantava de nada existir tanta beleza sem ninguém para ver. No fim de tudo, quando o nada nos acolher novamente, será que pagaremos por cada alma que criamos e fomos incapazes de proteger?

Não seria justo. Não para você, que deu sua vida, drenou seu Éter até o limite, para salvar os mortais. Não apenas o nosso povo, mas todos aqueles que eram explorados e massacrados pelas forças de Wata.

Você, Vaelay, sempre foi a melhor entre nós.

Sonho, às vezes, com nós dois sentados no topo de uma duna, observando o pôr do sol. Você colocava a mão na areia quente, me puxava para perto e me mostrava as constelações. Dizia que minha noite era linda, que não era vazia — era apenas o tempo que o mundo precisava para descansar, para se renovar. E eu te respondia que o brilho das estrelas só ficava tão intenso porque ainda havia um pouquinho da sua luz dançando lá em cima. Parecia bobo, mas fazia sentido para mim. Nunca existi sem você, irmã. Não nasci para estar sozinho nesse mundo.

Hoje olho para o céu sozinho, mas aqui, no mundo onde me prenderam, ele é escuro feito a minha alma.

Minha última esperança é você.

Do seu irmão,

Vaelith.

# Parte 2

# Aymora

*Quando é forte, o vento sempre desfaz a rocha.*

Ditado popular amayara

# CAPÍTULO 30

# Rubi

Rubi Takahashi acordou no chão frio de uma floresta. O corpo doía, cada músculo reclamava, a pele estava marcada por arranhões ardidos. Pedras duras cutucaram suas costas e um cheiro de folhas molhadas e terra irritou seu nariz.

Por Zora, como ela odiava mato.

Rubi não se moveu. O ar tinha um sabor de algo velho e esquecido, lembrava as pedras de Minéria e a maresia de Körin.

Tinha gosto de *tempestade*, era isso.

Fechou os olhos de novo, sentindo o mundo girar devagar, e deixou a memória voltar aos poucos. O dirigível sendo atacado por alguma coisa e a Céu…

Seu coração deu um pulo, e o corpo agiu antes de qualquer pensamento ficar claro.

— Céu!

Nada.

Levantou-se de uma vez e olhou ao redor. Era uma mata fechada, com árvores grossas e altas, de troncos retorcidos. Lembrava as florestas de Minéria, mas era diferente. Então ela entendeu a razão ao olhar para o céu. Era de um verde escuro, sem estrelas, que derramava uma luz turquesa fraca sobre as folhas das árvores. Rubi nunca tinha visto aquilo antes. As plantas *brilhavam*.

Rubi quase podia ouvir o próprio coração batendo dentro do peito. As pupilas demoraram a se ajustar à luz opaca. Era algo frio, enevoado, um verde morto que não aquecia nada. Ela piscou, tentando forçar a vista para entender onde estava e como tinha parado ali. Seu rosto estava sujo de terra, e havia um gosto de sangue em sua língua.

Viu Céu caída a poucos metros, quase engolida pela vegetação.

O estômago de Rubi afundou como uma âncora.

— Não.

Ela se arrastou até a capitã, caindo de joelhos quando estava perto o suficiente para alcançar seu pulso. Os dedos tremeram ao encostarem na pele fria.

Uma pulsação fraca. Mas estava lá.

O alívio foi tão grande que doeu.

— Ei, Céu.

A pele da capitã estava gelada, a testa coberta de poeira e sangue seco. Rubi sentiu uma pontada de medo.

— Céu, cacete! Acorda! — Sacudiu o ombro da outra com uma força desproporcional.

O som que veio de volta foi ínfimo, um gemido seco. Céu piscou, os olhos se apertando contra a luz estranha.

— O que… — murmurou, a voz áspera. A capitã tentou se erguer, mas travou o movimento. Seus lábios se contraíram, e ela soltou o ar num gemido. Rubi agarrou seu braço para ajudá-la a se sentar.

— Cê tá bem? — Segurou o rosto de Céu com as duas mãos. — Machucou alguma coisa?

— Não sei… — Ela fez uma careta, levando as mãos às têmporas. — Onde a gente tá?

Rubi levantou o olhar, ainda de joelhos, e viu um templo.

Era enorme e triangular, e erguia-se sob os pés da montanha e entre as árvores, como se sempre tivesse estado ali, só esperando que alguém o encontrasse. Em pé, alguns metros na frente dele, havia uma imensa estátua de Tacruk, feita de pedra escurecida. O deus estava vestido apenas com um saiote cobrindo as coxas e um cocar de penas sobre a cabeça; o peito nu coberto pelos cabelos enormes e muito lisos, e cheio de tatuagens. Aquele olhar de guerreiro. Ao redor dele, estava um esquadrão de estátuas menores.

— Aymora — Céu murmurou.

Não, não era possível. Não podia ser verdade.

Se a lenda de Aymora era verdadeira, então Zora tinha abandonado seu povo para viver com Tacruk, seu grande inimigo. Mas não existia nada mais oposto no mundo do que pedra e ar.

Quando os deuses criaram e povoaram Etéria, cada um ficou responsável pelo próprio povo. Deveriam cuidar para que suas terras prosperassem e seus filhos tivessem uma vida boa. Eles escolheram Herdeiros como representantes da vontade dos deuses e dividiram parte de seu poder com aqueles simples mortais. A regra primordial dos deuses, o que dava sentido para suas vidas, era essa promessa de que sempre cuidariam dos seus. De que andariam entre eles, de que os protegeriam até que o último mortal deixasse Etéria rumo às Terras Imortais do Oculto.

Um deus não podia simplesmente deixar seu povo assim, tinha consequências. Quando N'oto foi preso no Mundo dos Sonhos por quinhentos anos, seu povo deteriorou até quase virar sombras.

Rubi acreditava que Zora ainda andava entre eles, mas sem se envolver porque ainda estava ruminando a dor de perder Osin.

Mas, agora, se Aymora fosse verdade, certamente a lenda inteira também era. Se fosse verdade, aquela ilha no céu existia para que Tacruk e Zora se escondessem da ira de Naki, num lugar longe dos domínios da deusa da Terra.

Se fosse verdade…

É *claro* que era verdade.

Seu deus a abandonara.

## CAPÍTULO 31

# Céu

A capitã Steinbachi se perguntava se havia pessoas vivendo em Aymora. O que teria acontecido com elas? Será que o deus da Montanha tinha perguntado se elas queriam viver isoladas do resto do mundo até o fim de seus dias? Será que a cidade, que costumava existir aos pés da montanha, ainda estava de pé, escondida além da floresta?

Será que Tacruk estaria ali, protegendo aquele pedacinho que ele tinha arrancado de Minéria?

Céu não queria pensar demais naquilo, não queria alimentar sua raiva. Já estava brava o suficiente consigo mesma.

Ela sabia que tinha destruído tudo o que passara anos construindo.

Não queria pensar nas consequências de ter abandonado seu posto e perdido seus subordinados de vista. Enquanto andava rumo ao templo, tentava ignorar a respiração pesada de Rubi vindo logo atrás.

A capitã puxou o rádio e testou frequências. Precisava falar com Linn, precisava saber se eles estavam bem.

Depois de muitas tentativas, uma voz ultrapassou a estática:

— *Capitã?*

— Linn, está tudo bem?...

Somente um chiado respondeu. Ela precisava ser mais eficiente que aquilo.

— Há um templo aos pés da montanha — disse uma vez, mas ninguém respondeu, então repetiu a informação até ouvir a voz distorcida de Linn do outro lado:

— *Eu não...*

Céu tentou novamente, forçando cada palavra através da interferência.

— Há um templo aos pés da montanha — insistiu, quase gritando contra a estática. — Me encontre lá.

— *Entendido, capitã* — Linn respondeu, finalmente com clareza suficiente para que Céu pudesse relaxar um pouco a tensão nos ombros. Ela voltou a andar na direção do templo.

— Você nunca ia me entregar, não é? — Rubi falou baixinho.

Céu não parou de andar, mas cometeu o erro de encarar os olhos pretos da Herdeira do Ar. O vento soprou, desalinhando os cabelos dela. Ela estava *toda* desalinhada, mas continuava linda.

— Você nunca ia me entregar pro DESEG, não é? — Rubi repetiu, os braços cruzados, os dedos cravados na própria pele. — Porque isso significaria se denunciar também.

Seu coração latejou contra as costelas.

— Não começa, Takahashi.

— Você é uma Herdeira da Montanha, porra.

— E daí?

— E daí? — Rubi elevou o tom, provocando o ar ao redor delas. — Como assim, e daí? Você é a merda de uma Herdeira de Tacruk.

Céu praguejou baixo, passando a mão pelos cabelos sujos de poeira.

— Não sou herdeira de nada.

— Sei que você o odeia, mas não significa que o poder dele não esteja em você. — Rubi estreitou os olhos.

— O que você quer? Que eu te mate para manter meu segredo a salvo?

— Você não vai me matar.

Uma risada selvagem escapou dos pulmões da capitã.

— Ah, tá bom! — Bufou. — Você não faz ideia das coisas que eu faria para manter esse segredo, Takahashi. Não faz ideia do que aguentei…

Não, não diria nada além daquilo.

Rubi tocou seu braço de novo, a obrigando a parar.

— Não faço mesmo, mas queria fazer. Eu queria que você me contasse, que confiasse em mim.

Um sabor metálico subiu à língua de Céu. Uma raiva antiga.

— Em uma *körinense*?

— Não, Céu. Em *mim*.

— Quer a verdade? — ela rugiu baixinho, parecendo um animal. — Eu me escondi porque é isso que você faz quando alguém quer te matar.

Agora você sabe o que é isso, mas imagina ter passado a vida inteira fugindo e se escondendo. Eu não podia ter amigos, não podia me importar com nada, nem ninguém, além de mim. Entregar você era chamar atenção demais, eu não podia arriscar. Meu segredo sempre foi me esconder bem debaixo da vista deles, à vista para que ninguém desconfiasse. Não dava para chamar a atenção mostrando que eu tinha capturado a herdeira Takahashi. Eu nunca me importei com você, só comigo mesma. Era o que queria ouvir?

— Por que você não deixou a May me levar, então? Por que está aqui? Por que arriscou o seu segredo?

*Por que, Céu?*

Ela mesma queria aquela resposta.

Por que era tão insuportável assim a ideia de ver Rubi ferida? Por que não queria se afastar dela?

Céu ficou paralisada.

A resposta era óbvia e estava bem ali, sem fuga possível. Não havia uma desculpa onde se esconder.

Ela se importava com uma maldita Herdeira do Ar, com o futuro de uma das principais famílias de Körin.

Ela se importava com *Rubi*.

E estava exausta de negar.

A garota deu um passo para a frente como se pudesse ler aquela verdade em seus olhos.

— Eu queria que você nunca tivesse caído em Minéria. — Céu sentiu o calor das mãos de Rubi segurando seu rosto, e a puxou pela camisa, os dedos quase rasgando o tecido.

— Você devia ter me matado — a körinense respondeu, muito perto.

— Eu sei.

Céu a empurrou contra uma árvore e ouviu um gemido baixo escapar de sua garganta quando a beijou. Boca contra boca, raiva contra raiva. Tudo o que importava era aquela fome, aquela vontade de engolir Rubi, mastigá-la até não sobrar parte alguma que não tenha sido tocada por sua boca. Rubi retribuiu com a mesma fome, as mãos apertando o pescoço de Céu, segurando-a firme.

Seu coração socava no peito, sabendo que aquilo era muito errado. Era muito certo. Ela puxou Rubi contra si, sentindo a adrenalina insuportável de estar finalmente, *finalmente*, deixando aquilo explodir. Beijá-la doía.

E então alguém chamou por ela, uma voz firme e grave, que fez seus ossos tremerem. Interrompeu o beijo com um sobressalto, ainda agarrada à camisa de Rubi, e se virou.

— *Reinê, Kruak* — a voz disse em amayara antigo. — *Kruak reinê joprek.*

— O que foi isso? — Rubi se virou e pareceu procurar por algo entre as sombras das árvores.

— Você *ouviu*?

— Ouvi, mas... não entendo. O que quer dizer?

Céu franziu o cenho, Rubi parecia surpresa, sim, mas não assustada, como qualquer pessoa ficaria ao começar a ouvir vozes numa língua estranha.

— Você já ouviu isso antes?

A Herdeira do Ar olhou para ela e tombou a cabeça, os olhos escuros ligeiramente apertados, a boca rosada e inchada. Um formigamento esquisito dançou por sua pele.

— Já. Naquele túnel onde os meninos me esconderam. O que quer dizer?

— O que você ouviu?

Rubi disse as palavras num sotaque quase perfeito.

— *Kruak reinê joprek. Kang, kupariú. Kang, Kairú. Kruak japrak. Kang, kupariú.*

Céu levou as mãos à boca e se afastou alguns passos. Era um chamado da montanha. Somente Herdeiros ou guardiões de Tacruk ouviam chamados da montanha.

— O que quer dizer? — insistiu.

Sua boca estava seca, mas Céu traduziu as palavras sem nenhuma dificuldade.

— *Kruak reinê joprek.* A filha voltou para a montanha. — Céu viu os olhos de Rubi se arregalarem. — *Kang, kupariú. Kang, Kairú.* Acorde, onça guardiã. Acorde, kairú. — Será que era por isso que os kairús estavam rondando a fronteira? Será que tinham escutado o chamado? — *Kruak japrak.* A filha chegou.

Rubi veio até ela, seus passos pesados quebrando os galhos no chão.

— É você, não é? A filha. É você.

— Foi *você* que ouviu.

Não era possível que Rubi Takahashi fosse uma Herdeira de Tacruk, era?

— Mas é sobre você que está falando, sei disso. E essas palavras agora, o que querem dizer? Também diz *kruak*.

Céu parou e olhou de relance para o templo.

— Quer dizer: filha, volte para a montanha.

CAPÍTULO 32

# Linn

A montanha estava ali, protegendo a cidade como uma guardiã.

Para chegar até o templo, eles teriam que atravessar as casinhas brancas com telhados de barro, as ruas de pedra e as pessoas que andavam de um lado para o outro.

Linn piscou algumas vezes, seus olhos mentiam.

As casas tinham rostos. Portas que pareciam bocas, janelas como olhos. Cada uma espiava os forasteiros como se não soubessem se deviam os receber ou devorar.

Não, não era nada disso. Aquela era só… uma cidade. Com roupas penduradas nas janelas, crianças correndo atrás de galinhas, velhos sentados em banquetas na calçada, afiando facas ou descascando frutas.

Uma cidade que parecia ter parado no tempo, sim, mas nada além disso.

As roupas das mulheres eram longas, de tecidos simples, bordadas à mão com desenhos de folhas e montanhas. O corte de cabelo dos homens lembrava os retratos da época anterior ao golpe, antes de Minéria virar um reino. Eles tinham costeletas grossas, franjas curtas, lenços amarrados ao redor do pescoço. Aymora estava congelada em um tempo que Linn só conhecia pelos livros de história.

Era como invadir um quadro, atravessar a moldura e perceber que o que parecia bonito e distante era feito de poeira, raízes e barro.

Álvaro mancava ao seu lado, o ombro esquerdo rígido e quente por conta de um ferimento muito feio. Linn mantinha uma mão nas costas dele, desejando que o contato fosse o suficiente para segurá-lo em pé.

Seu estômago revirava toda vez que ele respirava mais fundo e apertava os olhos de dor.

— Quer parar um pouco? — ela perguntou, o tom mais gentil do que costumava usar. Com Álvaro, sempre era.

— Não. — A voz dele saiu rouca e trêmula. — Quero sair logo daqui.

O olhar de Álvaro estava preso nas pessoas. Elas não falavam, nem sequer respiravam alto, apenas espreitavam os visitantes sem interferir. Era estranho que ninguém viesse falar com eles, que ninguém os atacasse, que ninguém tivesse medo deles. Linn se perguntava se aquelas pessoas estavam mesmo vivas. Ou se eram lembranças projetadas pelo próprio chão da cidade.

Os três continuaram andando, as sombras oscilando nas paredes. Um gato amarelo cruzou o caminho, desaparecendo na curva de uma rua estreita. Suas patas não faziam som. Linn se aproximou de uma das casas e tocou uma porta ao passar, a madeira estava fria e úmida contra seus dedos. Era uma textura que não devia existir em portas. Uma textura de pedra de rio.

O vento trouxe o cheiro de fumaça de lenha e chá de ervas. Um cheiro tão fora de lugar que Linn quis rir. Uma casa, um pouco maior que as outras, tinha um varal estendido entre a varanda e uma árvore. Camisas brancas balançavam, rodopiando.

Não havia ninguém lá.

Ou havia, mas Linn preferiu não olhar muito tempo.

— Eu tô apavorado! — Alexander comentou com um brilho nos olhos. Ele andava um pouco à frente deles, virando o rosto para cada detalhe, cada porta entreaberta, cada janela que escondia um curioso. Tinha o brilho de uma criança numa feira, aquele fascínio de quem encontrou algo incrível.

Linn conhecia bem aquele brilho.

Em Minéria, o povo comum vivia cercado de lendas, histórias de antes da invasão, de quando o continente de Amaya era um paraíso feito de montanhas e florestas. Dos conflitos que nunca viravam uma guerra longa, porque os deuses sempre interferiam. Então as histórias mudaram, viraram épicos e canções sobre guerreiros que resistiam aos invasores, deuses que protegiam órfãos, pedras sagradas enterradas no coração das montanhas, uma cidade que flutuava no céu.

Mesmo depois de tudo o que tinha perdido, Alexander ainda parecia se encantar com a magia do mundo, enquanto Álvaro a odiava. Linn se perguntou se era por isso que Ally sempre sorria, mesmo quando tudo ia para os sete infernos, por acreditar no poder dos deuses, apesar de tudo. Ou talvez fosse só uma máscara. Para Linn, era difícil conceber que alguém ainda mantinha a inocência de acreditar na magia, de ter esperança num mundo como aquele.

Linn voltou a se concentrar em Álvaro. A febre estava subindo, ela sentia pelo calor do corpo dele e pelo brilho úmido em seus olhos. O ferimento no ombro tinha sangrado de novo e agora uma mancha marrom se alastrava pela camisa.

— Quando a gente parar, vou fazer um curativo. — Ela sabia que era uma promessa vazia. Eles não podiam parar. Não ali.

— Já tá bom — Álvaro disse, com aquele meio sorriso cansado. — Você sempre cuida bem de mim.

Aquilo fez Linn engolir o ar.

— É só porque eu ainda preciso de você. — Tentou soar brincalhona, mas a voz falhou um pouco.

Eles seguiram o caminho inclinado, vendo a montanha crescer, seus contornos recortando o céu esverdeado. Quando a cidade acabasse, ainda teriam que procurar pelo templo, dando a volta na montanha se fosse preciso. Ela queria perguntar a alguém, pedir ajuda, mas não seria prudente. Mesmo não tendo os confrontado, a cidade também não os recebeu. Ninguém se aproximou para perguntar quem eram ou de onde vinham. Os olhares escorriam pelas paredes e voltavam para dentro das casas.

Ela olhou para Álvaro. Ele estava pálido e suando.

E olhou para a montanha. Era para lá que tinham que ir.

Enquanto seguiam, as sombras das casas antigas se fecharam atrás deles, como se a cidade quisesse engolir seu segredo de volta.

## CAPÍTULO 33

# May

May Song observava os rebeldes se agitarem em torno do casco avariado do dirigível, vasculhando peças e recolhendo cabos soltos. Eles estavam perdidos, e ela sabia que deveria dizer alguma coisa que os tranquilizasse, mas se sentia perdida também.

— Certifiquem-se de que os motores não vão pegar fogo de novo.

O cheiro de metal superaquecido e o ranger das chapas lembravam May da emboscada de anos atrás, quando ela e os garotos foram capturados após um esquadrão aéreo de Körin ter derrubado seu antigo dirigível.

Quanto tempo tinha passado? Ela às vezes se perdia. Fora há cinco anos ou há dois? Talvez tenha sido há cinquenta e ela não saberia dizer. A não ser pela tripulação. Wei era um garotinho magricela que ela acabara de resgatar numa mina em Minéria. Estéfano ainda não tinha sua cicatriz — ele a ganhara naquele dia?

Só Sabrina era difícil de calcular. Já estava com ela há *tanto* tempo. Desde o começo. Na primeira missão, elas tinham roubado um monomotor e jogavam bombas de ar nas chaminés de uma fábrica Takahashi em Stashi. Ou foi aquela vez em que invadiram uma festa no palácio em Minato Kaisar e causaram um tumulto que deixou o imperador roxo de ódio?

Já tinham estado em tantos lugares. May mal conseguia lembrar de todos. Mas nunca tinha visto nada como aquele céu.

Ela se lembrava de todos os garotos, dos que estavam ali e dos que tinham se perdido no meio do caminho, daquelas crianças franzinas, daqueles adolescentes revoltados com a exploração. Os treinara para serem pilotos, soldados, rebeldes. Para serem mais do que sobreviventes.

Mas ali estava ela, os arrastando até aquele lugar porque Vaelith tinha prometido que, em Aymora, ela encontraria um poder capaz de destruir as Indústrias Takahashi, e levar o Império de Körin para o esgoto junto.

E aquele seria só o começo da queda de todos eles. Impérios, reinos e deuses cairiam uma última vez.

Já fazia mais de uma hora desde que as defesas de Aymora tinham jogado o dirigível nas entranhas daquela floresta impossível. Ainda era difícil aceitar que, por algum caminho torto, tinham chegado até a Cidade Perdida. Sim, Vaelith tinha dito que, com Rubi Takahashi, Aymora apareceria para eles, que Zora os deixaria entrar. Ela não acreditou muito naquilo. Ninguém no Império ou no Reino jamais vira Aymora.

Com exceção, talvez, de Hideo Takahashi.

— Não consigo soldar essa hélice sem uma fonte de calor — Estéfano chamou por ela, a voz trêmula, apontando para uma rachadura feia. O ombro dele estava sujo de sangue, mas, se sentia alguma dor, não reclamou.

May estalou a língua.

— Wei, cuide disso — chamou o outro garoto, antes de se voltar a Sabrina, que analisava um mapa feito a lápis, rabiscado às pressas sobre um pedaço de metal.

Pelo canto do olho, viu o Herdeiro da Chama soldar a hélice.

As lendas diziam que não existiam mais Herdeiros de Vaelay, mas ali estava aquele garoto.

As lendas não sabiam de nada.

— E quanto ao tanque de combustível? — Sabrina não desviou os olhos do esboço das estruturas internas do dirigível. Seu macacão estava ainda mais manchado de graxa, e as sardas no rosto reluziam sob o brilho esquisito do ar verde. — Se não acharmos algo para tapar aquele buraco, não voamos nem um metro.

— Podemos improvisar com as chapas de trás. — May apontou para um amassado na lateral. — Se a gente remover isso aqui, dá pra selar o tanque.

Sabrina concordou com um aceno firme, mas havia preocupação nítida em seus olhos azuis. May via ali a mesma pergunta que rondava sua própria mente: *Se conseguirmos arrumar o dirigível, vamos mesmo querer voar nesse céu?*

Tinham que querer.

— Precisamos encontrar o templo.

— Agora?

— Sim, não podemos perder tempo.

May deu um passo para trás, lançando um olhar profundo para os rebeldes que trabalhavam. Aquela era a sua família, as pessoas que ela havia resgatado ao longo de todos aqueles anos sem saber que, na verdade, a resgatada era ela mesma. Agora aquilo finalmente fazia sentido.

Não queria deixá-los sozinhos ali, naquele lugar perigoso que nunca devia ter existido, mas era preciso.

O templo era uma montanha triangular engolida por árvores.

À frente, uma escultura de Tacruk, enorme e já gasta pela erosão, estava cercada por estátuas menores, do tamanho de um homem. As duas passaram por elas em silêncio, até encontrarem as pedras antigas que sustentavam um portal. De perto, May viu inscrições nas rochas, símbolos que remetiam às histórias de Aymora e uma justaposição de montanha e nuvem.

— *A Cidade erguida pelo deus da Montanha para amar ê deuse do Ar...* — May se lembrou dos versinhos de uma canção amayara esquecida pelo tempo. — Que bela merda!

Sabrina riu.

— Tão cafajeste e tão pouco romântica — brincou. May fez uma careta. — Eu acho linda essa história. — Passou as mãos na pedra. — Inimigos que se apaixonam. Opostos completos. Seres tão diferentes um do outro que conseguem se amar mesmo assim. Minha avó era de Eurai e se apaixonou pelo meu avô, que veio de Asai. Minha existência não seria possível se as divisões ainda existissem. Pena que essa união aconteceu de um jeito tão cruel.

May se aproximou, correndo os dedos pelos entalhes, analisando-os com cuidado.

— Romantismo é um privilégio dos nobres, Brina. De quem não tem outras preocupações na vida, de quem não precisa lutar para proteger quem ama.

— E tem alguma coisa mais romântica do que lutar para proteger quem você ama? — Sabrina desafiou com aquele sorriso que sempre a tirava do eixo.

Sorriso *maldito*. Fazia May querer abandonar tudo e fugir para uma casinha no meio do sertão dos Estados Livres. Uma casinha com uma varanda pequena, onde elas pudessem se sentar e ficar olhando para as terras secas, para o marrom infinito. Seria uma vida boa, com cheiro de café e gosto de chá.

Uma vida que ela nunca teria.

May sentiu de novo aquela sensação de que a conhecia de muito tempo atrás, de antes. De *sempre*.

Mas não podia se dar ao luxo de ficar ouvindo o bater forte de seu coração sempre que Sabrina sorria assim.

— Vamos. — Empurrou a entrada com cuidado.

O interior do templo era escuro, cortado apenas por feixes de luz esverdeada que passavam por fendas no teto.

Houve um templo, muito tempo atrás. Enormes paredes de gelo erguidas no topo de uma montanha.

Ele era protegido por um dragão.

Mas não existiam mais dragões. Os guardiões de Vaelith, Wata e Zora tinham morrido durante a Queda do Leste, quinhentos anos antes. Alguns diziam que foi a morte deles que causou o cataclisma, mas May não acreditava nisso. Guardiões guardavam parte do poder dos deuses, mas seria necessário muito mais do que isso para acordar os vulcões de Eurai e Osin, como havia acontecido. As lendas culpavam os irmãos Vaelay e Vaelith. Mas as lendas eram contadas pelos vencedores. E sempre era mais fácil culpar o inimigo derrotado pelas barbáries causadas pelo conquistador vitorioso.

May acendeu uma de suas espadas para espantar a escuridão do corredor. Vitrais brilharam às suas costas, com símbolos dos sete deuses.

— Os corredores estão fechados — Sabrina chamou sua atenção. — A única entrada é essa porta aqui, mas… — Aproximou o dedo indicador da serpente entalhada na pedra.

— Naki — May concluiu. — Se é a única porta, vamos entrar por ela.

A câmara em que chegaram tinha pilares esculpidos em forma de serpentes escamosas se entrelaçando, lembravam cobras gigantes, talvez Yba-tu, guardiã de Naki. Um altar ocupava o centro, coberto por raízes que protegiam uma pedra verde que estava pousada sobre a rocha.

Assim que pisaram dentro da câmara, o altar estremeceu, soltando fragmentos de raízes.

— Pelos Sete Infernos… — May apertou instintivamente as mãos sobre as empunhaduras de suas espadas.

O lugar se encheu com os sussurros das raízes e cipós se movendo feito cobras. Havia um calor estranho no ar, não o calor de fogo, mas um ardor que lhe subia pela nuca, fazendo seu coração bater com força.

*Será que ainda precisamos de Rubi?*

May olhou para a pedra verde no altar. Não era a que estava procurando. Tinham que seguir em frente.

Ela deu um passo para a esquerda quando um dos cipós voou até seu rosto. A floresta da câmara respondeu à presença delas com um ataque. May cortava o máximo que conseguia daquelas raízes insistentes, enquanto Sabrina desviava delas como uma piloto desviando de tiros. Ela era muito boa naquilo.

— Tem uma rachadura aqui. — Sabrina apontou para a parede da esquerda e May não pensou duas vezes antes de correr até lá e golpear a parede com a ponta de sua espada. A fissura rangeu e se abriu o bastante para as duas se jogarem dentro de outra câmara, mais escura dessa vez.

Bastou as duas caírem ali para o piso começar a rachar, cuspindo um líquido viscoso que cheirava a esgoto.

— Sai daí! — Sabrina gritou.

May saltou para o lado, mas a água escura escorreu em seu pé. Em um reflexo, acendeu as espadas. Ela não sabia o que era aquela água, se fosse inflamável, uma faísca acidental podia incendiar tudo, inclusive Sabrina. Foi então que sentiu uma pressão no pulso e viu sua piloto segurá-la, puxando-a para longe. As duas rolaram para trás de uma pilastra, mas a água veio na direção delas.

— Pelos… — May arfou, afastando as espadas para não incinerar sua piloto, extinguindo as chamas. — Obrigada.

Sabrina soltou um suspiro alto, passando a mão nos cabelos cor de fogo. Ela estava tão perto que May podia sentir a ponta de seu nariz tocando seu queixo. Sentir Sabrina ali embaixo de seu corpo ardia mais do que qualquer fogo que pudesse acender.

— Tá querendo morrer? — Sabrina gritou, a empurrando para o lado. — Você poderia ter explodido esse lugar todo.

— Acho que é só água, Brina. — May manteve o tom seco, mas lá no fundo havia um nó de culpa. — O que é uma péssima notícia.

A água continuava brotando do nada e vindo na direção delas, inundando a câmara lentamente. Já estava batendo na canela quando as duas chegaram à parede que ficava do outro lado. A pedra estampava inscrições finíssimas e também tinha uma rachadura. Aquilo parecia ser o padrão. Sabrina se inclinou para analisá-las mais de perto.

— Parece que tem algo escrito aqui — disse baixinho. — Na outra parede não tinha.

— Você consegue entender? — May perguntou, já sabendo a resposta. Não havia nada no mundo que Sabrina não pudesse fazer.

A piloto tirou do bolso um estojo pequeno, revelando algumas ferramentas de precisão e um vidro contendo um pó branco. Sem explicar muito, ela respingou o pó nos entalhes e murmurou palavras que May entendia, mas não entendia ao mesmo tempo.

— Ah...

— O que quer dizer?

— É euraiano, diz que a água de Wata foi amaldiçoada por... não sei bem a tradução, mas parece ser *ambição*.

Claro, por isso a água estava preta. Representava o óleo que Eurai queria explorar e causou a Guerra do Deserto.

May deixou escapar um sorriso. Sabrina retribuiu com um olhar rápido. Ela conhecia a piloto há tempo demais para saber seus truques, mas não deixava de se surpreender vez ou outra.

— Onde você aprendeu euraiano antigo?

— Com a minha avó.

May não perguntou mais nada. Sabrina nunca falava muito sobre os avós, nem sobre o passado.

Ela ensaiou dar um passo à frente para abrir a fissura como tinha feito antes, mas olhou para trás, para o altar vazio. Se Tacruk tinha criado uma pedra para Wata, ela não estava mais ali.

A água preta continuava subindo.

Sabrina se aproximou cautelosamente e passou a mão com cuidado pela fenda. May prendeu a respiração. Vê-la assim tão perto a fez desejar que aqueles dedos estivessem nela. Mas se apaixonar não era um luxo que ela poderia ter, ainda mais por sua piloto. O maior problema de todos era que já tinha se apaixonado, muitos anos atrás. Só que era caótica demais para acolher aquele sentimento, para regá-lo e vê-lo crescer e tomar conta de tudo, como as raízes das florestas minerianas.

Um arrepio gelado atravessou a câmara, sombras se esgueiraram pelas colunas feito tinta pingando pelo ar. May retesou a coluna, sentindo o sangue gelar, e cerrou os punhos.

Devia sua vida e a de sua tripulação a Vaelith, mas odiava aqueles segredos todos.

As sombras se agruparam no alto da parede, contorcendo-se, enquanto um brilho cor de violeta formava algo análogo a olhos atentos.

— Você está perto da verdade, May Song… — o ar sussurrou. — E, então, a verdade nos libertará.

May fechou os olhos, sentindo a garganta seca. Queria gritar com ele, exigir que dissesse mais do que aquilo, que as ajudasse de fato, em vez de dar ordens vagas.

*Sequestre a garota Takahashi.*

*Você precisa de Rubi.*

*Encontre Aymora…*

*… com Rubi, você precisa dela.*

Sabrina continuava impassível, concentrada nas inscrições da parede.

— Precisamos terminar o que viemos fazer — May disse para si mesma, e então guardou as espadas, mantendo as bainhas livres caso precisasse puxá-las depressa.

Estudou a câmara onde estavam, as estalactites pendendo do teto, as pilastras que lembravam a cauda de um dragão, e tentou se lembrar das canções sobre Aymora. A cidade já era uma cidade antes de ser erguida ao céu, era um dos lugares sagrados de Amaya. Tacruk o escolheu por isso, pelos templos antiquíssimos que o homenageavam e…

— Há uma câmara para cada um.

— Oi? — Sabrina se virou e a encarou.

— O templo tem sete câmaras, uma para cada deus. — Aquilo parecia mais uma lembrança do que uma constatação. — Estamos na sala de Wata.

— Então o que é aquele altar vazio?

— O altar para a Pedra da Água.

Havia uma canção muito antiga — *era uma memória, uma impressão?* — que falava sobre as sete pedras. Falava também sobre vulcões que acordavam para destruir metade do mundo. Mas era só uma canção, ninguém levava tão a sério.

Então os vulcões explodiram.

Wata foi atrás de Tacruk porque queria as pedras. Achava que o poder delas poderia trazer Eurai de volta. Ele disse que jamais produziria um poder como aquele, que era impossível evitar que o poder de todas as pedras caísse nas mãos de um deus só. Enfurecida, ela ordenou que seus melhores engenheiros e magos do Éter encontrassem um jeito de criar as pedras, mesmo sem Tacruk.

A deusa da Água nunca aceitava uma derrota.

*Era uma lembrança ou uma impressão?*

— Você está tão perto! — a voz de Vaelith sussurrou.

Ela ignorou aquilo e tateou a parede, a textura molhada se enroscava em seus dedos. Chegou a sentir seu coração acelerar outra vez quando Sabrina a empurrou de leve para o lado.

— Deixa que eu resolvo. — A piloto enfiou os dedos numa fissura, franzindo a testa diante de um fio de luz.

Aquilo não deveria ter feito May pensar tantas coisas impróprias, mas ela pensou mesmo assim. Sentiu aquele calor maldito no corpo, diferente de quando suas chamas queriam se manifestar.

Não podia se desconcentrar logo agora que estavam tão perto.

May prendeu a respiração, quando viu Sabrina enfiar dois dedos na fissura, alargando a pedra o suficiente para mostrar um fio de luz avermelhada iluminando o outro lado.

Sem paciência, May ergueu suas espadas e as bateu contra a rocha, sem se preocupar se derrubaria aquele templo inteiro ou não. Como sempre, suas lâminas eram mais duras do que qualquer outra coisa no mundo e a parede ruiu feito pó.

Um odor antigo escapou da abertura recém-criada, como se tivessem aberto um caixão ou uma memória, então a dor fez May ficar de joelhos.

Ela viu, com olhos marejados, o painel gigantesco de Xinyan que havia sido entalhado na pedra, do outro lado da câmara. A fênix estava com as asas abertas e fogo cobria todo o seu corpo.

Era linda. A criatura mais linda que tinha voado pelos céus de toda Etéria.

Outra onda de dor atingiu o peito de May Song quando ela percebeu:

Aquela era a câmara de Vaelay.

CAPÍTULO 34

# Rubi

O templo de Aymora não lhes ofereceu nenhuma escolha, apenas as puxou para dentro quando elas se aproximaram. Primeiro foram atraídas para a câmara de Naki, onde serpentes feitas de raízes as atacaram. Depois, forçaram a abertura de uma parede e um vento muito forte as sugou para dentro de outra câmara, feito o recuo de uma maré.

O impacto arruinou o lado esquerdo do corpo de Rubi, e ela teve dificuldade em respirar por alguns segundos. A câmara de Zora era feita de ar e vazio, um branco tão forte que parecia infinito. Rubi observou os símbolos no chão liso e frio. Era osiniano antigo, uma língua que ninguém mais falava, nem mesmo as famílias vindas de Osin, preocupadas demais em se adaptar à nova realidade em Amaya. Ela conhecia as linhas e círculos, mas não entendia o que significavam.

Sua mãe sabia, com certeza. Talvez seu tio Hideo também. Mas nenhum deles teve tempo ou interesse em passar aquele conhecimento para ela, então ele se perdeu.

— Odeio branco — Céu reclamou ao se levantar, e esticou a mão para ajudar Rubi.

Bastou apenas as duas ficarem de pé para a ventania voltar. Às vezes quente, às vezes cortante, às vezes tão forte que era impossível dar um passo sequer.

Rubi usou seu próprio poder para tentar diminuir a força daquele vento, mas ainda não tinha conseguido nem entender de onde ele vinha. A princípio, pensou que era do altar vazio no centro da sala. Não era.

Então fez o melhor que pôde criando uma barreira ao redor delas, o que permitiu que avançassem até o portal para a câmara de Tacruk.

— Está fechado — Céu avisou, depois de tentar empurrar a porta para a câmara central.

Claro que estava. Tacruk estava brincando com elas.

Por que tinha chamado sua Herdeira ali? Por que as tinha obrigado a entrar naquele templo? Ele queria jogar com elas?

Rubi Takahashi não gostava daquilo, não era eficiente.

Ela correu para a parede da direita, talvez na próxima câmara elas tivessem mais sorte. Talvez aquilo tudo fosse um enigma que Tacruk queria que as duas resolvessem.

Seus dedos deslizaram pela pedra gélida até encontrar uma rachadura fina. Céu a alcançou e, juntas, forçaram a abertura. As duas empurraram e a parede cedeu. Mas, dessa vez, não havia vento do outro lado. Não havia *nada*.

Só escuridão.

Elas atravessaram, e a escuridão se fechou atrás delas.

No começo, Rubi pensou que estariam na câmara de Vaelith, o deus das Sombras, mas era quentinho ali, confortável. Quando seus olhos se acostumaram, notou que o chão tinha um brilho suave, que oscilava entre todas as cores.

Rubi deu um passo hesitante e o mundo girou sob seus pés. Havia algo pulsando no chão, feito o ronronar de um gato ou talvez a batida errante de um coração. Chamou por Céu, mas som algum saiu de sua garganta. O mundo parecia vivo e morto. E o cheiro... não era de uma terra comum, mas daquela umidade abafada de quando ela se cobria com um lençol de linho asaiano, depois de chorar a noite inteira por ter enterrado a mãe. O cheiro das lágrimas secas grudadas na pele, e terra, ao longe, terra profunda, terra de cova.

Ela estava de branco, vestindo um robe pesado demais para seu corpo pequeno. A barra roçava o chão de pedra. Descalça, caminhava devagar num mundo oco.

O ar tinha gosto de cobre e flores podres.

E as sombras estavam lá.

Sete delas, dançando em círculo, os pescoços dobrados em ângulos errados, cada um apontando para uma direção impossível. As bocas se mexiam, mas não faziam som. Rubi tentou andar para trás, mas seus pés afundaram na pedra.

No centro das sombras, uma luz.

Não era uma luz bonita. Era uma rachadura na escuridão, uma fenda sangrando num tom de amarelo queimado. Ouro sujo. Como brasas enterradas em cinzas.

Dentro das cinzas, uma mulher.

Não uma deusa. Só uma mulher cansada, de olhos fundos e cabelos grudados na testa. Rubi a conhecia. Conhecia a curva dos ombros, o jeito como as mãos tremiam. Conhecia o canto da boca, aquele que se repuxava num quase sorriso toda vez que ela dizia "você é minha pedra preciosa".

— Mãe — Rubi tentou falar, mas sua boca não obedeceu.

A mãe não olhou para ela. Estava ajoelhada diante da fenda, as mãos cobertas de sangue, traçando símbolos que brilhavam e morriam no mesmo instante.

No centro das mãos, uma pedra.

Rubi sabia que não devia olhar diretamente. Mas olhou. E o brilho da pedra atravessou seus olhos, desceu pela garganta, inundou o peito. Doía. A pedra queimava.

As sombras giravam mais rápido, enquanto sua mãe cantava baixinho uma canção sem palavras, feita de suspiros e gestos vagos, com as mãos sujas de sangue. Rubi conhecia aquela música. Era o som que vinha do quarto da mãe toda noite depois que ela adoeceu. Parecia um lamento, uma prece. Ou talvez fosse só uma canção para ninar uma mulher doente e sem esperança.

— Vai ficar tudo bem — a mãe sussurrou para a pedra, como se ela fosse a própria filha. — Você vai ficar bem.

Rubi queria correr até ela. Queria arrancá-la dali, puxá-la para longe daquilo. Mas suas pernas não se mexiam. A pedra brilhava mais forte quando Rubi olhava, e pareceu, por um segundo, a olhar de volta, como um abismo.

O brilho saiu da pedra e entrou nela.

No peito. Na garganta. Sob a pele.

Era quente e era frio ao mesmo tempo. Rasgava e costurava. Era uma mão invisível abrindo seu corpo como quem abre uma boneca de pano, trocando as tripas por espinhos e estrelas mortas.

Rubi gritou.

Mas o grito não saiu.

A mãe continuava cantando. Continuava desenhando. Continuava sorrindo, mesmo quando lágrimas escorriam pelo rosto. Mesmo quando sangue pingava das unhas e manchava os símbolos no chão.

Rubi gritou de novo, mas agora era um grito de verdade.

Acordou tossindo.

Havia terra em sua boca, pedaços coloridos grudados nos lábios. Céu a segurava pelos ombros, os olhos arregalados.

— O que houve?

Rubi não respondeu.

Tentou se levantar, mas suas pernas ainda tremiam.

— Me deixa te ajudar. — Céu ofereceu a mão, e Rubi aceitou.

Juntas, elas atravessaram a câmara, as sombras observando em silêncio. Quando chegaram ao portal de Tacruk, Céu não esperou.

Ela empurrou a pedra. Nada.

Empurrou de novo. Nada.

— Tacruk, seu desgraçado! — A capitã socou a porta, a raiva tremendo nos ossos. — Você vai me ignorar? Depois de tudo?

Rubi deu um passo atrás.

A terra vibrou.

— Por que me chamou aqui então? Abre essa porcaria!

Céu fechou os olhos, inspirou fundo, e Rubi sentiu a mudança no ar. Pedrinhas flutuaram em volta dela, o templo reconhecia o sangue mineriano.

— Abre — Céu ordenou.

As inscrições na porta brilharam e o símbolo do kairú apareceu num amarelo sujo. A porta rangeu, abrindo centímetro por centímetro, deixando escapar um bafo quente e seco, cheiro de caverna e trovão.

Céu olhou para Rubi, estendendo a mão para ela.

— Vem?

CAPÍTULO 35

# Céu

A câmara de Tacruk era menor do que Céu esperava. Suas paredes de pedra escura tinham inscrições que brilhavam num tom quase dourado de amarelo. Era como um kairú.

No centro, fincada no altar, havia uma espada.

A câmara não tinha oferendas, flores, joias ou pedras preciosas. Somente a espada. Longa, um pouco larga demais para uma espada comum, com a guarda talhada em formas que lembravam montanhas quebradas. No centro da empunhadura, uma pedra amarela queimava como um sol engasgado em poeira.

— A Espada Coração da Montanha. — Seus dedos coçaram para tocá-la, mesmo sabendo que não devia.

A arma original de Tacruk era uma lança longa, leve e eficiente. Era mais o estilo rápido e ágil de Céu. Porém, por algum motivo, o deus tinha escolhido uma pesada espada euraiana para incrustar a pedra da Montanha.

Talvez o deus já desse sinais de sua rendição aos povos de Além-Mar desde antes do que Céu imaginava. Para ela, nunca tinha feito muito sentido a maneira como eles tinham conseguido sobrepujar o povo de Tacruk. Ainda que tivessem armas melhores e mais tecnologia, eles estavam cansados, famintos e derrotados. Não seriam páreo para um deus tão forte e descansado, feito Tacruk. Nem mesmo a força inescrupulosa de Wata explicava aquilo.

Às vezes, Céu queria voltar no tempo só para ver como a história tinha acontecido de verdade.

Talvez aquela espada lhe desse alguma resposta.

Céu subiu no altar. Era isso que queriam, não era? Que a Herdeira retornasse. Ela fechou a mão em torno do cabo e puxou.

A lâmina saiu da pedra com um gemido baixo, um rugido que parecia partir de dentro da montanha. Quando a espada se soltou, a câmara tremeu.

Rubi deu um passo para trás. Céu deu um passo à frente.

O chão sumiu e elas caíram em um lugar que não existia.

Havia uma cabana de madeira escura, no topo de uma montanha, com um telhado baixo e janelas muito pequenas. Um rastro de fumaça subia lentamente até o céu sem estrelas.

— *Kruak, rawê!* — uma voz grave e firme disse atrás de si. A capitã encarou o homem, um milhão de palavras vieram, um milhão foram embora. Ele sorriu, seu olhar caindo até Rubi.

Céu queria rir, queria chorar. Queria gritar com ele ou correr para seu colo e perguntar por que tinha demorado tanto.

Mas, no fim, tudo o que restava era dizer o nome que ela havia amaldiçoado tantas vezes em seus sonhos.

— Tacruk!

Ele era exatamente como nas pinturas e estátuas. Grande e forte como uma rocha. Tinha feições rígidas e olhos castanhos que brilhavam dourados no escuro. Símbolos arredondados marcavam sua pele, como os entalhes do templo. Ele as observava em um silêncio esmagador.

— Bem-vindas à minha casa.

Ela olhou de novo para a cabana. Parecia simples demais para abrigar um deus.

As lendas diziam que, no começo de tudo, alguns deuses viviam em palácios inacessíveis, longe do povo que eles tinham criado. Eram construções luxuosas, protegidas por seus guardiões. Diziam que o único palácio que restava era o abrigo do Yba-tu, no coração da floresta do Norte, onde Naki continuava morando, alheia aos problemas de Minéria.

Céu sabia que aquilo era mentira.

— Entrem e descansem. — O deus da Montanha passou por elas e abriu a porta.

Uma brisa gelada beijou o rosto da capitã, trazendo um cheiro suave de tempestade.

Zora esperava por eles no meio da sala. Elu era o contrário de Tacruk. Era suave, leve, os cabelos brancos caíam pelos ombros, e os olhos eram escuros e monólidos como os de Rubi. Por um segundo, Céu teve a estranha impressão de ver nuvens se movendo pelo rosto delu.

— Zora. — Rubi fez uma mesura, abaixando o tronco até seu corpo ficar em noventa graus.

Seu estômago embrulhou de raiva. As histórias eram verdadeiras. Que fossem os dois para os Sete Infernos.

— Vamos embora. — Segurou os dedos de Rubi com a mão livre, o calor despertando aquela fome que sentia sempre que estava perto dela. — Precisamos encontrar os meninos.

Não confiaria em Tacruk como sua mãe tinha feito vinte anos antes, quando não lhe restou nada além de implorar para que ele salvasse suas filhas.

Céu estava nadando na cachoeira com Sol e outras crianças da vila. Ela se lembrava das risadas que logo viraram gritos quando um dos garotos se afogou. Num segundo, ele estava no fundo da água, no seguinte, uma plataforma de pedra o erguia até a superfície. Céu sabia que não podia usar seu poder. Nunca. A irmã também sabia, mas, mesmo assim, tinha usado.

Aquela foi a sentença de metade da sua família e daquela vila inteira.

Tacruk não tinha aparecido para salvar sua última linhagem de Herdeiros, assim como não aparecia para ajudar o povo que Naki tinha afundado em miséria.

— Tudo bem, capitã — o deus da Montanha falou. — Entendo sua frustração, mas fique com a espada. Ela estava esperando por você.

O coração de Céu martelou. O cabo encaixava em sua mão com perfeição, como se tivesse sido feito para ela, e uma força diferente vibrava em seus ossos sempre que a erguia.

— É uma Pedra do Equilíbrio, não é? — Rubi perguntou, se aproximando dos dois. Aquilo pareceu ofender o deus da Montanha.

— Eu nem sequer *tocaria* aquelas abominações. — Ele lançou um breve olhar para Zora e, então, suavizou o tom de voz. — É uma pedra *verdadeira*. Eu mesmo a criei.

— Como o Rubi do Éter?

— Então você sabe sobre o meu rubi?

— Eu sou uma Takahashi — Rubi disse, como se aquilo respondesse tudo.

— Quantas pedras como essa você fez? — Céu interrompeu.

Tacruk sustentou o olhar dela sem piscar.

— Cinco — ele respondeu, orgulhoso.

— Onde elas estão?

— Acredito que Vaelith tenha perdido a Pedra das Sombras antes de ser exilado. A da Montanha está aqui. — Apontou para a espada. — Criei a Pedra dos Sonhos para N'oto, não sei o que ele fez com ela. Já a pedra de Naki… — Olhou pela janela, para a luz esverdeada que entrava pela abertura. — É o que mantém Aymora flutuando.

— Como? A Naki jamais…

— Eu roubei, como diz a canção. E agora a uso para manter Aymora no céu.

— É por isso que ela nos caça, não é? Para se vingar de você.

— Sim. E é por isso que você deve ficar com a espada. Quando voltar para Minéria, só terá duas opções: enfrentar a Rainha Eterna ou fugir.

— Eu não vou fugir de nada, não sou você.

— Então se certifique de golpear primeiro.

# CAPÍTULO 36

# Linn

Linn Montealto se recusou a olhar para trás, mas sentia os olhos invisíveis daquelas casas velhas grudados em suas costas, desaprovando sua presença ali. Ela também desaprovava, queria ir embora.

Álvaro mancava ao seu lado, cada vez mais devagar. O ombro dele sangrava, a camisa estava colada no corpo de tanto suor. Linn sabia que era febre e que, se ele continuasse assim por muito tempo, desmaiaria. Ela apertou o braço dele em volta de seus próprios ombros e segurou firme, forçando o soldado a acompanhar seu ritmo.

— Falta pouco — ela mentiu.

Alexander seguia na frente, o fuzil pendurado nas costas, sem a habitual empolgação. Desde que tinham avistado o templo entre as árvores, ele ficou mais calado. Caminhava rápido, de olho em cada sombra que se mexia.

Um estalo profundo, como ossos rachando sob a terra, fez Linn sacar o martelo antes mesmo de pensar. Alexander girou sobre os calcanhares, erguendo o fuzil, os olhos arregalados.

Linn queria dizer para correrem, mas Álvaro não conseguiria, e ela nunca o deixaria para trás.

Raízes se ergueram do chão, grossas e escuras, cobertas de musgo e espinhos. A primeira chicoteou o ar, buscando os tornozelos de Alexander, mas ele pulou a tempo.

— Vai na frente! — Linn gritou para ele. — Vai até o templo, acha a capitã e pede para ela vir nos ajudar.

— Não vou deixar vocês — ele respondeu.

Linn deu um passo à frente e esmagou uma raiz com o martelo. A pedra negra brilhou no impacto, rachando a madeira.

— Eu dou conta! — ela gritou de novo. — Vai, Alexander. Isso é uma ordem!

Ele hesitou por um segundo e então assentiu, correndo na direção do templo. O fuzil balançava em suas costas, e Linn viu a sombra dele sumir entre as árvores.

— Fica comigo, Alvy. — Ela puxou o braço de Álvaro por cima de seus ombros outra vez. — Mais uns minutos.

Álvaro tentou erguer o próprio fuzil, mas os braços falharam, então Linn entregou um revólver pequeno para ele, que agradeceu com um sorriso. Lutaram assim pelo tempo que aguentaram, um de costas para o outro. Mas Álvaro estava pesado e lento demais, e as raízes eram rápidas. Uma delas saiu da terra feito uma lança e quase acertou o tornozelo dele. Linn girou o martelo, acertando o golpe com força o suficiente para fazer a raiz explodir em pedaços.

— Elas não param… — Os olhos de Álvaro brilharam de febre. — Por que elas não param?

Ele tropeçou e caiu de joelhos, arrastando Linn junto. Ela bateu o quadril numa pedra e prendeu o gemido entre os dentes.

— Eu te mato se você morrer aqui — rosnou no ouvido dele.

— Eu sei.

O vento soprou diferente, como um sussurro vindo do próprio templo. Foi uma rajada seca e cortante, que trouxe um cheiro de pedra quente. As raízes hesitaram. Por um segundo, só um segundo, o caminho ficou livre.

Linn não perdeu tempo.

Ela puxou Álvaro e correu, quase arrastando o soldado pela lama e pelas folhas secas. O martelo batia contra suas costas a cada passo. As raízes vinham atrás, mas mais lentas, como se algo mais forte as tivesse mandado parar. Ou talvez fosse só a sorte pela primeira vez soprando a favor deles.

Mas Linn já tinha aprendido muito tempo atrás que sorte não existia. Um exército de estátuas de pedra marchava na direção dos dois, fazendo o chão tremer e as árvores balançarem. Algumas tinham espadas, outras seguravam escudos, e uma delas arrastava uma corrente feita da mesma pedra que o próprio corpo.

— Vocês estão de sacanagem comigo — Linn rosnou.

Álvaro tossiu um pouco de sangue ao seu lado e tentou levantar o revólver com a mão trêmula, mas Linn foi mais rápida. Ela o largou encostado numa árvore e avançou, martelo em punho.

— Fica aí, Alvy — disse, sem olhar para trás. — Eu cuido dessas pedrinhas.

A primeira estátua avançou num passo pesado. Linn deu um giro com o martelo, pegou impulso e acertou bem no meio da testa da criatura. A pedra rachou, mas a desgraçada não caiu. Em vez disso, tentou agarrar o martelo com dedos ásperos como lixa.

Linn puxou de volta e acertou de novo, dessa vez com mais força, até a cabeça da estátua se partir como um coco seco. Mas nem isso foi suficiente. A criatura continuou vindo.

— Ah, que ótimo. — Linn desviou de um soco que passou perto o bastante para arrancar um pedaço da manga do seu casaco.

A segunda estátua tentou pegar Álvaro. Linn girou o martelo no ar, pegando impulso como fazia nos treinamentos, e o jogou com tanta força que a pedra negra bateu direto na nuca da criatura, rachando-a até a base da coluna. Linn correu para pegar o martelo de volta, deslizou na lama e usou o próprio corpo para empurrar a estátua.

— Fica longe dele! — berrou, com uma fúria que fez até o vento hesitar.

A estátua caiu e Linn subiu em cima dela, martelando com toda a força do mundo.

Martelada porque perdeu o pai.

Martelada porque nunca pôde amar Álvaro sem medo.

Martelada porque nada nunca foi justo em Minéria.

Martelada porque as estátuas estavam no caminho da pessoa errada, na hora errada.

A criatura virou pó de pedra sob o peso de sua fúria.

Mas ainda havia outras.

Linn girou para a terceira, desviou de um golpe e deslizou entre suas pernas, golpeando o joelho da estátua com força suficiente para desmontá-la. Ela ria enquanto batia, uma risada trincada.

— É só isso que vocês têm? — gritou para o céu sem estrelas. — É sério, Tacruk? É ISSO QUE VOCÊ TEM?

Outra estátua tentou agarrá-la pelas costas, mas Linn enfiou o martelo direto no rosto da criatura, estilhaçando a mandíbula de pedra.

Linn continuou lutando, ignorando os músculos que queimavam, os arranhões que ardiam na pele. Cada vez que uma estátua vinha, ela a recebia com uma explosão de violência e uma cascata de palavrões. A pedra preta do martelo brilhava mais forte a cada impacto, sussurrando no ouvido dela.

Sangre.

Lute.

*Sobreviva.*

Ela não sabia quanto tempo tinha se passado. Minutos? Horas? O braço já ardia e a visão ficava turva de cansaço, mas as estátuas pararam. Todas quebradas, estraçalhadas, transformadas em montes de entulho sem vida.

Linn tombou de joelhos, o martelo ainda preso entre os dedos.

— Álvaro? — chamou, ofegante.

Ele tentou sorrir, mesmo pálido como um fantasma.

— Nunca achei que eu ia achar isso tão sexy — ele brincou, a voz rouca.

Linn jogou o martelo de lado, rastejou até ele e encostou a testa na dele.

— Cala a boca, Alvy — sussurrou, a voz ainda trêmula. — Cala essa boca antes que eu te beije.

— Não vou calar — Ele sorriu, mas seu rosto estava pálido. Ela o beijou de leve, controlando o desejo de subir em cima dele.

— Temos que continuar. — Ela fez que ia se levantar, mas Álvaro a segurou no lugar.

— Você acha que eles desistiram? — ele perguntou de supetão, os olhos meio perdidos.

— Quem? As estátuas?

— Não. Os deuses. Você acha que eles desistiram do mundo?

Ela tocou o rosto de Álvaro.

— Não é isso o que importa — falou baixinho. — O que importa é: *você* desistiu?

— Nunca vou desistir do mundo que te abriga.

## CAPÍTULO 37

# Rubi

Rubi ainda não conseguia acreditar que estava diante dê deuse de sua família. Era surreal demais.

— Você está inquieta. — A voz de Zora soou como o próprio vento. — Vem, vamos caminhar comigo.

Rubi queria mesmo se afastar da discussão entre Céu e Tacruk.

— Eu… — Ela hesitou e se afastou num impulso.

Zora sorriu, seus cabelos brancos esvoaçando levemente.

— Seu poder está desordenado.

Rubi engoliu em seco.

Desde que caiu em Minéria, seu poder nunca pareceu certo. Estava instável. Selvagem. Como um furacão crescendo dentro de si, se expandindo até tocar cada nervo, cada célula do seu corpo. E, às vezes, ela sentia que tinha algo *dentro* dela.

Era como se, se não tomasse cuidado, aquilo a rasgaria de dentro para fora.

Zora estendeu a mão.

— Me deixe ensinar você.

Não era uma oferta que pudesse recusar. Ser guiada por um deus era uma bênção que apenas os primeiros Herdeiros tiveram. Rubi estendeu os dedos e tocou a mão de Zora, seguindo ê deuse até a clareira. O ar ao redor mudou, ficou mais frio, mas não era uma sensação ruim.

— O vento não é apenas um movimento — Zora murmurou. — Ele é um chamado. Uma resposta.

As folhas ao redor se agitaram, ainda que não houvesse brisa.

— Você sente isso? — elu perguntou.

Rubi fechou os olhos.

Sim, sentia. O vento passando através dela. Não de fora para dentro, mas de dentro para fora.

Ela se lembrou da infância, do som das ondas e do cheiro de chá de jasmim na varanda de casa.

E, então, se lembrou de sua mãe. Da última vez que viu seu rosto. Os olhos pretos, iguais aos seus, cheios de amor e medo. O vestido azul tingido de vermelho. Estava tão magra e tão frágil, o rosto pálido, os ossos visíveis. Nem todo o dinheiro do mundo foi capaz de salvá-la.

O vento dentro de Rubi explodiu, e ela arfou, o corpo se projetando para trás. As árvores ao redor estremeceram, folhas se soltando dos galhos. Céu correu até elas. Mas Zora apenas manteve a mão estendida.

— Está tudo bem — elu disse.

Rubi respirava fundo.

— Eu… — Ela engoliu em seco, sentindo o gosto amargo da lembrança. — Eu não consigo.

— Consegue. — Zora a encarou com aquela calma de quem já viu séculos passarem diante dos olhos. — Você tem medo?

Rubi tremeu.

— Eu…

O medo estava ali. Sempre esteve. O medo de que o poder a engolisse, de que ela se tornasse algo incontrolável. Nos seus dias de dor e luto, Hiro Takahashi tinha dito que o poder havia corrompido sua esposa, que Makiko nunca devia ter mexido com as forças com as quais se atreveu a mexer. Desde então Rubi sempre teve medo. Não queria acabar como a mãe.

Ela se levantou, cambaleando, e se afastou alguns passos.

— Obrigada, mas eu… — Balançou a cabeça. — Acho que não vou conseguir.

— *Takahashi*… foi o primeiro Herdeiro que escolhi — Zora comentou como se aquilo fosse nada. — Era um garotinho pequeno, mas astuto. Todos os outros achavam que ele era fraco, mas o moleque era esperto. Descobria o ponto fraco de todos os adversários e os vencia, às vezes com dificuldade, às vezes sem nem piscar.

Os olhos delu brilhavam. Cada deus fez seu próprio processo para escolher Herdeiros. Wata tinha uma escola, os irmãos Vae fizeram um teste. Já Zora fazia uma competição, onde jovens de toda Osin lutavam até a morte ou a glória. Mas todos eram escolhidos por mérito, e ela admirava isso.

— Já quase no final do meu campeonato, ele enfrentou um Tojima. — Zora continuou. — Eram enormes, quase gigantes, tinham sangue de dragão. O garoto Takahashi não conseguiu encontrar fraquezas no adversário e, mesmo depois de se esquivar e fugir como pôde, acabou com uma katana no pescoço. Mas ele não fechou os olhos, nem implorou. Ergueu o queixo e sorriu, aceitando que tinha encontrado um adversário que ele não podia vencer. Deixei meu éter entrar nele, como oxigênio. Você sabe como ele usou meu poder?

Rubi fez que não com a cabeça, a história que conhecia era bem diferente daquela. Na história contada por sua família ao longo de tantas gerações, Taichi Takahashi era um garoto esperto e veloz, que tinha vencido todos os seus adversários com bravura durante o Torneio de Zora. Mas nenhuma canção falava sobre ele ter recebido o poder dê deuse *antes* das lutas acabarem.

Zora fez um pequeno redemoinho correr de suas mãos até se perder no vento, então prosseguiu:

— Ele tirou todo o ar dos pulmões daquele Tojima. O garoto-dragão ficou roxo, ajoelhou no chão, as garras arranhando o pescoço, os olhos vermelhos. E, então, quando pensei que o Tojima ia morrer, o garoto Takahashi devolveu o oxigênio, aos poucos, para o pulmão dele.

Zora riu, uma risada que parecia ser o próprio vento correndo sobre os telhados e assobiando pelas ruas de uma vila.

— Por quê? — Rubi não conseguiu controlar a curiosidade. Era um torneio de vida ou morte, por que Taichi teria poupado a vida do adversário?

— Eu me perguntei a mesma coisa por anos, até que um dia direcionei essa pergunta a Taichi. Por que tinha sido misericordioso? Mas ele me respondeu que não foi misericórdia — Zora contou e tudo fez sentido para Rubi.

— O garoto Tojima foi o único que quase matou o Taichi — ela disse. — Era um guerreiro forte demais para ser desperdiçado.

— Amo como vocês pensam. Foi naquele segundo que eu soube que os Takahashi seriam meus primeiros e últimos Herdeiros. Porque, mesmo quando parecem fazer algo pelo coração, estão fazendo pelo cérebro. Não se engane, Rubi Takahashi, isso o que você tem não é medo, é autoconhecimento.

Aymora não tinha estrelas, mas seu céu verde e opaco parecia se expandir para o infinito. Rubi se deitou na grama macia e deixou a respiração se acalmar. O coração ainda batia acelerado.

Ela queria voltar para casa, queria deitar sobre seus lençóis de seda, queria receber um beijo no rosto e a voz de sua mãe dizendo que aquilo tudo tinha sido um pesadelo.

Mas tinha também o beijo em Céu. Tinha o corpo quente e firme da capitã a apertando contra aquela árvore. Tinha seu cheiro, sua pele macia... Rubi fechou os olhos e, então, sentiu uma presença. O calor de um corpo se aproximando.

Céu deitou ao lado dela, os olhos voltados para cima, e as duas ficaram ali por um tempo, sem dizer nada uma para a outra.

O vento passava entre elas, deslizando pela pele.

Foi Rubi quem falou primeiro.

— Estou com medo.

Céu se virou.

— De quê?

Rubi mordeu o lábio.

— Parece que tem algo dentro de mim querendo sair, um monstro, uma maldição. Eu... só não quero perder mais ninguém.

O silêncio que seguiu não foi vazio. Foi pesado. Então Céu suspirou.

— Eu entendo. Os deuses falam como se fosse fácil, mas tanto poder assim é coisa deles, não nossa. Eles podem escapar para uma cidade no céu, e nós? Minha irmã usou o poder dela para salvar um garoto vinte anos atrás e, então, Herdeiros da Terra vieram atrás de nós. Eles destruíram a vila inteira onde morávamos, mataram todo mundo, enquanto meu pai e minha irmã se sacrificavam para me salvar. Sinto que a culpa foi minha, mesmo sabendo que não foi. Ter poder é sempre ter responsabilidades. — Ela virou de lado, apoiando a cabeça no braço dobrado. Seu olhar estava suave, mas Rubi pôde ver aquela dor profunda dentro dela. — Mas seu poder não define quem você é, Takahashi.

— E se eu perder o controle?

Céu ergueu a mão e afastou uma mecha de cabelo do rosto de Rubi.

— Então eu vou estar lá para te lembrar quem você é.

— E quem eu sou, capitã? — Ela sentia o peito endurecido.

— Uma garota rica de Körin que vive caindo onde não deve.

A risada escapou antes que Rubi pudesse conter. Como podia se sentir tão leve depois de tudo o que tinha acontecido? Algo quente subiu por sua garganta, algo que quase doía de tão forte.

E, então, sem pensar, beijou uma capitã da fronteira mineriana. Uma Herdeira de Tacruk. Uma inimiga que ela deveria evitar a todo custo.

Dessa vez, porém, não houve raiva. Não houve explosão. Foi lento e suave, como o vento tocando a pele em um dia quente, como a brisa do oceano antes da tempestade.

Céu correspondeu, os lábios se movendo contra os seus, os dedos deslizando para segurar seu rosto. O beijo tinha gosto de terra e chuva.

E por um instante, só um instante…

O medo desapareceu.

Então a montanha tremeu abaixo delas.

# CAPÍTULO 38
# May

Havia uma canção em Asai sobre os guardiões dos irmãos Vae. Song, o dragão negro que cobria o mundo com suas sombras. Invencível, morreu protegendo Vaelith em sua passagem pelos Sete Infernos. E Xinyan, a guardiã de Vaelay.

May lembrava vagamente os versos, assim como lembrava vagamente sobre muitas coisas, e sobre nada ao mesmo tempo. Se alguém pedisse, ela não saberia cantar, mas sabia o que sentir. A devastação, o vazio, a perda.

A canção dizia que os dois guardiões tinham sido os primeiros a morrer.

Foi por isso que os olhos de May Song encheram d'água quando ela viu o painel de Xinyan, porque *doía* ver.

A câmara estava aberta como uma boca, paredes curvas e sujas de lodo, sustentadas por arcos que se perdiam na escuridão, dentes prontos para mordê-la.

— É aqui. — May engoliu a secura na boca.

Um altar de pedra no centro era adornado por inscrições que cintilavam com a luz esverdeada que vinha de uma abertura no teto.

— Você acha que… — Sabrina lançou um olhar rápido para a líder rebelde, mas May não respondeu, seu olhar fixo naquilo que repousava sobre o altar.

Um colar dourado, quase cobre, cujo pingente em forma de gota brilhava moderadamente sob aquela luz. A pedra era de um vermelho vivo e chamava por ela numa língua estalada e esquecida.

May Song estendeu a mão para tocá-lo, e um brilho alaranjado escapou da pedra.

— Cuidado. — Sabrina colocou a mão sobre seu ombro para contê-la.

Mas May escapou daquele toque e seguiu em frente, deixando a ponta dos dedos encostarem na pedra quente.

Só a ponta.

E o mundo inteiro se desfez.

Primeiro, veio o calor. Seco, opressivo, como um aviso de que o inferno se aproximava. Vaelay sentiu a areia grossa sob seus pés e o vento escaldante que varria o vilarejo de tendas e paredes de barro, levando o aroma de especiarias e poeira. Risadas e vozes ainda ecoavam quando, sem qualquer sinal, uma torrente de água rompeu o sossego, a enxurrada violenta vinha derrubando casas e arrastando corpos como folhas secas.

O choque dos gritos a despertou de vez. May Song — não, *Vaelay* — viu os Herdeiros da Água surgirem com suas armaduras brancas refletindo o sol, moldando uma onda gigantesca sobre a parte baixa da vila. Ela inspirou fundo, sentindo a raiva ferver. Não podia falhar. Com um gesto, labaredas brotaram de suas mãos, furiosas.

— Corra! — gritou para uma mulher que tentava salvar o filho, mas estava atolando na lama. A deusa ergueu um muro de fogo diante dos Herdeiros. — Vá para o alto!

As chamas se abriram no ar rarefeito, transformando a areia em brasa. Os soldados reagiram prontamente, içando escudos de gelo que chiaram ao contato com o fogo, lançando vapor denso que fez algumas crianças tossirem, os olhos marejados de fuligem. Sua garganta queimou ao engolir aquele ar sufocante, mas Vaelay avançou. Criou espirais flamejantes que contornaram os flancos dos escudos inimigos. Um soldado recuou, a armadura já incandescente queimando a pele dele. Ele tombou, gritando.

— Protejam o flanco! — outro Herdeiro gritou, despejando mais água pelos canais que se formavam na areia. O choque com o fogo criou uma nuvem de fumaça cinza.

As pernas dela fraquejavam a cada gota que atingia suas chamas. Mesmo assim, girou o corpo e canalizou todo o calor ao redor, lançando uma rajada abrasadora que se espalhou como uma muralha de fogo, deformando o ar. Três Herdeiros foram engolidos pelas chamas, e um quarto fugiu, gritando algo ininteligível entre as tendas em chamas.

Então o rugido veio, sacudindo o deserto. A luz do sol brilhou nas escamas azuladas do dragão de gelo, ofuscando Vaelay por um momento. Wata havia chegado.

Ela tentou chamar o irmão, mas Vaelith estava no outro lado do continente, ajudando vítimas de uma tempestade. Não haveria reforços. Com um único sopro, o dragão congelou as tendas da parte alta da vila, onde o povo tentava se abrigar. Então o gelo logo derreteu, alimentando os Herdeiros com mais água. Vaelay ouviu seu nome em meio a gritos de pavor. Não podia salvar todo mundo.

E temia que talvez não conseguisse salvar ninguém.

May reconhecia cada rosto, cada pedaço de esperança sendo despedaçado. As lágrimas queimaram sua pele, enquanto a memória avançava como um redemoinho.

— May! — A voz de Sabrina chamou de longe, mas ela mal reagiu. — O que tá acontecendo?

O toque da piloto em seu braço disparou outro eco de lembrança, mais profundo, mais doloroso. Atravessou séculos até chegar naquela dor aguda que a fez ajoelhar. Viu-se mais velha, ou talvez apenas mais cansada, sem aquele fogo nos olhos. Estava diante de uma cidade inteira em ruínas. Xinyan no céu lutando contra Herdeiros do Ar.

A guardiã, com suas penas douradas e escarlates, sobrevoava a vila devastada, cuspindo chamas para conter as tropas inimigas. A guerra tinha recuado até o norte, perto de Ganzhou. A Cordilheira do Dragão pintava o horizonte de branco, como uma muralha gigantesca. May sentia o próprio coração se inundar de esperança. Finalmente estavam vencendo.

Então o vento rugiu. Um dragão celeste branco surgiu das nuvens, como uma serpente rastejando na areia. As escamas prateadas brilhavam sob o sol forte. Sibilando, ele trouxe rajadas de vento que varreram as chamas de Xinyan, bloqueando seus ataques. Zora, ê deuse do Ar em pessoa, montade no dorso da criatura, ergueu seu cajado, como um mago.

O choque foi devastador. A rajada de vento cortou as penas de Xinyan, rasgando suas asas de fogo. A guardiã caiu, soltando um grito que ressoou nas areias, ecoando por toda Asai. O impacto levantou poeira, rochas e ossos. A terra tremeu. Vaelay correu para ajudar, mas seu poder — seu corpo inteiro — já estava enfraquecido após séculos de luta.

A última coisa que May viu foi o olhar de Xinyan se esvaindo, aquela chama intensa se apagando na areia manchada de sangue. Um canto triste escapou de seu bico, pedindo perdão a Vaelay por não conseguir mais protegê-la.

O vazio veio, cruel e frio. May se dobrou sobre os próprios joelhos, a respiração conturbada, ofegante. A dor foi como uma lâmina atravessando seu peito. Lembrou-se do calor insuportável transformado em cinzas, dos gritos do povo misturados ao silvo cortante de Zora e Fukiryu.

— May! — Sabrina a segurou. — Fala comigo, por favor.

May abriu os olhos, sentindo lágrimas escorrerem pelo rosto. O corpo inteiro tremia, suando frio, e por um instante ela não sabia onde estava, *quando* estava. Só sentia culpa e dor.

Ela tocou a pedra vermelha que ainda segurava e soube que não era a verdadeira. Era uma farsa criada com o sangue do povo de Asai — o povo que tinha restado, depois de séculos e sofrimento. *Seu* povo. Um ódio profundo rugiu dentro dela. Então May Song gritou. Gritou porque tinha perdido tudo. Gritou porque, por mais livre que fosse, nunca mais poderia voltar para casa. Gritou pelos asaianos que morreram no deserto e por aqueles que atravessaram o oceano para morrer numa terra distante. Gritou porque, embora tenha sacrificado tudo, não pôde salvar nada.

As crianças afundaram na areia encharcada de sangue, seus gritos agudos cortaram o deserto feito uma espada, e ela apenas assistiu.

E Xinyan…

— May! — A voz era uma âncora. Uma corrente a puxando para cima, para a superfície, para o presente. — May, me escuta.

May abriu os olhos, mas as imagens voltavam, apertando seu crânio. Ela queria gritar.

Viu o início dos tempos, quando o mundo era apenas uma escuridão sem fim. Viu as primeiras areias do deserto, o primeiro raio do sol, a primeira faísca que virou um incêndio.

Sabrina segurou seu rosto com as duas mãos e May viu os olhos azuis virarem uma chama, viu asas de fogo nas costas de sua piloto. Ela estava ajoelhada ao seu lado, o rosto cortado por um arranhão, o olhar desesperado e aliviado ao mesmo tempo.

— Você voltou. — Sua mão suja de sangue apertou a de May.

— Onde…? — May tentou falar, mas a voz era uma sombra rouca.

— No templo. Em Aymora.

Suas costas doíam, a cabeça parecia que ia explodir.

Ela tentou puxar o ar, mas só vinha o sabor da areia quente, da lama.

Olhou para a pedra vermelha.

— Não é o rubi...

Respirando com dificuldade, ela limpou as lágrimas com o dorso da mão e ergueu a cabeça.

— Essa coisa não é o Rubi do Éter.

Alguém tinha encontrado Aymora, vencido suas defesas e entrado no templo para roubar a pedra que Tacruk tinha feito para ela. Não, para *Vaelay*.

Pior, alguém tinha *sido autorizado* a entrar ali por um dos deuses.

Mesmo depois de todos aqueles séculos, Zora continuava sendo uma serpente traiçoeira. Era óbvio que um de seus Herdeiros tinha entrado ali e roubado a pedra. E ela já sabia quem era.

Hideo Takahashi, aquela cobra.

May gritou para ninguém, para as paredes, para os outros deuses que talvez ainda assistissem tudo do alto de suas ruínas.

Será que Vaelith sabia sobre a pedra falsa?

Pensar no irmão doeu.

— Do que você está falando? — Sabrina tentou acalmá-la, mas May já estava em pé, colocando o colar em volta do pescoço.

Um estrondo sacudiu o chão.

As defesas do templo despertaram.

May apertou forte a espada e se preparou para morrer. De novo. Se é que podia mesmo morrer.

Uma parede explodiu, fazendo com que a poeira e estilhaços de pedra chovessem sobre suas cabeças. May virou o rosto a tempo de ver duas silhuetas atravessarem a fumaça — uma espada larga na mão, cabelos curtos grudados de suor, olhos acesos de fúria. E, logo atrás, um par de mãos abertas, o ar girando ao redor feito lâminas.

— Está na hora de levantar, Song — a capitã mineriana disse, ofegante, mas o sorriso de lado estava intacto. — Temos um templo para derrubar.

# CAPÍTULO 39
# Álvaro

As malditas raízes os encontraram de novo. Elas nunca recuaram de verdade. Estavam *esperando*. A primeira puxou Linn, que a cortou com uma martelada, a segunda chicoteou o ar, acertando uma pedra e espatifando-a em mil pedaços. Álvaro não teve tempo de reagir antes que outra brotasse do solo como uma lança vindo em sua direção. Linn a golpeou com o martelo, mas o impacto a fez cambalear. Ele praguejou e se forçou a se manter de pé. Sangue seco grudava em sua pele, e o ombro ardia como brasa. Parecia que eles estavam ali há horas, mas também poderia ser um minuto.

— Vá atrás do Alexander! — Linn ordenou, girando o martelo para esmagar outra raiz. — Vocês precisam encontrar a capitã.

— O quê?

— Eu vou segurar isso. Vai logo!

Ela não lhe deu escolha. Jogou-se contra as raízes, com aquela fúria que o deixava quente, abrindo caminho a golpes certeiros. Álvaro hesitou apenas um segundo antes de sair em disparada, ela não precisava dele, especialmente dele naquele estado.

Ele estava cambaleando, sabia disso. Mas precisava continuar andando entre aqueles troncos que mais pareciam dedos ossudos tentando agarrá-lo. Chegou numa clareira e parou.

Seu irmão estava ali, olhando para o templo que se erguia sobre a copa das árvores, aos pés da montanha. Alexander estava de costas, segurando o comunicador junto ao rosto.

A voz dele estava baixa e urgente.

— Não sei sobre a capitã, mas isso não importa. Por que vocês ainda não chegaram? Estamos em *Aymora*, porra — disse a palavra um pouco mais alto. O coração de Álvaro parou por um segundo. — Então rastreie meu comunicador e…

— Com quem você está falando?

Alexander se virou num sobressalto, os olhos arregalados num segundo — e depois, apenas frios.

— Ah, irmão. Você não sabe a sorte que tirei ao cair nesse lugar.

— Com quem você está falando? — repetiu, mais pausadamente dessa vez.

— Com o Departamento de Segurança, óbvio. Alguém precisa nos tirar daqui.

Os pés de Álvaro se moveram antes que ele pensasse. Avançou com tudo, tentando arrancar o comunicador da mão do irmão.

— O que você fez? — Sua voz saiu num rosnado, bruto e incontrolável.

Não havia desculpas no rosto de Alexander. Não havia *remorso*.

— Eu fiz o que tinha que ser feito. — Alexander escapou, dando alguns passos para trás. Álvaro estava lento e fraco. — O que *alguém* precisava fazer.

Seu peito se expandiu numa dor furiosa.

— Você chamou o exército pra cá? Por quê?

— Porque essa era a minha missão desde o começo.

— Do que você está falando?

— Desde que fomos designados para a equipe da capitã Steinbachi, minha missão era vigiá-la — Alexander disse com um sorriso orgulhoso. — O teste de Zieger dela foi inconclusivo e o Exército queria alguém para espioná-la.

— Você… Por quê?

— Por quê? Você é tonto mesmo! Ela é uma Herdeira da Montanha, Álvaro. E escondeu isso de nós por anos, muito bem escondido, aliás. Até aquela garota chegar. Até o ataque do kairú. Você mesmo disse que ela parecia ter *falado* com o bicho.

— E você contou tudo isso para o Departamento de Segurança.

— Sim, contei, desde a chegada da garota Takahashi. Eles viram como uma oportunidade de a capitã se revelar. Precisavam ter certeza de que ainda havia uma Herdeira de Tacruk. Ela é a *última*, sabia?

Álvaro arregalou os olhos. Entendia o que aquilo significava, mas não podia ser verdade.

Alexander estava louco.

— Me dá esse comunicador. — Ergueu as mãos de novo. Mesmo que Céu estivesse mentindo para eles, nenhum deles a havia delatado quando Rubi chegou. *Todos* eram cúmplices, exceto Alexander.

Eles matariam Linn como efeito colateral sem pensar duas vezes e Álvaro não podia deixar aquilo acontecer.

— Você não entendeu? É *ela*, Alvy. A capitã é a herdeira que eles estavam procurando quando atacaram a nossa vila. Ela é a culpada por tudo.

— *Eles* são culpados por tudo, e você entregou nossa capitã nas mãos deles…

— Estou cumprindo *ordens*.

— Os Herdeiros que mataram nossos pais também estavam. Isso não os impediu de serem cruéis. *Desliga isso*.

— Não.

— Eles vão me matar. Vão matar a Linn. — Dizer aquilo doía.

Alexander riu, e foi um som feio.

— Linn? Linn é mais importante do que Minéria agora? — Ele estreitou os olhos, e havia algo de cruel ali, algo que Álvaro nunca tinha visto. — Mas é claro que é. Sempre foi, não foi? Ela é *especial*, como você.

— Quê? — Álvaro franziu a testa, o aperto em seu peito crescendo.

Alexander se aproximou devagar. Seu rosto vermelho.

— Você acha que eu não sei? Você acha que nunca percebi? — Ele cuspiu as palavras. — Eu sei o que você é. — Olhou rapidamente para a mão erguida de Álvaro, para o anel com a pedra negra. — Sei que um deus te protege. Eu *vi* aquela nuvem de sombras cobrir o Mirante e proteger você.

Álvaro piscou, sentindo um nó gelado se formar no estômago.

— Ally… — Ele balançou a cabeça.

— Você é como todos eles. Desde antes desse anel, você já era protegido pelas sombras. — A risada de Alexander agora era quase histérica. — Nós sobrevivemos quando todos os outros morreram, escondidos por trás do quê? — O rosto dele se contraiu de ódio, e seus punhos se cerraram. — De uma parede de sombras. Você não viu, mas eu, sim. Vi quando *você* as ergueu.

— Isso não faz sentido.

— Somente Herdeiros podem manipular as relíquias dos deuses, nenhum mortal comum consegue lidar com o poder. — Sua mandíbula estava cerrada, os dentes apertados. — Todos vocês têm alguma magia, menos eu. De alguma forma, nossa linhagem de Asai, esquecida e adormecida na nossa genética, acordou em *você*.

As palavras atingiram Álvaro como um golpe no estômago.

— Não.

— Mas isso não vai impedir o Departamento de Segurança. Talvez a própria Naki queira botar as mãos em vocês e nessas suas pedrinhas. — Ele soltou uma risada maníaca. Álvaro nunca tinha o visto assim.

Seu irmão… Seu irmão o odiava?

— Ally, não… — A voz dele fraquejou.

— Para. Não fala como se eu fosse seu irmão. Você nunca foi meu irmão. Você foi o fardo que eu tive que carregar. A sombra de alguém que sempre foi melhor do que eu. A maldição que destruiu tudo o que a gente tinha. — Alexander rosnou, os olhos brilhando de ódio. — Passei anos esperando uma chance, uma forma de consertar isso. De me vingar. E agora eu tenho.

Álvaro mal teve tempo de reagir. Alexander avançou, e o soco o acertou na mandíbula com força suficiente para fazê-lo cambalear para trás. Sua raiva vindo como uma avalanche. Álvaro se endireitou muito devagar, o ombro doía, e avançou também, segurando Alexander pelo colarinho e o jogando contra a árvore mais próxima.

— Você está louco? — berrou, sua própria voz saindo carregada de desespero. — Você está ouvindo o que está falando? Nós sobrevivemos *juntos*! A gente…

— Sobreviveu por sua *culpa*! — Alexander explodiu, os olhos brilhando de ódio puro. Ele o empurrou de volta, e os dois tropeçaram pela clareira em um emaranhado de socos e grunhidos. — Eu era só uma criança normal, eu podia ter morrido como todo mundo. Eu *queria* ter morrido. Mas não. Não, porque você foi escolhido pelos deuses pra viver. Porque você foi protegido, enquanto eu tive que rastejar atrás de você a vida toda.

As palavras continuavam vindo, cada uma cortando Álvaro como navalha.

Os punhos de Alexander acertaram seu estômago, sua costela e seu rosto. Mas Álvaro não sentia nada além do peso esmagador daquela verdade.

Durante aquele tempo todo, Alexander o culpou.

— Você sempre foi especial, e agora tem esse anel e a Linn. — Alexander o empurrou para longe, a voz trêmula de ódio. — E eu só tinha você. Mas agora não preciso mais do seu poder maldito, posso sobreviver sozinho.

Álvaro vacilou e tropeçou para trás. Um disparo ecoou pela clareira.

O impacto veio antes da dor. Um baque atravessou seu peito e arrancou o ar de seus pulmões.

Por um momento, ele apenas ficou ali. Olhando para o irmão.

Alexander ainda segurava o fuzil.

Álvaro caiu de joelhos.

O gosto de sangue subiu à sua boca e seu corpo cedeu, o chão ficando distante. Ele não sentiu a dor imediatamente. Só um choque quente, uma pressão enorme. Seus joelhos falharam e ele caiu para trás, os pulmões lutando para puxar ar.

Os olhos de Alexander brilharam com algo indefinido. Alívio, talvez. Uma certa satisfação. E então ele fugiu. Seu irmão, a única família que tinha sobrado, tinha o deixado para morrer numa floresta impossível.

O mundo começou a desaparecer, a dor se tornando algo secundário em meio ao frio. Tentou falar, tentou chamar por Linn, mas a voz não saiu. O peito ardia, o sangue encharcava sua camisa, quente e pegajoso. A visão embaçou. O mundo ficou turvo, os sons abafados, como se ele estivesse debaixo d'água.

Pensou em Linn. Nas manhãs com cheiro de café e jasmim, nos olhos dela quando dizia seu nome, na maneira como seu martelo sempre encontrava o alvo. Pensou no futuro que não teria com ela.

Uma lágrima escorreu pelo canto de seu rosto.

As sombras começaram a se formar ao seu redor. Densas. Famintas. Sussurrando em sua pele como um convite.

Ele aceitou.

## CAPÍTULO 40
# Linn

O disparo rasgou o ar como um trovão, e Linn o sentiu antes mesmo de ouvi-lo com nitidez. Um arrepio furioso descendo por sua coluna, puxando seu corpo para a frente. Em algum lugar, o coração dela *sabia*. Alguém tinha aberto um buraco em seu peito.

Ela correu, deixando aquelas raízes para trás.

Correu como se o mundo atrás dela se desfizesse em poeira. Cada batida de seu coração soava como um tambor de guerra, cada respirar doía nos pulmões. As árvores de Aymora passavam como manchas de um verde lúgubre, olhos de madeira espreitando seus passos.

Então viu o vermelho espalhado no chão.

Viu o corpo caído.

— Álvaro!

O nome dele escapou de sua garganta num fio de voz muito fino, muito frágil, muito cheio de tudo. Ela se ajoelhou na terra sem se importar com as pedras que lhe mordiam os joelhos. Seus dedos encontraram os dele, quentes ainda, mas escorregadios com o sangue que insistia em escorrer.

Álvaro ergueu o olhar com esforço. Os lábios entreabertos tentavam falar. E, de alguma forma, nada no mundo poderia ser pior do que ver aquele homem tão grande e forte transformado em silêncio.

Sombras espreitavam seu corpo.

— Fica comigo. — Ela pressionou a ferida no peito dele, sem ligar para o quanto isso a sujava também. — Por favor.

— Desculpa... — A voz falhou, e Linn sentiu o desespero apertar sua própria garganta.

— Não… não faz isso.

Então, ela o viu estremecer, os olhos se voltando para cima, buscando um lugar que ela não conseguia enxergar.

As sombras se aproximaram mais, escorregando pela clareira feito um rio. Ela sentia sua fome, daquelas que deixavam a garganta seca, o corpo em agonia.

— Não.

Agarrou Álvaro com mais força, as mãos trêmulas sufocando um soluço grande demais para seu peito. Não deixaria que elas o levassem. Nunca.

Mas que poder tinha? Que poder qualquer mortal teria contra aquilo?

Álvaro olhou para ela por um piscar de olhos. Parecia querer dizer muitas coisas, mas não disse nenhuma delas.

As sombras engoliam o corpo dele devagar, e Linn só podia assistir.

— Solte — uma voz grave sussurrou, vinda das sombras. — Deixe-o ir, Linda.

*Não.*

— Não posso. — Ela o segurou com mais força, mas não houve nenhuma resposta. Álvaro não se mexia mais, não respirava.

— Por favor, solte-o — a voz implorou.

As sombras tocaram suas mãos, geladas como nos sonhos, pedindo permissão, e ela afrouxou o aperto.

As sombras tomaram a clareira.

Quando elas se foram, Álvaro não estava mais ali.

Nada além do vazio. Nada além do cheiro de sangue e de terra úmida.

Linn ficou ali, ajoelhada. Sozinha. Sentindo o mundo quebrar sob seus pés. O silêncio era tão grande que doía nos ouvidos. Nenhuma folha se mexia, nem mesmo aquele ar estranho de Aymora sussurrava. Até o céu parecia ter escurecido mais.

Tudo ficou suspenso e, então, um tremor sutil atravessou a pulseira em seu pulso, o martelo às suas costas tremeu.

Não importava a distância, seu martelo sempre voltava para ela, atraído pela pedra da pulseira.

Ela secou o rosto com o dorso da mão suja de sangue. Depois se levantou.

As pedras se atraíam.

*Espero poder te encontrar sempre que você se perder.*

Foi o que ela disse quando colocou o anel no dedo de Álvaro.

Retirou o martelo das costas e apertou a pedra maior. Fechou os olhos e se concentrou.

— Eu vou te encontrar — disse para o vento, para as árvores que espreitavam. — Nem que seja no pior dos Sete Infernos.

Em silêncio, a floresta se esvaziou.

## CAPÍTULO 41
# Rubi

Os pés de Rubi escorregaram sobre o piso de pedra, enquanto ela tentava desviar de uma estátua que as perseguira até a câmara de Naki.

— Corre! — a capitã gritou para ela, erguendo a espada para cortar vinhas que tentavam agarrá-las. May fazia o mesmo com suas duas espadas, abrindo espaço para si e para a rebelde ruiva entre as raízes que brotavam sob seus pés. As duas passaram primeiro pelo portal que levava ao corredor. Rubi foi logo atrás, puxando Céu pela cintura. Caíram as quatro sobre o chão escuro.

Um pedaço do teto caiu à frente delas, estourando em um som seco, violento, parecia que o templo todo iria ceder.

Rubi tropeçou, tossindo forte. O chão afundava sob seu peso como se não estivesse mais ali. Elas praticamente se arrastaram para fora, deixando estrondos e poeira para trás.

Assim que pisaram sobre a terra úmida, um som distorcido e quebradiço chiou metálico em algum lugar. A voz do outro lado era quase irreconhecível:

— *May... cidade sendo atacada... defesas... ativadas...*

Rubi mal conseguia enxergar a rebelde entre aquela poeira toda, mas a ouvia com perfeição.

— Fala direito, caralho! — May gritou, o eco da própria voz voltando para ela.

— *Encontraram Aymora.* — A voz distorcida tremia. — *... indo pegar vocês... ouviu, May? Estamos indo pegar vocês.*

Mãos geladas encontraram as suas, e Rubi reconheceu o toque de Céu, apesar de tudo.

— Se alguém está atacando Aymora — ela disse baixinho —, a cidade pode desaparecer de novo, mudar de lugar ou de tempo. Ninguém sabe direito como funciona.

— O quê? — Rubi sussurrou de volta.

— Nós estamos ouvindo, capitã — May Song respondeu mal-humorada, ajudando a rebelde ruiva a andar para longe da poeira. — Também conhecemos a lenda.

— Mas o que isso quer dizer?

— Aymora é uma cidade *perdida*, princesa — a líder rebelde disse com sua voz cortante e irônica. — Se alguém a encontra, ela se perde de novo. Não é uma boa ideia ficar aqui.

O estrondo de um tiro ecoou muito perto delas, fazendo May sacar suas espadas flamejantes, o que ajudou Rubi a enxergar melhor o que estava acontecendo. Alguém vinha correndo de dentro da floresta, seguido por cobras gigantes. Não, Rubi apertou os olhos para enxergar melhor, por *raízes*.

*Por Zora, como eu odeio esse lugar.*

Um dos gêmeos vinha correndo na direção delas, sujo, o rosto coberto de lama e sangue seco, folhas grudadas no cabelo e nos ombros.

— Sou eu, capitã. — Ofegou, parando perto da estátua de Tacruk e abrindo as mãos. — Alexander.

— Ally! — Céu correu para abraçá-lo. As raízes que o seguiam pararam no limite da floresta e ficaram observando.

*Odeio mato, odeio mato, odeio mato.*

— Cadê os outros? — A capitã olhava por cima do ombro de seu soldado.

— Ficaram para trás. As raízes… elas… — Soluçou. O peito de Rubi apertou. — Eu tentei… juro que tentei ficar. Mas a Linn me mandou correr. Ela disse que… — Alexander engoliu seco. — Ela disse que dava conta.

— Claro que ela disse — Céu murmurou, já virando o corpo, a espada brilhando como um relâmpago na noite escura. — Vou buscar eles.

— Não dá tempo! — Rubi correu para bloquear o caminho, os braços abertos. — Aymora vai mudar ou sei lá o quê.

Céu não parou.

— Eu não deixo ninguém pra trás, Takahashi.

Rubi estava disposta a enfrentar aquela floresta com a capitã, mas aquilo não era inteligente ou prudente. Um ronco grave de motor e a sensação de vento sendo cortado foi a prova de que estava certa. Se fossem atrás de Linn e Álvaro, talvez nunca mais conseguissem voltar.

Ela olhou para o dirigível que se aproximava lentamente sobre eles, e ouviu o templo gemer de novo, uma porção do teto se partindo. O ar escapava de seu peito. Não podia deixar Céu voltar.

Ela não pensou. Fez o que tinha que fazer.

Uma rajada forte e limpa explodiu de suas mãos, pegando Céu de lado. A capitã cambaleou, depois caiu, batendo a cabeça de leve contra a estátua.

Rubi ficou congelada.

Ninguém disse nada, nem mesmo Alexander.

Céu desmaiou com a expressão mais teimosa que um rosto inconsciente já exibiu.

— Ela não ia ouvir. — A voz de Rubi saiu tremendo, cheia de culpa. — Eu não podia... não podia deixar.

Alexander respirou fundo, ajeitou a postura e colocou a mão sobre o ombro de Rubi.

— Eu carrego ela.

Rubi se ajoelhou, acariciou o rosto sujo da capitã e sussurrou:

— Me perdoa.

O templo gritou de novo, desta vez de dor. Uma parede inteira ruiu atrás delas, a poeira cobrindo tudo, feito neblina. May puxou a outra rebelde pelo braço e elas correram rumo ao dirigível.

Rubi foi atrás, o peito apertado, o coração disparado. O templo as odiava. A cidade as odiava.

E, naquele instante, Rubi se odiava também.

Olhou para trás uma única vez para garantir que Alexander vinha correndo com a capitã nos braços.

O dirigível baixou o máximo que conseguiu.

— Corre, porra! — A voz de um garoto, agora clara e desesperada, soou do alto-falante.

Elas deixaram Alexander ir primeiro. Ele jogou Céu sobre os ombros como um saco de arroz e subiu na corda que desceu do casco. A rebelde e May subiram logo depois.

Rubi segurou a corda, mas olhou para trás uma última vez. Para o templo se desfazendo em poeira e vento. Para a terra vibrando como um tambor. Para o lugar onde Linn e Álvaro ainda estavam.

Ela nunca iria se perdoar por isso.

— Vem logo! — May gritou.

Rubi fechou os olhos, agarrou a corda e subiu.

O vento soprou em seus ouvidos, como uma promessa quebrada.

E Aymora respirou uma última vez, antes de desaparecer nas nuvens.

Minha irmã,

Eu fui tão tolo!

Quando senti seu poder deixando o mundo, me desesperei. Temi que Wata encontrasse sua alma e a destruísse, a prendesse em algum lugar, como havia feito com N'oto.

Então cobri o mundo com as minhas sombras.

Durante três dias e três noites, o mundo não conheceu o sol. Nenhuma estrela, nenhum luar. Só o breu. O mesmo que agora me envolve, o mesmo que me devora de dentro pra fora.

Achei que o medo uniria os mortais. Que o silêncio da escuridão obrigaria os exércitos a largar as armas. Que a ausência de luz faria cada povo lembrar do quanto era precioso o calor de uma vela, a companhia de um irmão.

Mas eles não entenderam.

Os mortais tremeram de pavor. Os deuses se enfureceram. Até o Oculto rugiu de seu vazio eterno.

Eles me chamaram de traidor. Disseram que eu tinha perdido o juízo. Não entenderam que eu só queria parar a dor, Ṿaelay. Eu só queria que aquela maldita guerra acabasse, antes de acabar com todos nós.

Então me selaram neste plano onde o tempo não passa e onde nada cresce. Este Mundo das Sombras não é meu lar, irmã. É meu túmulo.

Aqui, não há céu. Não há vento. Nenhum canto de pássaro, nenhuma memória. Só o som do meu próprio Éter se desfazendo, como cinzas carregadas por um vento que não sopra.

Fui banido por amar você, por amar o mundo que criamos.

E eu faria tudo de novo.

Talvez não pelas razões certas. Talvez eu tenha sido egoísta. Talvez eu quisesse forçar o mundo a parar porque eu mesmo não conseguia continuar.

Mas não suporto esse vazio. A solidão grita mais alto que qualquer batalha que presenciei. Aqui, onde fui aprisionado, sou apenas o eco de mim mesmo. E cada sombra que me acompanha carrega seu nome.

Você se foi, e o mundo seguiu. Como isso pode ser justo?

Sinto falta da sua risada quente. Sinto falta da forma como você chamava meu nome como quem chama o dia após uma noite longa. Sinto falta de tudo que fui quando estava ao seu lado.

Eu não queria que você me visse agora, nem que soubesse que restou muito pouco de mim. Não sou mais um deus. Não sou mais nada.

E, mesmo assim, continuo esperando. Talvez um dia você caminhe por entre mundos e me encontre. Talvez me perdoe por tudo.

Ou, ao menos, se lembre.

Por favor, se lembre, Vaelay!

Do seu irmão,<br>Vaelith

# Parte 3

# Körin

*A água é implacável. Quando pouca, causa seca.*
*Quando muita, inundação.*

Ditado popular körinense

## CAPÍTULO 42

# Céu

O dirigível sacudiu quando tocou o chão, e Céu respirou de verdade pela primeira vez desde que tinha acordado. Não olhou pela janela, não se importou em saber onde estavam. Só queria sair dali. Ela passou pelos corredores estreitos e frios sem olhar para ninguém. Os rebeldes cochichavam, desviavam o olhar, fingindo que estavam muito atentos aos remendos da aeronave.

Céu tocou a têmpora, ainda sem acreditar no que Rubi tinha feito, e empurrou a porta, saltando para fora, os pés afundando na terra úmida da floresta.

Inspirou enquanto estudava o acampamento. As árvores que cercavam a clareira tinham o mesmo aspecto desgrenhado — altas, com raízes despontando do chão, e cipós caindo dos galhos — que as árvores de Minéria.

Mas não era Minéria, ela conseguia sentir a diferença no gosto do ar, mais salgado e fumacento. Estava do lado leste da fronteira, onde o vento que vinha do oceano ainda conseguia alcançar sem ser parado pela barreira de Naki.

Barracas se espalhavam entre as árvores, algumas feitas de lona, outras com placas de metal. Havia um galpão ao fundo, de onde saía uma fumaça fina e um cheiro forte de carne assada e especiarias. O estômago dela revirou. Lá dentro, os rebeldes estavam reunidos ao redor de uma enorme mesa de madeira, rindo e conversando feito crianças felizes. May não estava entre eles. Céu puxou um banco e se sentou também.

Ninguém falou com ela. Pareciam ocupados demais com a história que um adolescente loiro estava contando. Ele falava sobre o resgate em Aymora, sobre como a cidade tinha desaparecido do nada.

Céu observou tudo em silêncio, queria chorar. Lembrou da última vez que se reuniu ao redor da fogueira com seus soldados e Rubi, das conversas idiotas sobre os deuses. Aquilo parecia ter acontecido em outra vida.

— Você não deveria deixar sua espada para trás. — A voz rouca de May Song dançou atrás dela. Céu não se deu ao trabalho de olhar.

A líder rebelde pousou um prato de comida à sua frente. O cheiro era bom demais e Céu percebeu que a última refeição quente que tinha comido havia sido na casa de sua mãe.

— Pensei que eu estava com um grupo de rebeldes, não de ladrões.

A risada de May era alta e honesta, parecia vir de outro lugar, do fundo da terra ou de um ponto distante no céu.

A rebelde puxou um banco e sentou ao lado dela.

— Não *costumamos* roubar, mas uma relíquia como aquela é tentadora até para mim.

— Se te interessa tanto, pode ficar com aquela faquinha de Tacruk. Não a quero.

— Você tem um humor afiado, capitã. Certamente não vem da sua origem amayara. — Ela soava antiga, melancólica, e aquilo fez Céu olhar para a rebelde pela primeira vez. Sob a luz difusa do galpão, os olhos dela ficavam avermelhados.

— Eu não sei o que você é, May Song, nem pelo que você luta. Mas sei que pode me levar de volta para Aymora.

— Não posso.

Céu afastou a tigela de comida, para não correr o risco de jogá-la na líder rebelde.

— Você encontrou uma vez.

— Aymora desapareceu assim que levantamos voo. A ilha inteira se dobrou ao meio e sumiu no céu, deixando as tropas aéreas de Minéria atirando contra si e, depois, contra a gente. Você acha que vai ser fácil encontrá-la de novo?

Céu ainda estava entendendo o que tinha acontecido, mas a maior pergunta que ficava era: como as tropas de Minéria tinham encontrado Aymora? Será que eles foram seguidos? Será que havia um traidor na tripulação de May Song?

— Eu *preciso* voltar — ela disse com a boca seca. — Não deixo os meus para trás.

— Eu entendo, mais do que ninguém. Se eu pudesse, se soubesse como, juro que te levaria de volta. Mas realmente não posso. E… Você pode me odiar por dizer isso, mas a Takahashi salvou sua vida. Salvou a de todo mundo ali. Se demorássemos um minuto a mais, teríamos desaparecido junto com a cidade, e sabe-se lá o que teria acontecido.

Céu não queria saber de nada daquilo, então se levantou abruptamente.

— Se você não pode me levar de volta, então ao menos me ajude a descobrir pra onde Aymora foi.

May olhou para ela por um longo momento, depois soltou um suspiro.

— Talvez o seu soldado saiba muito mais do que eu. — Apontou para Alexander, que estava do outro lado da mesa, escondido atrás de um grupo de rebeldes que gesticulava e falava alto. Ele segurava um pedaço de pão entre os dedos, mas não estava comendo. — Vou pedir para prepararem um banho para você e pro seu soldado, vocês precisam descansar.

— Obrigada.

May sorriu.

— De nada, *Kruak joprek.*

A capitã se segurou para não revirar os olhos e foi falar com seu soldado. Ele não parecia o garoto animado que ela conhecia. A roupa ainda estava manchada de lama, o rosto, cansado, o olhar perdido em um ponto qualquer da mesa de metal.

Céu puxou uma cadeira e se sentou.

— Você está bem? — Buscou os dedos dele sobre a mesa.

Alexander piscou algumas vezes antes de encará-la, fazendo um não pequeno com a cabeça.

— Eu não devia ter deixado eles para trás — disse, rouco e baixo. — Mas a Linn mandou. Eu pensei que daria tempo, eu...

— Ei. — Apertou a mão dele.

— O Alvy tava com muita febre. — Alexander passou a língua pelos lábios. — A Linn não ia deixar ele nunca.

— Eu sei disso. — Viu o garoto abaixar a cabeça. — Ei. Nós vamos encontrá-los.

— Mas, capitã...

Ela apertou os punhos contra a mesa.

— Nós *vamos* encontrá-los.

## CAPÍTULO 43

# Linn

A escuridão ali era diferente do escuro da noite, do escuro do fundo de um rio, do escuro por trás das pálpebras fechadas. Era feita de frio e silêncio, de um vazio que parecia infinito.

Linn gostava do escuro. Cresceu nos arredores das minas no Vale das Pedras, foi treinada para ser como o pai. Quase toda noite, enquanto as crianças desobedeciam aos pais e iam brincar nas ruas depois do toque de recolher, Linn apagava o lampião e se deitava na rede. Ela não olhava para as estrelas pela janela, fechava os olhos e mergulhava na escuridão total de seu próprio mundo.

As sombras nunca a assustaram.

Agora, ela sentia o corpo ser puxado para dentro, a pele arrepiada como se estivesse atravessando uma geleira. Mesmo assim, quase amaldiçoou o mundo quando luzes fracas se iluminaram ao redor dela.

O chão debaixo de seus pés não era chão de verdade, mas uma superfície que parecia feita de sombras solidificadas. O céu não existia. Ela estava num mundo costurado por fios de escuridão.

As sombras se afastaram devagar, mostrando um corpo deitado no chão.

— Alvy!

A escuridão escorria ao redor dele, deslizando sobre sua pele. Seu rosto estava pálido demais, quase inumano sob aquela luz esquisita. Mesmo após se afastarem, as sombras continuaram sobre seu peito e seus ombros.

— Alvy. — Engoliu o desespero e se ajoelhou ao lado dele, tocando seu rosto frio.

Frio *demais*.

Ela o sacudiu pelos ombros, os dedos escorregando pelo tecido da camisa encharcada de sombras.

— *Por favor.*

Percebeu que o peito dele se movia (ou talvez fosse o movimento das sombras ou sua mente se agarrando a alguma esperança), mas não havia som de respiração.

Um ar quente soprou em seu pescoço.

— Vaelith — ela chamou, primeiro num sussurro, depois num grito: — Vaelith! — O ar ao redor tremeu e o peso de um olhar caiu sobre ela, descendo por sua espinha feito água gelada. — O que você fez com ele?

— Nada. — A voz deslizou pelo ar como fumaça.

— Não mente pra mim! — Ela girou o corpo e jogou o martelo na direção de onde vinha a voz, mesmo sabendo que o deus o pegaria.

Vaelith emergiu das sombras, moldado pelo mundo. Não, ele *era* o mundo. Seus olhos eram duas faíscas cor de violeta em um rosto esculpido em trevas, belíssimo e impossível.

Ele sorriu.

— Por que você sempre joga essa coisa em mim?

— O que você fez com ele? — repetiu a pergunta, ignorando a gracinha.

— Eu o salvei.

Linn ergueu a mão, atraindo o martelo de volta, pronta para jogá-lo novamente.

Vaelith levantou as mãos.

— É sério, Linda. Eu o abracei com as minhas sombras e trouxe para o meu mundo, porque ele estava… bem, ele estava *morrendo*.

Linn tinha visto o sangue no peito de Álvaro, tinha visto as sombras o abraçarem. Vaelith não tinha por que mentir.

— O que aconteceu?

— Acho melhor você perguntar para ele. — Apontou com o queixo para Álvaro, que permanecia desacordado.

Linn se levantou devagar. Seu coração batia errado demais, parecia quebrado.

— Me conta. — Apertou a mandíbula.

Vaelith inclinou a cabeça, analisando-a como quem observa uma criança faminta.

— Você vai acreditar?

Seus dentes rangeram. Ela sabia que não podia confiar em deus nenhum, mas Vaelith a protegia há tanto tempo…

— Eu não deveria.

— Ah, Linda. — Vaelith caminhou devagar até Álvaro e se ajoelhou ao lado dele, estudando-o com o rosto distorcido. Linn quase acreditou que ele realmente se importava. — Ele vai acordar em breve e te contar tudo. É melhor assim, porque eu mesmo não sei o que aconteceu. Só senti quando ele levou o tiro no peito, e cheguei tarde demais para ajudá-lo de outra forma, então tive que trazê-lo. Eu não podia ter feito isso, mas fiz mesmo assim.

— Por que você não podia ter feito isso? — Ela guardou o martelo nas costas e voltou a se ajoelhar ao lado de Álvaro, checando a temperatura de sua testa. Ele continuava gelado.

— Nenhum deus pode desafiar a morte. O Oculto não gosta quando tiramos nada dele.

— O Alvy está…

— Não. Ainda não. Como eu disse, cheguei tarde, não podia fazer nada por ele no mundo mortal, só aqui. Aqui, posso mantê-lo vivo.

Linn analisou as sombras que ondulavam sobre o peito de Álvaro, no ponto onde ela tinha visto o sangue.

Ela levantou a cabeça para encarar os olhos cor de violeta de Vaelith.

— E por que você faria uma coisa dessas? Por que provocaria o deus dos deuses?

— Porque você nunca mais sorriria se o Álvaro morresse, Linda. E aí o que eu faria sem o seu sorriso?

Ela não soube o que responder.

O ar frio entrou por sua boca e seu coração acelerou a ponto de parecer rasgar o peito de dentro para fora. Doía olhar para o deus das Sombras, e era tudo o que ela queria fazer. Tinha tantas perguntas, e nenhuma delas parecia certa.

O rosto dele estava diferente do que ela via nos sonhos. Tinha olheiras abaixo dos olhos, estava mais pálido.

— Ele vai morrer?

— Não enquanto eu ainda tiver algum poder.

— Então ele vai ficar aqui para sempre, no seu mundo? Ele não vai voltar?

— Tem um jeito…

Linn apertou os punhos.

— Como?

Os olhos dele caíram até Álvaro, depois voltaram para ela.

— Sou um deus exilado, não tenho praticamente poder nenhum no mundo dos mortais. E, mesmo se eu tivesse, não conseguiria mantê-lo vivo lá, porque o coração dele não bate mais, ele não tem mais energia vital. Estou emprestando a minha para ele.

A boca de Linn secou. O Éter de Vaelith era o que mantinha Álvaro vivo?

— Você não pode fazer isso, pode?

Ele deu de ombros.

— Já perdi tudo. Não tenho mais nada para ser tirado. Eles não podem me punir mais.

*Você tem a mim*, ela nunca diria.

— Então de onde vamos tirar Éter para mantê-lo vivo?

— É por isso que eu gosto de você, sempre faz as perguntas certas. — Ele se levantou. — Precisamos de uma das pedras de Tacruk.

Ela já sentia que a resposta seria aquela. Era óbvio. Não era tola de pensar que as pedras não existiam, que o deus da Montanha tinha mantido a promessa de nunca criar aquele poder. Ela *conhecia* a verdade, desde o dia em que seu pai lhe presenteara com aquele martelo.

— E onde elas estão?

— Calma, não é assim que funciona. As pedras são poderosas demais, você não pode simplesmente pegar uma. É preciso ter força, inteligência e, principalmente, estar pronto para o que vier. Sei que você tem tudo isso. Tem apenas fragmentos da minha pedra e, mesmo assim, conseguiu entrar no meu mundo…

— Por que não usamos elas? As três partes estão aqui.

— Porque elas estão fracas e quebradas, assim como eu.

— Então me fala onde as outras estão.

— Linda. — Ele tocou a mão dela, causando-lhe um arrepio. — Preciso ter certeza de que você está pronta para fazer o que deve fazer.

— Eu estou. — Linn deu dois passos pequenos para trás.

Ele a ignorou.

— Vocês dois vão ficar confortáveis aqui, tem um banheiro ali atrás daquela porta. — Vaelith apontou para trás de si. — Se quiser, posso fechar as cortinas.

— Aonde você vai?

— Vou deixar você pensar.

— Não tenho nada o que pensar, já disse que faço qualquer coisa...

— Descanse primeiro.

Vaelith desapareceu antes que ela pudesse chamá-lo de arrogante ou pedir para que ele fechasse as janelas. Linn olhou para Álvaro, que permanecia do mesmo jeito, agora deitado na cama. O peito e o ombro direito coberto por sombras, que oscilavam como neblina sobre uma montanha.

Doía vê-lo assim.

Ela ignorou a sugestão de Vaelith e se deitou ao lado de Alvy. Não iria a lugar algum enquanto ele não acordasse. Desejou que a escuridão voltasse, então cortinas sombrias fecharam a janela.

O escuro a abraçou, úmido, com um cheiro salgado de mar e suor. As ondas estalavam contra a madeira grossa e ela ouviu murmúrios, choros baixinhos e respirações pesadas, sussurros em línguas que não conhecia. Vozes que pediam. Que rezavam. Que *imploravam*. Mas ninguém viria, ela sabia que não.

Tentou se mover e percebeu que seu corpo não era seu. Suas mãos eram outras, menores, ossudas, pequenas demais para segurarem qualquer coisa. Seus pulsos estavam finos como gravetos, atados por correntes que cheiravam a ferrugem e queimavam sua pele. A cada chacoalhar do barco, a dor da fome apertava ainda mais seu estômago vazio.

Ela queria chorar, mas estava tão seca que não conseguia.

As ondas continuavam batendo.

Alguém cantava baixinho.

Quando seus olhos se acostumaram, ela viu uma mulher de pele escura e cabeça raspada, que lembrava muito a sua mãe, lamentando em forma de música. Os olhos fundos demais no rosto magro, a boca seca mal abrindo para dizer as palavras, se é que eram palavras. Lembravam mais um chamado, um grito de dor.

Linn fechou os olhos, não queria ver, porque *sabia* o que veria. Mas fechar os olhos não adiantava nada. Os sons continuavam ali, o murmúrio doloroso, o choro.

As ondas batendo.

Ao seu lado, uma criança não se movia. Seu rosto pálido e pequeno estava enfiado entre os joelhos, as costelas parecendo lanças debaixo da pele fina e suada. Um dos olhos estava coberto pelos cabelos muito lisos e pretos, o outro estava aberto, mas sem nada dentro. Seu espírito já estava com o Oculto.

As lágrimas secas arderam seus olhos.

Tinha tanta sede.

Alguém apertou seu pulso como se quisesse impedi-la de desaparecer também. Foi o toque fraco de uma mão tremida, mas o bastante para fazê-la acordar. A mulher ao lado dela não tinha mais voz para cantar, e sua respiração ficava cada vez mais curta. Mais espaçada.

Então, o choro das ondas engoliu o canto.

Os dedos dela soltaram seu braço e Linn sentiu a ausência. A pele fria e vazia. A alma que não ia voltar.

Linn cobriu o porão inteiro com uma sombra quente, ao menos *isso* podia fazer.

Nem sol, nem luz alguma, brilhavam lá fora. O vento carregado de sal trazia a promessa de uma terra para os que sobrassem. Aos corpos empilhados no porão como madeira velha, só restava pedir que o Oculto devolvesse suas almas em tempos melhores. Se é que esses tempos viriam.

Alguém se moveu do outro lado do porão. O som foi de ferro rangendo e gemidos de dor. Linn olhou para o homem, conseguia vê-lo através das próprias sombras. Era muito alto, a pele bronzeada dos asaianos do deserto coberta por feridas. Ele levantou o rosto devagar, seus olhos escuros como o próprio mar olharam diretamente para Linn.

— Os deuses nos abandonaram — sussurrou, sua voz como pedra moída.

Ninguém respondeu.

As mãos fracas de Linn tentaram tocar o ombro de quem jazia à sua frente. Sua mão suja encontrou uma pele ainda mais fria. E ela entendeu. O cheiro doce e podre da morte já havia tomado aquele canto do navio.

Ela apenas fechou os olhos e deixou a dor dançar por sua pele.

Queria dizer para o homem que o deus que eles seguiam estava com eles naquele porão, que nunca os deixaria. Mas que alívio aquilo traria? Que alívio existia em confiar em um deus fraco e derrotado? Um deus escondido no corpo de uma criança.

A portinhola do porão foi aberta bruscamente, a luz forte do sol vencendo as sombras fracas que ela produzia. Homens muito brancos pegaram as pernas magras e os braços flácidos dos que estavam mortos, os arrastando escada acima. Linn não fechou os olhos, queria ver o rosto de cada criança que os euraianos jogariam no mar como sacos de arroz estragado. Queria se lembrar.

Quis gritar quando ouviu os ruídos dos corpos caindo. Quis rasgar a carne do peito com os dentes. Mas não tinha força alguma. Era um deus inútil, pisoteado até perder a esperança. A nova terra não os aceitaria também. Queria voltar para casa, para seu deserto quente, para as noites pintadas com um bilhão de estrelas. Queria visitar as cabanas dos nômades, levando histórias e água fresca, queria brincar com as crianças nas ruas de cascalho de uma cidade à beira do rio Hanyang.

Nada daquilo existia mais. Aquelas crianças estavam ali agora, suas almas tão quebradas como os ossos de um dragão caído.

Linn sabia que algo tinha morrido dentro dela, e que nunca teria aquilo de volta.

Acordou chorando. Lágrimas quentes molharam seu rosto, mas ela ainda se sentia seca.

Um toque de mãos frias em seu pulso a fez se afastar para o lado, feito um bicho maltratado.

— Linn?

A voz de Álvaro era uma corda lançada ao mar, tentando puxá-la de volta para a borda.

Ela virou o rosto devagar e viu os olhos verdes abertos, assustados. Vivos.

— O que aconteceu? — ele perguntou baixinho.

Mas Linn não respondeu.

Não conseguia falar.

A visão de Vaelith ainda estava em seus olhos. Ainda sentia as ondas quebrando em seus ouvidos, o frio das correntes em seus pulsos. O vazio que ele sentia ainda estava aberto em seu peito, e talvez permanecesse ali para sempre.

## CAPÍTULO 44
# Rubi

Os trapos ásperos que os rebeldes chamavam de lençóis pinicavam a pele de Rubi Takahashi enquanto ela revirava de um lado para o outro na cama. Estava em Körin, podia ir para casa.

Então por que não ia? Por que não fugia mata adentro? Ninguém estava olhando, May Song parecia não se importar mais com ela. Talvez tivesse conseguido o que queria.

Seus olhos pesados insistiam em se fechar, mas a mente não calava a boca nem por um segundo.

Tinha deixado Linn e Álvaro para trás, tinha machucado Céu. Viu o sangue escorrer pela têmpora da capitã quando ela desmaiou. Aquilo era imperdoável.

Duas batidas na porta foram o bastante para fazê-la dar um salto, o coração acelerado. Será que era Céu? Rubi estava escondida ali desde cedo, não queria ver o olhar de decepção no rosto da capitã.

— Senhorita Takahashi. — Era um dos rebeldes. — A May está te chamando.

— Não vou.

— É sobre o seu pai.

Rubi correu até a porta e, dela, pelo corredor já familiar do dirigível. Será que Hiro tinha oferecido algum resgate? Será que tinha ameaçado destruir May se ela tocasse em sua filha? Nada daquilo fazia muito o estilo de Hiro Takahashi. Ele era pacífico, frio como o ar das montanhas do norte de Körin.

Mesmo tão ausente, por muito tempo, o pai foi a única pessoa que importava para Rubi.

O rebelde que a guiava pelo corredor parou em frente a uma porta e encarou Rubi antes de abri-la. De perto, sob a luz do dia, dava para ver a cicatriz no pescoço dele com bastante clareza. Parecia uma queimadura antiga.

— É feio ficar reparando — ele ralhou. Rubi até pensou em pedir desculpas, mas ainda não tinha chegado ao nível de se desculpar com seus sequestradores.

O garoto abriu a porta, e o ar quente do gabinete fez Rubi dar um passinho para trás. De costas para eles, May Song observava os mapas em sua parede.

— Pode deixar, Estéfano. Vai lá ajudar os meninos com o almoço.

— Tá certo. — Ele saiu para o corredor sem dar as costas para a körinense.

May apontou para uma poltrona cuja espuma amarelada do estofado estava escapando por um buraco.

— Senta. Nós temos muitas coisas para conversar.

— Não.

— Então fica em pé. — A rebelde bufou e voltou a se concentrar nos mapas. — Você não é mais prisioneira aqui. Se quiser ir embora, ninguém vai te impedir, mas…

Rubi revirou os olhos. *Claro* que podia ir, se meter no meio de uma mata desconhecida, sozinha, e torcer para estar indo na direção certa.

— Quero falar com o meu pai.

— Receio que não vai ser possível, querida.

— Ele te pagou um resgate ou algo assim?

— Não.

— Então o que você queria comigo?

May Song tirou um dos mapas da parede e o jogou sobre a mesa.

— Eu precisava entrar em Aymora, e alguém me disse que Zora nos deixaria passar se você estivesse com a gente.

A curiosidade coçou a garganta de Rubi, ela queria perguntar por que May queria entrar em Aymora, como sabia sobre a cidade, e muitas outras coisas, mas nenhuma delas importava mais. Ela só queria ir para casa, de preferência sem esbarrar com Céu ou Alexander. Não conseguiria olhar nos olhos deles.

— Eu posso ir, então?

— Vou pedir ao Estéfano para te levar de volta a Porto Takahashi. Não é muito longe daqui.

— Não precisa, o meu pai certamente…

— Rubi. — A rebelde levantou a mão. — Eu estava esperando o melhor momento para te contar isso, mas acho que não existe melhor momento. O seu pai não pode te ajudar…

O sangue de Rubi gelou. Claro que não era coisa boa. Notícias boas não tinham essa cara de pesar, esses olhos caídos. May parecia prestes a bater em seu ombro e dizer: sinto muito.

Rubi soube antes de a rebelde dizer.

Hiro Takahashi estava morto.

— Não. — Seus joelhos fraquejaram e ela sentiu os mapas pregados na parede girarem feito uma bola.

— Dizem que foi um ataque de Herdeiros da Terra, dentro do escritório dele. Körin está uma bagunça. É melhor um dos meninos te acompanhar.

— Não — repetiu. As perguntas queimando. Eram várias, novas agora. Nenhuma delas era para May. Queria perguntar ao pai. Como ele tinha coragem de morrer antes de dizer que a amava, antes de demonstrar que se importava minimamente com ela? Não com a herdeira da família Takahashi, mas com a pessoa que ela era, com as coisas que ela gostava, com os sonhos que tinha.

Como seu pai tinha morrido sem nunca ter sido um pai de verdade?

Não era nem dor o que ela sentiu, mas uma espécie de decepção. Ela achava que eles teriam tempo de ser uma família um dia. Talvez quando ele fosse velho e percebesse que as Indústrias Takahashi não eram tão importantes assim.

— Quando?

— Alguns dias atrás. — As palavras estavam distorcidas, Rubi não conseguia entendê-las direito.

— Eu preciso de um tempo. — Saiu porta afora sem esperar por nenhum tipo de autorização ou liberação.

Hiro Takahashi estava morto.

Rubi voltou para o quarto e se deitou no escuro. Esperou pelas lágrimas, mas elas jamais vieram.

Nunca se sentiu tão sozinha antes. Cresceu numa mansão em Porto Takahashi, longe do pai, que sempre estava na sede das Indústrias em

Stashi, e cercada de muitos funcionários e nenhum amigo. Ela pensava que a vida era assim, que era normal estar sempre cercada de gente, e continuar se sentindo vazia. Mas, no fundo de sua mente, sabia que tinha alguém. Que poderia ligar para o pai e ouvir sua voz rouca dizendo que estava ocupado demais.

Para quem ligaria agora?

Rubi abraçou as pernas, apertando os joelhos contra o peito, e torceu para o sono vir. Nos seus pesadelos, ela nunca estava sozinha. Pela primeira vez na vida, preferiu a companhia dos sete fantasmas que a atormentavam. Se seus rostos sem forma a convidassem para dançar, dançaria com eles sobre a terra quente e choraria as lágrimas que não tinha mais.

Ela amaldiçoou o dia em que May Song a ofereceu um drink no bar do Hotel Takahashi. A vida era muito melhor antes, quando não conhecia o mundo.

O sono não veio, claro que não. Era um presente que ela não merecia.

Alguém bateu na porta.

— Rubi? — A voz grave de Céu normalmente a faria levantar em um pulo, mas Rubi apenas virou para o lado e ignorou. Ouviu o ranger chato da porta sendo aberta, e nem se mexeu. — Ouvi sobre o seu pai. — A cama protestou quando Céu se sentou ao lado dela.

— Não quero falar sobre isso.

— Rubi…

Ela se virou para a capitã.

— Eu tô sentindo tantas coisas, Céu. Luto não é uma delas. Estou com raiva, com medo, frustrada, decepcionada. Tanta coisa, mas, ao mesmo tempo, nada. Me sinto vazia. Percebi que não tenho nada de verdade. Nada que importa. Desde que a minha mãe morreu. Eu pensava que tinha o meu pai, mas ele nunca estava lá. Era um nome num papel. Ainda assim, quem vai me procurar agora? Se eu me perder de novo, quem vai me encontrar?

— Eu vou. Eu fui. Arrastei meus soldados até uma cidade impossível por você.

— E eu te obriguei a deixá-los para trás. É isso que eu sou. Me ajudar foi o seu maior erro. Você se expôs, se prejudicou, se machucou, perdeu seus amigos. Valeu a pena?

— Não é justo…

— Você deveria ir embora.

— Rubi...

— Vai embora, Céu. Eu só te atrapalhei, desde o dia em que caí na sua vida.

A capitã se levantou.

— Você acha que é muito importante, não é? Que o mundo inteiro gira em torno dos seus problemas. Mas não é assim, Takahashi. Você só acelerou algo que aconteceria cedo ou tarde. Não vim aqui passar a mão na sua cabeça, vim perguntar o que você vai fazer agora.

— Como assim?

— As Indústrias Takahashi agora são suas.

— É por isso que você se esforçou tanto para me manter por perto?

— Eu não gosto do rumo para onde você está levando essa conversa...

— Foram Herdeiros da Terra que mataram o meu pai. Era tudo um plano de vocês? De Minéria? Da May? Me sequestrar e me manipular para ter controle sobre as minhas fábricas?

— É subjetivo demais para ser um bom plano.

— Então o que você quer? Impedir a guerra? Foi por isso que me ajudou?

— É impossível conversar com você.

— *Foi por isso?*

— Não sei por que ainda perco o meu tempo. Não sei por que achei que você era mais do que uma herdeira mimada de Körin.

— E eu não sei o que esperei de uma capitã insensível feito você.

— O seu pai é só mais um morto de muitos que essa guerra já causou e ainda vai causar. Mas você não se importa com ninguém além de você mesma.

— Caralho.

— O exército de Körin está sendo reunido em vários pontos perto da fronteira oeste. Exatamente depois que o seu pai morreu, a produção nas fábricas triplicou. Não é coincidência.

— May te contou isso? Você confiou nela bem depressa...

— A iminência da guerra talvez seja uma novidade apenas para princesas que vivem trancadas em suas mansões. Princesas que só enxergam o mundo do alto de seus dirigíveis e aviões particulares. Achei que você tivesse visto o suficiente do chão para saber a verdade, mas vejo que me enganei.

— Você não sabe nada sobre mim.

— Sei o bastante. — Ela abriu a porta. — Volta pro seu castelo, Rubi Takahashi.

Sem pensar, Rubi jogou um jato de ar contra o metal, fechando a porta em um estrondo seco.

Céu rangeu os dentes.

— Usa seu poder de novo contra mim e eu te mato.

Rubi soprou um vento leve no rosto da capitã.

— Tente.

Os dedos de Céu se fecharam em volta da garganta de Rubi, seus olhos faiscaram.

*Ela vai me matar?*

Rubi sentiu uma pontada em seu baixo ventre.

*Tomara que mate.*

Queria tanto sentir que ali estava: a fome arranhando seus ossos.

Não desviou o olhar, nem mesmo quando os dedos de Céu apertaram seu pescoço. Apertaram de verdade, impediram o ar de entrar ou de sair.

Céu a girou, jogando suas costas contra a porta de metal e a pressionando ali. Se Rubi conseguisse falar, teria implorado. Não pela vida, mas para que Céu apertasse mais forte. Em vez disso, os dedos da capitã afrouxaram um pouco, os olhos suavizaram.

— Odeio o dia em que você caiu em Minéria — confessou numa voz muito rouca. — Odeio que tenha sido eu a te encontrar, porque eu nunca te entregaria para o Departamento de Segurança sabendo que eles te machucariam. Você não me causou problemas, eu que causei. No momento em que vi você caída sobre a terra molhada. No segundo em que meus olhos escorregaram até os seus, e eu soube que seria um problema muito grande me apaixonar por uma Herdeira do Ar. Eu sabia todos os custos, e paguei mesmo assim.

Rubi arregalou os olhos, os dedos agarraram o pulso da capitã.

— *Por favor.* — O fio de voz saiu queimando por sua garganta.

— Rubi... — rouquejou, como um alerta. Mas Rubi viu seus olhos pegarem fogo.

Sem soltar seu pescoço, Céu aproximou o corpo do dela, a pressionando ainda mais contra a parede.

— Você ainda vai me matar, Takahashi — falou muito perto. Seu hálito soprando no rosto de Rubi, a fazendo fechar os olhos.

— Por favor... — implorou de novo, as mãos encontrando os pulsos de Céu, não para removê-los, mas para mantê-los ali. A outra mão da capitã espalmou a porta, fazendo um barulho grave, parecia relutar em dar aquilo que Rubi queria. — Céu...

A capitã encostou a testa na de Rubi e fechou os olhos, como se sentisse dor. Seus lábios estavam tão perto... Primeiro, Rubi puxou o lábio inferior com os dentes, sugando-o para dentro de sua boca. Mas o gemido baixo que a capitã deixou escapar foi como um tiro no meio de seu juízo, então abriu espaço para que a própria língua entrasse na boca de Céu. Precisava mais daquele beijo do que do próprio ar.

Os dedos em seu pescoço afrouxaram ainda mais, escorrendo até caírem em seus ombros, depois desceram até agarrarem sua coxa.

Era um beijo esfomeado, que não via limite algum. Um beijo que abriu portas para outros beijos, e toques, e mordidas no pescoço.

Rubi não sentiu frio quando Céu tirou seu macacão feio. Mas sentiu calor quando ela removeu, devagar, a jaqueta que vestia, depois a camisa apertada, e abriu um sorriso de canto. Algo além de desejo atingiu em cheio o peito de Rubi, uma ternura que fazia seu corpo inteiro se expandir.

— Você...

— O quê? — Céu abriu aquele sorriso maravilhoso, e Rubi quase chorou. O que ela queria dizer? As palavras tinham ido embora. Puxou a capitã para perto e voltou a beijá-la, esperando que aquela resposta bastasse.

Céu beijou seu pescoço, no lugar exato onde tinha apertado, antes de descer os beijos para sua clavícula, depois para os seios, barriga, até se ajoelhar no chão diante de Rubi.

Daquele ângulo, conseguia ver a tatuagem enorme que a capitã tinha nas costas. Uma montanha, óbvio.

Mas Rubi não teve muito tempo para pensar naquilo, porque a língua de Céu encontrou aquele ponto entre suas pernas que a fez soltar um gemido agudo. Segurou a nuca da capitã, os fios de seu cabelo raspado pinicaram a ponta de seus dedos. Não fez muito, porém, apenas se permitiu sentir a língua quente e molhada beijar aquela parte sensível de seu corpo.

Quando as pernas fraquejaram, tremeram e perderam a sustentação, Céu a segurou no lugar, lambendo, chupando, sugando, sem parar. Era como se quisesse enlouquecer Rubi, como se quisesse puni-la. E ela aceitaria aquilo de bom grado, nunca reclamaria.

A capitã se levantou rápido, segurando Rubi pela cintura, que abraçou as costas da capitã com as pernas. A cama rangeu quando Céu a pousou de costas sobre o colchão duro e áspero, e se deitou sobre ela.

— Estou perdida... — Céu murmurou contra seu pescoço, antes de abandonar uma mordida ali e voltar para seus lábios, com a sede de alguém que acabou de atravessar um deserto. O beijo ficou desesperado muito rápido. Não havia mais ar o suficiente no mundo para preencher o peito. Então as mãos de Céu buscaram aquele espaço entre suas pernas, tocando ali de um jeito tão gostoso...

Rubi arquejou. Como se respondesse, a capitã mexeu os dedos, encontrando uma parte dentro de Rubi que fazia o mundo inteiro girar. Tudo veio ao mesmo tempo, o calor que subia pelas coxas, a tensão que apertava o estômago e os pensamentos girando rápido, todos orbitando o corpo de Céu sobre o seu.

No começo, os gestos eram suaves, quase lentos demais. Rubi sabia que aquilo era de propósito, só podia ser. Era para acendê-la com calma, para torturá-la. E funcionava.

Céu achou o ritmo — o equilíbrio entre o rebolar ritmado contra a coxa de Rubi e o vai e vem dos dedos, o polegar pressionando do lado de fora com imprevisibilidade quase cruel. Sim, a capitã queria puni-la.

Que bom!

O toque sempre pegava Rubi de surpresa, assim que ela começava a se entregar ao ritmo, Céu fazia o desejo pular no peito e se espalhar pela garganta num gemido abafado.

Ela puxou Céu para mais perto. Queria o corpo *inteiro*. Cada pedacinho dela. Quando os seios se tocaram, Céu abriu um sorriso enviesado, de canto de boca, que fez Rubi odiá-la e amá-la ao mesmo tempo. Sem conseguir evitar, a beijou com tudo, com fome, com raiva. Com *amor*.

O calor em seu peito era um péssimo sinal.

Era um péssimo sinal querer chorar de emoção por estar sendo tocada por alguém. Rubi nunca tinha sentido aquilo e duvidava que voltaria a sentir. O peso de Céu encaixado no lugar exato, sua pele roçando, úmida, quente, a fazendo perder a noção do que era começo e fim. Os dedos que não paravam, insistentes. Era tudo tão bom que era *péssimo*.

A capitã tinha razão ao dizer que estava perdida, as *duas* estavam.

Rubi quis implorar que Céu ficasse, que deixasse Minéria e fugisse com ela para o outro lado do mundo. As duas morariam no meio do deserto, ou no alto de uma montanha gelada, passariam a noite olhando para um céu de estrelas impossíveis. Queria pedir que ela esquecesse as fronteiras, a guerra e o passado. Que abandonasse as responsabilidades e só *ficasse*.

Por que tinha que ser tão difícil?

As lágrimas vieram junto com uma pontada aguda de prazer, que ascendeu algo em seu peito. Ela se moveu contra os dedos de Céu, no ritmo que a capitã havia traçado. Nada mais existia. Só aquele corpo dentro do seu, crescendo até não caber mais, invadindo tudo, secando as lágrimas, contraindo os músculos. O ar ao redor delas explodiu, fazendo as paredes tremerem.

O corpo de Rubi, pesado e entregue, desabou no colchão duro, e aquele tecido áspero tocando sua pele já não parecia mais tão repugnante assim. Buscou as mãos de Céu e se apertou contra ela, acariciando a montanha que ela tinha pintada nas costas.

— Você vai voltar, não vai? — sussurrou a pergunta, porque falar parecia errado. No fim das contas, era aquilo que importava: se um dia se veriam de novo.

— Vou.

Ela se virou para olhar nos olhos da capitã.

— Vale mesmo a pena sacrificar sua vida por Naki?

— Não. — Céu tocou sua bochecha com o polegar, depois deu um beijo na ponta de seu nariz. — Mas vale a pena sacrificar por Minéria.

CAPÍTULO 45

# Álvaro

Linn dormia, uma calma estranha envolvendo seu rosto cansado. Álvaro nunca tinha percebido como era raro vê-la descansar de verdade. Mesmo ali, cercada de sombras respirando ao redor deles, ela conseguia fechar os olhos e dormir.

Confiava tanto assim em Vaelith?

Era quase doloroso olhar para ela, Álvaro tinha medo de ser a última vez que a veria assim. Aliás, *tudo* doía nele. O peito que o tiro tinha estourado, o ombro, a alma.

Seus dedos tremeram ao acariciar levemente o cabelo dela. Tocar sua pele foi um choque, porque Linn estava quente demais. Não, era ele que estava muito frio. A consciência de que seu coração não batia esmagou seu peito.

*Ally...*

A memória doía.

Respirou fundo, embora já não houvesse necessidade. Respirar era apenas um hábito agora, uma lembrança do que ele tinha sido um dia.

Não era mais um homem, era uma *coisa.*

Ele se lembrava do impacto da bala, do olhar frio do irmão. Alexander o culpara por tudo. Pela sobrevivência, pela magia que nem mesmo Álvaro entendia completamente. Era um Herdeiro das Sombras, mas o que aquilo significava?

Por que nunca havia percebido antes? Como não havia entendido os sinais?

Será que Linn sabia? Ou ao menos desconfiava?

Tocou novamente o rosto dela. E doeu. Não suportaria perdê-la, tinha clareza disso agora.

— Ela é incrível, não é? — A voz baixa e sussurrante de Vaelith era uma espada.

Álvaro ergueu o rosto lentamente e olhou para trás. O deus estava encostado em uma parede feita de sombras, observando Linn dormir com um fascínio quase humano.

— É, sim — Álvaro respondeu baixinho. Não queria acordá-la.

Vaelith se aproximou deles, as sombras ao seu redor ondulando com ele, vivas e inquietas. Sentou-se ao lado de Álvaro, o olhar cor de violeta brilhando na escuridão.

— Você não imagina há quanto tempo eu a observo, Álvaro Klein. Desde quando ela era uma cadete assustada no Vale das Pedras, perdida nos próprios pesadelos. — Ele sorriu, um sorriso pequeno e melancólico. Lindo. Mais do que qualquer pintura ou vitral.

Vaelith parou e o encarou. Seus olhos faiscavam.

— Eu me aproximei dos sonhos dela para protegê-la, mas… — Ele parou e seus olhos escorregaram até Linn. — Desde que te conheceu, os sonhos dela sempre traziam você. Sempre havia um homem brilhante, de olhos verdes e sorriso gentil, alguém que a fazia rir mesmo nos pesadelos mais escuros. Alguém que a fazia querer *acordar*. Quando ela te deu a pedra, fiquei chocado ao ver que você também conseguia manipular um poder que deveria ser destinado apenas a Herdeiros.

As sombras em seu peito se agitaram, e Álvaro levou a mão até ali, sentindo a frieza da própria pele escurecida. O frio piorou quando Vaelith tocou seu ombro.

— Vai estabilizar — ele disse. — Mas certamente ficará uma cicatriz escura cobrindo todo o seu peito e o seu ombro, como uma tatuagem.

Álvaro olhou para baixo e quis chorar, não pela marca, mas pela traição, por não fazer ideia do ódio que Alexander nutriu por tanto tempo.

— Eu não sabia… — Ele não sabia tantas coisas. — Não sabia que era um Herdeiro.

— Claro que não. A linhagem dos meus Herdeiros corre no seu sangue há gerações, dormente. Talvez nunca despertasse. As pedras ajudaram, claro, mas seu poder já tinha acordado antes.

— Alexander disse que fui protegido pelas sombras naquele dia… — Álvaro murmurou quase para si mesmo. — Quando nossos pais morreram. É verdade?

Vaelith lhe ofereceu um sorriso pequeno, quase gentil, se é que aquilo era possível para um deus.

— É bem provável que seja, sim.

— Por que eu?

Ele se sentou na beirada da cama, seus olhos voltados para Linn enquanto falava:

— Porque sua alma conhece a escuridão como poucos mortais poderiam conhecer. Você não se esconde dela, Álvaro. Você caminha *através* dela.

— E o que é que você sabe sobre a minha alma?

— Como eu disse, estou com a Linn há muito tempo. E ela conhece você, ela te ama e eu acabo te amando também.

Álvaro abaixou a cabeça. Era estranho estar ali, conversando com um deus, como se fossem amigos antigos. Mas Vaelith não era como os outros.

— Você a ama — Álvaro afirmou.

E como alguém poderia não amá-la?

Linn era tudo de mais bonito que o mundo conseguia reunir. Era luz e sombras. Força, ferocidade e carinho.

Vaelith ergueu a sobrancelha e riu baixinho.

— Claro que sim. — O deus o encarou e seus olhos faiscaram como nunca. — Ela é mais divina que todos os deuses reunidos.

Ficaram os dois em silêncio, ouvindo apenas a respiração tranquila de Linn, as sombras ao redor deles se movendo lentamente. Elas não o assustavam mais. Pelo contrário.

— Ela vai se machucar por minha causa, não vai? — Álvaro murmurou.

Vaelith apontou para o peito de Álvaro e se levantou.

— Ela já está machucada desde o segundo em que seu irmão apertou o gatilho. Se você tivesse visto o olhar dela, o desespero, ao te ver desacordado. Mesmo se eu não tivesse forças, teria te salvado, ainda que perdesse tudo no processo. Nunca mais quero ver aquele olhar, me destruiria.

Quando Vaelith desapareceu em meio às sombras, Álvaro se deitou ao lado de Linn e chorou. O peito queimava, bem onde as sombras dançavam sobre a pele.

*Eu estava morto.*

Ainda *estou.*

Ficou ali, encolhido, tentando se aquecer com o calor que vinha dela, mas aquilo parecia uma tarefa impossível agora.

CAPÍTULO 46

# Céu

Céu queria fugir. Dessa vez de verdade, não como ela e a mãe fizeram anos antes. Dessa vez ela juntaria o que conseguisse roubar dos rebeldes e seguiria para o norte com Rubi, passando pelas montanhas geladas da fronteira até chegar ao árido sertão dos Estados Livres. Mesmo sendo uma terra seca, quente e implacável, a região fazia jus ao nome. Lá, poderia ser livre para amar Rubi, poderia esquecer o conflito entre Minéria e Körin, poderia esquecer quem era e de onde tinha vindo.

Rubi talvez aceitasse, talvez elas conseguissem agir como Zora e Tacruk, se isolando enquanto o mundo apodrecia.

Mas como conseguiria dormir à noite sabendo que tinha abandonado seu povo?

*O pior inimigo de um pai é um filho abandonado.*

O ditado mineriano espancou sua mente.

Não, não podia fugir. Teria que *vencer*.

Rubi dormia profundamente. Céu observou seu rosto sereno, sua boca entreaberta, então fechou a porta da cabine com cuidado. Tudo dentro dela gritava para ficar, para esperar Rubi acordar e dizer tudo o que precisava ser dito, tudo o que não tinha coragem de admitir em voz alta. Mas havia coisas mais urgentes agora.

Precisava voltar para Minéria.

Seus passos ecoaram baixos pelo corredor estreito do dirigível. Ninguém a incomodou no caminho. Encontrou May no gabinete, cuja porta estava entreaberta, pregando pinos em um mapa aberto sobre a mesa. O rosto tenso sob a luz amarelada.

— O exército de Körin está se movimentando, não é? — Céu entrou sem bater.

May ergueu os olhos.

— É possível que o ataque à Aymora tenha enfurecido Wata. Embora o aumento na produção de tanques e soldados mecânicos tenha começado antes.

— Talvez tudo isso seja um grande plano dos deuses e nós tenhamos caído feito patinhos.

— Que bom que você sabe que deve esperar qualquer coisa de Wata.

— Não apenas dela.

May sorriu.

— Exato. Mas você não veio discutir planos de guerra com uma rebelde, ou veio?

— Quero que me ajude a voltar para Minéria.

— Você realmente não vai desistir, não é, capitã?

— Não posso deixar meus soldados para trás. Eu já disse.

May apoiou-se sobre a mesa, os olhos intensos queimando em castanho-avermelhado. Como não tinha percebido desde o primeiro segundo que estava diante da deusa da Chama? Era tão óbvio.

— Se você voltar para Minéria, eles vão te matar.

— Sei me virar.

O silêncio que se seguiu foi quebrado apenas pelo ranger baixo da porta se abrindo. A rebelde ruiva entrou, como se fosse a dona de tudo ali. Sua postura expansiva fazia até mesmo May ficar menor. Seu olhar se encontrou com o de Céu por um breve instante antes de voltar para a líder rebelde.

— Eu posso levá-la. É fichinha — disse com uma simplicidade perturbadora. — Posso atravessar as patrulhas com os olhos fechados.

May a encarou, claramente desconfortável.

— É arriscado demais, Sabrina. A segurança aumentou muito depois de Aymora. Eles sabem das movimentações na fronteira.

— E é por isso que precisa ser eu. Conheço os padrões das patrulhas, sei como evitá-las.

— Mas e a barreira? — Céu fez a pergunta mais óbvia. Como elas conseguiam atravessar a barreira de Naki?

A tal Sabrina olhou para ela de um jeito que fez sua pele arrepiar.

— Não há barreiras para alguém que nasceu no céu.

Não era uma resposta. Não uma satisfatória, pelo menos. Mas também não importava. Elas que guardassem seus segredos, desde que a ajudassem a voltar para Minéria.

— Vamos todos, então — May sugeriu, fechando o mapa.

— Não, o dirigível é muito grande. Meu avião é melhor.

May fechou os olhos e apertou as têmporas. Parecia querer argumentar, mas, no final, apenas assentiu.

— Tudo bem. Leve a capitã e o soldado dela. Mas, no primeiro sinal de problema, você volta.

— Eu *sempre* volto — Sabrina respondeu com um sorriso leve, quase provocador, depois se virou para Céu. — Vamos?

— Preciso encontrar o Alexander e… — Queria dizer "me despedir da Rubi", mas as palavras nunca nem chegaram à garganta. — E aí podemos ir.

Céu voltou pelo corredor, prometendo não demorar. Mas demorou. De volta à cabine, ficou sem coragem de fazer qualquer coisa que não fosse olhar para Rubi.

A fronteira dos Estados Livres não ficava assim tão longe.

Respirou fundo e colocou o medalhão que Rubi encontrara ao lado do travesseiro, lembrando, com um aperto no peito, da Herdeira do Ar sentada na varanda brincando com as meninas e os cachorrinhos que dona Júlia havia resgatado.

A vida podia ser simples e bonita. Era algo pelo qual valia a pena lutar.

Tocou o rosto de Rubi, sentindo um aperto no peito, um presságio que não queria admitir.

— Me desculpa — disse baixinho.

— Céu? — A mão quente de Rubi envolveu a sua.

A capitã recuou.

— Eu não queria te acordar.

Rubi esfregou os olhos e se sentou na cama. A luz fraca da cabine iluminava parcialmente seu rosto, deixando um lado escondido nas sombras.

— Você estava indo embora sem se despedir? — A voz dela saiu baixa, magoada.

— Não gosto de me despedir. Pensei que seria mais fácil assim.

Rubi afastou o lençol áspero, colocando os pés descalços no chão frio. Ainda estava nua e aquilo quase fez a capitã desistir.

— Desde quando você escolhe o caminho mais fácil?

— Talvez eu esteja aprendendo algumas coisas novas.

Rubi caminhou até ela, parando bem perto. *Muito* perto. Os olhos escuros encararam a capitã, intensos como uma tempestade, e Céu sentiu que poderia se perder para sempre entre nuvens e raios.

— Você realmente vai voltar para Minéria, não vai? — A voz de Rubi quebrou um pouco.

Céu engoliu a dor que se alojou em sua garganta.

— Naki encontrou Aymora uma vez, talvez possa encontrar de novo. Preciso saber o que aconteceu com Linn e Álvaro. Se eles estiverem vivos…

— Eles estão. — Rubi segurou as mãos da capitã com firmeza. — E você vai encontrá-los, eu sei disso. Você é ótima em cumprir promessas. — Abriu os braços, mostrando a cabine. — Conseguiu me trazer de volta para Körin, apesar de parecer impossível. Acho que não tem nada nesse mundo que você não consiga fazer.

— Tecnicamente, os rebeldes te trouxeram. — Céu riu ao ver Rubi revirar os olhos.

— Você é muito sem graça, sabia? — Fez um biquinho fofo.

— Sabia. Sou uma capitã de Minéria. Minha missão é proteger, não entreter…

— Ah, cala a boca!

Rubi encostou a testa na de Céu, seus dedos trêmulos segurando o rosto da capitã, e a beijou, meio brusco no começo, depois foi se ajeitando.

— Fica só mais um pouco — pediu com uma voz fraca e sussurrada quando se afastaram. — Só o suficiente para eu acreditar que a gente ainda pode se reencontrar algum dia.

Céu fechou os olhos e puxou Rubi novamente para seus braços.

— Preciso ir antes que a guerra comece de vez.

— Talvez ela não comece nunca.

— Rubi…

— Confia em mim, capitã. Nós vamos impedir essa guerra e vamos nos ver de novo. Talvez até lá você não me queira mais…

— Impossível. Não existe nenhum mundo, nenhum paraíso ou inferno, onde eu não te queira. Nem no passado, nem no futuro. Posso viver até os oitenta anos sem nunca mais te ver, mas vou continuar desejando uma vida do seu lado. E posso morrer amanhã e minha alma nunca voltará para o Oculto, porque ela é sua. Não sei quando isso aconteceu, mas não tem volta. Minha vida sempre esteve nas suas mãos, Rubi Takahashi.

— Promete voltar pra mim?

Céu segurou o rosto dela.

— Mesmo que eu tenha que partir o mundo em dois, sempre vou voltar para você.

Rubi deitou a cabeça em seu peito e chorou alto. O corpo tremendo. Quando se separaram, Céu teve que desviar os olhos. Precisava ir agora ou não iria nunca.

— Se cuida, Takahashi.

Rubi sorriu, um sorriso frágil e triste.

— Você também, capitã.

Céu deu um último passo para trás, virou-se rápido e saiu da cabine. Do lado de fora do dirigível, o ar frio bateu contra seu rosto molhado, fazendo-a estremecer. Sabrina estava parada ao lado do avião cor de laranja. Alexander vinha logo atrás, silencioso feito um cadáver.

— Pronta? — A piloto deu dois tapinhas em seu ombro. Céu assentiu num balançar de cabeça rápido e seco. — Então vamos logo.

Ela se acomodou no branco de trás, se apertando ali com Alexander. O avião rugiu quando Sabrina ligou os motores, e Céu olhou para o dirigível uma última vez, na esperança de ver Rubi aparecer.

Mas ela não veio.

O coração da capitã doía a cada metro que a separava daquela clareira, deixando para trás tudo que ela sabia que poderia amar um dia.

Talvez nunca mais voltasse a vê-la. Podia morrer ao pisar em Minéria, na guerra, ou por qualquer doença idiota. Aquela poderia ser sua última lembrança juntas.

E era por isso que doía tanto.

O avião que Sabrina pilotava era pequeno e silencioso, mas não o bastante para acalmar a mente de Céu. Ela segurou com firmeza a espada de Tacruk. A lâmina reluzia um brilho prateado profundo, diferente de tudo o que já tinha visto.

— Está tudo bem? — Alexander olhava para a espada.

— Vai ficar.

Sabrina não conversou muito durante o voo, exceto para dar instruções curtas ou avisar sobre as patrulhas que eles evitavam. Céu estava grata pelo silêncio, precisava daquele tempo para pensar, para calcular o que faria.

Precisava se encontrar com Naki.

A energia da barreira arrepiou seus pelos. Minéria surgiu no horizonte abaixo, marcada pelas cicatrizes profundas que ela conhecia muito bem. As árvores e pedras que ela amava. Era sua terra, afinal de contas. A terra onde seus ancestrais estavam enterrados e onde gostaria de descansar um dia.

Sabrina pousou o avião próximo às pedras da Pata da Onça. Será que o carro ainda estava por ali? Céu saltou para o chão, sentindo a terra firme sob seus pés.

— Obrigada. — Olhou para a piloto rebelde e viu algo mágico em seus olhos azuis. — Por tudo.

Sabrina sorriu de leve, preocupada, olhando para os lados e para além de Céu e Alexander.

— Cuidado, capitã. Minéria não é mais o lugar que você deixou. — Fechou o vidro da aeronave.

Céu observou o avião levantar voo novamente, se transformando num pontinho cor de laranja e depois sumindo entre as nuvens escuras. Apertou novamente o cabo da espada.

"Certifique-se de golpear primeiro", Tacruk tinha dito.

Caminhou rápido em direção à pedra onde tinham deixado o carro dias antes. Mesmo com os sentidos em alerta, não percebeu o ataque até ser tarde demais, porque ele veio de trás, do lugar onde Alexander estava. Braços fortes a agarraram pelas costas, algo pesado acertou sua cabeça.

## CAPÍTULO 47

# Rubi

O carro que Estéfano dirigia deu um solavanco ao passar por um buraco. Era barulhento, pequeno e claramente roubado. Rubi conhecia bem o tipo, tinha visto carros idênticos nas fábricas menores das Indústrias Takahashi. Quase sorriu ao imaginar May Song invadindo um galpão para roubar aquela geringonça. Mas não sorriu, porque sorrir ainda parecia errado.

— Não fica nervosa, dirijo bem melhor do que parece. — Estéfano deu uma risadinha de canto.

— Se você precisa avisar que dirige bem, é porque não dirige.

Ele ergueu uma sobrancelha queimada por uma cicatriz e soltou uma risada curta.

— Tá certo, Takahashi. — Voltou sua atenção para a estrada.

— Onde você conseguiu suas cicatrizes, hein? — Talvez fosse uma pergunta invasiva, mas Rubi queria fazê-la desde o dia em que conheceu o rebelde.

— Qual delas? — ele perguntou, certamente só para provocá-la. Rubi apontou para a marca no pescoço do garoto.

— O Wei me queimou sem querer quando a gente era criança.

— Sem querer?

— Ele não sabia que era um Herdeiro. — Deu de ombros.

Mas Herdeiros de Vaelay não existiam mais havia séculos.

— Do *fogo*?

O rebelde balançou os ombros mais uma vez e não respondeu. Talvez estivesse concentrado na cidade que surgia no horizonte, com casinhas empilhadas uma sobre a outra, e prédios se estendendo costa afora.

Rubi indicou o caminho até sua casa, e seu coração apertou com violência ao ver a mansão Takahashi.

Quis tanto voltar para aquela casa e agora sentia que estava diante de um túmulo.

Ela saiu do carro lentamente quando Estéfano estacionou, sentindo o cascalho da entrada arranhar suas botas. Fechou os olhos para respirar o vento salgado que vinha do mar. Parou um segundo para olhar o oceano de onde seus ancestrais tinham vindo. Quanta dor e quantas histórias tinham afundado ali? Era a primeira vez que se perguntava isso.

Rubi parou diante da escadaria e observou a porta imensa, entalhada com o dragão celeste azul, símbolo da família, comendo o próprio rabo.

Estéfano cruzou os braços e olhou em volta com um desconforto que parecia querer saltar pela pele.

— Que casona, hein, *princesa?* — ele resmungou baixinho.

— Não me chama disso.

— Certo. Você que manda. — Ele ergueu as mãos.

Ela respirou fundo, mas o ar parecia ter se tornado sólido, arranhando sua garganta com gosto de poeira e de algo morto há tempo demais, lembrava o gosto do templo em Aymora, mas muito pior. Rubi tocou a maçaneta de bronze e pensou que ela não abriria. Porém, a porta rangeu, revelando o hall imenso. Os móveis estavam cobertos com lençóis brancos e não havia nenhum tapete no chão ou quadros nas paredes.

Estéfano entrou logo atrás, abraçando o próprio corpo.

— Alguém mora aqui? — ele perguntou baixinho, olhando para tudo e para nada ao mesmo tempo.

— Fantasmas.

O olhar dele escorregou até o topo da escada. Ela ouviu um arrastar de pés lento, cansado, e olhou naquela direção também. Um vulto emergiu das sombras.

Rubi mal conseguiu reconhecer a mulher no primeiro instante, a governanta parecia ter envelhecido anos em dias. Seu rosto estava mais magro, fundo, os olhos inchados e vermelhos.

— Rubi… É você mesma? — A voz trêmula de dona Miharu quase não atravessou o vazio do salão. A senhora desceu devagar, com passos vacilantes, e abraçou Rubi como se tivesse medo que ela sumisse outra vez. — Eu achei que… achei que nunca mais ia te ver.

As palavras foram como agulhas espetando fundo em Rubi. Miharu costumava ser rígida e distante, mas, muitas vezes, tinha sido sua única companhia naquela casa imensa.

— Não vou sumir de novo, prometo. — A voz de Rubi soou vazia até para si mesma. Miharu se afastou devagar, segurando os ombros da garota. — Onde estão todos?

— Seu tio mandou embora todos os funcionários da casa, disse que ninguém voltaria para cá. Ele também afastou os diretores da empresa que eram mais próximos do seu pai e colocou gente dele no lugar. Até o Conselho está apoiando todas as suas decisões e… — Ela hesitou, olhando rapidamente para Estéfano.

— Tá tudo bem, ele está comigo. — Rubi fez um gesto displicente para o rebelde atrás dela.

— Dizem que estamos à beira da guerra, que Minéria é culpada pela morte do seu pai. Ele… foi encontrado do mesmo jeito que seu avô… com…

— Eu já sei, Miharu — interrompeu com certo cuidado, não queria parecer ríspida, mas também não precisava daqueles detalhes. Não os queria. — E o imperador?

— Ninguém o vê há semanas. Dizem que está doente. O povo está desolado. — Miharu parecia assustada de verdade. — Seu tio assumiu o Conselho dos Sete Clãs.

Aquilo não era bom. Hideo não era exatamente conhecido por sua gentileza. Na verdade, Rubi mal o conhecia, só sabia as lendas que envolviam seu nome, e não acreditava muito nelas.

Rubi se virou para pedir que a governanta cuidasse de seu hóspede, mas Miharu tocou seu braço com os dedos muito gelados.

— Senhorita… — Os olhos dela estavam opacos. — Há muita movimentação no porto por esses dias, as ruas estão estranhas. A guerra…

— O que tem no porto? — Estéfano deu dois passos para a frente. Sua figura alta e forte fez a governanta se afastar depressa.

— Estão chegando navios com cargas de Stashi.

— Tenho que olhar isso. — Estéfano se virou para sair.

— Eu vou com você.

Miharu segurou seu braço.

— Senhorita Rubi, as ruas…

— Não vou ficar escondida dentro dessa casa enquanto o mundo desmorona lá fora. — Ela saiu atrás de Estéfano.

Porto Takahashi estava diferente. Mais silenciosa, mais fria e mais vazia. As pessoas pareciam ter se escondido em casa e, quando chegaram ao porto, Rubi entendeu o motivo. O cheiro salgado do mar estava impregnado de óleo e metal. Seu estômago revirou ao avistar as enormes embarcações ancoradas, vomitando soldados mecânicos que marchavam como formigas, obedientes e silenciosos, formando filas intermináveis sob o céu nublado.

Ela engoliu em seco, sentindo a bile queimar na garganta.

— Isso é ruim, não é? — Estéfano murmurou, a mão discretamente próxima da arma no quadril.

— A frota está pronta, *príncipe*. — A ironia escorreu pela voz dela. — Ruim é pouco. Isso é provavelmente... caramba, eu nem sei.

Estéfano pegou o rádio portátil e o apertou.

— Melhor avisar a May. — Os olhos dele estavam fixos nos soldados mecânicos que desciam, enfileirados, dos navios. Eram *milhares* deles. — Ela precisa saber que estamos fodidos.

CAPÍTULO 48

# May

A mesa diante de May Song estava coberta com mapas amarelados e desgastados nas bordas, marcados por alfinetes coloridos que sinalizavam as regiões mais vulneráveis da fronteira entre Körin e Minéria. O exército estava se movendo rápido demais, seria um massacre.

Ela respirou o cheiro de metal e deixou o silêncio vir… por uns dois míseros segundos.

Porque a escuridão sempre alcançava a luz.

A temperatura do gabinete despencou tão de repente que parecia haver uma fenda aberta para as montanhas do norte. May quase reclamou, mas se conteve. Não queria dar aquele gostinho a Vaelith, não queria que ele vencesse nada.

— Quanto tempo, minha irmã. — A voz sussurrante nasceu das sombras atrás dela. — Senti sua falta.

Ela não virou o rosto imediatamente. Precisava de alguns segundos para controlar a língua e não mandar o deus das Sombras ir para um dos Sete Infernos. Quando girou o corpo, encontrou os olhos cor de violeta brilhando no rosto pálido que ela conhecia há tanto tempo, mas parecia estar vendo pela primeira vez.

— Você é muito cara de pau mesmo. — Encostou as palmas na beirada da mesa e apertou o tampo. Sua vontade era espetar aquelas tachinhas bem nos olhos do irmão. — Desde quando você sabe quem eu sou?

Ele inclinou a cabeça, fazia tempo que May não o via tão humano. Tinha algo diferente nele, mas ela estava chateada demais para se importar.

— May…

— Não tente se fazer de sonso, Vaelith. Não combina com você. — Ela deu um tapinha no mapa e observou os alfinetes tremerem. — Desde quando?

— Eu sempre soube. Acompanhei você vagar por décadas. Vigiei seus sonhos, te protegi como pude. Vi quando você se tornou May Song, e fiquei aliviado de ver que, apesar de tudo, seu espírito não tinha sido quebrado. Você continuava sendo a mesma rebelde de sempre, a mesma…

— Tá bom, quanto sentimento! — Não estava com paciência para os joguinhos de Vaelith. Não se lembrava tanto quanto gostaria do passado, mas o deus das Sombras era conhecido por gostar de brincar com as pessoas.

— Você não lembra de tudo, não é? — Ele avançou um passo, e as sombras o acompanharam, dançando atrás dele.

— Se você tivesse me contado, pouparia o trabalho que tive de encontrar Aymora…

— Eu precisava que você se lembrasse por conta própria. Era importante.

— Importante pra quem? Pra você?

Ele ergueu o queixo.

— Eu precisava proteger você.

— Proteger, é? Pelos Sete Infernos, Vaelith, você me manipulou e me aterrorizou por anos.

— Você precisava *lembrar*. Se eu te contasse, não adiantaria. Seus poderes nunca voltariam. Eu salvaria sua tripulação de qualquer jeito, mas vi a oportunidade de te ajudar a conseguir a pedra. Sei que meus métodos são questionáveis…

— Você não calculou que aquele colar maldito poderia ter me matado?

— Ou poderia *salvar* você.

— Você só quer essa merda de pedra pra si mesmo, porque é a única coisa forte o bastante pra te libertar desse maldito Mundo das Sombras.

Ela fechou os punhos e respirou, tentando não tremer.

— Você *realmente* não se lembra. — A voz fria sumiu no ar. Vaelith parecia desolado.

— A pedra que achei era falsa.

As sombras ao redor de Vaelith se encolheram.

— Então os boatos que ouvi nos sonhos eram reais — ele murmurou. — Hideo Takahashi pegou o Colar do Éter.

— E muito provavelmente o entregou para Wata…

— Não. Se estivesse com Wata o mundo inteiro saberia. Está em outro lugar, com outra pessoa. Ouvi sussurros, muitos anos atrás, nos sonhos de uma mulher doente. Pensei que ela estivesse louca.

Mesmo curiosa, May continuava reticente em acreditar no irmão. A verdade era que suas memórias ainda estavam confusas, sentimentos se sobrepunham. Tinha raiva de Vaelith por algo que não lembrava e pelas mentiras de agora, mas também havia algo profundo e doce. Uma conexão que ela estava disposta a ignorar. Só podia confiar no que via, não em memórias fragmentadas e sentimentos confusos. E o que estava na sua frente era um deus mentiroso.

— Não confio mais em você. Não vou te ajudar.

— Escuta. — Ele ergueu as mãos, como quem tenta aplacar um animal assustado. — A pedra tem o *seu* poder, ela te pertence. Com ela, você pode recuperar parte do seu Éter. Talvez até se torne imortal de novo.

— Não quero nada disso.

— Por favor, Lay! — Vaelith segurou seu braço, e uma memória fincou em seu cérebro como uma espada. — Pela garota!

— Que garota?

— Você precisa se lembrar. O mundo precisa de você. *Eu* preciso de você.

A cabeça dela ia explodir, as lembranças vieram como enxurrada, inundando tudo o que a cercava. May tentava se manter na superfície, e não conseguia. Doía demais, como nenhuma outra memória tinha doído antes.

— Não. — A voz falhou e ela se odiou por isso. — Vai embora.

Vaelith abriu a boca para retrucar, mas ela não deixou:

— Chega! — Bateu a mão na lateral da mesa, e um dos mapas escorreu para o chão, ondulando como uma folha caindo de uma árvore. — Não quero mais ouvir nada, volta para a sua escuridão e me deixa em paz.

— Lay…

— Vai embora, Vae.

O apelido agarrou na garganta. Seus olhos já não conseguiam focar no rosto do irmão.

As sombras dele estremeceram, como um mar que se revolta com a lua errada. Vaelith cerrou os lábios, talvez juntando coragem para algum argumento final, mas desistiu. Em vez disso, deu um passo para trás, e uma penumbra cinzenta escalou seu corpo, engolindo-o devagar.

— Um dia você vai entender tudo — sussurrou, antes de desaparecer. — Eu estava tentando salvar todos nós.

E então ele se foi, bem no segundo que a escuridão caiu sobre ela.

O mundo ficou gelado e branco. Tinha neve em todos os lugares. O dragão de gelo estava caído, enegrecido, sobre o lago congelado, sangue preto cobrindo a brancura no chão.

Alguém gritava. Uma dor que Vaelay conhecia muito bem.

Ela viu os olhos azuis de Wata perderem o foco. A deusa, ajoelhada perto do guardião caído, apertava o próprio peito.

Vaelay pensou que Wata a mataria, e perderia feliz sabendo que tirou dela o que ela tinha de mais precioso.

— Você. — A deusa apontou o indicador e Vaelay fechou os olhos. — Você nunca vai vencer.

O chão tremeu. A princípio, Vaelay imaginou que o lago estava se quebrando, mas logo percebeu que o tremor era mais profundo. Wata apertava o chão abaixo delas, como quem tenta fazer um coração voltar a bater.

— O que… — A deusa da Chama tentou se levantar, mas o terremoto a derrubou. As montanhas atrás de Wata cuspiram uma fumaça preta. — O que você está fazendo?

— Estou acordando o oceano sob a terra.

— Você enlouqueceu?

A deusa da Água riu.

— Ninguém vai vencer.

— Para com isso, Wata! — Vaelay se levantou e correu, mas o chão se abriu sob seus pés. O lago se rompeu.

O mundo tinha se quebrado.

Vaelay sentiu quando a terra cuspiu fogo, sentiu quando o fogo engoliu cidades inteiras. Não podia controlá-lo, a guerra a tinha enfraquecido demais. Não podia salvar seu povo, nem proteger ninguém.

Tinha falhado.

Wata levou seu povo para os vales gelados do extremo norte, protegendo-os certamente com algum tipo de magia proibida que Vaelay nunca tinha conhecido.

Zora sacrificou o próprio guardião para retirar quem pôde da ilha que afundava, depois foi se aninhar sob as asas da deusa da Água.

Já Vaelay viu seu povo definhar de fome. Os rios secaram, as plantas morreram, e uma fumaça preta cobriu o céu por décadas. Vaelith quase desapareceu tentando dissipar a escuridão que os vulcões cuspiam. Eles já não tinham forças para lutar contra a revolta do mundo que eles mesmos tinham criado.

Não, não queria lembrar de mais nada.

Não conseguia.

As lembranças estavam erradas, desencaixadas. Não podia confiar nelas.

— May? — Sabrina estava ajoelhada diante dela, segurando seu rosto com as duas mãos. Os olhos azuis estavam arregalados e opacos, e os cabelos vermelhos caíam rebeldes sobre seus ombros.

Os sentidos de May voltaram em ondas. Antes que sua mente pudesse duvidar, antes que a razão gritasse para que ela pensasse duas vezes, May se inclinou e deixou que seus lábios tocassem os de Sabrina.

Durou apenas um instante. Quente e impulsivo. Então, Sabrina a afastou.

— May? — O olhar da piloto deslizou até o colar. — Você estava presa em alguma visão, não estava?

— Tá tudo bem, Brina.

Ela não parecia convencida.

— Você precisa tirar isso agora. — Segurou o colar pela corrente, e não se abalou em nada com a quentura do metal.

May inclinou a cabeça e sorriu.

— Eu tiro se você me beijar.

Sabrina revirou os olhos.

— Você não presta.

— Eu nunca disse que prestava.

Os olhares delas se prenderam por tempo demais. Tempo o bastante para que Sabrina suspirasse e se aproximasse devagar. May sentiu o calor do corpo dela, o cheiro de fumaça e couro que sempre vinha junto. Sabrina tocou a pele da clavícula de May com a ponta dos dedos e, então, puxou o colar devagar.

— Não usa isso mais, está bem? — disse baixinho.

Os dedos de May escorregaram para a nuca de sua piloto, puxando-a para mais perto.

Alguém entrou pela porta, quebrando o momento.

— May — Wei chamou. — O Estéfano ligou. Temos um problemão.

— Quando é que a gente não tem, Wei? — Ela se sentou na cadeira, se permitindo respirar ao menos um pouquinho. — Quando foi que May Song teve um dia de paz? — Riu, não por humor, mas por saber que estava sendo literal. A guerra sempre procurava por ela. — O que nós temos que destruir?

CAPÍTULO 49

# Linn

Os lençóis pretos roçavam na pele de Linn, frios e escorregadios como a água de um rio à noite. Ela não conseguia se acostumar com a maciez daquele tecido estranho. Ao contrário dela, Álvaro parecia ter se adaptado depressa àquele mundo. Ele observava a janela imensa, aberta para um deserto que não existia realmente, o céu salpicado de estrelas de mais para qualquer noite comum.

Ambos vestiam robes escuros, leves como sombras, com detalhes prateados e cor de violeta, exatamente como aqueles que Vaelith gostava de usar. Linn ainda não tinha decidido se aquilo era um bom sinal ou um ruim. Esfregou o rosto cansado.

— Descansa um pouco mais. — Álvaro murmurou, os lábios bem próximos de sua orelha.

— Se eu descansar mais, corro o risco de nunca mais sair dessa cama. — Os olhos dela caíram até a abertura no robe que revelava parte do peito escurecido de Álvaro. Ele puxou o queixo dela para cima, apertando os lábios numa linha fina.

A porta ao fundo deslizou para o lado, suave como uma brisa leve, e Vaelith entrou. Linn ergueu uma sobrancelha ao notar que havia algo diferente nele. Era estranho vê-lo assim, com os olhos apagados. Não pareciam mais as ametistas brilhantes de sempre. Aquela imagem cansada, quase derrotada, não combinava com o deus sombrio e arrogante que ela estava acostumada a enfrentar em seus sonhos.

— Como vocês estão? — A voz dele, num tom rouco e baixo, fez a pele dela arrepiar. Ignorou aquele desejo, o afundando ainda mais dentro do peito.

— Me diga como salvar o Álvaro. — Linn se levantou num pulo, ficando de pé na frente dele. Pensou que ele recuaria, mas o deus nem se mexeu. — O que eu tenho que fazer?

Os olhos dele a encararam.

— Primeiro, preciso saber se você está pronta para tudo.

— Estou.

Vaelith abriu um sorriso pequeno.

— Ah, Linda... Não é tão simples assim.

— Me diga o que fazer — ela insistiu.

— Primeiro, vamos fazer um teste. Preciso saber até onde você é capaz de ir. — Vaelith sorriu e se aproximou dela. — Se trata de um jogo cujo único objetivo é fazer o outro desistir de jogar.

— Que jogo? — Álvaro segurou o pulso de Linn com as mãos geladas.

Vaelith lançou um olhar rápido para ele, antes de se voltar novamente para Linn. Havia uma suavidade incomum na forma como ele a encarava agora.

— Não tem regras, é só fazer o outro dizer que não vai jogar mais. Posso começar? — Ergueu lentamente a mão na direção dela.

— Pode.

Ele tocou sua têmpora com delicadeza, quase carinhosamente, e o mundo ao redor dela desapareceu. Ela estava no Vale das Pedras, e a poeira densa do minério recém-extraído sufocava o ar. Reconhecia cada detalhe: as casinhas frágeis de madeira e pedra, a lama grossa grudada nas botas das pessoas que corriam de um lado para outro, o cheiro de terra molhada misturado ao suor. Era o cheiro da sua infância, mas também era o cheiro do medo.

Uma sirene aguda agrediu o ar. Aquele som ecoava frequentemente em seus pesadelos, anunciando a desgraça.

— Não — Linn falou baixinho, enquanto a vila parecia se fechar ao redor dela, apertando seu peito como uma mão fria.

Ela conhecia aquele dia. Tinha dez anos, talvez menos. Via tudo de longe, do alto de uma pedra, mas sabia que a distância não a protegeria.

O chão tremeu, gritos surgiram das casas e das ruas lamacentas, sendo cobertos pelo som estridente da sirene. As casas balançaram. Um frio cortante se alastrou pelos seus ossos quando ela viu uma das minas principais colapsar com um estrondo ensurdecedor, a montanha implodindo, a própria terra reclamou.

Ela tentou desviar o olhar da poeira escura, mas não conseguiu. Foi obrigada a ver tudo outra vez, obrigada a testemunhar os corpos sendo puxados, sem vida, da lama. Amigos, vizinhos, rostos familiares agora irreconhecíveis pela poeira e pelo sangue. Seu pai, com o rosto coberto de fuligem, gritava algo que Linn não podia ouvir, os olhos cheios de lágrimas, segurando o corpo de alguém pequeno demais para ter ido tão cedo.

Linn sentiu o coração sendo esmagado novamente. Ela gritou sem voz, tentou correr sem sair do lugar, tentou acordar daquele pesadelo horrível. Mas estava presa, sufocada naquela memória que Vaelith trouxera à superfície.

— Chega! — Sua voz escapou, rouca e quebrada. — Você não vai me fazer desistir com isso.

A visão sumiu, a cuspindo de volta ao quarto. Estava ofegante, o corpo tremendo, lágrimas queimando no rosto.

Vaelith observava com olhos que pareciam doloridos também. Ele tirou a mão da têmpora dela.

— Sinto muito. Mas é assim que o jogo funciona. Você precisa estar pronta para ser cruel se quiser vencer.

Ela ergueu o olhar, não precisava de explicações. Já tinha aceitado.

— Eu sei. — Linn esfregou as mãos. Precisava devolver o golpe, mas não tinha ideia de como fazer isso. — É meio injusto não conseguir fazer o mesmo que você.

Vaelith sorriu e se aproximou devagar. Sua mão fria tocou delicadamente o rosto dela, os dedos deslizando até repousar sobre sua têmpora.

— Mas você consegue — disse tão próximo que sua respiração roçou a pele dela como um vento morno. — Você só precisa deixar que eu te ensine.

— Eu… — Ela deu um passo para trás.

— Você é uma Herdeira dos Sonhos, Linda. Pode entrar onde quiser.

— Eu sou?

As sombras a envolveram, guiando-a para dentro da mente dele. No início, tudo era uma escuridão absoluta. Uma imensidão vazia que parecia não ter começo nem fim. Linn caminhou devagar, pés descalços tocando uma superfície fria, lisa como vidro. Será que era assim que Vaelith se sentia o tempo todo? Era horrível.

Avançando mais um pouco, o encontrou encolhido num canto, quase não pôde distingui-lo das sombras. Ele abraçava os próprios joelhos, cabeça baixa, cabelos pretos cobrindo parte do rosto. Não havia majestade, não havia arrogância, apenas solidão.

Ela podia parar ali, podia simplesmente voltar. Mas algo dentro de si a instigou a seguir em frente, a mergulhar ainda mais fundo, a descobrir o que mais se escondia nas memórias dele.

Dor, muita dor.

Um oceano quente diante de um abismo. Qualquer escorregão e ela cairia nele.

Buscou, naquela escuridão toda, alguma coisa que pudesse usar. Primeiro viu um grão de areia, piscando avermelhado sobre o chão escuro. Parecia uma estrela solitária no céu. Então o cenário inteiro mudou. A areia dourada brilhava suavemente sob os pés de duas crianças que corriam descalças, rindo alto. Linn reconheceu os cabelos pretos de Vaelith, que corria atrás da irmã com um sorriso luminoso, os olhos tinham aquele tom ametista que ela amava. Ela quase hesitou ao ver o pequeno Vaelith gargalhando com os bracinhos abertos. Aquele momento era puro demais para ser tocado, inocente demais para ser manchado com dor. Mas o jogo era assim, não era? Sem piedade.

Apertou os dedos, sentindo uma dor estranha no peito. Num piscar de olhos, o céu escureceu, uma tempestade de areia violenta substituiu os risos por um choro doído. Vaelay tropeçou, caiu, desapareceu na areia. Vaelith tentou alcançá-la, estendendo as mãozinhas pequenas e frágeis, mas a irmã já havia sumido.

A tempestade cessou, revelando apenas o deus criança de joelhos na areia, chorando baixinho, sozinho em meio ao deserto agora frio e vazio.

Linn abriu os olhos devagar, retornando para o presente. Seu coração acelerado esperava algum sinal de fragilidade em Vaelith, mas o deus a encarava com uma expressão neutra, talvez um tanto distante.

— Você se esforçou, parabéns — ele disse. — Mas já estou acostumado a perder a minha irmã. É difícil que qualquer tragédia me abale.

Linn quis retrucar, irritada com aquela frieza fingida. Vaelith tocou sua testa com a ponta dos dedos, tão rápido e firme que ela mal pôde reagir.

O mundo ao redor dela mudou mais uma vez. Mas agora não era passado nem memória, e sim um futuro viscoso e sufocante. Lama cobria seus pés, fria e fétida. Ela estava numa trincheira profunda, úmida e cheia de soldados mortos ao seu redor. O ar tinha cheiro de sangue e pólvora. Álvaro respirava com dificuldade ao seu lado, segurando um rifle desgastado contra o peito.

— Nós não vamos conseguir — ele disse num sussurro fraco.

Ela sentiu um nó doloroso na garganta. Uma dor dilacerante atingiu seu peito ao olhar para ele. Álvaro estava coberto de sujeira, ferido e exausto. À frente deles, um exército interminável de soldados mecânicos körinenses esmagava tudo no caminho, terra, pedra e ossos.

Ele olhou para ela, seus olhos, antes verdes, estavam muito escuros, como a pedra em sua aliança.

— Vou proteger você até o fim. — Álvaro tocou o rosto dela com a ponta dos dedos, e se levantou com certa dificuldade.

O desespero a invadiu, suas pernas fraquejando com a ideia de vê-lo morrer mais uma vez. Quase abriu a boca para desistir do jogo, mas algo dentro dela resistiu. Aquilo não era real. Não podia ser.

Seu futuro seria outro. Seria bonito e tranquilo.

Respirou fundo, sentindo a lama fria engolindo seus pés.

— Nós vamos viver ou morrer juntos, Alvy. — As palavras quase rasgaram sua garganta. — Não existe outra opção.

Álvaro olhou para ela e o amor desesperado e resiliente em seus olhos era tudo o que ela precisava para seguir em frente. Juntos, se levantaram contra a derrota, prontos para lutar até o último suspiro.

Quando a visão se desfez, Linn estava novamente no quarto, respirando ofegante, lágrimas queimando seus olhos. Vaelith a encarava com uma expressão estranha, olhos cor de violeta brilhando com uma emoção que ela não conseguia decifrar.

— Posso ver Álvaro morrer mil vezes num sonho — Linn disse. — Mas nunca vou desistir de salvá-lo na vida real. Nunca.

Vaelith recuou um passo, a postura finalmente vacilando. Aquela pequena demonstração de vulnerabilidade foi tudo o que Linn precisou para apertá-lo onde doía.

Era a vez dela de jogar.

Linn fechou os olhos e mergulhou naquela escuridão que já se tornara familiar. Não sentiu medo ou dúvida, apenas uma certeza calma e silenciosa. Sabia onde encontraria Vaelith.

Ele estava lá, como antes: um vulto pequeno e frágil abraçando os próprios joelhos em um canto escuro, sem janelas, sem portas, sem céu estrelado ou areia quente para acolhê-lo. Apenas sombras.

— Então é assim que você fica de verdade? — Deu dois passos cuidadosos até ele. — Nada de tronos e palácios?

Vaelith ergueu o rosto, seus olhos brilhavam molhados e quase humanos.

— Manter aquele mundo exige muito Éter — ele respondeu com uma voz baixa, quase partida ao meio. — Não tenho mais tanto poder assim.

O coração dela apertou ao ouvi-lo admitir aquilo. Sem dizer nada, se sentou ao seu lado, sentindo o frio das sombras embaixo de si, até mesmo o ar ali parecia mais triste. Com cuidado, estendeu uma das mãos e a pousou sobre a dele, sentindo a pele fria de Vaelith se aquecer lentamente sob o seu toque.

— Você não precisa mais gastar o que não tem comigo — disse baixinho, deixando a sinceridade escapar de seus lábios em forma de palavras suaves e quase inaudíveis.

Linn viu os lábios dele se entreabrirem, molhados, chamando por ela. É claro que atenderia. Ela o beijou bem devagar. As sombras foram se afastando. Primeiro veio uma luz tênue, dourada e quente como um amanhecer tranquilo. Linn olhou em volta e viu que as paredes pretas do cômodo foram se transformando devagarzinho nas do quarto em que estavam antes, o céu lá fora, em tons suaves de violeta e rosa, indicava que o nascer do sol estava próximo.

Álvaro os observava sentado na ponta da cama, a cabeça meio tombada para o lado. Os olhos entendendo tudo. Ele sabia, sem que ela precisasse dizer, e aquilo a tranquilizava.

— Vem. — Linn se levantou e puxou Vaelith pela mão, então o beijou de novo para que ele tivesse certeza.

Ela queria *os dois*.

Esticou a mão esquerda na direção de Álvaro, esperando que entendesse o recado. Ela afastou o deus das Sombras um pouquinho para poder olhar para ele. O brilho ametista tinha voltado, e queimava voraz. Álvaro se aproximou deles, tocando o ombro de Vaelith e, com uma naturalidade surpreendente, também o beijou.

Linn os observou com o coração acelerado, sabendo o que queria, *como* queria. Não conseguiu controlar o impulso de beijar o pescoço do deus das Sombras, que agarrou a parte de trás de sua cabeça.

Ela sorriu e se sentou na cama, desamarrando o robe e revelando parte de seus seios e barriga. Vae a viu primeiro e abriu a boca, já Álvaro apenas deu um sorriso de canto, segurando a mão que Linn oferecia e se sentando ao lado dela, abrindo um pouco o próprio robe.

Linn ergueu o rosto lentamente, olhando Vaelith nos olhos.

— E então, Vae… — sussurrou, um sorriso provocador nos lábios. — Quer continuar jogando o seu jogo ou quer ficar aqui com a gente?

Vaelith a encarou, os olhos úmidos brilhando de uma maneira completamente diferente agora, mais suave, mais vulnerável e muito mais real.

— Eu desisto. — Ele ajoelhou aos pés dela, se encaixando entre suas pernas. — Você venceu, Linda.

Ela sorriu satisfeita, acariciando os cabelos escuros do deus das Sombras. Sim, tinha vencido, mas não queria parar. Deixou que ele beijasse sua barriga, depois se encurvasse para lamber e chupar a região entre suas pernas. Vaelith gemeu quando a língua tocou a carne dela, apertando suas coxas com as duas mãos.

Álvaro olhou no fundo de seus olhos, alternando entre beijar seu pescoço e mordiscar sua orelha. Uma das mãos tocando seus seios; a outra, firmando suas costas. Ela o puxou para um beijo gelado, porque precisava senti-lo, precisava tocá-lo também. Pousou a mão direita no pescoço de Álvaro, a esquerda emaranhou nos cabelos de Vaelith, guiando os dois no ritmo que ela determinava.

Desejava-os tanto que a primeira onda de prazer veio depressa, escurecendo sua visão e a fazendo perder o controle.

Tinha um deus ajoelhado aos seus pés, mas ainda não estava satisfeita.

Queria senti-lo dentro dela. Desejava aquilo há muito tempo, desde os primeiros sonhos que ele atormentou.

Colocou o polegar sobre os lábios de Vaelith, os olhos pegando fogo. Então se ajeitou na cama, o convidando para subir ali também. Os olhos dele brilharam feito estrelas quando caíram sobre o robe aberto de Álvaro, e desceram devagar. Linn soltou uma risada alta ao vê-lo morder o lábio inferior.

Ela se levantou, indo de joelhos até onde Vae estava, para sussurrar no ouvido dele:

— Eu te entendo, ele é gostoso demais.

— Você não presta, Linda.

— E é por isso que você me ama. — Mordeu o queixo dele, e sentiu o próprio gosto na ponta de sua língua quando o beijou.

— Sim — ele disse ao se afastar, a voz tão grave que a fez estremecer. — É por isso que eu te amo.

Linn não esperava uma declaração tão séria e tão profunda, e aquilo a abalou. Como fazia sempre, buscou as mãos de Álvaro, e encontrou o peito dele perto de suas costas. Ele passou os braços em volta dela e a abraçou.

— Esse deus disse que me ama, Alvy. — Inclinou um pouco a cabeça para trás.

— Ah, é? — Álvaro esticou uma das mãos, agarrando Vaelith pelo robe e o puxando para mais perto. — Então vem aqui provar.

Vaelith cambaleou para a frente e sua boca voltou a procurar a de Linn, com mais intensidade, depois buscou a de Álvaro. Ela os observou como quem vê a pintura de um deserto sob a luz da lua, pinceladas em amarelo e preto. Eles eram tão lindos juntos.

Álvaro endureceu contra sua bunda. Ela o apertou, se esfregando nele, porque não conseguia pensar em fazer nada além disso. As mãos dele buscaram seus mamilos, que apertaram no mesmo ritmo do beijo que ele compartilhava com Vaelith.

Linn não conseguia pensar em mais nada, só neles. Em senti-los mais perto, dentro, em todas as partes de seu corpo. Queria-os completamente, não se contentaria com pedaços.

Vaelith veio beijá-la, deixando os dentes de Álvaro livres para morder seu pescoço, depois sua orelha, os dedos ainda apertando seus mamilos. Ela se esfregou mais contra o corpo dele, que gemeu descontrolado.

— Pelos Sete Infernos — Álvaro murmurou, rouco, arrancando uma risada do deus das Sombras, que se afastou para olhar os dois.

— Você vai deixá-lo louco, Linda.

— Esse é o plano.

Álvaro tirou uma das mãos dos seios de Linn e puxou a cabeça de Vaelith pelo pescoço. Os lábios gelados do deus das Sombras incendiaram o corpo de Linn, a fazendo arquear as costas. Devagar, os dedos de Vaelith encontraram a carne entre suas pernas, acordando um gemido rouco de dentro dela.

— Vae... — Ela o sentiu pressionar e escorregar naquela parte ultrassensível de seu corpo. Mas aquilo ainda era pouco.

Num movimento rápido, espalmou o peito do Vaelith para afastá-lo, então sussurrou no ouvido de Álvaro:

— Quer foder um deus?

— Linda... — Vae disse, mas seus olhos brilharam como duas estrelas.

Ela o ignorou, o encarando daquele jeito maldito. Os lábios ainda roçando a orelha de Álvaro.

— Porque eu quero dar pra um.

Álvaro entendeu o recado e se levantou, obediente, enquanto Linn puxava o deus das sombras para se deitar sobre ela.

— Diga que você não quer e nós paramos — falou para Vaelith, que respondeu beijando seu pescoço, depois o vão entre seus seios.

— Não parem.

O peso de Vaelith a apertou contra o colchão. Ele era como um céu muito preto, como todas as fases da lua, indo, mas sempre voltando. Ele era a escuridão que ela amava, passos no escuro de uma mina, trazendo boas e péssimas notícias. Ela não fechou os olhos quando ele entrou, queria olhar para ele, queria ver seus olhos cor de violeta, seu rosto muito bonito. Queria que ele a visse também, que soubesse que ela o amava.

Vaelith tocou seu rosto com os dedos longos, e ela sentiu o próprio cheiro neles.

— Ah, Linda...

Ela se mexeu debaixo dele, apertando, soltando, o deixando escapar só para puxá-lo de volta.

As pernas dos três se entrelaçaram, buscando espaço e firmeza. Linn viu quando Álvaro segurou o deus das sombras pela cintura e puxou o corpo dele para si. Vaelith gemeu e respirou errado, perdendo o ritmo. Eles precisaram recomeçar devagar até sincronizarem. Mas, quando sincronizaram, foi como os mundos girando em torno do sol. Frios e quentes, eternos e efêmeros, puxados e empurrados pela mesma gravidade.

As sombras de Vaelith tocaram sua pele, bem naquela região que liberava choques agudos por todo o corpo, e ela não segurou o grito. Não tinha por que esconder nada, a escuridão já a conhecia bem demais.

Quando o sol dentro dela expandiu, crescendo devagar e engolindo tudo pouco a pouco, foi uma dor nova. Linn sentiu a própria pele esticar, os músculos endureceram, os ossos imploraram. Ela explodiu, sim, iluminando o céu noturno por um segundo.

Então as sombras voltaram, ferozes.

Ela estava em casa.

CAPÍTULO 50

# Hideo

Hideo Takahashi não conseguia acreditar no que ouvia. Sua vontade era despachar o capanga de seu escritório, mas precisava entender como aquele desastre tinha acontecido. Como Rubi ainda não estava em suas mãos?

— O que você e aqueles inúteis em Porto Takahashi estavam fazendo esse tempo todo? — perguntou, controlando a voz apenas o suficiente para não explodir. — Ordenei que procurassem em cada canto, em cada buraco, e me trouxessem o corpo dela, vivo ou morto. Como uma garota frágil e mimada como Rubi conseguiu retornar de Minéria?

— Ela foi vista chegando com um rebelde, um dos homens de May Song…

Hideo ergueu a mão num gesto brusco, silenciando-o. Aquela garota tinha muito de Hiro: irritante, teimosa, sempre reaparecendo nos piores momentos. Mas acabaria como Hiro, sendo comida por dentro.

— Vá atrás dela e a traga pra mim imediatamente — ordenou. — E eu quero ela *viva* dessa vez. Não me traga um cadáver, entendeu? Não seria nada bom matá-la em Körin.

— Sim, senhor.

Assim que o capanga saiu, o telefone sobre a mesa tocou, um som agudo e irritante que perfurou seus tímpanos. Hideo atendeu com um gesto violento.

— Que é?

— Takahashi — uma voz mecânica e gelada respondeu do outro lado. — Sua presença é solicitada nas montanhas do Norte.

*Pelos Sete Infernos*, aquela desgraçada não podia deixá-lo em paz ao menos por um dia? Não havia como negar o chamado de Wata ou ela suspeitaria dele, e isso não podia acontecer. O único jeito de vencê-la era com um golpe bem dado nas costas.

— Estou a caminho.

Desligou sem esperar resposta e voltou sua atenção para o quadro enorme na parede do outro lado. Na pintura, Wata e Zora guiavam uma caravela pelo mar. O olhar da deusa da Água caía diretamente sobre quem olhava.

*Seu reinado vai acabar.*

Hideo removeu o quadro, revelando um cofre embutido. Ele digitou a senha e removeu o anel do indicador, a pedra vermelha quase reclamou, então o guardou dentro de um pequeno altar, ao lado da pedra falsa da Terra.

Ele vestiu seu uniforme e, sem avisar a ninguém, voou para as montanhas geladas no extremo norte de Körin, sentindo o frio penetrar seus ossos apesar do casaco pesado.

Pousou horas depois no castelo de gelo de Wata, onde a neve caía como poeira branca e fina, grudando em seus cabelos escuros e em seus cílios. O vento cortante mordia sua pele, trazendo um aviso de que algo perigoso o aguardava.

Encontrou Wata em seu jardim, cercado por gelo e pelas silhuetas das montanhas cobertas pela noite. A deusa estava tranquila demais, o que o deixou instantaneamente desconfiado. Ela tinha olhos sempre profundos, como poços congelados, mas hoje havia algo diferente neles. Algo afiado e mortal.

— A senhora me chamou? — disse, a voz seca, mas respeitosa o suficiente. — Eu estava ocupado tentando descobrir como Naki descobriu Aymora…

— Isso não importa agora. — A voz da deusa era doce e fria. — Prepare o ataque, não vamos esperar mais.

Hideo a encarou, intrigado. Aquilo já estava encaminhado, não precisava chamá-lo até ali para mandar que ele fizesse o que já estava fazendo.

— Certo. Todas as tropas estarão a postos muito em breve. Mas certamente Naki já espera um ataque…

Wata desviou o olhar, encarando as montanhas ao longe. Ele viu algo quase como desprezo em seus olhos.

— Não se preocupe com isso, Naki não tem força suficiente para parar o exército de Körin. A falha ridícula em invadir Aymora só me provou isso. Não posso mais esperar que ela destrua Tacruk, terei que fazer isso eu mesma. Depois que eu esmagá-la feito uma formiguinha.

Hideo tentou esconder um sorriso de satisfação. Aquilo era o que ele queria ouvir. Se os deuses se destruíssem, no fim, só sobraria um. Um era muito mais fácil de vencer.

— Você quer que eu esmague Minéria, então?

— Quero que você faça o que deveria ter sido feito décadas atrás. Quero que destrua toda e qualquer resistência. Se for preciso, mate cada mineriano até que Naki caia de joelhos aos meus pés ou que Tacruk, em carne e pedras, volte de sua ilhazinha no céu.

Hideo assentiu, pronto para ir embora.

— Farei isso imediatamente.

A deusa o encarou, seus olhos cintilando.

— Mas não te chamei aqui apenas para isso. Tenho um pedido para te fazer.

— O que a senhora quiser. — Abaixou a cabeça, sempre servil.

— Deixe sua sobrinha para mim. — Ela abriu um sorriso maldito. — Quero cuidar pessoalmente de Rubi e da Pedra do Éter. Você tem apenas uma tarefa agora: a guerra.

O frio do norte invadiu seus pulmões. Se Wata colocasse as mãos em Rubi, descobriria a verdade. Descobriria a mentira que Hideo tinha contado durante todos aqueles anos. Tinha que encontrá-la primeiro.

Não podia deixar apreensão nenhuma aparecer em seu rosto, então abaixou o tronco num cumprimento respeitoso.

— Sim, senhora. Marcharemos em breve.

— Esmague-os, Hideo. Sem piedade.

— Será um prazer.

CAPÍTULO 51

# Céu

Céu piscou diversas vezes para adaptar os olhos àquela claridade miserável, e viu um corredor estreito, iluminado por tochas que zombavam dela. Ela tentou ficar em pé, porém as correntes em seus tornozelos a impediram. Soldados minerianos a empurraram adiante, e ela viu o que a aguardava: um portão grosso de ferro, encravado na rocha crua, que rangeu de forma aguda quando foi aberto.

O cheiro de suor velho e sangue endurecido a golpeou como uma pancada. As celas se estendiam em fila, recortadas dentro da pedra. Não era uma prisão para Herdeiros de Tacruk. A sensação era de que alguém tinha enfiado uma faca na própria montanha e, no corte, encaixado aquelas jaulas.

— Coloquem a traidora na Cela 4 — uma voz de timbre frio e autoritário ordenou.

O Coronel Araúna estava ainda mais alto do que ela lembrava, os olhos castanho-esverdeados cravados como lanças na direção dela.

— Interessante. — Ele a encarou. — Então a gente se encontrou de novo, capitã Steinbachi. Eu sabia que aconteceria.

Um gosto amargo queimou sua língua. Céu não disse nada. Só desejou ter forças para cuspir na cara dele, mas se conteve.

Dois soldados empurraram a porta gradeada, jogando-a lá dentro. Ela caiu de joelhos contra o chão de pedra. A tranca se fechou com um estrondo que a fez cerrar os dentes de raiva. Os guardas se afastaram, deixando Araúna a encarando, os braços cruzados na frente do peito cheio com as medalhas que ele tinha ganhado por matar crianças e inocentes.

Ela tateou as algemas, a pele em seus pulsos já escoriada, sangue escorrendo em filetes finos.

— Acusada de deserção e traição — Araúna enumerou. — Colaborou com rebeldes, escondeu uma körinense. E, claro, é uma herdeira de Tacruk.

Ele disse essa última parte como se fosse um crime pior que assassinato. Céu continuou em silêncio.

— Você sabia que só precisa de um desses crimes para a pena de morte, não sabia?

— Estou surpresa por não terem me matado no caminho — ela conseguiu dizer, a voz cansada, mas com um fiapo de sarcasmo.

— A Rainha Eterna quer você viva.

— Foda-se.

Araúna parou, a sobrancelha tremeu num espasmo.

— Você...

— Eu quero falar diretamente com Naki. — A coragem fervilhou seu sangue, uma raiva que a manteve viva por muitos anos. — Faça o que quiser comigo antes disso, mas só vou abrir a boca na frente dela.

Araúna deu um risinho seco, quase animalesco.

— Vai ser um prazer arrancar umas informações de você. Na Sala de Ferro.

Ele se afastou, ordenando algo aos soldados e a deixando sozinha na cela. A lamparina soprava uma luz amarelada e fraca. Seria impossível calcular a passagem de tempo ali. E, talvez, aquilo a enlouquecesse. As correntes a atormentavam, a fome roía seu estômago e, toda vez que tentava cochilar, um grunhido no corredor a despertava. Provavelmente os guardas faziam isso de propósito para puni-la, para mantê-la cansada.

Estava prestes a deslizar para aquele limbo entre a dor e a exaustão quando o chão vibrou. Ergueu a cabeça, o coração golpeando as costelas.

Quando as grades da cela rangeram, o ar ficou fresco e verde. Céu se sentiu de volta em casa por um segundo, então a mulher entrou.

Não, não era uma mulher.

Naki usava um manto feito de penas vermelhas e seus cabelos muito pretos, mais escuros até que os de Tacruk, pareciam sugar toda a luz do mundo.

Céu quase perdeu o ar. Cada célula em seu corpo gritava para ela correr, mas ela sabia que correr era impossível. Em vez disso, ajeitou-se e ficou sentada, observando a deusa. Naki tinha se dado ao trabalho de ir até aquela cela imunda, num forte perto da fronteira. Ela queria alguma coisa.

— Céu Steinbachi — falou, a voz macia, quase maternal. Os antigos a chamavam de deusa da Vida, e Céu sempre pensou que era um nome apropriado, porque Naki tirava vidas na mesma velocidade em que criava. Nenhum outro deus era tão poderoso. — Eu esperava um pouco mais.

Num movimento rápido, jogou a espada de Tacruk no chão. O metal fez um barulho estridente ao tocar a pedra da cela. Num primeiro impulso, Céu ergueu a mão para pegar a espada, mas se conteve. Precisava saber o que Naki queria.

— Eu não esperava que você viesse pessoalmente. — A capitã escolheu seu tom mais frio.

— Eu não podia negar o pedido da última herdeira da Montanha. — Ela deu um chutinho na espada. — Houve um tempo em que eu considerava o povo de Tacruk como meu povo também, não havia diferença entre as montanhas do oeste e as florestas do leste.

— Seus problemas com Tacruk não são da minha conta.

— Então por que você me chamou? — A terra rugiu baixinho sob os pés das duas.

Céu fechou os olhos, um calafrio desceu por sua espinha. Ela era rápida, apesar das correntes e do cansaço, mas não o bastante. No mesmo segundo em que pegou a espada e a ergueu contra a deusa da Terra, seu golpe foi expelido com gesto suave de mão. Céu caiu com um baque seco, de cara sobre o chão frio.

Os olhos esverdeados de Naki faiscaram.

— Foi o Tacruk que te mandou fazer isso? — A risada dela balançou todas as estruturas da prisão, talvez tenha balançado a montanha inteira. — Ele deveria saber que essa espada não me atingirá pela segunda vez. — Olhou com certo desprezo para Céu, levantando seu queixo, depois empurrando seu rosto de volta para o chão. — Leve-a para a Sala de Ferro, Araúna — falou para uma sombra do lado de fora da cela. — E pode brincar com ela à vontade.

CAPÍTULO 52

# Rubi

Por dentro, as Indústrias Takahashi não eram nem sombra da fachada que Rubi conhecia. Não tinha o espelhado dos vidros, nem corredores com painéis de controle cheios de botões que ela sempre quis apertar. Aquela era a parte de cima. A superfície. O que Rubi via agora era o porão do império.

Suor corria pela parte de dentro da máscara e ela se sentiu suja. Não só pela fuligem que grudava na pele. Trilhos vibravam com o movimento dos vagões que levavam minério para as fornalhas. Tudo ali queimava. Os olhos, a dignidade.

May a chamou, mas ela estava olhando para as crianças enfileiradas sobre uma esteira nos setores de resfriamento e embalagem, os braços finos demais para os uniformes, os rostos sujos de cinzas. Um garoto de não mais que oito anos carregava um recipiente com algum tipo de líquido, certamente tóxico, com as mãos enfaixadas por um pano preto que não escondia os cortes. Ele escorregou, caiu e ninguém fez nada. Ninguém parou a esteira, ninguém gritou. Um homem adulto que estava por perto apenas balançou a cabeça, anotou algo numa prancheta e mandou que o próximo menino assumisse o lugar.

Seu estômago revirou ao lembrar das meninas de dona Júlia.

— Por que você me trouxe aqui? — sussurrou para May, quase sem mover os lábios. As duas estavam infiltradas com os uniformes dos operários, Rubi com os cabelos cobertos.

May não respondeu. Observava tudo com os braços cruzados.

— Isso é porque você ainda não viu as crianças menores que se enfiam por baixo das máquinas nas fábricas do centro.

— Se enfiam *debaixo*?

— É, para pegar as peças que caem. Nada pode ser desperdiçado nas Indústrias Takahashi. Com exceção, é óbvio, da vida das pessoas.

Rubi não seria hipócrita de dizer que não sabia que havia crianças trabalhando nas fábricas, muito menos fingiria que sempre tinha se importado com aquilo. Mas ver era diferente. *Ela* estava diferente.

— O que você quer, hein? Apelar para a minha consciência?

May deu de ombros, os olhos fixos nas crianças enfileiradas. Elas eram tão pequenas e magrinhas.

— Não confio na consciência dos Takahashi, princesa. Mas precisava que você entendesse, que visse o que sua família faz em Körin, o que fazia antes em Osin.

— Nós nunca faríam…

— Vocês *faziam*. — May olhou para ela de um jeito profundo, e seus olhos brilharam tão avermelhados que quase perderam o tom castanho. Pareciam antigos demais, era como olhar para os olhos de Zora e Tacruk. — Sempre farão até serem destruídos ou mudarem.

— E você acha que *eu* vou mudar alguma coisa aqui?

— Não sei, Rubi. — May voltou a olhar para as crianças. — Mas você é a primeira Herdeira do Ar em dez mil anos que eu não quero matar.

*Dez mil anos*?

— Quando essa fábrica cair, e ela *vai* cair, esse povo todo aqui vai lembrar de cada nome Takahashi que o explorou e oprimiu. Inclusive o seu. E eu já vi um povo revoltado decapitar reis e derrubar deuses. De que lado você quer ficar?

Quem era May Song? Por que todos os órgãos de Rubi diziam para temê-la?

— E qual é a sua proposta, então? Que eu mesma destrua tudo?

Rubi sabia que era possível. Sabia qual era o poder que mantinha tudo aquilo ali funcionando. Era um segredo que não entregaria nas mãos de ninguém. Não podia entregar.

— Você tem duas opções. Ou se une a quem vai derrubar esse império ou cai junto com ele.

— Isso não é uma proposta.

— Não gosto de você tanto assim — May respondeu. — Mas pense com carinho, Rubi Takahashi. É melhor manter a cabeça sobre o pescoço por mais alguns anos.

Ela se afastou, deixando Rubi sozinha no corredor sufocante, rodeada por aquele cheiro horrível. Era dali que vinha tudo o que ela gostava de gastar, tudo o que sua família era, todo o seu poder. Das mãos pequenas e frágeis de crianças, dos braços de homens e mulheres que trabalhavam até a exaustão.

Rubi se esgueirou pelo corredor que levava ao núcleo administrativo. Era menos sujo, mas ainda carregava aquele cheiro inconfundível de lugar que nunca parava de funcionar. Rubi tirou o capacete de proteção que usava para disfarçar o cabelo e o jogou num canto, as mãos tremendo.

*Idiota.*

Se a rebelde não ia ajudá-la, então Rubi faria tudo sozinha. Não seria tão difícil assim entrar na porra do escritório central com aquele cabelo à mostra.

As escadas que levavam até o mezanino da administração eram íngremes, estreitas, escondidas atrás de uma porta que poucos sabiam existir. Ela costumava brincar ali quando era criança, antes de sua mãe morrer. Enquanto outras crianças ainda menores do que ela arriscavam a vida por algumas moedinhas no fim do mês.

Aquele pensamento nunca mais a abandonaria. Era insuportável. Rubi sentiu falta da época em que não se importava com nada. Era vazia, sim, mas era leve.

Deslizou a porta para o lado e subiu rápido, as botas marcando ecos nas escadas. A cada degrau, a respiração ficava mais pesada, o estômago mais apertado. Precisava entender o que tinha acontecido com o pai. Por que Minéria tinha ido até ali para atacá-lo? Não fazia sentido. O pior era pensar que o mesmo havia acontecido anos atrás. Era estranho que o avô de Rubi tivesse morrido do mesmo jeito que Hiro.

A recepção do último andar estava vazia. Fria. Moderna demais para fazer sentido naquele submundo. Talvez o tio não tenha contratado uma nova secretária, talvez mantivesse o escritório em outro lugar. Rubi ficou encarando a porta da sala onde seu pai passou a maior parte da vida. Realmente fazia mais sentido morrer ali do que em casa.

Ela quis ir embora, ainda que não soubesse para onde.

Foi só quando deu dois passos à frente que a pressão mudou. O ar ficou mais pesado e úmido, e de repente, a recepção inteira tinha sido tomada por Herdeiros da Água. Rubi contou quatro deles, mas poderiam haver mais esperando na escadaria ou escondidos em alguma sala. Vestiam armaduras de placas azul-marinho com detalhes prateados, o símbolo da deusa da Água gravado nos peitorais: um dragão azul voando com as asas abertas. Os olhos deles brilharam num tom azulado que Rubi conhecia bem. Tinha estudado com Herdeiros de Wata, odiava todos.

Eles não disseram nada, só atacaram. A água veio direto, como uma lança zunindo no ar. Rubi se jogou no chão, sentindo o impacto duro contra os ossos, mas a água passou por cima, cortando o painel da parede como faca quente em papel. Outra rajada bateu em suas pernas, a arrastando contra a vidraça. O vidro não quebrou, mas ela sentiu a pressão no pulmão, a humilhação no estômago.

Eles não queriam só capturá-la. Queriam machucar.

Ela tentou se levantar e escorregou na água que cobria o chão. Aquilo a irritou. Quem havia os enviado ali? Hideo? Não, seu tio não tinha poder algum sobre os Herdeiros da Água. Eles só respondiam ao imperador e...

Wata.

Rubi fechou os olhos e puxou o vento. Não se deixaria capturar tão facilmente assim. O redemoinho estalou, a água tremeu e o corpo dela foi arremessado para o alto, não pelos inimigos, mas por ela mesma. O vento se curvou sob seus pés como uma asa, e ela girou no ar, caindo de novo de pé.

Um dos soldados tentou atingi-la com uma bolha de água congelada, mas ela desviou com uma leveza típica de Herdeiros do Ar. O coração batia rápido, o sangue zumbia nas veias.

Uma rajada violenta, cortante, explodiu de sua mão aberta, empurrando dois deles contra a parede. Um gritou. O outro caiu sobre a mesa de vidro, estilhaçando tudo. O último a ficar de pé congelou o ar ao redor do rosto dela. Um anel de cristais de gelo cercou sua cabeça. E então veio o baque. Um golpe duro na lateral da têmpora.

Luz. Ruído.

Depois, nada.

CAPÍTULO 53

# Álvaro

Álvaro despertou com a estranha sensação de que o mundo respirava sob a cama. As sombras não o sufocavam mais. Agora elas apenas dançavam, lentas e obedientes, como se estivessem cansadas também. Aquele lugar parecia exausto.

Abriu os olhos devagar e viu Linn dormindo, o rosto virado para ele, os cabelos desgrenhados sobre o travesseiro escuro como carvão apagado. O robe caía um pouco sobre o ombro, revelando a curva da clavícula marcada por respirações pesadas.

Do outro lado da cama, Vaelith dormia também. Ou fingia.

Era esquisito vê-lo tão frágil.

Álvaro se sentou com cuidado e as sombras sob os pés se moveram devagar, quase com pesar. Ele olhou para o corpo ainda marcado pelo ataque: o ombro direito inchado, escurecido, quase podre. Sentia o Éter pulsar ali, como um bicho escondido debaixo da pele, tentando cavar para fora.

Passou a mão com delicadeza pela cicatriz. O toque doía. Doía como uma lembrança vinda do futuro. Como Alexander reagiria se o visse vivo? Ou… existindo, porque talvez *vivo* fosse uma palavra forte demais para definir aquele estado.

Bateu no peito enegrecido.

Devia ter morrido.

— Isso vai te matar — disse uma voz baixa atrás dele.

Vaelith estava acordado. Sentado agora, as costas contra a cabeceira da cama, os olhos semicerrados. O rosto ainda tinha a beleza sombria de sempre, mas estava pálido. Não era o branco de uma estátua, era o branco da febre.

Álvaro riu, mas foi um riso feio e torto.

— Já estou morto. Na verdade, acho que quem está morrendo é você, ou estou errado?

Vaelith não respondeu logo. Só ficou observando o teto, onde as sombras pendiam como teias grossas.

— Todo mundo morre um pouco quando insiste em manter viva uma ilusão. — O deus o encarou. — Sombras não criam nada, elas apenas imitam. Elas não existem sem luz. Esse mundo não deveria existir, mas N'oto me deu um presente. — Um gato preto de olhos cor de violeta pulou em seu colo. — Ele me ensinou a criar ilusões tão boas que parecem verdadeiras, me ensinou a entrar nos sonhos das pessoas para não me sentir sozinho. Mas, como as sombras, eu apenas imito o poder dele.

Álvaro suspirou. Doía de um jeito diferente ouvir aquilo da boca de um deus que construiu o mundo mais bonito que ele já tinha visto.

— Você devia deixar a gente ir, nos manter aqui vai te destruir. — *E eu não quero ver isso*. — Eu já tô vivo há mais tempo do que deveria.

Os olhos de Vaelith se estreitaram, e um sorriso fraco brincou nos cantos de seus lábios. Quando respondeu, a voz veio sem ironia, mas brincalhona.

— E deixar Linn me transformar em pó? Ela me mataria se eu fizesse isso. Com carinho, claro.

Álvaro riu, de verdade agora.

— Ah, tá. Ela enfiaria o martelo no seu peito com toda a força do mundo.

Vaelith inclinou a cabeça para o lado, os cabelos deslizando pelos ombros. Parecia quase triste. Mas era difícil saber. Ele escondia tudo por trás daquele tom arrastado, teatral, e dos olhos que nunca revelavam o bastante.

— Você a ama, não é? — O deus das Sombras perguntou de supetão.

Álvaro engoliu em seco. Não era o tipo de coisa que ele admitia fácil, eram palavras dolorosas de dizer. Ele costumava perder tudo o que amava. Ainda assim, respondeu:

— Com tudo o que sobrou de mim.

— Vem cá. — Vaelith chamou. Álvaro se aproximou um pouco mais e estendeu a mão até tocar de leve o rosto dele, que não recuou, mas seus olhos cor de violeta tremeram. — Você está mesmo se esgotando por nossa causa?

Vaelith apenas assentiu.

— Não tenho por que mentir para você.

— Você devia ser egoísta.

— Já estou sendo. — A resposta foi tão imediata que Álvaro sentiu o estômago virar. — Sei muito bem o que me destruiria e, definitivamente, não é criar um mundo bonito onde você possa viver um pouco mais.

Álvaro passou os dedos devagar pelo queixo de Vaelith, traçando a linha fina e firme da mandíbula.

— Você está tremendo. Não…

— Eu não vou te deixar morrer — o deus das Sombras interrompeu. — Já tive que ver tudo o que eu amava desaparecer. Me deixa vencer pelo menos dessa vez, sim?

Álvaro não tinha como rebater aquilo.

Eles ficaram assim por mais alguns segundos. Um tocando o outro de leve, com o carinho e a dor de quem se salvou de um naufrágio e agora esperam pelo resgate dividindo a mesma porta de madeira, boiando sobre um mar gelado.

O gatinho preto miou e se aninhou ao lado de Linn, que se mexeu na cama, os lençóis escorrendo por sua pele como um óleo muito escuro. O cabelo caía num emaranhado bonito sobre os ombros e a respiração ainda estava calma.

— Para de enrolar, Vaelith — ela disse ao abrir os olhos. — Você não aguenta mais sustentar esse mundo…

Vaelith se levantou. Cambaleou. As pernas falharam e ele teve que se apoiar nas sombras que correram para sustentá-lo. Mas elas estavam fracas também. Cinzentas. Ele encarou a janela do quarto, onde o céu mantinha aquele tom de rosa do deserto, quase amanhecendo dentro da noite eterna.

Álvaro respirou fundo, mas foi como engolir areia.

— Já chega de brincadeiras. — Linn se levantou. Os pés nus tocaram o chão escuro e as sombras se afastaram, pareciam temê-la.

— Você tem razão. — Vaelith se virou para ela. — Nada poderá te preparar para o que você precisa fazer.

Linn deu um passo à frente.

— O que é?

O deus das Sombras a olhou como se ela fosse o último brilho de um planeta extinto, então encarou o chão.

— Você precisa me trazer o Rubi do Éter.

— Trarei, me diga…

— Escuta primeiro — ele cortou. — Tacruk já criou cinco pedras, mesmo dizendo que nunca faria isso. A mais poderosa é a primeira, o rubi que ele fez para a minha irmã. Vaelay exagerou em colocar praticamente tudo o que restava de seu poder naquele colar. É perigoso ao menos *tocar* aquela pedra. — Vaelith olhou para ela profundamente. Álvaro não estava entendendo nada até que ele explicou: — Somente um poder tão grande quanto o de um deus pode sustentar um corpo que já morreu.

Linn ficou imóvel.

— E onde o rubi está? — Simples, direta. Álvaro sabia que ela faria qualquer coisa.

Vaelith hesitou. Os olhos buscaram algo no horizonte. O que poderia ser tão ruim para fazê-lo pensar em desistir?

— Dentro de Rubi Takahashi.

Seu corpo inteiro gelou, e Álvaro precisou dar um passo para trás.

— Você está dizendo que tem uma *pedra* dentro da Rubi? — Até dizer aquilo parecia errado. — Como?

— O Rubi do Éter foi usado para salvar a vida dela quando ela era criança. Foi o que os sonhos me disseram. No início, ignorei, pensei que eram apenas delírios de uma mulher doente, mas eram reais. Makiko Takahashi usou de magia antiga para fundir a pedra ao corpo da filha vinte anos atrás, e pagou o preço da própria alma. Porque o Oculto sempre cobra. Acredito que a menina carregue isso e nem saiba.

Linn fechou os olhos, e Álvaro soube que ela já estava traçando todos os caminhos e planos possíveis.

Retirar a pedra significava matar Rubi, isso parecia bem óbvio. Linn não podia fazer aquilo.

— Tem outro jeito? — ela perguntou. Claro que perguntaria aquilo.

— Não posso garantir. O que sei é que o Rubi do Éter salvou a Rubi de uma morte certa.

— Não. — Álvaro virou o rosto. — Eu prefiro ficar aqui, prefiro sumir, do que te ver assassinar uma inocente.

Mas Linn já estava encarando Vaelith, os olhos fixos, queimando como brasa.

— Onde ela está? O que tenho que fazer?

— Linn — Álvaro chamou, mas ela não olhou para ele. — Não faz isso, por favor.

— Imagino que, ao morrer, a pedra deixará o corpo dela, assim como entrou. — Vaelith disse baixo, e encarou os próprios pés.

— Vae… — A voz dela tremeu pela primeira vez. — Me diga como faço para voltar ao mundo mortal.

CAPÍTULO 54

# Céu

A capitã não perguntou quanto tempo tinha se passado entre a cela e a Sala de Ferro. Sabia que perguntar era inútil. Sabia, também, que aquele lugar não existia para responder perguntas, apenas para arrancá-las de dentro do corpo das pessoas, com ferro, dor e com o tempo.

Foi levada com um saco de pano sobre a cabeça, mas isso não impediu de reconhecer o caminho. O cheiro de pedra queimada e de sangue seco ficava mais forte a cada degrau que descia. As correntes nas pernas arrastavam no chão como um aviso para os mortos. Ela não tropeçou. Sabia que, se caísse, não levantaria.

Quando o capuz foi arrancado, a luz fraca de uma lâmpada pendurada no teto a cegou. Era uma sala diferente daquela que Araúna tinha usado para torturá-la antes, quando queria descobrir se estava diante de uma Herdeira da Montanha. Dessa vez, estava num cômodo de pedra escura, sem janelas, com paredes manchadas de ferrugem. No centro, havia uma cadeira de metal com fivelas de couro nos braços e nos pés. O chão estava molhado.

Não de água.

Claro, seria uma tortura tradicional. Eles não gastariam a sofisticação do poder gravitacional com alguém que já havia se revelado como Herdeira. Não receberia uma dor calculada para quebrá-la só o necessário.

Não, eles a quebrariam de verdade.

— A Sala de Ferro, capitã Steinbachi. — A voz de Araúna cortou o silêncio como uma faca afiada. Ele estava parado à sombra de uma coluna de pedra, as mãos cruzadas atrás do corpo. Vestia o uniforme cerimonial da Guarda da Terra, tingido de marrom profundo, com as insígnias pregadas nos ombros e detalhes em verde. Seu olhar era o de sempre, firme, cruel e vazio de culpa. — Sabe por que esse lugar se chama assim?

Céu não respondeu. Tentou manter os olhos fixos nele, mas a lâmpada zumbia tão alto que era difícil se concentrar.

— Porque aqui você tem tudo para escapar. Estamos no coração da montanha, há pedra e ferro em todos os cantos — continuou, como se estivesse explicando para um recruta. — E mesmo assim você não vai conseguir sair.

Sádico, aquele homem era sádico. Ela já imaginava isso desde que o tinha visto em ação pela primeira vez. Agora tinha certeza.

Existiam homens como ele, não era uma lenda. Homens que sentem prazer em ver a dor do outro.

Ele se aproximou, ficando com o rosto bem próximo ao dela.

— Nós gostamos de ver vocês tentando, até a esperança se esvair desses malditos olhos castanhos.

Dois soldados a puxaram pelos braços, com uma brutalidade exagerada, e a empurraram para a cadeira. Ela resistiu com os pés, mas as correntes ainda nos tornozelos não ajudaram. Um joelho duro atingiu sua costela e o ar escapou num gemido. Assim que foi presa, Araúna se aproximou.

— Quero saber de Tacruk. Para onde ele levou Aymora?

— Vai morrer sem saber — ela sussurrou, a boca sangrando por dentro.

Ele sorriu. Ela quis matá-lo.

— Vamos ver.

O primeiro choque elétrico foi curto. Só o bastante para o corpo dela entender a linguagem.

Depois, vieram os outros. Um a um. Longos. Irregulares. Nas pontas dos dedos, no pescoço, atrás dos joelhos. A dor não era só dor, era uma provocação. O Éter dentro dela queria escapar, queria protegê-la. Ela o manteve preso.

Céu mordeu o interior da boca até sangrar. Não gritou. Não daria esse prazer a ele.

— Sabe o que diferencia você dos outros? — Araúna dizia enquanto ajustava os fios que saíam da caixa de metal atrás da cadeira. — É que você ainda acha que tem escolha. Mas a verdade é que ninguém que entra aqui sai com nada além de silêncio nos ossos.

Mais choque. Mais calor. Mais dor.

Ela arfou. Uma lágrima escorreu contra sua vontade, seu corpo tremeu sem controle. As mãos queriam fechar em punhos, mas estavam presas. Os pés chutaram o chão, mas ele era firme demais.

Ele seguiu alternando os choques até se cansar. Então vieram os ganchos. Eram finos, feitos de um material diferente de ferro, e penetraram a pele de seus ombros e coxas, bem nos pontos onde o Éter circulava com mais força. Araúna os conectou com fios curtos, e então ligou tudo a uma fonte de pulsação que imitava batimentos cardíacos.

A dor explodiu, insuportável.

— Vamos conversar agora? — Ele encostou o rosto perto do dela.

Céu cuspiu sangue no olho dele.

— Vai se foder.

Araúna limpou o rosto devagar com o dorso da mão, depois sorriu.

— Vamos continuar então.

Ela perdeu a noção do tempo. Só registrava o estalo dos fios, o cheiro de carne queimada, o grito que tentou segurar e escapou sem querer. As lágrimas vieram depois, sozinhas, quentes. Éter puro saiu pelas frestas da pele, como vapor, tentando protegê-la, mas ela jogou aquele poder para o fundo da mente. Era o que ele queria, que ela perdesse o controle.

Quando desmaiou, foi por instinto.

Mas, quando acordou, ainda estava ali. E ele também.

Araúna a observava de perto. As mãos a poucos centímetros da pele de seus braços.

— Quero saber sobre Aymora. — A voz dele agora era monótona. — Me diga para onde foi.

Ela sorriu, um sorriso feio, rachado de dor, e deu uma resposta bem no estilo Rubi Takahashi.

— Está debaixo da sua bunda. Abre um buraco e cava. Quem sabe você encontra o seu cu.

Araúna não respondeu. Pegou uma lâmina fina, curvada, que parecia ter sido feita para cortar pele sem danificar músculos e fincou no braço dela.

Foi uma dor pequena comparada às outras.

— Vamos ver até quando você sustenta essas gracinhas.

Céu fechou os olhos quando ele removeu a faca, sangue quente deslizou pela ferida recém-aberta. Era só mais uma entre muitas, aquilo não a assustava. Estava disposta a aguentar, mesmo que saísse dali em pedaços.

A dor já tinha se tornado um estado natural.

Céu não sabia se as tremedeiras vinham da febre, da sede ou do medo que tentava esconder até de si mesma. Só sabia que, se morresse ali, tudo estaria perdido. A guerra entre os deuses só teria fim quando não restasse mais um mundo para destruir.

Em algum momento, entre um grito e outro, eles a colocaram com os braços esticados, amarrados a uma barra de ferro suspensa por cordas, o corpo pendurado no ar como uma carcaça ressecada de animal. O peso da própria carne rasgava os ombros por dentro. Cada oscilada fazia os nervos gritarem. A sensação era de estar sendo desmontada viva, membro por membro, os ossos querendo fugir da carne. Não havia postura possível ali, só humilhação. E dor. Uma dor ancestral, coletiva, feita para apagar memórias e calar passados. Uma dor que os minerianos conheciam bem.

Quando estava prestes a desistir, decidiu aguentar mais dez segundos. Quando os dez segundos venceram, aguentou mais dez. Eles a tiraram de lá depois de muitos dez segundos e a devolveram para a cadeira.

Ela já não via direito. Os olhos ardiam, o mundo tremia como uma chama prestes a se apagar. Sentia o gosto de sangue envelhecido escorrendo pela garganta. As pernas pendiam da cadeira, inúteis. Os braços já não existiam mais, eram apenas uma massa pendurada em seu corpo.

Aí o zumbido da lâmpada sumiu, a luz desapareceu. E ela soube que pioraria. No lugar da escuridão, veio o ranger profundo das raízes na pedra. O cheiro também mudou. Não era mais ferro queimado e sangue seco. Era terra úmida, musgo esmagado, floresta depois da chuva.

Naki finalmente tinha decidido aparecer.

Céu abriu os olhos com esforço e viu a deusa da Terra atravessar a sala com o silêncio de um animal predador. A capa de penas vermelhas arrastava pelo chão como fogo recém-aceso.

Ela não sorriu, nem falou, apenas estendeu a mão. Raízes brotaram do teto, do chão, das rachaduras da parede, e agarraram os pulsos, as pernas e o pescoço de Céu, a suspendendo no ar.

— Saia — disse para Araúna, sem nem olhar para ele, que obedeceu sem protestar, sumindo pela porta como uma sombra diante do sol.

Céu ergueu o rosto com esforço. Estava ensanguentada, trêmula, os músculos duros como corda esticada por tempo demais. Ainda assim, o que sentiu quando a presença de Naki se espalhou pela sala não foi medo.

Foi raiva no seu estado mais primitivo e puro.

Um alívio, na verdade. Era revigorante saber que ainda conseguia sentir algo além de dor.

— Finalmente. — A capitã se surpreendeu com a firmeza da própria voz. — Achei que você não ia mais voltar.

Naki parou diante dela. Não sorriu. Havia algo morto em seu olhar. Céu não tinha reparado nisso da primeira vez.

— Diga onde está Aymora. — As raízes se moveram, apertando um pouco mais os pulsos de Céu.

— Você vai ter que perguntar com mais jeitinho. — A capitã inclinou a cabeça com a melhor expressão debochada que tinha aprendido com Rubi, ainda que cada músculo gritasse.

Naki abaixou o corpo para ficar na altura dos olhos de Céu. A deusa que moldava o mundo com os dedos tinha abaixado para encarar uma mortal.

— Sabe por que ainda está viva? — Foi uma pergunta retórica, mas Céu quis responder apenas para irritar.

— Imagino que você goste de mim.

Naki sorriu, parecendo muito mais mortal do que deusa por um segundo.

— Quem te ensinou a ser engraçadinha desse jeito? — Ela voltou a se afastar. — Foi aquela körinense? — O sorriso de Céu morreu no rosto. — Ah, aí está. Como os mortais mais patéticos, alguém que não é movido por dor, mas por *amor*.

A provocação era o melhor caminho. Precisava atingir Naki antes de ser atingida.

*Certifique-se de golpear primeiro.*

— Não sou eu que estou destruindo o povo e as terras do meu ex só para chamar a atenção dele… — Céu soltou um riso baixo, seco como areia. — Isso, sim, é patético. Vocês, deuses, não sabem o que significa *superar*?

Naki riu de verdade, uma rocha rachando sob o peso do tempo.

— Você é burra, garota. — A deusa pareceu realmente decepcionada. — Talvez eu esteja mesmo perdendo meu tempo aqui. — Céu estremeceu. — Não estou nem aí com os buracos onde o Tacruk enfia o pau. Me surpreende, e até me chateia, pensar que nós criamos mortais tão pequenos a ponto de achar que nos rebaixaríamos por tão pouco.

— Tudo o que somos herdamos de vocês. Imagem e semelhança, vocês nos criaram assim.

Naki se abaixou mais uma vez.

— Vocês nunca serão como nós. — Então se afastou. — Quer saber o que o *meu ex* fez? — Conjurou a Espada de Tacruk mais uma vez e apontou para o peito de Céu. A capitã fechou os olhos, mas o golpe não veio. — Ele enfiou essa lâmina no meu peito e arrancou meu poder de mim. Colocou metade da minha força numa pedra, arrancou um pedaço do chão usando o meu Éter e criou um paraíso no céu para comer o nosso inimigo.

Tacruk era um maldito, talvez as duas o odiassem com a mesma força.

— Eu não quero Tacruk — Naki continuou. — Sentirei prazer em destruir aquilo que ele mais ama, claro. Mas minha prioridade é tomar de volta o que ele me roubou. *Onde está Aymora?*

— Eu não sei. — Era a primeira vez que ela respondia. E era a verdade, embora soubesse que Naki não acreditaria.

A deusa a soltou, e Céu caiu no chão gelado e pegajoso num baque. Duvidava muito que conseguiria levantar dali, nenhuma parte de seu corpo respondia. Naki chutou a espada, que rolou num som metálico até quase alcançá-la.

— Chame-o.

— Por que você acha que ele vai me ouvir agora? Ele não ouviu antes, quando você tomou Minéria esperando que ele voltasse. Nem quando suas serpentes nos caçaram e espalharam nosso sangue sobre as terras onde nossos ancestrais estavam enterrados. Ele não veio. Nem uma vez. E não virá, nem por mim, nem por vingança, nem por ninguém. Sua tentativa é inútil, Naki. Você já perdeu.

— Talvez. Mas ainda posso fazê-lo perder mais.

Ela fez um gesto breve e a porta se abriu. Araúna entrou arrastando um corpo pequeno e sem resistência, parecia morto. Aquilo fez uma dor nova tomar seus ossos.

Ela estava errada, talvez eles conseguissem quebrá-la, sim.

Dona Júlia estava muito magra. Menor do que Céu se lembrava. Vestia roupas gastas, as mesmas que usava para cuidar da horta e das meninas. As mãos calejadas estavam atadas na frente do corpo, e os cabelos cheios de fios grisalhos escorriam pelos ombros. Mas os olhos ainda eram dela. O mesmo tom castanho-escuro, o mesmo silêncio carregado.

Céu tentou se levantar, mas não conseguiu.

— Mãe... — sussurrou. Dona Júlia tentou sorrir. — Mãe — disse de novo e, dessa vez, conseguiu se arrastar por alguns centímetros, até as raízes de Naki a agarrarem de novo.

— Chame-o.

— Eu não posso — gritou. — Ele não virá.

Naki atraiu a espada para as mãos e a jogou contra a parede. A capitã aproveitou para encarar a mãe.

— E as meninas? — ela perguntou baixinho. Tinha esperança de receber uma resposta diferente da verdade, mas a esperança morreu depressa quando a cabeça de dona Júlia se moveu fazendo um não suave, como um galho que cede ao vento, os olhos muito, muito tristes.

O grito que Céu deu não foi humano.

A montanha inteira estremeceu e a espada de Tacruk, caída nos pés da parede de pedra, vibrou, ensaiando o movimento de voar até ela. Mas foi só um ensaio.

Num gesto lento, Naki se virou para dona Júlia. As raízes se moveram como serpentes, deslizando pelo chão até envolverem os pés da mulher. Céu gritou, puxou os braços até quase deslocar os ombros, mas as amarras não cederam.

— NÃO! Você não precisa fazer isso. — Se conseguisse, teria se ajoelhado diante da deusa da Terra. Teria implorado. — Acredita em mim, Naki, eu chamaria o Tacruk, eu mesma o mataria se tivesse a chance. Mas a verdade é que ele nunca vai descer de Aymora. Nunca. Ele já desistiu de nós.

— Céu... — A voz da mãe cortou tudo. — Olha pra mim.

Ela olhou.

E encontrou ali um olhar que não via desde criança. Firme. Brando. Indestrutível.

— Os filhos precisam ser melhores do que os pais. — A voz de dona Júlia nem tremia. Céu entendia o que aquilo queria dizer, mas não queria ser melhor do que ninguém. — O reinado tem que acabar.

Naki sorriu, talvez pensando que tinha entendido o recado. Mas Céu sabia que não. A mãe não estava falando sobre derrubar a Rainha Eterna de Minéria. Era sobre pôr fim à era dos deuses.

— *Vencer* sempre — dona Júlia disse sem medo algum.

Não o "lembrar sempre", lema dos Herdeiros da Montanha. Mas *vencer*. Céu não imploraria mais, não se rastejaria.

Venceria. Estava decidido.

Ela fechou os olhos quando a terra se abriu e as raízes floresceram em estacas, se enfiando no peito de dona Júlia. Céu viu a mãe cair sem emitir som algum, como uma prece que ninguém teve tempo de rezar. O grito preso dentro de si rasgou seus pulmões por dentro. Uma dor que era mais do que dor. Era ausência. Era a certeza de que algo dentro dela jamais voltaria ao lugar.

Ela cuspiu sangue no chão. O corpo inteiro tremia. Mas seus olhos… seus olhos queimavam.

Olhou para Naki e fez para si mesma a promessa que viveria para cumprir: quando conseguisse se levantar, não haveria deuses suficientes para detê-la.

Lembrar sempre, sim.

Ela *nunca* ia esquecer.

## CAPÍTULO 55

# Rubi

Estava frio. Não era o frio comum das madrugadas de Körin, nem o vento cortante das montanhas de Minéria. Era um frio profundo, que escorria por dentro da pele e ia se alojar nos ossos. Rubi tentou se mexer, mas o corpo parecia ter sido passado por uma prensa.

Seus olhos arderam quando ela os abriu. Estava deitada numa cama coberta por mantas de lã branca com detalhes bordados em prata. Ela sabia onde estava e nem precisava olhar para as paredes de gelo, nem para as colunas num estilo euraiano, muito menos para a tapeçaria gigantesca bordada com um dragão de gelo.

Estava na porcaria do palácio de Wata.

Tinha visto imagens nos livros da academia, aprendido sobre ele nas aulas chatas de história. O castelo que Wata tinha construído quase idêntico àquele onde a deusa da Água havia morado por milênios. As aulas de geopolítica tinham ensinado que Wata havia ignorado os recém-feitos tratados de paz para tomar aquela parte montanhosa e fria de Minéria menos de um século atrás.

Olhando para aquela construção, era difícil acreditar que tinha menos de cem anos.

Rubi se sentou, incomodada com o chão que brilhava como um espelho sob a cama. Não havia nenhum guarda à vista, nenhuma corrente nos pés ou mãos. Não estava presa, mas era refém. E aquilo era mais assustador do que qualquer cela.

Quase sentiu falta de acordar no dirigível sujo de May Song.

A porta se abriu sozinha, e Rubi deu um pulo na cama.

— Herdeira do Ar. — A voz chegou antes da presença, serena e líquida como um rio calmo que esconde uma correnteza assassina. — Acordou a tempo do chá.

Primeiro, Rubi viu o vestido azul, a pele muito clara, quase branca, e os cabelos loiros, mais escuros do que os dos osinianos. A aparência era quase comum, porque Rubi estava acostumada a conviver com a elite de Herdeiros da Água, todos muito brancos e loiros. Ainda assim, havia um brilho sutil emanando de Wata, o que a deixava linda.

Alta, esguia, perigosa. E aqueles olhos? Eram diferentes de todos os tons de azul que Rubi já tinha visto. Eram cruéis.

— E deuses tomam chá? — Rubi se levantou com esforço.

— Deuses não. — Wata sorriu. — Eu, sim. Cada um tem seus próprios rituais. Ela virou de costas, as dobras do vestido ondulando ao seu redor como maré. — Venha comigo.

Rubi a seguiu por corredores silenciosos, até chegarem ao que só podia ser um jardim.

Um caminho de pedras escuras serpenteava por entre tufos de lírios-do-vale congelados. Acima delas, finas árvores de galhos transparentes se inclinavam para ouvir a conversa.

Rubi estremeceu, não só de frio.

— Sente-se. — Wata indicou o banco de frente para ela. — E beba. Ajuda com a dor no corpo.

Rubi obedeceu, porque não havia muito o que fazer. Ela que não ia discutir com uma deusa, ainda mais com Wata. Não enquanto pudesse evitar.

— Você não parece nada surpresa ao me ver. Mortais normalmente ficam. — Wata sorriu, e Rubi abriu a boca para responder algum gracejo, mas foi interrompida. — Imagino que encontrar Zora e Tacruk tenha tirado um pouco esse efeito, não é?

As mãos da garota tremeram quando ela segurou a xícara.

— A gente se acostuma. — Deu um gole no chá enjoativo.

— Sabe por que está aqui, Rubi Takahashi?

— Imagino que eu tenha causado problemas.

Wata não riu, mas os olhos se estreitaram, quase satisfeitos.

— Estou atrás de algo muito antigo. Algo que pertence a mim por direito.

Será que a deusa queria o comando das Indústrias Takahashi? Será que sabia sobre o poder que alimentava as fábricas?

— Não sei se eu poderia te ajudar com isso.

— Na verdade, somente você pode me ajudar.

— E o que é? — Rubi pousou a xícara sobre a mesinha. Faria o que fosse necessário para que Wata a deixasse em paz.

— O Rubi do Éter.

A famosa pedra de Vaelay. Não era de se surpreender que Wata a quisesse.

— E o que isso tem a ver comigo?

— Tudo.

A deusa inclinou o corpo sobre a mesa. Seu rosto era belo e assustador.

— Não sou como o meu tio. Não tenho talento para criar expedições e passar a vida inteira procurando por meia dúzia de pedrinhas. Sem querer te criticar nem nada, mas acho que você deveria procurar outra pessoa.

— Seu humor não é nada Takahashi. Ele vem da sua mãe? Infelizmente não tive a oportunidade de conhecer Makiko pessoalmente, embora seu grande feito seja algo admirável.

— Grande feito?

— É fascinante ver que você nem sequer desconfia. — Wata inclinou o corpo sobre a mesa, como se fosse contar uma fofoca. — Quando você era criança, esteve à beira da morte. Uma doença sem nome, raríssima, antiga e letal. Eu mesma nunca tinha visto nada igual nos últimos mil anos. Sua mãe ficou desesperada. Ao menos é o que conta a história.

Rubi sabia que tinha ficado doente quando não era mais do que um bebê. Mas havia algo na maneira como Wata contava que fazia aquela história parecer quase que uma lenda.

— Você sabe sobre o amor que seu tio tinha por Makiko, não sabe?

— As aventuras do meu tio em busca das Pedras do Equilíbrio, e o que ele teve que sacrificar por elas, já são uma história bastante conhecida.

— O que você não sabe, então, é que esse amor perdurou até muito depois que sua mãe o trocou pelo irmão mais novo. — Wata abriu um sorriso satisfeito. De fato, *aquilo* Rubi não sabia. — Quando você ficou doente, foi a ele que Makiko recorreu. Hideo era o único capaz de conseguir o que ela precisava para te salvar.

A resposta bateu na cara de Rubi, como o vento de uma tempestade.

A pedra de Vaelay.

— É engraçado como ela te renomeou depois. Rubi. Um nome nada Takahashi.

— O que você está dizendo?

— Que Hideo fez tudo o que sua mãe pediu, como sempre fazia. Invadiu Aymora, correndo o risco de entrar em desgraça perante Zora, e roubou algo que nunca deveria ter saído de lá. O Rubi do Éter. — Wata deu uma risadinha. — E ainda colocou uma das pedras falsas do equilíbrio no lugar.

— Ainda não sei como posso te ajudar. Nunca vi essa pedra.

A risada de Wata agora era um estrondo gelado.

— Claro que nunca viu. A pedra está *dentro* de você.

— Quê?

— Sua mãe usou magia proibida para fundir a pedra ao seu corpo. Um ritual antigo que o próprio Oculto baniu, porque brincava com a vida e com a morte. E você sabe que ele nunca se mete em nada, desde que esteja recebendo as almas dos mortais que criamos, fica lá satisfeito, sem interferir. Mas sua mãe trapaceou e pagou o preço. Uma vida salva, outra cobrada. Ela adoeceu alguns anos depois da mesma doença que deveria ter te matado, não foi? E agora você carrega em si o que resta do maior poder de Etéria.

A xícara caiu.

Rubi se levantou, virando a mesinha e derrubando o bule de água quente.

— Você está mentindo.

Wata também se levantou.

— Querida, por favor. Você acha que eu perderia meu tempo inventando mentiras para uma mortal? Não sou como os outros deuses, não acho vocês sequer interessantes para me divertir. Você tem o Rubi do Éter dentro de você, e agora eu o quero.

— O meu tio... Por quê? Por que agora? Por que não pegou essa porcaria antes se queria tanto?

— Fiquei muito decepcionada com Hideo quando descobri o que ele tinha feito, mas o entendi. Devemos dar nosso melhor para salvar os nossos. Eu me certifiquei de que ele pagasse essa dívida comigo e deixei que você vivesse, porque não precisava da pedra. Não naquele momento. Preferi deixá-la segura longe do alcance de Tacruk, então você começou a me dar problemas. Não posso mais ignorar que você tem algo que eu quero, e não posso te deixar andando livre por aí para cair nas mãos de outro deus.

Rubi recuou. As mãos erguidas. O poder começava a pulsar sob sua pele.

— Você não vai encostar em mim.

— Sinto muito, querida. — Wata levantou a mão, e o jardim congelou inteiro.

O som foi seco, como o estouro de um trovão sendo engolido por um espelho. As árvores se partiram com estalos trêmulos, seus galhos caindo como vidro moído no chão de pedras. O vapor da respiração de Rubi ficou mais grosso. Seus cílios começaram a congelar.

O chão tremeu e a água tomou a forma de lâminas.

Rubi correu, mesmo sabendo que era inútil.

O caminho de pedras virou uma armadilha, coberto por uma fina camada de gelo escorregadio. Ela quase caiu, os joelhos cedendo brevemente antes de se estabilizar com uma rajada de vento que saiu instintivamente dos seus pés. Rubi mal conseguia pensar — o instinto falava mais alto. O vento girava em torno do seu corpo, puxado de dentro do peito.

— Você não pode matar uma Herdeira de Zora — ela gritou, recuando em direção à muralha espelhada atrás de si.

— De fato, nós dois tínhamos um acordo, e tentei cumpri-lo até o limite — Wata respondeu, com uma tristeza gélida nos olhos. — Mas Zora não se importa mais em cumprir a parte delu, por que eu deveria?

A deusa avançou sem pressa e uma muralha de água se ergueu atrás dela, contorcendo-se como uma serpente. Quando Wata estalou os dedos, a água congelou em lanças longas e afiadas, disparando contra Rubi como flechas. Ela rolou para o lado, sentindo o corte de uma delas passar rente ao braço. Um filete de sangue quente pintou o chão.

Rubi ergueu as mãos e o vento obedeceu.

Uma corrente de ar girou ao redor de si, veloz, criando um escudo. As próximas lanças se despedaçaram no ar. Fragmentos de gelo caíram como chuva sobre o jardim arruinado.

— Olha só, você sabe lutar — Wata observou, quase admirada. — Hideo talvez esteja te subestimando.

Eles eram parceiros? Não, Wata já tinha dito. Hideo *trabalhava* para ela. O anel azul no dedo da deusa agora fazia sentido.

A busca de Hideo Takahashi pelas pedras não era por ego ou glória, era para a deusa da Água.

Wata ergueu as mãos, e a água correu para os pés de Rubi. Escalou os tornozelos, os joelhos, num movimento viscoso e gelado.

Rubi se contorceu, mas não adiantava.

Wata se aproximou.

— Está bem aqui — ela sussurrou, com a mão pairando sobre o coração de Rubi. — Você nunca a sentiu? Nunca percebeu que havia algo diferente em você? Como um poder desse tamanho pode ficar dormente por tanto tempo?

Os dedos de Wata tocaram o peito de Rubi.

Foi como mergulhar numa água congelada e respirar ao mesmo tempo.

— Não quero morrer aqui, tenho muito o que quero fazer ainda. — Rubi tentou liberar o vento mais uma vez, mas Wata a segurou pelos ombros.

— Diga ao Oculto que sua alma foi uma cortesia minha. Ele a esperava ansioso há mais de vinte anos.

A deusa ergueu a outra mão, e uma lâmina de gelo se formou ali, longa e curvada como a lua.

E então…

O teto explodiu numa chuva de estilhaços. Fagulhas de fogo cortaram o ar frio, esquentando tudo de uma vez só. A água evaporou num chiado violento.

Uma figura caiu no centro do jardim, duas espadas em chamas cruzadas na frente do corpo, os cabelos pretos voando, os olhos quase vermelhos.

— Ela disse que não queria morrer, Wata. — May Song deu um passo à frente. — E eu não gosto quando os deuses ignoram um pedido tão simples assim.

# CAPÍTULO 56

# May

— Vaelay… — Wata sussurrou.

O nome ecoou entre os estilhaços, pesado como uma maldição.

May não respondeu. Embora sentisse nos ossos o mesmo ódio que via nos olhos de Wata, não era Vaelay. Não exatamente.

Ainda assim, lembrava do desprezo. Ele estava arranhando sua pele, de dentro para fora. Forte demais para ignorar.

May tinha caído de pé no meio da neblina quente, os pés afundando no chão gelado, as espadas em chamas chiando no vapor como dragões com fome. Ela ouviu o som distante do avião se afastando, e desejou que Sabrina não fizesse nenhuma burrice como tentar invadir o palácio da deusa da Água.

— Você não deveria estar viva — Wata disse, num sussurro que quase se perdia no chiado do vapor. — Seu poder acabou, eu senti quando isso aconteceu. O desequilíbrio no Éter.

May sorriu. Um sorriso ferido, sardônico.

— Foi o dia mais feliz da sua vida, não foi?

May queria se lembrar melhor, mas essa época era a mais apagada em sua memória. O que sabia era que seu corpo tinha se tornado mortal, um tipo diferente de mortal, que não envelhecia, mas *podia* morrer.

Ela precisava se lembrar disso. Nenhum ferimento que causasse a Wata seria o bastante para matá-la. Já o contrário…

A deusa franziu os olhos.

— Não sei como você se recuperou, mas posso te destruir mil vezes se for necessário.

May avançou. As espadas cortaram o ar com um estalo abafado. Um golpe direto, o fogo rasgando o chão. Wata desviou com um passo lateral, e as chamas se curvaram atrás dela, lambendo as paredes de gelo que começaram a derreter.

— Não se eu te destruir primeiro — May sibilou.

A falsa pedra da Chama ardia. O poder que ela carregava era fragmentado, fraco, mas ainda queimava. E era isso que a mantinha em pé. Isso, e o fato de Rubi Takahashi estar caída logo atrás, perto de uma parede de gelo que agora estava parcialmente derretida.

Ainda não sabia por que estava salvando uma Herdeira do Ar, mas isso não importava. Se Wata queria matá-la, May iria protegê-la.

Talvez apenas para tirar alguma coisa da deusa da Água.

May girou o corpo e lançou uma rajada cruzada de fogo contra Wata. A parede de gelo rachou com o impacto, derretendo quase instantaneamente. Mas a água voltou, como sempre fazia. Wata moveu os dedos e transformou o vapor em um dragão celeste que se enrolou no tornozelo de May.

Ela gritou, virou a lâmina para baixo e queimou a própria perna junto com o dragão. A dor era pequena comparada com a sensação de estar presa.

— Você não está completa. — Wata olhou para a ferida que o fogo tinha causado. Vaelay, em seu corpo imortal, nunca se queimava. — É mortal.

A deusa da Água sorriu e May a odiou com ainda mais força.

Sangue escorria de um corte que ela nem lembrava de ter levado. Os músculos ardiam enquanto ela se afastava para perto de Rubi Takahashi. O poder da pedra não era suficiente.

— Por que você quer matar uma Herdeira do Ar? — Aquilo não fazia sentido. Wata não era de desperdiçar o poder e o talento de ninguém.

A deusa riu.

— Você não sabe.

May olhou de relance para Rubi, mas a garota estava encolhida e assustada. Não ajudaria muito.

— Então por que veio salvá-la? Apenas para tirar algo de mim? Que tolice! — Wata ergueu os braços. O lago, que antes havia congelado, se rompeu. A água se ergueu em forma de lâminas, como pétalas flutuando sobre o campo de batalha. — Quer morrer assim? Por uma Herdeira de Zora?

May ofegou. Um joelho encostou no chão.

— Uma mortal atacada por uma deusa não é uma luta justa.

As lâminas vieram do alto em arco, elegantes e letais, prontas para perfurar carne, atravessar os ossos e destruir aquele corpo.

Se morresse, certamente seria para sempre. Sua alma vagaria por Etéria até o Oculto se cansar e chamar todos os deuses de volta.

Ela rebateu o gelo com suas espadas, mas não era o bastante. Wata tinha muito mais força, ainda que já não fosse mais a mesma. Grande parte do Éter da deusa da Água tinha se perdido naquele dia em que acordou os vulcões. May não sabia como vencê-la. Então iria enrolar o máximo que conseguisse. Desvencilhou das lâminas com dificuldade, uma delas arranhando seu braço, o que arrancou uma risada de Wata.

— Isso vai ser mais fácil do que pensei. — Ergueu as mãos e uma muralha de água se formou atrás de si.

Aquilo não era bom.

May alcançou Rubi e agarrou sua mão. A Herdeira de Zora não disse nada, apenas a encarou, muito assustada. Seus pés escorregaram na água que, antes, era uma gigantesca parede de gelo. O vento gelado das montanhas atingiu a nuca de May e a forçou a olhar para trás.

Estavam encurraladas entre um penhasco e a fúria de Wata.

A deusa riu antes de lançar a onda de água sobre elas. Rubi apertou sua mão, e May sentiu o calor de sua pele.

Que poeticamente patético era morrer ao lado de uma Herdeira de Zora.

O calor ficou mais intenso. O ar esquentou tão depressa que o gelo no chão começou a chorar. A luz mudou. Do branco do inverno eterno para o dourado de um sol que não deveria existir ali.

Uma sombra atravessou a cúpula do castelo como uma estrela em queda.

May sentiu antes de ver. Ela *soube*.

Puxou Rubi pela cintura, ainda arfando, e a levantou com dificuldade.

— Confia em mim.

Wata gritou alguma coisa, mas o som se perdeu quando May puxou a mão de Rubi e as duas pularam penhasco abaixo.

O mundo virou vento, cortando o rosto feito as lâminas de gelo que Wata adorava criar.

A morte veio depressa, fria, impiedosa, uma parede branca subindo contra elas... Não, elas que estavam descendo depressa contra neve e pedra.

Mas, antes do impacto, uma onda de calor as envolveu. Um bater de asas poderoso as segurou no ar.

O corpo delas se encaixou entre as penas quentes e macias de um pássaro vermelho e dourado. A ave guinou, subiu, depois mergulhou outra vez, cortando vales de gelo com a graça de um cometa em chamas.

Rubi chorou, muito. Mas May não tinha tempo, nem cabeça para ela. Ignorou o gosto de sangue na boca e tocou as penas quentes, quase num carinho. Seu peito doeu tanto que ela viu o mundo escurecer.

Abaixou o rosto e abraçou sua guardiã como pôde, numa saudade que durava séculos.

Voaram por horas, talvez. O céu se dissolvendo em cinza e azul, depois em lilás e ouro. A paisagem de Körin passou sob elas. As montanhas geladas dando lugar às florestas, depois ao oceano muito azul. A fênix sabia para onde ir. Chegaram um tempo depois a Porto Takahashi, o nascer do sol iluminando a mansão.

A terra fumegou sob as garras enormes do pássaro quando ele pousou, e May escorregou das costas dele com dificuldade, trazendo Rubi junto, o corpo da garota estava mole. Ela ainda chorava.

— Ei — May a chamou. — Você está em casa. — Mas a garota não respondeu.

A líder rebelde decidiu ignorá-la, tinha alguém mais importante para ver. Ela andou devagar até a fênix, suas asas vermelho-alaranjadas brilhavam, mas sem fogo. A criatura a olhou nos olhos, e May notou que eles eram singulares. Muito azuis, como os olhos de um euraiano.

Sua guardiã tinha renascido, finalmente, como as canções prometeram. May havia esperado por tanto tempo que até desistira.

Mas ali estava, Xinyan.

— Eu senti tanto a sua falta. — May acariciou o bico enorme da criatura, que se remexeu e se afastou.

As penas se recolheram, o corpo gigante se curvou e diminuiu de tamanho. E, como uma serpente trocando de pele, a ave se desfez numa mulher. Linda. A mulher mais bonita que May Song já tinha visto.

Os cabelos ruivos bagunçados como fogo depois da tempestade, os olhos muito azuis.

— Sabrina... — May se aproximou devagar. — Era você esse tempo todo?

Era por isso que não se lembrava do momento exato em que tinha conhecido sua piloto, por isso que sentia que a conhecia há mais tempo do que era possível. É claro que sim, Sabrina esteve ao lado dela sempre, crescendo juntas na casa do Mestre Song. Sua guardiã tinha renascido como uma mortal que tinha sangue de Asai e Eurai.

Talvez o Oculto estivesse mandando um recado.

— Eu sempre estive com você, minha Vaelay — Sabrina respondeu, a voz embargada.

Todas as barreiras de May caíram. Cada uma delas. Ela não podia mais fugir da verdade. *Era* a deusa da Chama.

— Sabrina. — Tocou o rosto de sua guardiã com as duas mãos. — Obrigada por me salvar. Mais uma vez.

— Sempre. — Sabrina sorriu.

— Eu amo você.

— Desde o princípio dos tempos...

— Até o fim.

CAPÍTULO 57

# Linn

— Tudo o que você precisa fazer é fechar os olhos e se deixar levar — Vaelith disse numa voz que era mais poeira do que som. Linn desejou rebater, mas não tinha argumento algum. Se era verdade que o deus das Sombras estava se desgastando, cedo ou tarde aquele mundo inteiro ruiria, e ela ficaria sem nada. — Você é uma Herdeira de N'oto. Seus sonhos são pontes. Você já viajou entre mundos tantas vezes sem saber que…

— Você fica falando que sou Herdeira do N'oto, mas o deus dos Sonhos nunca escolheu Herdeiros.

— Não, de fato, não escolheu. N'oto teve *filhos*.

A garganta de Linn fechou.

— Deuses não podem ter filhos.

— Nós nunca *quisemos* ter. Mas N'oto amou uma mortal e quis ter filhos com ela. Acredito que você seja uma descendente dele.

— Como…? — Linn se ajoelhou no chão escuro do quarto, onde as sombras se encolhiam, fracas.

— Espero que o N'oto me perdoe por ter revelado isso a você, se um dia nos encontrarmos de novo.

Linn nunca imaginou que fosse ao menos Herdeira, e agora descobria que era descendente de um deus?

— Você é muito mais forte do que imagina — Vaelith continuou. — Essa é a única explicação para ter conseguido chegar até esse mundo, com seu corpo e sua alma. E é o que vai te fazer voltar.

A lembrança daquele futuro a agrediu. Ela e Álvaro morrendo numa trincheira.

— Não era sonho, era? Aquilo que eu vi.

— Também não é um futuro certo, é só uma possibilidade. A profecia é um poder que nem N'oto gostava de usar, porque apenas mostra eventos que *podem* acontecer, nada é certo. Você pode falhar em salvar o Álvaro e perdê-lo muito antes daquilo, pode evitar a guerra e impedir aquele futuro. Muitas coisas podem acontecer, o futuro é um terreno onde ninguém deve pisar antes da hora.

Ela olhou para a escuridão, tinha tudo a perder.

— Só fechar os olhos e me deixar levar? — repetiu o que Vaelith tinha dito.

— Mas você precisa querer.

— Eu não *quero* matar a Rubi.

Vaelith tocou seu ombro com a ponta dos dedos, tão leves que pareciam fumaça.

— Vocês podem ficar.

— Até quando?

— Até quando eu aguentar.

Linn encarou seus olhos fundos, a pele rachada, e soube que ele não aguentaria muito tempo.

O rosto de Álvaro apareceu na sua mente. Aquele raro rosto feliz que ele esboçava quando dizia que gostava da risada dela.

Ela fechou os olhos. E quis. Desejou com todas as suas forças poder salvá-lo. Desejou encontrar Rubi Takahashi e ter coragem para matá-la. Esperava que a körinense lutasse, seria melhor assim. Matá-la sem defesa era algo que Linn duvidava ser capaz de fazer.

Será que iria para o inferno dos otauanos? Quanto tempo sua alma precisaria queimar para pagar por aquele crime? Será que o Oculto algum dia a aceitaria em seu vazio sem fim ou simplesmente destruiria sua alma?

Aquilo importava tanto assim?

Não. Álvaro importava mais. E Vaelith também.

Ela perderia os dois se falhasse.

Fechou os olhos e, dessa vez, quis *de verdade*. O mundo tremeu ao seu redor, enchendo seus pulmões de uma poeira escura e fazendo sua garganta arder.

Foi como sonhar, só que ela estava acordada, num lugar que não era nem aqui nem lá.

No sonho, o chão era de pedra, circular, e a luz dourada que vinha do teto não tinha origem. Rubi estava parada no centro, com os cabelos flutuando ao redor do rosto, as mãos estendidas para a frente. Sete figuras encapuzadas a cercavam, e em sua mão havia uma pedra amarela.

O ar cheirava a incenso e maresia, e Linn sentiu um cansaço estranho, uma forte dor no peito. Queimava, rasgava de dentro para fora.

As figuras encapuzadas não tinham rostos e cercaram Rubi. Elas queriam a pedra.

— Acho que não, queridos — Linn murmurou, já com o martelo na mão. As figuras ao redor de Rubi viraram o que deveria ser um rosto para ela. Eram sombras fingindo ser gente.

Linn avançou. O martelo erguido atrás do ombro, pronto para descer. Mas, antes que conseguisse atingir o alvo, o mundo explodiu.

Uma onda de ar a engoliu inteira e ela foi jogada para trás com uma rajada de vento tão forte que atravessou o sonho e a arremessou contra a parede de um quarto verdadeiro. Bateu com as costas e deixou o martelo cair.

Seus olhos doeram ao tentarem se acostumar com a claridade do mundo real.

— Que merda é essa? — Rubi se sentou na cama. O cabelo emaranhado e o peito arfando. — Linn? Você tá viva?

A soldada puxou seu martelo de volta. Caramba, aquilo seria mais difícil do que tinha imaginado.

Ela olhou de relance para as próprias roupas. Não estava mais vestida com o robe preto de Vaelith, e aquilo lhe causou um vazio estranho no peito. Vestia agora seu uniforme verde escuro, perfeitamente limpo e alinhado ao corpo. Não sabia se aquele era um truque do deus das Sombras ou algo criado pelo próprio poder.

Seus músculos doeram ao erguer de novo o martelo.

— Como você sobreviveu? — a maldita körinense perguntou, parecia realmente *feliz* em vê-la. — Cadê o Alvy?

Ah, pelos deuses, seria impossível matá-la.

— Ele não está aqui. Eu... — Avançou um passo, ainda com o martelo erguido. — Eu preciso salvá-lo. Preciso do Rubi do Éter.

A garota arregalou os olhos pretos.

— Você veio *me matar*? — perguntou numa voz fraca.

Linn abaixou o martelo. As lágrimas caíram pelas bochechas. Aquilo não era certo.

— Eu *preciso*. Ele vai morrer, entende. Não posso…

— Me desculpa, Linn, mas não planejo morrer por agora.

Rubi se pôs de pé num pulo, as mãos brilhando com o poder do ar.

*Isso, perfeito. Se ela lutar é melhor.*

Linn deu um passo à frente, e Rubi lançou uma rajada de vento contra ela, a empurrando para trás. Ela bateu na escrivaninha, derrubando livros sobre a sua cabeça. Doeu, mas não o bastante, e Linn teve a impressão de que Rubi não queria machucá-la de verdade.

*Por favor, me machuque.*

— Não quero lutar com você, porra! — Rubi choramingou. Não adiantaria de nada, Linn a forçaria a responder com força.

Levantou depressa e avançou. O martelo desceu com um golpe de lado. Rubi desviou e usou o ar para jogá-la contra a janela de vidro. Mas Linn agarrou o braço da garota no meio do impulso e as duas caíram juntas mansão abaixo.

Bateram contra a grama úmida. Linn rolou para longe. Rubi caiu alguns metros adiante, os cabelos colando nas bochechas, o corpo tremendo.

O céu acima estava cinza, úmido, prestes a chover.

Rubi se ergueu num pulo, os joelhos sujos de terra, as mãos erguidas, prontas para se defender.

Uma flecha passou raspando pelo rosto de Linn. Ela girou para se esquivar, sentindo o ar cortar sua bochecha.

— Merda. — Rubi rangeu os dentes.

Do outro lado do muro da mansão, uma leva de homens se aproximava. Eles usavam uniformes escuros, e estavam encapuzados e mascarados, sem nenhuma bandeira ou insígnia. Lembravam as figuras do sonho de Rubi.

Linn cerrou os dentes, o martelo firme nas mãos.

— Chamou seus amiguinhos? — perguntou para a herdeira.

— Não, eles não são meus. São soldados do meu tio.

Ah, que maravilha! Tudo o que ela precisava agora era lutar contra os lendários soldados de Hideo Takahashi.

Linn reuniu toda a raiva que sentia, toda a dor, toda a mágoa, e ergueu o martelo, dessa vez na direção daqueles malditos. Imaginou que foram eles que atiraram em Álvaro, mesmo sabendo que não tinha sido. Queria destruir alguma coisa maligna só para o mundo parecer ao menos um pouquinho justo.

Por que tinha que matar logo Rubi Takahashi, inferno? Depois de cuidar dela? Depois de salvá-la? Depois de se afeiçoar?

Não era justo.

Ela esmagou os ossos do primeiro infeliz que se aproximou para atingi-la. Ele não teve chance.

Ela não tinha pudor algum em matar, já tinha feito isso antes e faria de novo quantas vezes precisasse. Mas, ainda assim, quando o sangue quente de outra pessoa lambeu seu rosto, ela se sentiu menos do que humana.

Como um bicho, jogou seu martelo bem no meio da testa de outro, que erguia um arco na direção de Rubi.

Outro deles avançou com uma lança curta, e ela o derrubou com uma cotovelada, direto nas costelas. Outro veio por trás, e ela o lançou para o alto com um giro, antes de puxar seu martelo de volta e cravá-lo no crânio do homem.

— Atrás! — Rubi gritou, e o ar se condensou ao redor da cabeça de Linn, formando uma redoma que estourou em uma rajada de vento. Um soldado caiu desacordado alguns metros adiante, batendo no muro.

Ela olhou para a Herdeira do Ar e viu o vento se curvando às mãos dela, deslizando ao redor de seu corpo.

Viu surgir, por trás de Rubi, um veículo voador pequeno, certamente uma nova invenção dos Takahashi.

— Cuidado! — Linn jogou seu martelo naquela joça metálica, a derrubando do ar.

O silêncio que caiu sobre elas depois que a máquina parou de ranger foi esmagador.

Havia sangue na terra, pedaços de gente se misturando à grama arrancada.

Seu braço tremia. Os joelhos ameaçavam ceder. Ainda assim, os olhos estavam fixos em Rubi, que, com certo fascínio, analisava os destroços que tinham caído perto de seus pés.

A garota se virou, mas foi tarde demais. Linn já estava erguendo o martelo.

Teria que ser do jeito mais difícil. Do jeito que destruiria qualquer chance de redenção.

— Linn...?

*Que o Oculto puna minha alma com o vazio eterno. É o que mereço.*

— Me perdoa, mas eu preciso da pedra.

Ela sentia os olhos arderem. Mas não parou.

Rubi tropeçou para trás, as mãos até ensaiaram uma defesa, mas nada saiu delas.

— Linn, por favor...

O martelo desceu. Rápido. Preciso. Doloroso.

Linn fechou os olhos, esperando ouvir o som de ossos se quebrando. Mas seus braços receberam uma reação diferente, o som também foi diferente, metálico. Sentiu o calor antes de abrir os olhos. Um espada flamejante aparava o golpe e o impacto lançava faíscas no ar, esquentando seu rosto.

À sua frente, terrivelmente assustadora, estava May Song. Os olhos dela queimavam mais do que a lâmina.

— Diga ao meu irmão que não está aqui — ela falou numa voz antiga e imortal. — A minha pedra nunca esteve com Rubi Takahashi.

## CAPÍTULO 58

# Céu

O corpo de Céu foi jogado na cela com a delicadeza de um saco de ossos quebrados, e Araúna fechou a porta com um baque de ferro contra pedra. A Espada de Tacruk caiu alguns segundos depois, lançada com violência. Bateu no chão e girou sobre si mesma antes de parar a poucos centímetros das mãos da capitã. As pontas de seus dedos sangravam, sem unhas.

Araúna nem teve o trabalho de entrar. A voz dele veio do lado de fora, seca, desinteressada:

— Mais tempo pra você pensar, *capitã* — ele sempre falava aquele título com um desprezo gelado. — O deus da Montanha ainda não apareceu. Mas pode ser que, se você chamar direitinho, ele venha.

Céu não respondeu, não valia a pena. Eles não a ouviriam, não fazia diferença se Tacruk apareceria. Depois de tanta dor, ela só conseguia pensar que eles faziam aquilo porque *gostavam*.

Ela se encolheu, juntando os joelhos contra o peito. Sentia o gosto de ferro, a pele quente demais em algumas partes, congelando em outras. A ferida nas costelas latejava como um tambor. Ainda assim, se forçou a sentar. Devagar. Uma coisa de cada vez.

A cela era pequena, escavada no coração da montanha. Não havia grades, apenas pedra por todos os lados. O teto irregular e as marcas antigas nas paredes fizeram Céu imaginar quantas pessoas tinham passado por ali ao longo dos anos. E eram muitos anos, certamente. Talvez de antes do golpe, mas algo dizia que era posterior. Que Naki havia obrigado os Herdeiros de Tacruk a entalhar a própria prisão antes de torturá-los e matá-los.

Era óbvio que eles queriam que ela escapasse. Haviam deixado a espada ali por um motivo. Ocorreu novamente a ela que Araúna queria *caçá-la*.

Céu se sentiu menor que um bicho, então percebeu que *eles* é que eram piores do que animais.

Encostou a testa na pedra fria e deixou os olhos se fecharem. Ouviu o chamado da montanha, a canção antiga das pedras, mas ignorou. Não pretendia ir a lugar algum.

Depois de um tempo, até isso desapareceu.

Passos a acordaram, leves demais para serem de Araúna. Ela deduziu ser um soldado trazendo comida até ver Alexander ser empurrado para dentro da cela. Seu corpo bateu contra a parede oposta e ele escorregou até o chão como um boneco. Mas algo estava errado. Ele não gemeu, não gritou, não sangrava.

— Capitã — disse com a voz firme demais para alguém que acabou de ser arremessado para dentro de uma prisão. — Pelos deuses, você está bem?

Ele veio até ela, mas não a tocou, apenas se ajoelhou e ergueu as mãos.

Mas não foi a roupa limpa, nem a falta de ferimentos que o entregou. Foram os olhos. Eles tinham *vida*.

— Onde você estava? — Céu perguntou, a decepção ameaçando tapar sua garganta.

— Eles não me machucaram — respondeu, meio afobado. — Porque precisam de mim. Assim como ainda precisam de você.

Céu ergueu uma sobrancelha, mas o peito já ardia. Era óbvio. Era *tão* óbvio.

— Desde quando, hein? — As lágrimas arderam seus olhos. — Desde quando você trabalha para o Araúna?

Alexander baixou os olhos e sorriu. Não o sorriso bonito com o qual ela estava acostumada, mas algo maníaco.

— Desde sempre.

A resposta bateu nela como um soco na boca do estômago, mas não se curvou. Só sustentou o olhar, como quem encara um abismo e descobre que o abismo tem o seu nome.

— Você nos entregou.

— Eu sou um soldado, cumpri as ordens dos meus superiores. — Ele sorriu, sim, mas ainda olhava para baixo. — Não fale como se o traidor fosse eu.

— Olha para mim. — Ela ergueu o queixo dele. — Você fez isso.

— Não. — Ele jogou o braço dela para o lado, e se levantou. — Cumpri minhas ordens. Servi ao meu exército.

— Para de dizer que cumpriu ordens.

— Mas é a verdade. Estou apenas lutando por Minéria, pela minha vida. O Império de Körin está reunindo um exército na fronteira. Bombardeios já começaram a atravessar as falhas na Barreira de Naki. A vila de Arucária foi destruída ontem. Centenas de mortos. Já está acontecendo, mas você preferia brincar de casinha com uma Takahashi. Felizmente ela já deve estar morta uma hora dessas.

— A Rubi...

— Hideo Takahashi quer a sobrinha morta, mandou até alguém matá-la em território mineriano. Você acha que ela vai sobreviver quanto tempo?

Algo dentro dela quebrou. Não com estardalhaço. Com um estalo seco, minúsculo. Como uma rachadura que se abre numa rocha milenar. Mas ela não chorou. Não diante daqueles olhos *felizes*.

Tudo fez sentido com um estalar de dedos.

Alexander tinha deixado Linn e Álvaro para trás de propósito.

— O que você fez? — Não era bem uma pergunta, era só a dor escapando pela garganta.

— Fiz muitas coisas, capitã. Você teria que ser mais clara.

Foi aí que ela soube que havia muito pouco pelo que lutar agora.

Pela frieza nos olhos de Alexander, entendeu que Linn e Álvaro estavam mortos.

Céu se levantou devagar e, com muito esforço, pegou a espada do chão com a mão suada, girando-a devagar entre os dedos.

— Vou dar o que eles querem.

A pedra amarela no centro da espada brilhou como um sol, a canção da montanha voltou a cantar, mais alto dessa vez.

Mas Tacruk não veio.

Ele nunca viria.

— Céu... — Alexander tentou alcançá-la, mas ela avançou. O cabo da espada bateu no rosto dele com um estalo. Não forte o suficiente para quebrar nada, mas o bastante para derrubar.

Apesar de tudo, não queria matá-lo.

— Diga a Araúna que espero por ele em Körin — ela sussurrou, com uma calma que surpreendeu a si mesma.

O oponente caiu de lado, cuspindo sangue e palavras que ela não quis ouvir.

Céu se voltou para a parede da cela e tocou a pedra gelada. Um túnel rasgou a rocha como uma ferida e ela atravessou sem olhar para trás. Seus pulmões chiavam, mas ela seguiu andando. A montanha foi se fechando atrás dela até cuspi-la floresta afora.

O céu escuro se abriu sobre ela como uma promessa. *Finalmente*. Não parou de cambalear ao chegar à floresta. Cada passo doía feito o inferno. O corpo inteiro gritava. Sentia as costelas em chamas, a pele cortada ardendo em contato com o ar. Mas parar significava morrer. Significava dar a chance de Araúna caçá-la.

O problema era que suas pernas já não aguentavam mais. Tinha sangrado muito e continuava sangrando. Não iria sobreviver se continuasse daquele jeito.

Seu corpo parou, mesmo contra sua vontade, e ela caiu perto da raiz de uma árvore grossa.

Pensou em Rubi, nos olhos escuros que amava, nos cabelos claríssimos. Morreria sentindo saudade dela.

Não, não podia morrer. Rubi precisava de ajuda. Ela lembrou dos capangas no trem, tinha notado algo estranho neles e agora entendia o que era, o leve sotaque körinense.

Se desistisse agora, estaria tudo perdido.

Ela apertou a espada contra a barriga.

— Tacruk, seu maldito.

Algo cantou em seu peito. Ritmado, profundo. Podia ser um trote ou um tambor. Podiam ser soldados marchando até ela ou outra coisa. Estava fraca demais para pensar.

Fechou os olhos e ouviu.

*Amê keh, kruak.*

A onça-guardiã surgiu com um rosnado baixo, os olhos amarelos brilhando como lanternas. Céu chorou de alívio. A fera enorme avançou lentamente, até que o hálito quente e feroz tocasse sua pele.

— Você demorou — Céu sussurrou, quase sorrindo.

O kairú inclinou a cabeça, encostando o focinho em sua testa, então abaixou o corpo para que ela montasse sobre suas costas. Céu enterrou os dedos de uma mão no pelo denso, controlando o grito de dor que quase escapou. Em vez disso, disse com a voz cansada:

— Me leve para casa.

A onça disparou pela floresta, rápida e silenciosa como um fantasma. Céu se agarrou o mais forte que pôde, inclinada sobre o dorso, enquanto o mundo virava borrões de verdes, marrons e sombras. O vento gelado cortava sua pele machucada, refrescando as feridas abertas. Precisava apenas suportar um pouco mais.

Só um pouco mais.

Quando chegaram à sua casa na Vila do Mirante, Céu mal tinha forças para saltar das costas do kairú, que deitou no chão para que ela deslizasse de seu dorso. Ela quase se arrastou para dentro da casa, e o silêncio que a recebeu foi pior do que qualquer dor.

Tinha que se agarrar à esperança de que, talvez, seus soldados estivessem vivos. Precisava disso para não enlouquecer.

Seus olhos queimaram. Não havia ninguém para vê-la desabar, ninguém para se sentir vitorioso com sua fraqueza.

Mas suas lágrimas tinham secado, assim como as plantas que Álvaro cuidava.

Jogou a espada de qualquer maneira no corredor e caminhou até o banheiro que costumava usar quando tudo ainda parecia normal, fechou a porta atrás de si e, no silêncio absoluto daquele lugar morto, permitiu-se desabar. Gritou pela mãe morta, pelas meninas que não conseguiu salvar, por Linn e Álvaro, perdidos num lugar fora do alcance. Chorou por Rubi Takahashi, que podia estar morta, que devia estar morta, mas em quem ela não deixava de acreditar.

Despiu-se daqueles trapos imundos de suor e sangue, ligou o cano e deixou a água gelada lavar o sangue seco, a poeira, a sujeira e a dor. De olhos fechados, escorada contra a parede, sentiu a raiva voltar, queimando como brasa.

Se ainda estava viva, então existia esperança, sim.

Saiu tremendo, enrolou-se numa toalha áspera e encarou o espelho, estudando as marcas em seu corpo mais magro, quase irreconhecível. A pele pálida, manchada, os hematomas, os cortes profundos. Ela precisava de mais força para fazer o que tinha de ser feito. Aquele corpo não a sustentaria por muito mais tempo.

Buscou a espada, que aguardava por ela no mesmo lugar que tinha caído, o brilho amarelo da pedra parecia doentio. Mas tinha exatamente o poder que ela precisava. Normalmente, só conseguia transformar um membro por vez. Com a Espada, talvez conseguisse fazer aquilo no corpo inteiro.

*Precisava* fazer.

Vestiu seu uniforme de combate, que estava dobrado dentro do armário, sentindo o tecido torturar suas feridas, e segurou a espada contra o peito.

Fechou os olhos e, quando os abriu novamente, uma camada translúcida cobria cada parte de sua pele, transformando-a pouco a pouco em algo diferente, algo mais forte. Seu corpo brilhava sob a luz fraca, refletindo tons de azul e prata. Embora as feridas de dentro permanecessem, Céu se sentia muito melhor, ainda que ligeiramente mais pesada.

Voltou aos pés da floresta, onde o kairú lambia a pata esquerda. Ele fez uma reverência antes de se abaixar para que ela voltasse a subir em suas costas.

Em uma das mãos, Céu segurava com firmeza a espada. A outra, usou para se agarrar ao pelo grosso da criatura.

— Vamos, guardiã. — Se abaixou para dizer perto do ouvido da onça. — Vamos destruir aquela porcaria.

O kairú rugiu, e dispararam de novo floresta adentro, enquanto o amanhecer começava a iluminar o céu.

Só havia um lugar para onde ir agora.

A trilha entre as pedras se estreitava à medida que Céu se aproximava da torre. O vento assobiava uma advertência, mas ela não desacelerou. A barreira surgiu adiante, cuspindo seu poder maldito, impedindo que os minerianos pudessem fugir da fúria de Naki. Não era, nunca tinha sido, para protegê-los de Körin, ela percebia agora. E, se fosse, Céu não se importava mais.

Desceu bem no lugar onde havia encontrado Rubi caída.

Andou devagar até a torre que seus soldados consertaram. Seus esforços para não chamar a atenção do Departamento de Segurança tinham sido inúteis desde o começo. Araúna sempre soube quem ela era.

A parede de Éter se estendia no ar, oscilando como ondas num mar revolto. Nenhum ser comum conseguiria atravessá-la, nem mesmo sobrevoar por cima dela. Nem mesmo Rubi teria conseguido se Céu não a tivesse puxado para trás.

Ela se aproximou devagar, o coração batendo entre a carne e a fúria. Podia sentir a força de Naki impregnada naquela porcaria.

Não conseguiria atravessar.

Mas Rubi estava do outro lado e nenhum deus, nenhuma maldição, nenhuma barreira seria suficiente para impedir Céu de alcançá-la.

A pele de diamante faiscava sob a chuva fina que começava a cair, refratando o mundo em mil fragmentos.

Ela deu um passo à frente, fincou os pés na terra, levantou a espada acima da cabeça, e gritou. Gritou com toda a dor, toda a raiva, toda a perda. Um grito que ecoou pelas montanhas, que rachou as pedras, que afugentou as aves. Um grito que era da própria terra, da montanha, de todos que morreram tentando atravessar em busca de uma vida melhor, de todos que tentaram fugir.

A lâmina desceu como um raio, espatifando a barreira como um prato que cai no chão.

O mundo inteiro tremeu.

CAPÍTULO 59

# Linn

Linn procurou por Céu no Mundo dos Sonhos. Precisava encontrá-la. *Alguém*, ela precisava salvar.

*O Álvaro vai morrer.*

A constatação ia e voltava. Tinha falhado em salvá-lo. Tinha falhado em tudo, e Rubi quase tinha pagado o preço.

Linn tentou sentir a energia da capitã, precisava focar naquilo, mas tudo o que encontrou foi silêncio. Certamente Céu estava acordada, ou talvez…

*Não. Ela está viva.*

Mudou de estratégia. Rubi tinha dito que a capitã estava com Alexander. Ainda havia uma chance de encontrá-la. Ela focou na imagem dele, na ferida de Álvaro, no sangue em sua roupa, no som seco do disparo. O mundo girou.

Ela caiu no sonho como quem cai de um telhado.

Uma vila em chamas, vozes gritando, e um Alexander mais jovem, com os olhos gelados enquanto apontava uma arma para o próprio irmão. Álvaro também era uma criança, de não mais que oito ou nove anos.

E, mesmo assim, Alexander puxava o gatilho.

A bala não saía. Era um sonho, afinal. Mas a intenção era clara como uma sentença de morte. As figuras atrás de Alexander estavam nebulosas, mas Linn reconheceu o uniforme dos Herdeiros da Terra.

Alexander não os odiava, queria ser como eles.

Linn mergulhou mais fundo, para além do sonho. As memórias se embaralhavam: o ataque à vila deles, as ordens que ele tinha recebido para capturá-la. Céu sendo carregada inconsciente por soldados, acorrentada, levada para o Forte das Pedras. A tortura. A fuga.

E, depois, o agora. Alexander cochilando no banco do passageiro de um carro militar. Soldados do DESEG com ele, e Herdeiros da Terra também. Ela soube, porque Alexander sabia, que Céu tinha cruzado a fronteira. Que ela tinha destruído a barreira de Naki.

Seu coração deu um salto no peito. Ela lutou contra a vertigem, contra o impulso de afundar ainda mais. Mas sabia que já tinha visto o suficiente.

Voltou para a superfície, a grama surgiu sob seus pés. Seu martelo estava caído no lugar onde tinha se chocado com a espada de May Song. Ela era muito parecida com Vaelith, era até perturbador. Mas seus olhos eram implacáveis.

Rubi a olhava, protegida por trás da rebelde.

Linn quis se desculpar mais uma vez, mas aquilo não importava agora.

— A Céu escapou — ela disse, a voz rouca. — Mas há soldados atrás dela.

— Ela está *viva*? — Rubi perguntou, um fio de esperança rasgando sua voz. O coração de Linn doeu. Caramba… o que quase tinha feito era imperdoável.

— Está… Está em Körin.

## CAPÍTULO 60

# Rubi

Tudo o que Rubi queria era encontrar Céu. Salvá-la. Se o que Linn tinha dito era mesmo verdade, então eles tinham… Eles tinham…

Caramba, não conseguia nem repetir.

Ela ainda não sabia o quanto podia confiar em Linn, e não queria ficar perto. Não queria ficar perto de nenhuma daquelas pessoas.

Quando foi que Rubi tinha se aliado aos rebeldes que a sequestraram? À deusa da Chama.

Era inacreditável.

May abriu um mapa sobre a mesa de seu gabinete, que parecia pequeno para tanta gente reunida. Ela, Linn, Sabrina, Wei e Estéfano.

Deuses, até sabia os nomes deles!

Os contornos frágeis de Minéria e Körin estavam marcados, furados com vários alfinetes coloridos. May apoiou as mãos sobre o papel.

— A capitã certamente está em algum lugar por aqui. — Apontou para um círculo de árvores perto da fronteira. — Entre a Vila do Mirante e Hokanami. O que você acha, Brina?

— Depende da velocidade dela. Se está de carro ou andando.

— Eu não sei se ela conseguiria andar no estado em que a vi… — As palavras de Linn a cortaram de novo.

Rubi se segurou para não chorar.

Por que estavam demorando tanto? Céu precisava dela.

— Nós precisamos ir agora, May — disse, inquieta.

— Não podemos enfrentar as tropas do seu tio, Rubi. Não vou mandar meus garotos para a morte assim. Não sou tão irresponsável.

— Então os desligue! — gritou. O segredo de sua família já não importava mais.

— Como?

— Em Stashi. Na sede, dentro do escritório do meu pai, atrás de um quadro de Zora, há uma pedra.

A líder rebelde abriu a boca.

— Qual pedra?

— A de Zora, criada por Hikaru Takahashi. Sem ela, nossas máquinas não funcionam.

— Simples assim?

— Não. Não tão simples. Com exceção dos soldados mecânicos, todos os veículos Takahashi têm um segundo sistema de energia, movido a óleo preto. Isso você já deve saber. — Olhou para Sabrina, que apenas acenou impaciente.

— Se tiramos a pedra, o que acontece?

— Os autômatos param de funcionar, já os veículos entram em pane, mas podem voltar em minutos, até segundos, dependendo do sistema de segurança. Mesmo assim, acho que é o bastante para parar o ataque do meu tio. Sem os soldados mecânicos, talvez a vantagem de Körin não seja tão grande assim.

— Certo, então você precisa ir até Stashi…

— Irei até *Céu*. Invada Stashi você mesma. Não era seu objetivo desde o começo? Derrubar as Indústrias Takahashi?

Linn franziu o cenho na mesma hora, mas May ergueu uma mão para silenciar qualquer reação.

— Sabrina e eu vamos até Stashi — a rebelde disse. — E os garotos levarão vocês duas até a fronteira.

— O quê? — Rubi arregalou os olhos.

A lembrança do martelo caindo em direção ao seu peito ainda doía.

— Ela não vai te matar — May respondeu, simples e cortante. — Não tem motivo para fazer isso.

— Eu preciso encontrar o Rubi do Éter — Linn disse, meio febril. Ela não estava bem, claro que não.

— E onde você acha que está, querida? Hideo Takahashi retirou a pedra de Aymora. Se não a usou para salvar a sobrinha, certamente está *com ele*.

Linn não disse nada. Só abaixou os olhos, os ombros curvados, a expressão de desespero e derrota. Rubi olhou para ela, olhou mesmo, a *enxergou*. Viu a garota que estava com bolsões pretos embaixo dos olhos, que tinha arriscado tudo por alguém que amava.

Tentou ver a si mesma ali, nos estilhaços de outra pessoa e, por um instante, conseguiu.

Ela sabia que queimaria o mundo inteiro para salvar Céu. Agora mesmo estava disposta a queimar.

— Vamos logo, então. — Rubi se apressou para fora do gabinete de May. — Não temos tempo a perder.

Em poucos minutos, Sabrina e May entraram num avião cor de laranja e voaram rumo a Stashi. Rubi se perguntou se não seria mais rápido voar como fênix, mas talvez a transformação exigisse demais.

Não demorou muito para que o dirigível também levantasse voo.

Ela ficou encostada na lateral da cabine de pilotagem, onde o vidro grosso deixava ver o mundo abaixo em fragmentos empoeirados. Linn se sentou alguns passos atrás, com as pernas cruzadas e o corpo imóvel. As duas não se falaram até Porto Takahashi sumir da vista.

Demorou, mas a conversa veio, e Rubi já quis logo encerrá-la.

— Me desculpa — a soldada disse baixinho, arrancando um olhar atravessado de Wei, que seguiu calado, pilotando. — Eu não queria te matar, não de verdade.

— Imagina se quisesse. — Rubi cruzou os braços.

— Você me mataria também, talvez sem nem pensar duas vezes.

— Não sei. Nunca quis matar ninguém.

— Eu também não queria, mas mataria. Isso não vou negar. Só queria que você soubesse que estou feliz por não ter conseguido. Feliz por precisar matar o seu tio, não você.

Rubi não aguentou. Riu alto, porque, caramba, era tanta gente querendo se matar. O mundo estava quebrado.

— Me ajuda a salvar a Céu e aí eu te perdoo.

— Justo.

Do lado de fora, só dava para ver nuvens, então Rubi pediu para Wei descer o dirigível até o máximo possível. Precisava ver o que estava acontecendo lá embaixo. O esforço para voar baixo fez a máquina protestar e esquentar, mas agora, sim, dava para ver as árvores e, às vezes, algumas construções e rios.

Uma mancha acinzentada surgiu no horizonte. Rubi soube o que era sem precisar olhar.

A frota de Körin marchava devagar, para acompanhar o ritmo dos homens mecânicos.

— Pelo fogo de Vaelay! — O piloto levou as duas mãos à boca e o dirigível deu um solavanco.

Eram muitos. Um exagero que passava um recado muito claro: Wata não ia mais brincar.

Do alto, não conseguia ver detalhes dos homens mecânicos, mas ela já os conhecia. As máquinas de guerra criadas por Makiko e Hideo, quando os dois eram jovens sonhadores e ele a amava. Rubi sempre se orgulhou das criações da mãe, mas ali, as vendo marchar até a fronteira de Minéria, prontas para esmagar tudo pelo caminho, se sentiu suja. Entendeu o que Zora tinha dito sobre os Takahashi serem implacáveis.

Ela cerrou os punhos, engolindo a raiva com gosto de ferrugem.

— Não vejo Herdeiros da Água — Linn comentou, parada ao lado de Rubi, a cabeça quase colada ao vidro.

— Wata certamente tem um plano — Rubi cuspiu. — Mas isso não é problema nosso.

Lá embaixo, os tanques arrastavam correntes. O som chegava abafado, como um pesadelo indo embora pela manhã. O sol ardia no céu sem luz, escondido por uma camada de fumaça.

E então, no meio daquele inferno…

Ela sentiu.

Um calafrio. Não um medo, mas uma memória. Uma saudade misturada à certeza.

Ela sabia que Céu estava perto, a puxando como uma âncora.

Rubi apurou melhor os olhos e tentou ver para além do exército, além das árvores. Mas a resposta não veio nos olhos. Ouviu a canção:

*Mung, kupariú.*

*Kon kruak joprek.*

*Mung taruh.*

O corpo se moveu antes do pensamento a alcançar. A certeza era quente demais para ser ignorada, uma fogueira acesa no meio da garganta. Ela avançou pelo corredor estreito do dirigível, escorregando no chão de ferro, ouvindo Linn gritar seu nome.

Rubi só parou porque viu algo se movimentar lá embaixo. Do alto da escotilha lateral, seus olhos encontraram a mancha em meio às árvores. Era um ponto escuro em movimento, rápido demais para ser uma pessoa, mas era. Rubi sabia que sim.

Ela puxou a trava e a escotilha gemeu de dor.

— Você ficou louca? — A voz de Linn veio com a violência de um soco.

Rubi se virou, olhos em chamas.

— Eu vi a Céu.

Não esperou por nenhuma resposta ou protesto, apenas foi. Se jogou do dirigível rebelde como tinha feito antes.

O vento rasgou sua pele como navalha, então algo a segurou. Mas Rubi não estava disposta a desistir e continuou se jogando para baixo, agora agarrando-se em Linn para caírem juntas, grudadas pela urgência e pela ruína, despencando do céu como estrelas cadentes.

Mesmo usando seu poder para protegê-las, as duas bateram no chão. Rubi rolou, pedras rasgando sua calça, o ombro ardendo de dor. Alguém gritou. O gosto do chão de Körin era quente, salgado, amargo como tudo naquele país.

Tudo doía, mas ela se levantou. Não ouvia som algum na floresta, além do ronco distante do exército esmagando árvores. Pensou até que estava mesmo louca, então sentiu antes de ver. A canção. Viu os olhos amarelos do kairú e correu até ele, sem se importar em ser esmagada por sua pata ou rasgada por suas garras.

— Céu — sussurrou. As pernas se moviam por conta própria. O peito parecia pequeno demais.

A onça parou e, dela, desceu uma mulher cuja pele brilhava. A mulher mais linda que Rubi já tinha visto. Os cabelos curtos, o uniforme preto do inimigo, uma espada mortal nas mãos.

As duas correram.

A distância entre elas evaporou como neblina. Quando se tocaram, foi como duas luas se chocando. O abraço foi bruto, forte demais, a pele de Céu estava dura e fria, mas ainda era dela, então não importava.

Céu enterrou o rosto no pescoço de Rubi e soltou um som abafado.

— Você está viva — ela disse. Era só isso. Mas o peso das palavras fez o chão tremer. — Eu achei que…

— Eu também — Rubi respondeu.

— Você me encontrou — Céu disse num raro momento de fragilidade.

Rubi se afastou um pouco e viu os olhos apertados da capitã de Minéria, que pareciam ter perdido alguma coisa irrecuperável. Ela estava quebrada, e dava para ver onde os estilhaços foram colados de qualquer maneira para tentar recompor a mulher de antes.

— Quem fez isso com você?

Céu olhou para trás, para além do kairú que as encarava, depois voltou a olhar para Rubi. Seus olhos tinham mudado, tinham ganhado um brilho diferente, voraz.

— Alguém que vai pagar.

Rubi sorriu, o coração agigantando. Pensou por um minuto que tinham conseguido parti-la no meio, mas Céu era diamante, e Rubi a amava por isso.

— Vamos destruir todos eles. — Era mais do que uma promessa, era uma profecia.

— Um por um.

## CAPÍTULO 61

# Céu

Céu inspirou o ar cheio de pólvora e terra molhada, sentindo o cheiro das folhas esmagadas sob muitas botas. A guerra tinha acordado.

— Estão vindo rápido — Linn disse, atrás de Rubi, os olhos dançando entre as árvores.

O coração de Céu se abriu.

— Linn! — Correu até a amiga, tomando cuidado para não abraçá-la forte demais. O próprio corpo protestou abaixo da pele, mas ela não se importou. — Você está viva!

— Capitã… — Linn tocou seu rosto duro com as duas mãos. — Pele legal.

— E o Alvy? — perguntou com o coração apertado, temendo ouvir o pior.

— Nós vamos salvá-lo.

— Linn…

Um estrondo as interrompeu. Céu se virou a tempo de ver uma mancha escura rasgando a mata, fileiras em marcha, como formigas. Ela apertou o cabo da espada e a lâmina de Tacruk vibrou.

— Depois a gente conversa. — Linn posicionou o martelo diante do corpo, marcando o chão com o cabo. — Agora temos um exército para destruir.

Céu não ia insistir.

Andou até o kairú, sentindo as pernas pesadas.

— *Mũ'mpâ, Cuparakiú*. É perigoso aqui.

A onça apenas bufou, ofendida, e ficou onde estava.

— Qual é o plano? — A capitã se virou para Linn.

— Precisamos segurá-los o máximo possível até a May chegar em Stashi. — Rubi se adiantou. Ela estava ofegante, o cabelo grudado na testa e um brilho tenso nos olhos. — Ou eles vão alcançar Minéria.

— Talvez a gente devesse deixar esse problema para Naki. — Céu sentiu a amargura na língua, mas nem se importou.

— Capitã? — Linn arregalou os olhos, deixando a cabeça tombar um pouco. — Eles vão esmagar as vilas…

— Eu sei. — E sabia também que muito provavelmente Naki deixaria. Se não podia chamar a atenção de Tacruk com destruição, ao menos se vingaria dele deixando seu povo queimar.

Talvez aquele tivesse sido o plano desde o começo.

O pensamento lhe causava náuseas. Não podia deixar que a deusa da Terra vencesse.

— Qual o status, sargento? — Voltou para o tom de capitã.

— Vimos ao menos uns cinco mil homens mecânicos — Linn analisou. Aquilo não era nada bom. — Mas são lentos e marcham atrás de uma linha de soldados mortais. Contando por cima, havia uns trezentos deles, certamente armados até os dentes com fuzis e granadas. Contei também dez tanques médios. Imagino que sejam eles que nos atinjam primeiro.

— E depois a frota mecânica para terminar de nos enterrar. — Céu fechou o punho em volta do cabo da espada. — Vamos enfrentar um problema por vez.

Céu se abaixou e bateu as mãos de diamante no solo.

O chão estremeceu num rangido grave e uma muralha de pedra emergiu diante delas, alta, irregular, pisoteando árvores e raízes. Parecia que um pedaço de montanha resolvera brotar do nada para protegê-las.

Linn recuou um passo.

— Caramba…

Mas Céu não tinha tempo para contemplar a própria criação. Não era uma deusa entediada. Ela tocou o peito de leve, lembrando de como a magia latejava nos ossos. Ainda doía, mas ela forçou mais uma vez:

— Acordem.

A pedra respondeu. Duas formas massivas se ergueram. Estátuas gigantescas com braços tão grossos quanto troncos. Seus olhos brilharam num âmbar profundo.

— Protejam a muralha.

Elas marcharam para a frente, os passos fazendo a terra tremer.

Céu se sentia sugada por aquela magia, mas ignorou o cansaço. Descansaria depois que vencesse.

Esperaram ouvindo os passos pesados se aproximando. O primeiro estrondo veio contra a muralha: granadas explodindo, lama e folhas lançadas ao ar. O cheiro de pólvora ficou mais forte, queimando o nariz de Céu.

— Lá vêm eles! — Linn gritou, com um sorriso meio maníaco no rosto.

E eles vieram, como uma onda. As tropas de Körin avançaram pela floresta, os uniformes naquele tom pastel tenebroso, o brasão azul reluzindo no peito. Os disparos ecoaram, um coro de balas riscando o ar.

A muralha aguentou o primeiro embate. Balas ricocheteavam nas pedras, granadas lançavam terra para o alto, mas não conseguiam abrir brechas. Céu se esforçava para comandar os gigantes de pedra, que esmagavam soldados como se eles fossem nada.

— Eles estão tentando nos cercar! — Rubi gritou. Os braços dela estavam abertos, o ar rodopiando furiosamente ao seu redor. Num gesto brusco, ela varreu a lateral esquerda, derrubando um pelotão inteiro que tentava flanquear por ali.

Linn aproveitou a brecha. Ela se moveu como uma sombra, desaparecendo num piscar de olhos. Céu enxergou apenas um vulto mergulhar no meio da tropa inimiga. Logo vieram estalidos de ossos e gritos interrompidos. O martelo de Linn fazia o chão tremer.

O barulho era terrível: balas silvando, explosões retumbando, vento cortando galhos, pedras se partindo. Céu deu um passo à frente, sentindo uma pontada na costela, e ergueu as mãos sobre a muralha.

— Afastem-se!

Com um rosnado seco, fez parte da muralha desabar sobre soldados que tentavam escalá-la. Houve um estrondo, uma nuvem de pó e o silêncio dos corpos soterrados. As estátuas avançaram por cima dos escombros. Um deles se jogou sobre um tanque, amassando o casco. O outro esmagava tudo o que encontrava pela frente.

Mas ainda eram só dois gigantes.

E o exército parecia crescer cada vez mais. Rubi conseguiu derrubar alguns soldados com jatos verticais de vento, mas um conseguiu se levantar e despejar rajadas de tiros. Uma das balas passou perto demais do ombro de Linn.

— Eu disse que eles estavam cercando! — Rubi suava. — Tem mais vindo!

Céu apertou os dentes e bateu o pé no chão, duas paredes menores se ergueram de cada lado da muralha. Não era uma defesa perfeita, mas traria alguns minutos a mais.

Linn, ainda ofegante e suja de lama, ergueu o martelo de novo. Céu viu de relance o brilho no olhar da amiga, e sentiu um aperto misturado a orgulho no peito.

Rubi correu para o lado de Céu.

— Tem mais soldados atrás daquela linha de árvores.

— Nós vamos dar um jeito, ok? — Segurou Rubi pelos ombros e olhou no fundo de seus olhos. Houve um momento, enquanto seu corpo estava pendurado pelos pés e mãos, que Céu chegou a pensar que nunca mais a veria. E aquela, sim, foi a dor mais difícil de suportar. — Eu amo você. — As palavras saíram, porque tinham que sair. Rubi precisava saber.

— Que momento ruim pra dizer isso, hein? — Rubi apertou os olhos, que já estavam muito marejados. — Vamos acabar com eles primeiro, depois você se declara, caralho!

Céu riu. Pensou que nunca mais conseguiria rir, mas ali estava. O peito explodindo, a sensação de que o mundo ainda era um lugar bonito.

Subitamente, as balas cessaram. O retumbar das granadas se calou.

— Que… — Céu começou, mas parou. Seu coração disparou de um jeito que nada tinha a ver com a magia.

O céu se partiu.

Nuvens se abriram numa espiral cinza e do meio delas desceu Hideo Takahashi.

Ele não fez barulho algum.

Foi uma ausência de som.

Hideo flutuava com as mãos para trás, o manto azul ondulando. Os olhos dele tinham a cor do céu noturno. Atrás dele, vinham três Herdeiros do Ar. Eles tentaram avançar, mas Hideo ergueu um único dedo e eles pararam. Os soldados também recuaram.

Céu chamou pelo kairú, que surgiu depressa atrás de Rubi.

— Proteja ela — disse para a onça.

— Ei! — Rubi protestou, mas o kairú abocanhou suas costas, como se ela fosse um filhote, e a levou para longe.

A capitã subiu sobre as pedras soltas da muralha rachada.

— General Takahashi. — O nome saiu como uma praga.

Ele sorriu, impassível.

— Pela maneira como olhou para a minha sobrinha, imagino que eu esteja diante da capitã Céu Steinbachi. — Havia algo em seu rosto que lembrava o de Rubi. A boca, talvez. Os cabelos dele já estavam totalmente brancos, embora ele não fosse tão velho assim. — A senhorita está sendo uma grande pedra no meu sapato.

Céu riu.

— Que bom!

Os olhos de Hideo caíram para sua mão. A espada da montanha esquentou.

— Ah, óbvio. A última Herdeira de Tacruk. Existiram canções sobre você.

Céu não estava com tempo para ficar batendo papo.

— Não gosto de música.

Ela ergueu a espada. Hideo atacou primeiro, esticando o braço e comprimindo o ar numa rajada que voou até Céu. Ela reagiu por instinto, cortando o ar com a espada. O impacto a lançou para trás; a pele de diamante resistiu, mas o choque quase partiu seus joelhos. A capitã escorregou pela borda da muralha, cuspindo sangue.

— Ele é mais forte do que parece! — Rubi gritou lá de baixo.

— Eu sei! — Céu limpou a boca. Ela conhecia a fama de Hideo Takahashi, jamais o subestimaria.

Uma de suas estátuas se voltou contra o general, mas ele nem se deu ao trabalho de olhar. Girou a mão e criou um redemoinho sob os pés gigantes de pedra. A estátua foi engolida pela própria base e se despedaçou em um estalar horrível. A outra investiu como um cavalo de carga, mas Hideo voou alguns metros para cima e, com um segundo gesto, quebrou o vento contra ela. A estátua explodiu em pedras e poeira.

*Que cara chato!*

O resto da muralha rachou sob a pressão do vendaval. Seu corpo inteiro doeu, estava usando poder demais e, ainda assim, perdendo feio.

Céu criou degraus de pedra no ar, correndo até ficar na altura de Hideo. As pernas tremiam.

Ele deu um sorriso de canto.

— Você é só uma criança com pedras nos ossos, garota.

— E você é um tio de merda!

Ela atacou. A espada fez um arco, cortando o ar onde Hideo estava. Ele se esquivou, mas uma linha tênue de sangue brotou em sua bochecha. Era pouco, mas era sangue. Um lampejo de esperança a dominou, e ela girou no ar, puxando pedras para conjurar uma estaca. Lançou-a contra o pescoço dele, mas Hideo a explodiu com uma rajada de vento. O choque rachou o pulso de Céu, fazendo-a morder os lábios para não gritar.

Eles trocaram golpes assim, rápidos e brutais. Pedra contra ar. Céu começava a se cansar. O diamante na sua pele ameaçava ceder cada vez que ela forçava um golpe novo.

Num instante, ela viu Rubi e Linn mais abaixo. Linn seguia feroz, martelando crânios sem piedade alguma. Já Rubi estava cercada na lateral esquerda pelos Herdeiros, corajosos o bastante para enfrentar a onça de três metros de altura que a protegia. Um Herdeiro do Ar se destacou entre os outros, enquanto o kairú arrancava a cabeça de um de seus colegas, e jogou uma lâmina de vento contra Rubi.

Céu se virou.

— Rubi!

Num reflexo, ela ergueu uma barreira de terra para proteger a körinense. Funcionou… mas ela mesma ficou exposta. O ombro esquerdo voltou a ser carne. A proteção de diamante cedeu.

E foi esse o segundo que Hideo aproveitou. Ele surgiu atrás dela, como uma sombra.

— Adeus, capitã.

Um golpe gelado perfurou suas costelas, varrendo qualquer traço de força que ainda restava.

Ela soltou um gemido rouco, como um animal ferido, e a Espada da Montanha escapou de seus dedos. Seu sangue pingou sobre as pedras. A magia ao redor dela se quebrou como vidro.

Não sentiu a queda.

Só o frio.

E então ouviu um grito que pareceu rasgar o mundo.

— CÉU!

Talvez fosse Rubi. Talvez fosse a montanha, chorando por uma de suas filhas. Ou quem sabe o vento.

Mas tudo escureceu num instante. Céu só percebeu o silêncio que veio no final, um silêncio ainda mais terrível que qualquer explosão.

Caiu de costas numa terra estranha.

# CAPÍTULO 62
# Hideo

A poeira ainda dançava no ar quando Hideo Takahashi pousou os pés ao lado da capitã Steinbachi. O corpo dela jazia estirado entre os escombros da muralha, o sangue misturado à lama, tingindo o chão com um tom vermelho terroso.

Ele pisou entre as pedras com leveza. Limpou do queixo um fio de sangue que ainda escorria e deixou cair a gota, indiferente.

Ao redor, ainda havia certo caos. Seus soldados estavam se rendendo ao martelo de uma garota negra, que mais parecia uma máquina de guerra. Se não os ajudasse, certamente os perderia. Mas que passassem um pouco de aperto, eram soldados treinados, deveriam lutar melhor do que aquilo.

Ele se aproximou do corpo de Céu, sentindo um calor expandir no peito. Ela ainda respirava, mas fracamente.

Tacruk não a salvou.

Nada a salvaria.

Seus olhos recaíram na espada. Reluzente mesmo entre os escombros, a pedra de Tacruk chamava por ele. Seria mais uma em sua coleção. Que sorte!

— Céu!

Ele olhou para o lado e viu Rubi se ajoelhando ao lado da capitã. A garota tremia, as mãos sujas de sangue pressionando o ferimento.

— Não me deixa, por favor…

Patético. Tudo aquilo era patético. Até mesmo a onça enorme, que se deitava ao lado da capitã, como se pudesse protegê-la, era patética.

— Você herdou a fraqueza da sua mãe — Hideo disse, firme, deixando o desprezo ressoar. — O amor vai ser sua ruína.

Rubi ergueu os olhos cheios de lágrimas. Ela era tão parecida com Makiko que isso quase o enfurecia mais, quase fazia o peito doer. Mas tinha enterrado o amor por aquela mulher há muitos anos, não sofreria mais por ela.

O vento girou em torno de sua sobrinha, levantando poeira e folhas secas. A garota se colocou de pé, mas tremia muito.

— Ah, por favor. — Hideo bufou, cansado de ver a mesma tentativa inútil. — Você é burra?

Ele deu um passo à frente.

Antes que Rubi pudesse reagir de novo, Hideo levantou a mão e uma rajada a atingiu no ombro, projetando-a para trás.

Rubi caiu de joelhos, engasgando com a poeira. Um filete de sangue escorreu de um corte superficial na clavícula, espalhando-se pelo tecido surrado de seu macacão.

— Fraca — Hideo comentou sem entusiasmo. — Nem parece minha sobrinha.

Ele avançou outra vez, soltando uma sequência de lâminas de vento. Rubi tentava desviar ou bloquear com rajadas próprias, mas o corpo já demonstrava fadiga: mais arranhões surgiam em sua pele, e manchas de sangue marcavam onde as lâminas a roçavam.

— Levanta! — ele ordenou, enquanto a sobrinha cambaleava. — Me mostre que ao menos não é tão patética quanto o seu pai.

Rubi rangeu os dentes e, com um grito de raiva, lançou uma forte lufada de ar em cima do tio. O vendaval levou cacos de rocha e poeira para o rosto de Hideo, que deu dois passos para trás, surpreso, mas logo devolveu o golpe com um ciclone menor, girando a mão para controlar o fluxo.

O golpe veio. Um jato de vento cortante, rápido, mas fraco. Hideo desviou com facilidade. O ar o obedecia, como um animal bem treinado. Com um giro, ele inverteu a corrente e lançou Rubi contra uma árvore. Seu corpo emitiu um som seco no impacto, e ela tentou se levantar. Era de uma teimosia irritante.

Ele caminhou sem pressa até a sobrinha.

— Olhei nos olhos do seu pai quando ele morreu. E sabe o que ele tinha? Vazio. Nenhuma coragem de lutar. Nenhum orgulho.

Hideo fez um gesto de desdém, e outra lâmina de ar cruzou o espaço. Dessa vez, Rubi levantou a mão, concentrando o vento para bloquear, e as rajadas se chocaram no ar, criando um estouro que sacudiu os escombros próximos. Ela fincou os calcanhares na terra, os braços erguidos em cruz para dissipar o impacto.

— Você não sabe nada sobre ele! — ela gritou. — O meu pai… — A voz dela falhou de dor, quando um corte atingiu seu braço esquerdo.

— Sei mais do que você.

Rubi pôs-se em pé, mesmo cambaleando, e veio como um bicho na direção dele. Terra e sangue grudavam em seu rosto, mas os olhos… havia algo diferente neles. Um brilho que Hideo não reconheceu de imediato.

Não era magia.

Era ódio.

Ele soltou um riso curto. Não tinha por que se abalar: o ódio dos fracos não mudaria nada.

Tocou o anel.

O Rubi do Éter irradiou num vermelho voraz.

Esticou o braço e encostou os dedos no peito da sobrinha, pressionando seu esterno, como tinha feito com Hiro.

— Hora de acordar, minha querida. — Hideo sorriu. — Hora de ver o que tem dentro de você.

Ele esperava ouvir o colapso da pele dela se abrindo, o grito. Queria ver o medo naquele rosto igual ao de Makiko. Mas o som que veio não saiu da garganta de Rubi. Saiu da própria terra.

O calor do Rubi do Éter fluiu por seu braço, buscando o peito da sobrinha, mas não houve reação alguma.

A pedra que ela carregava dentro de si já havia sido ativada.

Hideo tentou dar um passo para trás, mas não conseguiu. Seus dedos estavam presos ao esterno de Rubi.

— O quê…? — A voz dele falhou. — Não!

Ela permanecia ali, sem piscar, o olhar apagado, fixo em algo muito além de Hideo. Em volta dela, o vento rodopiava irregular, fazendo as folhas mortas rodarem como fantasmas.

Um estrondo baixo reverberou sob os pés de Hideo, e placas de pedra começaram a erodir na terra, elevando-se ao seu redor.

Ele puxou a mão. Nada. Tentou voar, mas os pés não respondiam, estavam petrificados, presos. Procurou os Herdeiros do Ar que o seguiam, mas estavam ocupados demais sendo mortos por uma mortal qualquer.

Os dedos dele endureceram.

— Não! — O vento tragou o grito.

O braço direito dele escurecia. Veias cinzentas emergiam por baixo da pele, feito rachaduras de cerâmica. Em segundos, todo o braço tinha virado pedra.

— Isso não faz sentido!

Seu corpo começava a endurecer por dentro. Um formigamento lancinante no pulmão o fez tossir. Ele cuspiu sangue… e pedaços de quartzo. O poder da pedra falsa de Tacruk, que ele tinha escondido dentro da sobrinha, já estava acordado e agora se virava contra ele.

Um pavor grotesco lhe atravessou quando sua mão de pedra se soltou de Rubi.

— Makiko… — Ele tentou chamar o nome da única pessoa que tinha amado na vida, mas a voz falhou.

Os olhos dela, que ele sempre trazia na memória, foram substituídos pela imagem do próprio pai retorcendo, de Hiro implorando, enquanto raízes os estouravam de dentro para fora. Agora era ele quem caía de joelhos, as pernas se solidificando antes de tocarem o chão.

O ar parou de obedecer.

Os joelhos racharam, produzindo um estalo abafado.

Um último sopro escapou de seus lábios, e voltou contra o próprio rosto em forma de lâmina. O talho rasgou sua bochecha, mas a dor foi eclipsada pelo terror de sentir a pele rachar.

Pedra por fora, pedra por dentro.

A carne se partiu como barro cru e o sangue escorreu em fios grossos, ganhando um tom ferruginoso.

Rubi o encarava com horror, as mãos tapando a boca, mas sem dor alguma nos olhos.

Ninguém sentiria sua falta.

Sua visão escureceu. Ele quis olhar para Rubi, mas apenas viu a própria mão petrificada se desfazendo e voando como poeira. O resto do corpo se transformava em um amontoado de fissuras.

Num estalo surdo, ele se partiu. Como uma estátua precariamente moldada, explodindo em cacos e poeira. Seu peito estourou, espalhando fragmentos de pedra e pedaços de carne endurecida. Mas, de alguma forma, ainda via, ainda sentia cada fragmentozinho seu que se partia.

Viu seu anel rolar para fora dos destroços, girando algumas vezes e parando ao se chocar com uma pedra — ou talvez com um pedaço dele mesmo.

A consciência o abandonou lentamente. Hideo Takahashi se viu deixando de existir, em cacos e quartzo.

Uma ruína arrogante que a própria terra se encarregava de engolir.

## CAPÍTULO 63

# Rubi

Hideo Takahashi havia se partido como a estátua de um templo esquecido, os fragmentos de seu corpo misturados à lama e aos escombros. A poeira dele ainda pairava no ar, mas os passos pesados contra a terra continuavam, cada vez mais altos, um aviso de que o fim de um homem não significava o fim de uma guerra.

Rubi permaneceu ali por alguns segundos, processando que o último membro de sua família tinha acabado de morrer. Não conseguiu evitar a tristeza, mesmo que ela viesse acompanhada de alívio.

Seu coração ainda estava disparado e o ar formigava nos pulmões quando ouviu gemido baixo atrás dela.

— Céu… — Ela se virou cambaleando e correu.

O kairú resmungou ao vê-la se aproximar, mas ela o ignorou. A onça não fez nada, apenas continuou do mesmo jeito que tinha ficado desde o momento em que Céu caiu.

A capitã estava deitada entre raízes rompidas e pedaços de pedra, um rastro de sangue seguia pela lateral do seu tronco. Pior que isso: onde antes a pele reluzia como diamante, agora restavam apenas rachaduras que deixavam à mostra uma carne sofrida, coberta de feridas e hematomas. Os dedos estavam sem as unhas, os pulsos circundados com manchas quase pretas.

Era como se alguém tivesse colocado uma âncora no coração de Rubi e a jogado mar adentro. A capitã tinha lutado contra Hideo mesmo depois de ser torturada, mesmo com o corpo em frangalhos… e agora estava despedaçada.

Rubi se ajoelhou ao lado dela, mal se equilibrando.

— Eu tô aqui, meu amor. Por favor, fala comigo.

A ferida na costela sangrava, então Rubi a pressionou. Não sabia tratar de feridos; nunca aprendera a cuidar de ninguém. Mas faria o que fosse preciso, qualquer coisa mesmo.

— Fica comigo. Por favor, fica comigo.

O peito de Céu respirava, quase imperceptível. Quando a capitã abriu os olhos, Rubi viu dor, mas também algo como alívio.

— Você conseguiu? — Céu perguntou com a voz fraquíssima, erguendo os dedos machucados para tocar seu rosto. — Vencemos?

Rubi mordeu o lábio inferior para não gritar. Queria muito dizer que sim, mas ainda ouvia a luta de Linn, os passos dos homens mecânicos, os tiros voltando a ricochetear nos escombros de pedra.

— Nós *vamos* vencer — prometeu e se levantou, firmando os pés na lama. Ergueu os braços ao céu e puxou o ar com força. Pó, galhos, estilhaços de pedra e folhas secas voaram como uma onda.

Soldados de Körin, ainda atordoados pela queda de Hideo, foram arremessados contra troncos e rochas.

O kairú levantou a cabeça e rugiu para um ponto atrás de Rubi, bem no segundo em que carros frearam do outro lado.

— Rubi! — Linn ainda dava cabo de um último Herdeiro do Ar, mas a atenção dela estava voltada para trás, uma distração que quase foi fatal. O homem soprou uma adaga de ar contra ela que, ainda do chão, jogou seu martelo no queixo dele, que caiu decapitado. Rubi não queria pensar que aquele martelo quase tinha arrancado a sua cabeça, mas não conseguiu evitar. — Tá me ouvindo? — Linn recolheu o martelo. — São Herdeiros da Terra.

*Ah, merda.*

Rubi queria que fossem reforços, mas claro que não eram. Elas não lutavam por ninguém, nem por Minéria, nem por Körin, e ao mesmo tempo lutaram contra todos.

— Leva a Céu daqui. — Linn apertou o martelo, pronta para atacar membros do exército do qual fazia parte. Rubi não sabia o que fazer. Viu, com certo horror, quando Linn foi abraçada por raízes grossas, e chegou a dar um passo na direção dela para ajudá-la, mas sua visão foi tapada por um homem alto. Os olhos dele tinham o tom verde dos Herdeiros de Naki, mas havia algo feroz demais no jeito como a encarou.

O kairú avançou até o homem, passando ao lado de Rubi tão depressa que quase a jogou no chão.

A onça, que tinha permanecido parada ao lado da capitã, agora reagia feito um animal ferido.

Rubi sentiu um calafrio. Virou-se para Céu, frágil e desprotegida no chão, e perguntou baixinho:

— Quem é ele?

Um segundo.

Só um segundo de contato visual entre elas.

E, no olhar de Céu, Rubi viu um pavor que não tinha nome.

— Foi ele que te machucou? — insistiu, a voz embargada de cólera e agonia.

Céu não falou nada. Só concordou com um gesto breve, quase imperceptível.

E isso bastou.

Rubi se levantou, a visão escurecendo, o coração acelerado. Toda a balbúrdia de tiros e explosões virou um ruído afogado.

Ela viu quando o homem imobilizou o kairú com raízes que brotavam do chão e começou a sufocá-lo.

— Ei. — Rubi parou diante dele, sentindo o cheiro de sangue, poeira e podridão.

— Saia do caminho, garota — ele disse, a voz quase paternal. — Isso não é com você.

— Foi você. — As palavras saíram tão calmas quanto uma maldição. — Você torturou Céu Steinbachi.

O homem hesitou. E esse lapso bastou.

Rubi ergueu a mão e retirou todo o ar que havia nos pulmões dele.

O Herdeiro da Terra tentou respirar, fez força como um peixe fora d'água, as mãos no pescoço, depois no peito. Os olhos se arregalaram num horror silencioso.

— O que você... está... fazendo?

Ela não respondeu.

Ele caiu de joelhos, os lábios arroxeando, a pele fina e translúcida. Veias saltavam como raízes secas. O Herdeiro de Naki golpeou o chão com os punhos, talvez para tentar fazer alguma raiz atacá-la, mas nenhum som escapou.

Rubi se aproximou, ajoelhando-se diante dele. Podia sentir o coração retumbar nos próprios tímpanos, um calor cruel crescendo em seu peito.

— Você a prendeu pelos pulsos. Você arrancou as unhas dela.

Ele gemeu, tentou falar, implorar talvez. Os olhos suplicavam.

— Você acha que vai morrer como herói? — disse de um jeito quase íntimo. — Vai morrer como morrem os covardes: sem ar, sem honra e sem nome.

Ela fechou o punho.

Um estalo minúsculo, grotesco, soou no pescoço do Herdeiro, e o sangue jorrou de seu nariz, pintando a terra molhada de um vermelho feio. Ele tombou de lado, o rosto enterrado na lama, a boca aberta num grito que não existia mais, a pele tão seca quanto papel.

Ouviu um baque atrás de si e soube que o kairú estava livre.

Mas Rubi nem olhou para a onça, permaneceu parada, sentindo o pulsar do próprio sangue latejar em cada artéria. Precisava se acalmar ou destruiria tudo.

— RUBI!

A voz de Linn irrompeu na fumaça da batalha. Atrás dela, era possível ver a leva de soldados mecânicos de Körin avançando.

— Você precisa ir! — Linn gritou, olhando brevemente para o homem caído, depois o ignorando. — Leva a Céu e vai embora!

— Mas, e você?

— Eu vou parar eles! — Ela bateu o martelo no chão, e a terra protestou. — A capitã precisa de um médico.

Rubi virou o rosto para onde Céu estava deitada, olhos fechados, corpo despedaçado.

— Eu vou.

O kairú rosnou baixinho quando ela se aproximou, sabendo que não era uma ameaça. Com cuidado e dificuldade, ergueu Céu nos braços, sentindo o peso do corpo ferido, muito mais leve do que deveria ser.

A dor nos próprios músculos se tornara mero detalhe. A única certeza que tinha era a de que não deixaria mais nada ameaçar Céu Steinbachi.

Ergueu-se com esforço e montou no lombo do kairú, acomodando Céu junto ao peito.

— Vamos, por favor… — murmurou para a onça, então encontrou o olhar incisivo em Linn, agradecendo sem palavras.

Elas partiram, o barulho de motores e disparos se perdendo às suas costas, enquanto uma promessa queimava seus olhos e sua garganta.

Ninguém, absolutamente ninguém, voltaria a tocar em Céu.

## CAPÍTULO 64

# May

Stashi queimava como uma estrela que se despede da vida.

May Song já tinha visto muitas estrelas queimarem no início dos tempos, quando o Oculto estava entediado até com os deuses que tinha criado para distraí-lo. Vaelay tinha sido a primeira. *Que se faça luz*, ele teria dito.

Agora, muito menor do que tinha sido um dia, ela corria sozinha entre as sombras das Indústrias Takahashi, avançando por vielas estreitas enquanto, acima dela, sua fênix incendiava o céu. Cada batida das asas douradas da guardiã lançava ondas de fogo sobre hangares e torres, reduzindo décadas de ambição e arrogância a cinzas.

Era um espetáculo aterrador e lindo. Até ver as pessoas fugindo tinha sido bonito.

— Destrua apenas as áreas onde não tem trabalhadores. — Tinha dito para Sabrina, que respondeu revirando os olhos. Era óbvio que ela faria aquilo, não precisava de instrução.

O coração de May ardeu ao olhar para ela lá no alto.

*Minha guardiã.*

Abaixou a cabeça e focou no caminho. Precisava alcançar a pedra.

Entrou no complexo administrativo pelo lado sul, aproveitando a confusão causada por Sabrina. A fênix fazia o céu sangrar, enquanto o calor intenso derretia metal e vidro.

May avançou depressa pelos corredores vazios, ouvindo o alarme distante e desesperado. Alguns guardas cruzaram seu caminho, disparando contra ela, mas May já não tinha mais paciência para obstáculos menores. Cruzou as duas lâminas ardentes à frente do corpo, deixando o fogo devorar balas e ossos. Sentiu aquele incômodo já familiar por tirar aquelas vidas, mas era tarde para arrependimentos.

Seguiu em frente.

O escritório central estava perto. Uma porta metálica reforçada bloqueava a passagem, mas May abriu caminho sem hesitação. Com um giro feroz das espadas, a porta cedeu, incandescente, tombando com um estrondo.

Entrou no cômodo amplo. Em uma das paredes, estava o maldito quadro de Zora. Ela ergueu uma das espadas para rasgar e queimar a pintura até o pó, mas, apesar do fogo, o ar esfriou.

Ela se virou lentamente.

Wata saía de uma abertura do outro lado da sala, os cabelos loiros ondulando como se estivessem submersos na correnteza. Ao seu redor, a própria umidade do ar se condensava, formando pequenas gotas suspensas como estrelas.

Atrás da deusa da Água, dois Herdeiros avançaram da escuridão.

— Vaelay — ela falou, quase gentil. — É claro que você viria.

May sentiu um frio que cortava sua carne mesmo com o fogo queimando em suas mãos. Seu coração acelerou de maneira violenta, lutando contra as lembranças que pareciam prestes a rasgar sua mente ao meio.

— Não sou mais Vaelay — respondeu firme, embora fosse mentira.

Wata sorriu de leve.

— Acho que viemos pelo mesmo motivo.

May soltou uma gargalhada.

— Hideo Takahashi te traiu? Melhor ainda, ele te enganou? Caramba, Wata, você já foi melhor do que isso.

— Para você ver como esses mortais andam ousados.

— Foi por isso que você o enviou para Minéria? Para vir roubá-lo? Em outros tempos, você teria tomado o mundo inteiro sem precisar desses truques.

— O mundo inteiro não, você não deixaria.

— Assim como não deixarei agora.

— Isso vai ser divertido. — Wata ergueu uma das mãos delicadas e o ar se tornou água.

Os Herdeiros avançaram primeiro, porque Wata queria brincar com ela.

May desviou dos primeiros golpes deles, rebatendo a umidade com suas espadas, criando explosões de vapor que enchiam o cômodo de fumaça. Eles eram habilidosos e a forçaram a recuar.

Quando suas costas tocaram a parede, os olhos de Wata refletiam algo próximo de satisfação.

— Acho que acabou, Vaelay — a deusa sussurrou. — Dessa vez eu mesma prenderei o resto da sua alma num mundo tão sombrio quanto o do seu irmão.

Um clarão dourado explodiu pela janela, e um calor brutal tomou o ambiente.

Sabrina tomou o cômodo inteiro, ainda estava em uma mutação entre sua forma humana e sua forma de fênix. Os cabelos vermelhos se misturavam às asas em suas costas. Linda demais. Ela se colocou entre May e os inimigos, o corpo brilhando como uma supernova.

— Não vai ser hoje — Sabrina disse, com uma calma que contrastava com a bagunça que ela causava.

— Esse seu passarinho é chato, hein?

O coração de May despencou.

— Brina, não...

Sabrina olhou para trás, e havia amor puro em seus olhos.

— Eu prometi te proteger hoje e para sempre.

— Por favor...

— Pega logo a pedra. Eu seguro eles.

Sabrina avançou sem hesitação. Seu corpo entrou em combustão, virando novamente a fênix guardiã, e ela se lançou contra Wata e seus Herdeiros numa explosão devastadora. Água e fogo colidiram, preenchendo o escritório com um vapor infernal.

May se virou rapidamente para a parede, destruindo o quadro de Zora. Atrás, protegida por vidro, repousava a pedra falsa do Ar. May estilhaçou a proteção com a espada e arrancou o diamante do suporte.

Um tremor estremeceu o prédio. O ronco grave das fábricas parou. As Indústrias Takahashi silenciavam, máquina a máquina.

May riu.

Quando ela se virou, porém, seu coração congelou.

Sabrina estava caída no chão, o corpo em forma humana agora imóvel, cercado por poças de água avermelhada, o peito rasgado por um a adaga de gelo. Wata desaparecera no vapor, mas seus servos estavam caídos, carbonizados. O fedor ardia.

May jogou as espadas de lado, deixando que elas se apagassem. Correu até Sabrina, caindo de joelhos ao seu lado.

— Você prometeu que não me deixaria.

A guardiã ergueu a mão trêmula, tocando o rosto de May.

— Eu prometi *proteger* você. E cumpri minha promessa, até o fim.

May soluçou baixinho, sentindo algo se despedaçar em seu peito. Uma dor tão profunda, tão antiga, uma que ela pensou que nunca mais sentiria novamente.

— Não posso perder você de novo, não agora que te encontrei.

— Você nunca vai me perder, Vaelay. — Sabrina respirou fundo, mas a voz falhava. — Sempre estarei no fogo, sempre estarei com você. Lembra?

— Não, não, não.

— *Lembra?*

— Eu me lembro.

— Ótimo. Não se esqueça mais.

— Não vou esquecer.

Sabrina sorriu, como uma pena caindo, e fechou os olhos.

— Eu te amo… desde o deserto. — A mão dela escorregou pelo rosto de May, tombando sem força no chão.

— Não…

May caiu sobre Sabrina e, pela primeira vez desde o início dos tempos, chorou.

# CAPÍTULO 65

# Linn

Linn Montealto estava sozinha diante de um exército imenso. Cinco mil soldados mecânicos marchavam na direção dela. Atrás, havia fumaça e fogo; ao redor, corpos e pedaços de corpos. Ela segurava o martelo com tanta força que seus dedos já estavam dormentes, o peso do metal parecia quase confortável agora, como um velho amigo.

Não teria tempo para procurar pelos restos de Hideo Takahashi. Poderia fugir, claro, mas e se os soldados alcançassem Rubi e Céu? Tinha que ao menos *tentar* atrasá-los. Ela ergueu o martelo diante do peito, respirou fundo e encarou a fileira interminável de inimigos.

— Vamos lá, seus desgraçados — murmurou para si mesma, ajeitando o cabo nas mãos, pronta para arrancar algumas cabeças.

Mas, quando estava prestes a avançar contra o exército, os soldados mecânicos pararam.

Foi súbito. Os passos pesados cessaram, os braços metálicos congelaram no ar, e as luzes em seus olhos piscaram, apagando-se uma a uma como estrelas que morrem.

O alívio fez a cabeça de Linn doer.

*May conseguiu.* Um sorriso meio histérico tomou seu rosto. *Pelos deuses, aquela desgraçada conseguiu!*

Aproveitando a oportunidade que a deusa da Chama havia lhe dado, Linn correu depressa pela terra devastada, esquivando-se de corpos e destroços em busca do que havia restado do general Takahashi. Lembrava mais ou menos do lugar onde ele tinha tentado matar a sobrinha. Linn não sabia o que Rubi tinha feito para vencê-lo e também não importava.

Só queria o anel.

Futucou os destroços com o martelo, imaginando que talvez a pedra que ele trazia atraísse o Rubi do Éter. Podia ser uma ideia tola, mas era melhor do que nada.

Sentiu a presença antes de ver o vulto, e precisou apertar o cabo do martelo para não atirá-lo por instinto. Vai que era algum aliado, talvez os rebeldes de May chegando…

— Linn — a voz inconfundível chamou baixinho, golpeando seu peito com aquele ar risonho. Ela se virou para olhar para ele. — É você mesmo?

Alexander surgiu, parado no meio do campo desolado, o rosto tão familiar e, ao mesmo tempo, tão estranho. O uniforme estava sujo de poeira, o rosto cansado, envelhecido, mas sem ferimento algum. Ele estava… *escondido*?

Seu corpo inteiro enrijeceu ao estudá-lo e notar o rifle preso à alça do ombro.

Quis matá-lo, mas, ao olhar no fundo dos olhos dele, tão verdes quanto os do irmão, soube que não conseguiria.

— Sai da minha frente, Alexander. Não quero matar você.

— Como você sobreviveu?

Os músculos dela doíam, a pele estava irritada e dolorida nos vários lugares onde os golpes tinham atingido e, ainda assim, a dor maior estava *dentro* dela. Na alma que Alexander tinha quebrado ao atirar no irmão.

— *Essa* é a sua pergunta? — O martelo ficou pesado quando ela o ergueu, apagando o brilho dos olhos de Alexander.

— O Álvaro… — Se queria inventar alguma mentira, desistiu. Os ombros dele caíram. — Você já sabe.

Pelo menos ele não continuaria se fazendo de sonso.

— Sim, eu já sei.

— Eu fiz o que tinha que fazer. Sei o que sente por ele, mas o Álvaro…

— Não minta sobre ele, não invente nada para justificar o que você fez.

— Mas, Linn… — Deu dois passos para a frente, mas parou quando ela cruzou o martelo na frente do corpo. Sério mesmo que ele ainda tentaria enganá-la?

— Seu irmão mesmo me contou o que aconteceu — interrompeu. Não tinha tempo, nem paciência para aquilo.

Ele mal abriu a boca para falar, então as palavras saíram apertadas:

— O Álvaro está morto.

— É você que vai morrer se não sair do meu caminho, seu covarde de merda. — Linn rosnou. — Ele amava você, talvez ainda ame, e mesmo assim… — Deu um passo para a frente. — *Mesmo assim…*

Alexander levantou o rifle, mirando-a com uma frieza que a fez estremecer.

— O amor dele não me interessa — interrompeu. — Fiz o que tinha que fazer — repetiu aquela mentira mais uma vez e disparou sem aviso nenhum. Ela desviou por pouco, sentindo o calor da bala passando perto demais de seu rosto, e respondeu atacando com violência, o martelo forçando Alexander a recuar.

Ele não era páreo para ela, nunca tinha sido. Mas Linn não queria matá-lo.

No primeiro vacilo de Alexander, ela atingiu o rifle, quebrando-o ao meio. O soldado foi ao chão, desarmado, e ela ergueu o martelo acima da cabeça muito mais para assustá-lo, para fazê-lo implorar pela vida.

— Por favor, Linn. — Alexander tremeu. — Nós éramos amigos…

Ela tremeu também, as lágrimas queimando os olhos. A lembrança de tantos anos trabalhando juntos, das brincadeiras que ele gostava de fazer, das patrulhas, das manhãs de café. Tudo aquilo esmagava.

Alexander sacou a pistola da cintura e disparou.

A dor explodiu no ombro dela, violenta e brutal. Sangue quente escorreu por seu braço. A traição ardia mais que o ferimento, abrindo espaço para o ódio mais puro que já sentira. Aquele maldito não merecia nada, compaixão nenhuma, nenhuma esperança.

Ergueu novamente o martelo com um rosnado feroz, e dessa vez não hesitou, o desceu com fúria sobre o peito de Alexander, esmagando ossos e carne com um som horrível e prazeroso. O corpo dele tremeu e ficou imóvel, um fio de sangue escorrendo pela boca entreaberta.

— Sem segundas chances, sem lamentações. — Puxou seu martelo de volta.

Sem dar mais atenção ao cadáver, voltou aos escombros, ignorando a dor. Vasculhou até encontrar o anel de Hideo. O rubi reluzia intensamente e respondeu quando ela o tocou, queimando a palma de sua mão. Era uma dor gostosa. Linn o agarrou e o prendeu entre os dedos, sentindo o poder correr por suas veias.

— Credo! — Bufou ao perceber que a pedra realmente era muito mais forte que aquelas que ela já tinha se acostumado a usar.

Fechou os olhos e deixou toda a escuridão do mundo a abraçar. Atravessou para o Mundo das Sombras sem esforço algum.

Encontrou Vaelith no mesmo lugar onde tinha deixado, sentado no mesmo canto escuro. Ela se perguntou mais uma vez se ele ficava assim sempre que estava sozinho.

— E o Álvaro?

O deus da Sombras a encarou, os olhos cor de violeta reluziam.

— Foi se deitar, chateado com nós dois. — O olhar dele deslizou até encontrar sua mão fechada. — Você conseguiu? — Ele se levantou e ela percebeu que Vaelith não esperava que ela fosse conseguir.

Aquilo não a chateou.

— É óbvio!

Vaelith ergueu a mão aberta, mas Linn nem sequer se moveu.

— Que garantia eu tenho de que não estou entregando o maior poder do mundo nas mãos de um traidor?

— Nenhuma.

— Então me diga a verdade, Vaelith.

Ele pareceu velho. Pela primeira vez ela via o quanto ele era antigo.

— Venho tentando recuperar essa pedra há centenas de anos. Implorei a Tacruk que me desse, mesmo sabendo que ele é que havia roubado da minha irmã. Pedi intercessão de N'oto. Todos me ignoraram, temiam que eu voltasse a cobrir o mundo com as minhas sombras. Depois de um tempo, parei de pedir e tentei tomar, mas minha influência no mundo mortal é muito limitada. Quando Tacruk levou a pedra para Aymora, aí ficou quase impossível.

— Mesmo assim, você deu um jeito.

— Claro. As sombras nunca desistem. — Sorriu, mas seus olhos ainda estavam tristes. — Os feitos de Hideo Takahashi chegaram até mim através dos sonhos e eu soube que era possível encontrar Aymora. Então procurei a única pessoa que poderia me ajudar.

— Aí você manipulou sua irmã para sequestrar uma Takahashi e ganhar a permissão de Zora para entrar na cidade perdida.

— Meu plano era bem mais elabor… — Parou quando Linn cruzou os braços. — É, foi mais ou menos isso mesmo.

— E por que você quer tanto o Rubi do Éter? Para se libertar?

— Havia uma profecia…

— Você não acredita em profecias — ela interrompeu. — A *verdade*, Vaelith.

— Eu queria me libertar, sim. Óbvio. Mas…

— Queria?

Vaelith olhou dela para o nada.

— Era.

— E o que mudou?

— O rei se apaixonou pelos peões.

— Por que eu deveria acreditar em você?

— Não deveria.

Ela pediu a verdade, e ali estava a verdade. Agora era sua vez. Olhou para o anel, desconhecia como usá-lo para salvar Álvaro. Duvidava que bastasse colocá-lo no dedo e pronto, vida renovada.

Precisava de Vaelith.

Sem hesitar mais, porque não adiantaria, entregou o Rubi do Éter para o deus das Sombras.

Que erro colossal.

Vaelith tomou a pedra, fechando os dedos lentamente sobre ela e, sem aviso, desviou o olhar e sussurrou palavras numa língua que soava muito familiar. Das sombras ao lado dele, seu gato preto veio se espreguiçando, esticando o corpinho pequeno. Vaelith prendeu rapidamente o anel na coleira que envolvia o pescoço de Chad, acariciou os pelos em sua cabeça e… nada. O gato tinha sumido.

— O que você fez? — Linn gritou, tomada por um horror absoluto. — Vaelith…

Deu um tapa em seu ombro, depois martelou, sem muita força, seu peito, empurrando-o para trás.

Ele não evitou o golpe, nem revidou. Nem sequer olhou nos olhos dela.

— Sinto muito, Linda.

Lágrimas turvaram sua visão e ela despencou feito um saco de pedras.

— Você mentiu…

Vaelith ergueu os olhos, escuros como o fundo do oceano. O poder dele chegando ao fim.

O medo dela virava realidade:

Perderia os dois.

CAPÍTULO 66

# May

Os irmãos estavam deitados sobre a areia quente do deserto, assistindo ao início dos tempos. O céu escuro estava coberto por nuvens grossas de água congelada que, em breve, cairia. Foram os vulcões de Vaelay que fizeram aquela água toda nascer.

Ela se lembrava agora.

O Oculto tinha dito que o mundo deles não podia ser apenas areia, calor e escuridão. Precisava de *vida*. Então criou Wata.

Agora o mundo queimava por culpa dela.

May estava de joelhos no chão enegrecido, sentindo a fumaça rasgar sua garganta como cacos de vidro. O cheiro de madeira queimada, de óleo fervendo e de pele chamuscada empesteava o ar.

Uma explosão distante sacudiu a terra, lançando faíscas e pedaços de metal no ar. As labaredas de Xinyan ainda devoravam as Indústrias Takahashi.

— Sabrina… — May murmurou, engasgada na própria dor, enquanto o corpo de Sabrina virava cinzas em suas mãos e se misturava à água e ao sangue do chão.

Ela renasceria? Talvez, se ainda existisse um mundo para retornar.

May respirou fundo. O ar quente penetrou em seus pulmões, fazendo-a tossir. Ainda era mortal, precisava se lembrar disso o tempo todo. Ela apertou a pedra falsa de Zora contra a palma da mão, antes de guardá-la no bolso de seu paletó, e ergueu o rosto.

— Tantos séculos, Vaelay, e você ainda não aprendeu que não pode me vencer? — Wata riu.

O ódio em May queimou mais forte do que o fogo à sua volta. Estava cansada. Mil anos de guerra, séculos vagando desmemoriada pelo mundo.

Exausta.

Aquilo tinha que acabar.

— Você não devia ter tirado minha guardiã de mim. — Suas pernas ameaçaram ceder quando ela se levantou.

— Você tirou o meu de mim. Só estou cobrando uma dívida.

— Então vou cobrar a minha também. Vou fazer você queimar por isso. — A deusa da Chama segurou suas espadas curvas. Seus dedos suavam. — E por todo o resto.

May avançou. O primeiro choque foi ensurdecedor. Wata criou uma barreira de água cristalizada que explodiu em vapor ao encostar no fogo. May investiu com uma lâmina em arco, mas encontrou outro escudo de gelo, que rachou e se quebrou em mil cacos.

Com um movimento elegante, Wata criou lanças de gelo que zuniram no ar, apontadas direto para o peito de May. A deusa da Chama ergueu os braços com um grito abafado e explodiu em fogo. As lanças se transformaram em água fervente, caindo como uma tempestade de agulhas quentes.

May sentia a dor de pequenas queimaduras salpicarem seus ombros e braços, mas nada doía o suficiente.

Ela aproveitou para lançar uma chama tão intensa que até o ar pareceu pegar fogo. O chão tremeu sob seus pés, e as estruturas metálicas rangeram. Wata contrapôs aquilo com uma coluna de água, que ferveu imediatamente. A névoa queimava os olhos e a pele.

Da terra encharcada, serpentes geladas surgiram, criando rachaduras no concreto, erguidas pelos gestos graciosos de Wata. Uma delas investiu contra May, que cortou o bicho ao meio com um golpe, mas a segunda envolveu suas pernas, subindo pelas canelas até abraçarem sua cintura. O frio intenso fustigou sua pele, fazendo-a gritar baixo, sentindo o gelo morder seus ossos.

— Você sempre foi fraca! — Os olhos de Wata brilharam de triunfo.

O corpo de May tremia, metade banhado em chamas, metade aprisionado em gelo. O frio subia, pregando sua respiração no peito, sugando suas forças. Seus joelhos cederam. Enxergou apenas o rosto de Sabrina, feliz e luminoso.

*Desculpa*, ela quis dizer. Mas, em vez disso, apenas se lembrou.

A fênix voando com suas asas de fogo cobrindo o deserto.

A raiva pela perda tomou seu coração de novo. May concentrou o fogo em seu tronco e o soltou numa explosão. O barulho foi como um trovão dentro de uma fornalha. A serpente de gelo evaporou, mas Wata ainda estava inteira.

Um tremor percorreu a torre Takahashi, que rangeu como um bicho machucado. As duas deusas trocaram um olhar rápido de ódio. Então, piso e paredes desmoronaram, e elas foram lançadas ao vazio.

O solo se aproximou rápido demais.

May invocou o fogo para desacelerar o impacto e pousou rolando pelo chão quente. Wata aterrissou em meio a cinzas, como a deusa que era.

Sem perder tempo, a deusa da Água ergueu um braço e o esgoto da cidade respondeu, como um cão fiel chamado pelo dono. As águas apodrecidas foram puxadas para fora, e May arregalou os olhos ao ver uma onda gigante crescendo no horizonte. Um vento fedido chicoteava os destroços e espalhava as chamas.

— Cansei de você. — Wata flexionou os dedos e a onda atrás dela avançou como uma muralha.

May quis se levantar, mas não tinha mais forças. Era só um sopro.

Falharia de novo, e toda luta, toda dor, cada memória e cada sacrifício, seriam em vão.

Lembrou da profecia guardada num amuleto. Uma mulher estava destinada a destruir Wata, mas quando?

Um rosnado grave estremeceu as ruínas. Wata arregalou os olhos. Uma pantera feita de sombras emergiu num salto, pousando ao lado de May. O corpo do bicho tremulava, mas em seu pescoço, nítida como a morte, havia uma coleira prateada. Nela, brilhava um anel de pedra vermelha.

— Vae...? — May murmurou. Ela reconheceria o poder do irmão em qualquer forma.

Ela se lembrava.

A pantera rosnou, e as sombras cobriram as duas.

May esticou a mão e bastou tocar no rubi para pegar de volta o poder que tinha perdido.

A dor no corpo foi embora — a da alma nunca iria — e suas feridas cicatrizaram tão depressa que ela arfou. Era como se tivesse sido jogada no coração de uma estrela.

Não, ela *era* a estrela.

A deusa da Chama se levantou e as espadas em suas mãos fluíram para dentro do corpo, tornando-se parte de seus braços.

Quando caiu, a água podre de Wata não causou dano algum.

— Não é possível... — Wata pareceu cansada de verdade. Talvez até estivesse com medo.

— Você devia ter me destruído antes.

May ergueu um braço, e um clarão irrompeu do centro da fábrica, queimando com tanta intensidade que o esgoto espalhado pelo solo foi reduzido a vapor em segundos. Um baque sísmico fez o chão rugir, e parte das Indústrias Takahashi desabou, lançando escombros para todos os lados.

Wata gritou, tentando ainda manipular o resto de água para se defender, mas May estava incandescente e absoluta, como o sol. Fissuras começaram a se abrir no solo, e magma subiu em golfadas, traçando veios cor de laranja pela terra.

A deusa da Água invocou uma ventania gelada em volta de si. Mas era inútil: as chamas de Vaelay eram fortes demais, quentes demais, e consumiam tudo.

Num último esforço, Wata criou uma bolha de gelo que a envolveu, resistindo por um segundo às explosões de magma e fogo. Então, Vaelay expirou, e seu suspiro foi mais quente que mil forjas. O gelo cedeu, e Wata soltou um grito estridente de agonia, a pele escurecendo em segundos. Ela caiu de joelhos.

Vaelay movimentou os dois braços, lâminas de fogo lambendo o ar, e andou lentamente até a deusa da Água.

— Você é boa em fingir, mas eu vi o quanto está fraca, manipulando mortais, roubando pedras. Seu poder acabou quando você acordou os vulcões, o resto foi tudo fingimento. Eu devia ter percebido antes, quando você implorou pelas pedras de Tacruk.

— Você não pode me matar.

Vaelay enfiou as duas espadas no peito da deusa da Água, vendo aquele corpo maldito pegar fogo.

Esperou sentir alguma satisfação, algum alívio, mas não sentiu nada. Nem mesmo quando os olhos azuis se apagaram e a alma de Wata oscilou por cima dos escombros, tremendo, agonizando, até sumir.

A deusa da Água vagaria para sempre, sem forma e sem força, pelo mundo que tinha criado e que tentara tanto destruir.

CAPÍTULO 67

# Álvaro

O grito de Linn rasgou o Mundo das Sombras como vidro quente entrando na água. O som vibrou no peito de Álvaro antes de chegar aos ouvidos. Sem pensar, ele se ergueu. O coração parecia preso a um gancho que o puxava para a frente.

Correu.

A névoa escura cedia sob seus passos como lã ensopada, e o ar cheirava a areia. Sentiu Linn antes de vê-la. Os cabelos colados ao rosto, o martelo tremendo nos dedos, enquanto ela agredia as sombras ao redor dela, cada pancada arrancando faíscas do nada.

— Por quê? — a voz dela falhou num soluço.

O vulto que ela agredia não revidava. Só absorvia os golpes, se desmanchando e se refazendo, como se não sentisse. Mas seus olhos estavam fundos, um oceano noturno sem lua.

Álvaro deu um passo, sentindo o solo escorregar.

— Linn…

Ela virou o rosto. Não havia ira em seus olhos, só dor. Seus lábios tremiam.

— Ele… prometeu… — A palavra se partiu. — Você vai morrer aqui, Álvaro.

— Eu já estou morto.

— Não! — Ela martelou o vulto de novo.

— Já basta. — A voz de Vaelith saiu baixa, mas ocupou o espaço inteiro.

Sombras se ergueram em volta do corpo de Linn e a seguraram pelos braços. Ela ainda se debatia, mas agora não conseguia atingir o deus.

— Eu vou cumprir minha promessa — ele disse. — Mas você precisa me deixar fazer isso.

— Como? — Linn cuspiu. — Como você vai salvar ele se enfiou o Rubi do Éter no…?

— Enviei a pedra para sua verdadeira dona, era justo.

— Justo? — Ela escapou das sombras e o martelou no peito. Dessa vez, Vaelith gemeu de dor.

— Você bate muito forte, Linda — disse com certa dificuldade.

— Do que vocês estão falando? — Álvaro perguntou.

— Não se preocupa, Alvy. Como eu disse, cumprirei minha promessa. — Os olhos de Vaelith pousaram em Álvaro. Estrelas extintas.

Com um gesto lento, o deus abriu o próprio peito: a escuridão se abriu em pétalas. Lá dentro, uma opala mostrava todas as cores e nenhuma.

O mundo deles desabou.

A névoa virou uma escuridão absoluta, sem começo ou fim. Álvaro sentiu um frio que não vinha da pele, mas do tempo.

Naquele vazio, viu Vaelith como nunca antes: o corpo coberto por fissuras, como se tivesse sido quebrado por dentro. A pele, translúcida. Os ombros, caídos. Um homem que já foi deus.

— N'oto deixou isto comigo quando os deuses me prenderam aqui — murmurou, como quem recorda um sonho antes que ele fuja. — Foi com ela que pude sonhar vocês, que pude protegê-los, que enfeitei esse mundo com mais do que sombras. — Deu um sorriso frágil, quase humano. — Agora… é a sua vez de sonhar.

Álvaro tentou recuar, mas o vazio não dava apoio aos pés.

Vaelith encostou a pedra em seu peito e sorriu.

— Vai arder.

A luz explodiu para dentro. Álvaro arqueou. Era fogo de inverno, leite fervendo, relâmpago correndo pelas veias. Cada batida do coração reescrevia ossos, lembranças, pele. Quis gritar, mas o som ficou preso na garganta junto com todas as palavras não ditas.

Quando abriu os olhos, já caía.

O impacto no mundo vivo foi um soco. O rosto no chão quente, cheirando a cobre e pólvora. Ele engasgou no próprio fôlego, como quem nasce de novo.

A terra estava coalhada de carcaças metálicas, uma barreira de soldados mecânicos, imóveis, rígidos como lápides, tapava a visão da floresta.

Entre eles, corpos humanos e o cheiro acre de óleo frio. O silêncio era tão espesso que zumbiu nos ouvidos de Álvaro.

Ele se levantou cambaleando e olhou para baixo, para o peito enegrecido, como uma tatuagem cobrindo tudo.

— Alvy… — Linn estava caída junto aos escombros, o ombro ensanguentado, os olhos opacos.

Correu até ela para ajudá-la a se levantar.

— Você está bem?

— *Você* está bem? — Ela tombou de leve a cabeça. — Seus olhos e o seu cabelo estão… pretos.

Álvaro sorriu.

— Acho que sim.

Os olhos de Linn vasculharam o campo de batalha, então ela segurou o braço dele e o puxou.

— Precisamos sair daqui.

Ele a seguiu, sem reclamar, até que algo chamou sua atenção: um vulto caído, o peito afundado como lata amassada.

Ele estacou. O coração — ou a pedra — deu um solavanco.

Alexander estava estirado de costas na lama, a farda empapada de sangue escuro, o rifle partido ainda preso à correia.

O ar pareceu fugir dos pulmões de Álvaro. Ele avançou num passo vacilante, ajoelhando-se ao lado do cadáver.

Linn parou alguns metros adiante, respirando rápido. Não disse nada. Não havia remorso, só raiva, nos contornos rígidos de seu rosto.

Álvaro estendeu a mão, mas hesitou antes de tocar o irmão. O sangue já estava morno, quase pegajoso.

Ouviu as risadas abafadas nos corredores do quartel, viu a primeira vez que Alexander lhe ensinou a desmontar um rifle, e o momento em que aquela mesma mão puxou o gatilho contra ele.

— Sinto muito, Ally — disse, sem saber se pedia perdão ou concedia.

Álvaro fechou os olhos do irmão com cuidado. Depois se ergueu devagar, as pernas pesadas.

— Ele não sentiu nada — Linn disse, finalmente. A voz saiu baixa, quase quebrada. — Foi rápido.

Ele assentiu. Não havia frase que costurasse aquele buraco. Ele sabia que ela tinha feito o necessário. O ódio de Alexander não podia continuar correndo solto pelo mundo.

Ainda assim, foi difícil dar as costas ao irmão e caminhar até Linn. O peso da perda seguia grudado nos ombros, mas havia estrada pela frente. Tinham que ir embora.

Jipes esverdeados estavam estacionados atrás de uma parede de árvores, com os faróis apagados. Um deles tinha a chave pendendo na ignição, e Linn apenas se sentou ali, no banco do motorista, sem dizer uma palavra sequer.

Enquanto o veículo arrancava sobre a terra poeirenta, Álvaro não olhou para trás. Não tinha mais nada para ver ali.

— Eu… — Linn começou a falar.

— Não. Não se explique, nem peça desculpas. Eu o teria matado de um jeito muito pior se ele tivesse ferido você.

— Não teria. — Ela deu um sorrisinho de canto, e Álvaro soube que era verdade.

Ele se olhou pelo espelho retrovisor, estranhando a nova aparência, mas gostando dela. Gostava de estar vivo. Apertou o peito e não sentiu dor alguma, só um leve queimar, e um compasso diferente daquele que seu coração costumava ter.

Sombras eclipsaram o sol e deslizaram sobre o capô. Linn freou num chiado.

No meio da estrada de chão, Vaelith os aguardava. Corpo quase humano, olhos fundos, o mesmo robe preto de sempre.

Álvaro desceu com as pernas bambas. Ouviu o baque da porta de Linn se fechando atrás dele.

— Como…?

— Não vim para ficar. — A voz de Vaelith era calma, triste, bonita demais para aquele mundo. — Só queria olhar vocês mais uma vez.

Linn mordeu o lábio até sangrar, mas nenhum som saiu de sua boca.

Vaelith a encarou como quem grava um rosto na última página de um livro que será queimado.

— Lina Montealto. — A sombra dele oscilava como se tremesse. — Você me fez lembrar quem eu era. Não vou te esquecer, nunca. Serei uma sombra vagando pelo mundo, carregando seu rosto na minha escuridão.

— Vae…

— E você, Álvaro Klein… — Os olhos dele se suavizaram. — Você me mostrou que mesmo os filhos da guerra podem sonhar. Eu tinha esquecido que ainda existe amor e esperança nesse mundo quebrado.

— Você salvou minha vida — Álvaro sussurrou.

— E vocês salvaram a minha alma.

As sombras começaram a envolvê-lo, puxando-o de volta para longe.

— Meu amor por vocês transcende a barreira dos mundos. — Vaelith levantou uma das mãos. Linn correu até ele, esticando os dedos para tocá-lo — Nunca…

O deus das Sombras se desfez como um suspiro.

E o mundo ficou silencioso, assentando sobre o peito como uma ausência insuportável.

Quando o sol voltou a brilhar, a pique demais para provocar qualquer sombra, Linn disse:

— Vem, vamos voltar pra casa.

## CAPÍTULO 68

# Rubi

Rubi Takahashi não viu a fronteira de Minéria, mas *sentiu*. Quando o kairú saltou sobre um tronco caído, seu peito estilhaçou. Era como atravessar o sol e sair do outro lado feita de cinza.

Ela apertou o corpo de Céu contra o peito, ignorando o fogo que serpenteava sob a própria pele. A capitã seguia inconsciente, cabeça pendida sobre o ombro de Rubi. Aquele cheiro metálico enchia o nariz, e Rubi tentava pressionar a ferida, mas o sangue insistia em escapar.

— Fica comigo... — O pedido saiu rouco, desfiado pelo vento que batia no rosto como lixa. — Fica comigo, por favor.

O kairú seguia correndo sem parar ou diminuir o ritmo. Ela sentia a respiração falhar, as bordas da visão já borravam; ainda assim, se manteve firme enquanto a onça passava entre árvores e pedras.

Quando os muros rachados da casa de Céu na Vila do Mirante surgiram entre as árvores, Rubi já não sentia as mãos. Desceu do kairú num tropeço, as pernas cederam, mas ela não soltou Céu. O peso da capitã era insuportável. Rubi não tinha forças para carregá-lo e o carregou mesmo assim.

A porta dos fundos rangeu quando ela a abriu, o corredor exalando as lembranças de risadas que já não cabiam mais ali. Seus passos estalaram as tábuas, que pareciam zombar dela: tarde demais, tarde demais.

Colocou Céu na cama com cuidado, mas ainda assim seus braços vacilaram e quase caiu por cima dela. Rubi se ajoelhou na poeira fina do chão. Cada pedacinho de seu corpo reclamou.

O rosto de Céu estava muito pálido. Rubi pressionou o ferimento com as duas mãos mais uma vez, mas o sangue teimava em escapar pelos dedos.

— Não faz isso... Céu, não faz isso comigo, por favor. Você não pode me deixar agora. — As palavras eram súplica e ordem ao mesmo tempo.

Os olhos de Céu se abriram, enevoados, e a voz dela saiu num sopro:

— Você conseguiu? Ele morreu?

— Morreu. Eu matei aquele Herdeiro da Terra. E o meu tio... virou pedra.

Um sorriso quase imperceptível rompeu os lábios rachados de Céu. Ela ergueu a mão com esforço, com os dedos trêmulos, e tocou a curva do maxilar de Rubi como quem tateia um sonho prestes a sumir.

— Então você vai... ficar bem.

Seu coração rachou.

— Não! Não vou se você morrer aqui! — O soluço explodiu na garganta de Rubi. — Nós temos que vencer, Céu.

— E vamos... Um dia. — O fio de voz parecia já vir de outro lugar.

— Me escuta, você precisa ficar acordada, ok? Eu preciso de você aqui. O que vou fazer agora? Eu não sei, Céu. Sou só uma idiota mimada. Se dependesse só de mim, estava tudo destruído. *Por favor*, você *tem* que ficar.

Um ar quente beijou sua pele, quando a porta se abriu sem ruído algum.

May Song entrou. Ela estava diferente, os olhos eram fogo puro, a pele era uma luz que tingia as paredes de âmbar.

Como tinha chegado ali tão rápido? Tinha passado tanto tempo assim?

Ela ergueu a mão e a abriu. A pedra falsa de Zora faiscava como relâmpagos.

A deusa olhou de Rubi para Céu.

— Parece que vocês levaram a pior...

— Hideo Takahashi está morto.

May não sorriu.

— Ótimo. — Olhou de relance para Céu mais uma vez. — Creio que isso pertença aos Takahashi. — Pousou a pedra na mesinha ao lado da cama. A madeira chiou, começando a carbonizar sob o calor. May continuava encarando a capitã. — É melhor esconder essa aberração num lugar onde ninguém mais possa usá-la para criar aqueles monstros.

Uma ideia passou por sua cabeça, ardendo como esperança.

Rubi segurou o pulso de Vaelay, e sua mão queimou. Ainda assim, não a retirou.

— Por favor, usa a pedra. Salva a Céu. Eu faço qualquer coisa. Eu... eu dou tudo para você. Mas salva ela.

May sustentou o olhar. O fogo sob a pele dela diminuindo de intensidade até apagar. A mão de Rubi ardeu, avermelhada, quando a retirou.

— A existência dessa pedra é uma grave ofensa contra Zora.

— Foda-se Zora.

May sorriu, um estalo de brasa.

— Eu também acho. — A deusa olhou para Céu. — Tacruk não merece uma Herdeira como essa.

— Por favor, May...

— Sei que você tem ideia das consequências, Takahashi. É uma magia perigosa e antiga, que deveria ter ficado esquecida.

— Não me importo.

Rubi viu dor pura naqueles olhos de fogo.

— Você destruiria o mundo por ela? — May perguntou.

— Sem pensar duas vezes.

A deusa da Chama pareceu pesar todas as guerras, todos os amores, todos os fins. Depois soltou um suspiro que tremeu o ar.

— Vocês, mortais, são mesmo insuportáveis.

Ela se aproximou da cama; o calor fez a tinta descascar da parede. Rubi recuou, abraçando a si mesma.

May encostou o diamante no peito de Céu, e o quarto explodiu numa luz azul. A pedra dentro de Rubi reagiu na mesma hora, um amarelo solar percorreu suas veias, abriu fissuras sob a pele. Ela tentou gritar, mas o som se partiu antes de nascer.

A última coisa que ouviu foi o sussurro de May, tão baixo que parecia um sonho:

— Adeus, Takahashi.

E a escuridão a puxou.

O primeiro sopro de ar que Rubi engoliu vinha carregado de terra molhada e algo metálico, relâmpagos de uma tempestade distante. Piscou e o céu cor de violeta girou sobre a cabeça. Demorou alguns segundos até perceber que estava deitada numa encosta rala, com o corpo cravado no capim alto.

À esquerda, uma torre de coleta erguia-se como um farol morto, suas hélices imóveis ainda soltavam estalos.

A palma de sua mão estava vermelha e ardida, os músculos de seus braços, pernas e costas estavam rígidos e doloridos. Mas a dor no peito não estava mais ali.

Virou o rosto. Do outro lado da encosta, a apenas três ou quatro metros, Céu respirava, estendida sobre a grama de tom ferrugem. Rubi tentou se levantar, mas as pernas doeram muito, então se arrastou. Os braços também não aguentaram. Parou e respirou, analisando o espaço que a separava de Céu. Entre as duas corria uma faixa de solo sem vegetação, fina como cicatriz.

— Céu…

A capitã mexeu a cabeça, os olhos abrindo devagar. Aquilo foi o suficiente para acordar algo dentro de Rubi e ela se levantou, ignorando os próprios músculos. Seu corpo disparou, mas bastou atravessar a linha seca e pôr o pé na grama avermelhada para seu mundo explodir em dor. A pedra dentro dela incendiou sob o esterno, como se vazasse ferro entre as costelas. Rubi recuou com um grito, caindo de joelhos no capim verde. A dor cedeu de imediato, mas o gosto de sangue ficou na boca.

Céu se apoiou nos cotovelos e se levantou devagar. Rubi leu o próprio nome nos lábios dela, mas não ouviu nada além do zumbido dentro da cabeça. Ergueu a mão, pedindo que a capitã esperasse.

Olhou novamente para a torre e entendeu. May tinha largado as duas exatamente na fronteira, cada uma de um lado.

Rubi estudou o terreno. Nenhum brilho, nenhuma muralha. Ainda assim, bastara um passo para sentir o inferno. Talvez fosse a magia de Naki, ainda sangrando e dividindo a terra, talvez fosse outra coisa.

Olhou para Céu e viu que, mesmo toda suja de sangue e poeira, ela não estava mais ferida. Quis correr de novo, mas não podia, então andou devagar até a linha que dividia o mundo.

— Tudo bem aí?

Céu assentiu devagar, enquanto se levantava e vinha até ela.

— O que você fez? Como…?

— Você agora tem a pedra falsa de Zora dentro de você. E, obviamente eu tenho a pedra falsa de Tacruk dentro de mim. Que irônico, não é? Elas salvaram as nossas vidas, mas…

— São amaldiçoadas. — Céu parou de frente para Rubi, que esticou a mão, os dedos pairando no ar, bem ali, entre Körin e Minéria.

— Eu diria que elas cobram um preço.

— Que preço? — A capitã empurrou o corpo cansado para o lado körinense, e no instante em que a bota cruzou a faixa, enrijeceu, a dor estampada no rosto. Ela se arrastou de volta, tremendo.

— Esse — Rubi respondeu.

— Não posso atravessar?

— Acho que sim, mas a dor…

— É insuportável.

— Desde que caí em Minéria, eu sentia que a terra tentava me expulsar. — Rubi quase mordeu o lábio até sentir sangue para não soluçar alto. Esticou a mão o mais longe que a dor permitiu: centímetros. O ar chiou, cor de laranja e azul faiscando entre os dedos. Céu fez o mesmo, mas suas mãos mal se tocaram e elas precisaram recolhê-las. — Acho que você também não pode vir para cá.

— Não tem problema, a gente se encontra nos Estados Livres, a gente…

Rubi fez que não com a cabeça.

— Eu vou *quebrar* essa fronteira. Nem que precise derrubar o imperador, os deuses, o próprio Oculto. Vou arrancar todas as linhas que me impedem de ficar com você.

Céu sorriu e seus olhos brilharam tanto que pareciam o sol.

— Já quebrei essa fronteira uma vez para chegar até você, posso quebrá-la para sempre. Podemos construir outro mundo. Nós podemos vencer.

— Nós *vamos*.

— Sim. Nós vamos.

## CAPÍTULO 69

# May

May Song observava a linha irregular da fronteira sumindo atrás dela, as montanhas desenhando sombras contra o horizonte esfarelado, o céu sempre muito cinza, o sol sempre escondido. Um tempo atrás, ela teria dito que o mundo estava acabando. Agora, talvez, ele estivesse apenas recomeçando.

Olhou de novo para o topo da montanha mais alta de Amaya e o coração parou no peito, a lembrando que, apesar de ter recuperado parte de seu poder, ainda era mortal. Lá em cima, onde o castelo de Wata, cedo ou tarde, derreteria, tinha visto sua fênix renascida pela primeira vez.

*Ah, Xinyan.*

Wata finalmente tinha perdido a guerra. Mas nada nunca repararia a ferida enorme que sua vaidade tinha deixado no mundo.

May piscou, virou as costas para a montanha e seguiu seu caminho. Atrás dela, alguns de seus rebeldes seguiam a pé até o lugar onde o dirigível os aguardava. Estéfano vinha com o braço enfaixado. Wei carregava um velho rádio pendurado no ombro, tentando captar qualquer sinal vindo dos colegas.

Uma peregrinação não para cultuar algum poder, mas para enterrá-lo.

May parou no alto de um penhasco. Abaixo, o caminho se alargava até desaparecer na névoa. Ali, começavam os Estados Livres. Nenhuma bandeira, nenhum deus, nenhum dono. Apenas uma terra árida que ninguém queria, e muitas possibilidades.

Ela tocou o colar em seu pescoço, sentindo o formigamento familiar que a pedra falsa da Chama trazia. Tinha que se livrar daquilo, e também do anel de Wata e da pedra da Terra que ela havia roubado de um cofre no apartamento de Hideo Takahashi.

Queria descobrir onde estavam as outras pedras falsas. Conhecia o paradeiro das da Montanha e do Ar, nas pobres amantes desafortunadas de Körin e Minéria. Faltavam apenas as pedras falsas de N'oto e Vaelith que, certamente, o general Takahashi não tinha conseguido encontrar. Não se preocuparia com elas agora, se estavam perdidas, estavam seguras. Aquele poder ficava melhor assim: escondido ou enterrado, para nunca mais plantar no coração de algum mortal a ideia ridícula de se tornar um deus.

Afinal, os deuses estavam caindo um a um, devorados pelo mundo que eles mesmos tinham criado.

May riu da ironia. Vaelith tinha avisado sobre aquilo, mas nenhum deles ouviu.

Agora ele também tinha partido, e a deixado ali, sem nada para amar.

Pensou em Sabrina, a lembrança ainda queimava na memória. Mas May decidira que não deixaria aquilo se transformar em mais destruição. Não era aquela a natureza de sua guardiã.

*A fênix só renasce em tempos de paz e fartura,* a lenda dizia. Então era paz e fartura que May Song iria conquistar.

Ela tirou o colar do pescoço e o enterrou ali mesmo. Enterrou também as outras pedras, uma do lado da outra.

Depois se virou para o grupo:

— Vamos continuar. Ainda temos muito o que fazer.

Ninguém respondeu.

O plano era simples: atravessar as montanhas geladas, enterrar as pedras no lugar mais inóspito possível, depois chegar até os refugiados do outro lado da fronteira. Em sua maioria, aquele povo era formado pelo que tinha restado dos asaianos. Eles haviam sido expulsos dos dois mundos. Talvez por isso pudessem ser os primeiros a construir outro.

A luz atravessava as nuvens com mais força agora, e uma brisa morna dançava entre as pedras. Havia algo de primavera naquela ventania, mesmo que o mundo ainda estivesse coberto de cinzas.

May se afastou dos outros e fechou os olhos.

Não era exatamente uma oração.

E foi nesse não lugar que Linn apareceu.

Era a mesma presença que Vaelith às vezes projetava nos sonhos. A garota surgiu diante dela como um contorno turvo, não tão sombrio, mas igualmente incômodo. Chad saltou de trás das pernas de Linn e veio se sentar no colo de May. Ele, sim, tinha um corpo que podia transitar entre um lugar e outro. May desconfiava que Linn também conseguia fazer isso, mas não quis falar sobre aquilo.

— Conseguiu encontrá-lo? — Linn não perdeu tempo com cortesias.

May negou com a cabeça.

— Não consigo sentir a energia dele em lugar nenhum. De jeito nenhum. — Acariciou o focinho do gato. — Você também não, não é, Chad? — O bichinho lambeu sua mão.

Linn fechou os olhos, e May sentiu o vazio crescendo entre elas como um poço.

— Eu sinto muito — completou. — O Vae não podia ter gastado tanta energia...

— Eu sei. — Linn olhou em volta, como se pudesse ver o caminho que os rebeldes seguiam. — Obrigada por ter tentado. Boa travessia.

A soldada chamou por Chad que se espreguiçou antes de ir até ela, e voltar a se esconder atrás de suas pernas.

— Ei, Linn? — May chamou antes de a garota desaparecer. — Continue sonhando. Se o Vae estiver perdido, sei que um dia ele vai conseguir encontrar o caminho de volta. — Os olhos de Linn encheram de água. — Se não for nessa vida, será na próxima.

A visão se dissolveu lentamente, como fumaça sobre o rio.

Tinha dito a verdade, era ao que se agarrava também, à esperança de que uma era muito melhor viria para todos eles.

Ela estava cansada, mas não quebrada. Não queria mais lutar por vingança, nem por redenção, mas por uma terra onde pudesse plantar comida boa, sem divisões, nem diferenças.

Um lugar onde ninguém mais precisasse morrer pelo capricho de deuses entediados, ou pela ganância de mortais que queriam ser deuses.

Um lugar bonito onde sua guardiã pudesse renascer sem a necessidade de se sacrificar, mais uma vez, por um mundo em guerra.

May apertou o punho e continuou andando, o cabelo queimado pelo sol, os olhos fixos no futuro.

Um mundo novo nasceria. E, dessa vez, ela o protegeria até o fim.

## CAPÍTULO 70

# Céu

Quando Céu abriu os olhos, o teto da casa parecia mais baixo, ou talvez ela se sentisse maior. Tinha um poder gigante e perigoso dentro de si, algo que poderia matá-la. E, ainda assim, tudo em que conseguia pensar era em encontrar uma maneira de tocar Rubi Takahashi mais uma vez.

Ouviu um miado baixo quando seus pés deveriam pisar no chão gelado, mas acabaram encontrando um corpo pequeno e quente.

— Eu já disse para você não dormir debaixo da minha cama, Chad. Vai lá pro quarto da Linn…

O gato preto apenas a ignorou, a olhando com certo desprezo.

Aquilo doeu.

— Só a Rubi pode me olhar desse jeito, seu gato fedido!

Passou por cima dele e saiu do quarto, seguindo o cheiro já distante de café.

Ainda sentia a dor sob a pele, e duvidava que um dia conseguiria esquecer.

Puxou uma cadeira e se sentou, como andava fazendo todos os dias, para esperar que alguém viesse atrás dela. O Departamento de Segurança, o Exército, a própria Naki em pessoa. Qualquer um.

Mas ninguém nunca vinha.

Céu sabia que Naki não estava nada feliz com o que havia acontecido em Körin, mas talvez estivesse ainda mais frustrada por finalmente entender que o deus da Montanha não apareceria sob *nenhuma* circunstância. Mesmo.

Tacruk tinha abandonado todos eles.

Céu se pegou *desejando* que Naki aparecesse. Tinham negócios para tratar.

Não, não dava para esperar mais.

Então, foi ela mesma atrás da Rainha de Minéria. Deixou um recado para Linn, que podia falar com ela pelos sonhos se precisasse, e saiu para atravessar o país inteiro em silêncio.

O vento que entrava pela janela quebrada do jipe cheirava a cinza e lembrava o gosto metálico do sangue de sua mãe, ainda fresco em sua memória.

Deixou a Vila do Mirante ao amanhecer, pegou o carro e rumou para o oeste, cruzando terras devastadas, florestas queimadas e rios doentes. Quando o veículo atolou num lamaçal perto da fronteira com a Grande Floresta, desceu.

Calçou as botas firmes, prendeu a espada na cintura e seguiu a pé mata adentro.

Naki não gostava do palácio na Cidade Real, não conseguia ficar longe de sua terra por muito tempo, então tinha construído um santuário bem perto da fronteira, onde ainda estivesse em Minéria, mas pudesse sentir a força de suas raízes. Ele ficava nas margens do Lago Parê, onde árvores de casca esbranquiçada erguiam raízes tão largas que podiam engolir casas inteiras.

No coração da clareira, Naki a esperava.

A deusa estava sentada à base de uma árvore, o corpo coberto por um manto feito de penas azuis. Seus olhos tinham o mesmo tom da luz filtrada entre as folhas. Impossível saber se estava ali havia minutos ou séculos.

O ódio que sentiu foi brutal, mas ela o engoliu depressa.

— Você demorou — Naki disse. — Esperava que viesse mais cedo.

Céu parou a poucos passos, a terra densa segurava seus pés.

— Vim pedir que você saia de Minéria.

A resposta de Naki soou como um galho partindo.

— E quem você pensa que é para me dar ordens?

Céu manteve o olhar firme. O peso da espada era agora parte de seu pulso.

— Como eu disse, vim *pedir* que saia.

— Em troca de…?

A capitã sorriu.

— Quer dizer que existe uma troca possível?

Os olhos de Naki faiscaram. Ela se ergueu devagar e as raízes sob o solo se contraíram, estremecendo o chão.

— A espada.

— Você podia ter tomado ela antes, por que ela te interessa *agora*? Desistiu de chamar a atenção de Tacruk? — O nome dele crepitou na pele de Céu, bem na ponta dos dedos, onde Araúna tinha arrancado suas unhas. — Depois de tudo o que você fez?

— Se eu quisesse, tomaria a espada agora — Naki rebateu, e trepadeiras se ergueram atrás dela, braços prontos para o ataque.

— Então por que não toma? Do que você tem medo? De que eu responda com uma força igual ou superior à sua? — Deu um passo à frente. — Venha pegá-la, Naki.

Raízes abraçaram suas canelas e puxaram seus pés, a erguendo no ar de ponta-cabeça. Céu riu.

— Você é uma garotinha muito insolente — Naki disse.

— E você é uma deusa muito medrosa. Não sei por que Tacruk tem medo de você.

Cipós agarraram seu pescoço, apertando, tirando seu ar. A pele de Céu reagiu instintivamente, virando uma pedra vermelha.

Ela sorriu.

Tinha se transformado em um rubi.

Sem muito esforço, livrou as mãos e cortou as raízes com a espada de Tacruk. Ela sabia que a deusa não estava tentando *de verdade*.

— Para de brincar comigo. Não tem mais graça. Volta para a sua floresta e nos deixe em paz.

Naki avançou um passo, mantendo o rosto impassível.

— Você não tem nada que me interesse. Nada que eu não possa tomar, pelo menos.

Céu não se mexeu, mas a pele de rubi se desfez devagar.

— Tem certeza? — Tombou a cabeça. — Posso te dar a vingança que você quer.

— Você nunca me entregaria Aymora.

— É verdade. Não correria o risco de perder. Não posso enfrentar dois deuses juntos. Nem você pode.

— Então o que você tem de tão bom para me oferecer, capitã?

— A Pedra de Zora.

A risada de Naki foi esganiçada, feia, mas sincera.

— Essa pedra não existe. Tacruk *jamais* faria isso. Ele nunca arrancaria parte do poder de Zora. Por isso tomou o meu poder.

Céu inclinou o rosto, satisfeita. Tinha conseguido o que queria.

— Você já deveria saber, Naki, que a gente não precisa de Tacruk para nada.

# CAPÍTULO 71

# Rubi

Rubi sonhou com neve caindo sobre as muralhas do palácio em Minato Kaisar. Mas, ao acordar, era apenas a poeira fina da reconstrução.

Após a queda de Stashi, o império tinha virado uma bagunça. Operários insatisfeitos e o povo amedrontado tinham invadido a capital de Körin e feito um estrago.

Rubi nunca tinha visto o imperador tão lívido.

Agora já haviam passado sete meses desde aquela destruição toda e Körin ainda estava em ruínas. Soldados protegendo as fronteiras com veículos de guerra movidos a óleo preto, tecnologia Takahashi roubada por outros clãs. Ela achara que seria mais simples impedir o conflito agora que Wata tinha desaparecido e seu tio estava morto. Mas a ganância era ilimitada. Tinha começado guerras antes e queria começá-las agora.

Não enquanto Rubi Takahashi respirasse.

Ela se levantou da cama com o corpo pesado. Fora dormir tarde demais, de novo, conversando com Céu nos sonhos que Linn criava para elas.

Mas os sonhos ainda não eram o bastante.

Também estava cansada de ouvir aqueles velhos cujas ideias ultrapassadas a irritavam. A última reunião com os Clãs havia se arrastado por horas, todos discutindo se era seguro transferir o polo industrial para perto da nova matriz energética, ali na capital de Körin. Ela dissera que sim. Alguns concordaram. Outros ameaçaram boicote, porque estavam com as garras em Stashi agora, querendo reconstruir e tomar para si o que antes eram as Indústrias Takahashi.

Ela não lutaria por aquele conjunto de metal retorcido. Achava que o complexo deveria ser enterrado junto com seu tio, ainda que não tenha sobrado nada dele para enterrar.

Eles gritaram, coléricos, a chamaram de criança arrogante. Ela não gritou. Nem uma vez.

Porque Rubi havia entendido, afinal, que poder não é quem fala mais alto. É quem resiste por mais tempo.

Abriu a janela e encarou o horizonte. O mar estava calmo naquela manhã, e a fumaça das fábricas ali em Minato Kaisar não era mais negra, mas branca. Vapor, não veneno. As chaminés haviam sido reformadas com novas turbinas, alimentadas pela força do vento, um projeto antigo de Makiko, que Hiro tinha julgado ser um investimento caro demais.

Não sentia falta do pai. Era triste, mas era verdade.

O vento chamou seu nome e ela fechou os olhos.

Zora queria vê-la.

*Finalmente!*

Sem pensar muito, vestiu a roupa de voo que ela mesma tinha desenhado, e pulou sacada abaixo.

Nas primeiras vezes que voara, ainda nos sonhos que Linn criava para que ela e Céu pudessem se encontrar, tinha caído feio e teria morrido se fosse de verdade. Mas, com o tempo, foi pegando o jeito. Sentia que tinha nascido para o ar.

Seguiu o chamado nuvens adentro, voando por horas, até sentir as gotas finas de água que caíam pelas bordas de Aymora. Como esperava, a cidade não cuspiu pedras escaldantes sobre ela e a deixou pousar num campo aberto, bem bonito, que não tinha visto da primeira vez em que estivera ali.

Ela desceu com os pés ainda flutuando.

Imaginou que encontraria Zora ali, mas, no lugar dê deuse, viu Céu Steinbachi. Ela estava de costas, ajoelhada junto a um lago translúcido que espelhava o céu esverdeado sobre Aymora. Usava uma blusa de tecido leve, calças que já não lembravam uniforme nenhum, e os cabelos estavam ligeiramente mais compridos, caindo sobre a testa e despenteados pela brisa.

Rubi correu.

Não pensou em nada. Nada tinha importância. Nem os deuses que elas precisavam destruir, nem a promessa de guerra que continuava ruindo o mundo lá embaixo. Pensou só no que havia do outro lado daquelas costas. Pensou em braços, em promessas, em pele.

— Céu.

A ex-capitã se virou, e o mundo parou quando ela sorriu. Um sorriso contido, quase triste, que desmontou Rubi de dentro para fora.

Elas se encontraram no meio do campo. E se *tocaram*.

Foi como atravessar uma muralha. Como quebrar uma lei antiga. Como renascer.

O peito de Rubi se encaixou no de Céu com a precisão que só as coisas escritas em sangue e memória têm. As mãos dela se apertaram nas costas da ex-capitã como quem tem medo de cair.

Céu segurou seu rosto com cuidado e a beijou. Um beijo longo, de boas-vindas.

Rubi não sabia que estava chorando até Céu afastar o rosto e limpar sua lágrima com o polegar.

— Você cortou o cabelo — ela murmurou, com uma ternura que fez doer seu corpo inteiro.

— E você deixou crescer. — Rubi sorriu entre as lágrimas. — A gente nunca combina.

— A gente combina exatamente por isso. — E a beijou de novo.

Elas se deitaram lado a lado sobre a grama azulada, mãos entrelaçadas que não deveriam se soltar nunca mais.

— Não podemos ficar muito tempo. — Céu lembrou o que Rubi desejava esquecer.

— Então vem cá. — Puxou a ex-capitã de Minéria para cima de seu corpo, sentindo o peso de seus ossos e de seus músculos. Lembrou de quando precisou carregá-la no colo, tão mais leve, tão quebrada.

E esperava que aquilo nunca mais fosse necessário.

As mãos de Céu deslizaram por sua cintura, até encontrarem os botões do macacão, que ela desabotoou um a um. Rubi fechou os olhos ao sentir o toque, tão quente, tão *real*. O sopro gelado do vento de Aymora beijou sua pele, e ela ouviu, com certa satisfação, a Herdeira de Tacruk suspirar pesado.

— Senti tanto a sua falta... — Céu sussurrou contra seu pescoço.

— Eu também, meu amor.

Ficaram ali, com as pernas entrelaçadas e as mãos se buscando, até escurecer.

Céu se aninhou contra seu corpo, deitando a cabeça em seu peito, e disse, com a voz muito grave:

— Fui até o sítio… — Buscou seus dedos, então entrelaçou as mãos nas de Rubi. — Com a Linn e o Álvaro. Queria… queria enterrar minha mãe. Naki me devolveu o corpo. Aquela maldita… Como se estivesse fazendo um favor.

Rubi ficou quieta, um nó se formando na garganta. Ela não gostava de perguntar sobre o que tinha acontecido, porque Céu sempre se retraía, então sentiu que, se a ex-capitã queria falar, era porque se sentia pronta.

— Quando chegamos lá… — Parou e respirou fundo, buscando os olhos de Rubi e depois desviando deles. — Encontramos as meninas.

Rubi congelou. Não queria ouvir mais.

— Eles… — Céu fechou os olhos. — Eles enterraram elas vivas, Rubi… Eu nem sei…

A dor veio bem no meio do peito. A lembrança do abraço apertado de Ana, do quintal com cheiro de manga e terra, da gargalhada leve de Dandara e Paula… Tudo se quebrou dentro dela como porcelana contra o chão.

Céu engoliu o choro e secou as poucas lágrimas que caíram.

— Fizemos um funeral, e cantamos. A Linn acendeu velas. O Alvy plantou algumas mudas de flor no jardim. Eu escrevi os nomes delas numa pedra bem bonita… e… — A voz dela quebrou. — Elas eram *crianças*, Rubi. É esse o mundo que nós lutamos para salvar?

— Não — Rubi sussurrou. — Nós lutamos para salvar um mundo onde crianças como elas não precisem ser salvas. — Ela apertou os dentes, o ódio veio pesado. — E onde *monstros* morrem como *monstros*.

Secou o rosto de Céu para segurar as próprias lágrimas. Não choraria mais. Se vingaria.

— Está tudo certo? — perguntou depois de um tempo, os olhos fixos no horizonte de nuvens que cercavam Aymora. — O que a gente planejou.

Céu hesitou por uma fração de segundo. Depois assentiu.

— Sim. A Linn já está esperando meu chamado.

Não explicou mais nada e Rubi não perguntou mais, não precisava. O olhar entre elas bastou.

— Faça *doer*.

Céu sorriu.

— Farei.

Rubi encostou a testa na de Céu, sentindo o calor de sua pele. Então se levantou devagar. Precisava voltar para casa.

— Te encontro lá embaixo quando o céu cair.

## CAPÍTULO 72

# Céu

Céus caem. Nuvens se formam e se chocam na terra abaixo, em água fria, para alimentar o mundo. Sementes crescem, rios enchem e o ciclo se renova. Céu Steinbachi aprendera sobre aquilo quando ainda era uma criança e brincava com a irmã no lago aos pés de sua vila. *Vamos ver o céu cair*, Sol dizia, se divertindo ao mencionar o nome da irmã, e todas as crianças corriam para o terreiro para pular nas poças de lama.

O cheiro de barro fresco, o estalo das risadas, tudo voltava à memória.

*Vamos ver o céu cair*, repetia agora, vendo Zora parade do outro lado da plataforma. Seus cabelos quase brancos dançavam soltos como se fossem o próprio ar.

Toda criança em Minéria sabia que, para existir vida, o céu tinha que cair. Era uma lei, uma promessa.

— Obrigada por me deixar encontrar com Rubi aqui.

— Imagina, querida. — A voz dê deuse era o próprio vento, chiado, macio. — Venham a Aymora sempre que quiserem.

Céu poderia enrolar, poderia alongar o tempo enquanto buscava uma mentira. Mas sua natureza era direta, feita de pedra.

— É claro que você vai ajudar a manter o casal que você mesme criou, não é mesmo? — Sua voz nem sequer tremeu.

— Como? — Zora se virou completamente, os olhos muito escuros a estudaram com a atenção de uma águia.

*Zora é tudo de mais vil e cruel que existe no mundo, não confie em uma palavra que elu diz*, May Song tinha alertado, mas Céu não precisava de aviso algum.

— Fiquei esses meses todos me perguntando quanta coincidência era a herdeira Takahashi cair justamente no posto da última Herdeira de Tacruk. Que tempestade oportuna foi aquela que a jogou do lado de lá da fronteira… Então percebi que começou muito antes.

Ela parou e analisou o rosto quase impassível de Zora. O sorriso delu seguia inabalável, quase vitorioso, e aquilo a irritou. Esfregou as mãos suadas na calça, precisava que elas estivessem secas.

— O que você prometeu para o deus das Sombras, hein? — Seguiu ao ver que Zora não responderia. — Que o libertaria? Você o convenceu a fazer a May sequestrar a Rubi? Antes disso, o fez invadir sonhos e levar a Linn e o Álvaro até mim? Ou… apenas o manipulou com mentiras?

— Você é inteligente demais para uma pedra. — A voz delu cortou Céu como uma fronteira.

— Espero que Tacruk não saiba a serpente que dorme com ele todas as noites — ela disse com um sorriso. Sabia jogar aquele jogo também.

Zora riu.

— Faz alguma diferença se ele sabe ou não? Pensei que você o odiasse…

Céu ignorou a provocação, devolvendo-a na mesma moeda.

— Como você pretendia matá-lo, hein? O apunhalando no meio da noite? Pelas costas durante um beijo? Ou só o deixaria gastar todo o poder dele mantendo essa cidade para você?

— Sua visão sobre mim está errada, o Tacruk…

— Eu não vou acreditar que você ama alguma coisa, Zora.

Elu riu mais alto.

— Amor? Não… Mas gosto de ter alguém que faz tudo por mim.

Aquilo, sim, a atingiu. E Céu quase, quase, se deixou levar. Mas era mais esperta que isso.

— Há um ditado amayara antiquíssimo, de antes das primeiras navegações: Nunca confie em um dragão. — Imaginou que elu riria de novo, mas Zora se aproximou, como se quisesse vê-la com uma lupa.

— Há algo de Wata em você…

— Tudo isso foi por ela, não foi? Você queria que a guerra entre Wata e Naki as destruísse.

— Ela *afundou* Osin. É claro que eu me vingaria.

Céu via a raiva delu, era nítida como um farol. Ainda assim…

— Justo. Mas é mentira. — Arriscou se aproximar um pouco mais também. — Você quer ver todos os deuses destruídos, seu povo sempre foi assim. Sempre quis o que era dos outros.

Elu sorriu de canto.

— Você daria uma ótima aliada, sabia? Não é entediante como Tacruk. — Zora era negociante, sua fama precedia o próprio tempo. Talvez sua maior qualidade também fosse seu maior defeito. — Mate Naki para mim, e eu me certificarei que Tacruk sinta muita dor…

Era uma ideia tentadora, sim. Mas Céu tinha uma muito melhor.

Num gesto muito rápido, cortou a garganta de Zora com a espada. O sangue escorreu pela lâmina, sendo absorvido por ela.

Ê deuse tentou estancar o sangue com as mãos, mas o corte tinha sido fundo demais. Calculado para não decapitar, embora, no fundo, esse fosse o desejo de Céu. Mas May tinha dito que o sangue precisava escorrer pela espada, devagar, até ser absorvido por ela.

O cheiro metálico inundou tudo, o calor viscoso salpicou o rosto de Céu, e ela precisou conter o impulso de fechar os olhos. Queria ver tudo.

Os olhos de Zora perguntavam o que Céu tinha feito, e ela sorriu, apertando a empunhadura da espada com as duas mãos, deixando poder chegar até a superfície. Ela criou uma pedra pequena e brilhante que pairou no ar por um segundo antes de ser segurada entre seus dedos.

Viu o terror nos olhos escuros de Zora, viu a alma delu se quebrando. E gostava disso.

Ê deuse do Ar caiu de costas no chão, as mãos ainda agarrando o pescoço, empapadas de um sangue tão vermelho quanto… um rubi.

Céu se abaixou para olhar no fundo daqueles olhos muito escuros. Em outra vida, talvez os achasse parecidos com os de Rubi Takahashi. Agora, só os achava cruéis.

— Sabe, Zora, parte de mim até queria ver você apunhalando Tacruk pelas costas. Mas não seria justiça o bastante. Eu quero que ele sofra e que você sangre.

Sentia o coração na ponta da língua, os olhos ardendo molhados. Passou o diamante entre os dedos, enquanto assistia a uma parte enorme da vida de Zora ir embora. Elu sobreviveria, sim. Deuses não morrem. Mas seria só um sopro do que tinha sido um dia.

— Tacruk sacrificou Minéria por você. Agora sacrifico você por Minéria. É uma troca justa. — E sorriu, porque sabia que tinha vencido.

Sabia que, enquanto o sangue vermelho de Zora alimentava a terra, a era dos deuses chegava ao fim… pelas mãos das próprias Herdeiras de Pedra e Ar.

Querido irmão,

Dizem que as sombras abraçarão o mundo quando todos os mortais se forem. Um sopro apagando a última vela.

Desde que minha memória voltou, anseio por esse dia.

Lembrar dói demais.

Sinto sua falta todas as noites, quando este corpo mortal precisa descansar e não consegue. Ando pelo meu quarto, analiso mapas, viajo de volta até o nosso deserto, só para sentir o calor da sua ausência. O céu lá é coberto por nuvens de um azul gelado, que me lembram os olhos de Wata. É por isso que sempre volto para cá, não suporto vê-la em nada.

Mas Wata se foi agora, quase todos eles se foram. Naki se escondeu no coração de sua floresta e esperou que a fúria de Tacruk a atingisse.

Mas a montanha era paciente.

Quando o corpo de Zora despencou como uma pedra rachada no chão mineriano, expulso do céu por uma Herdeira furiosa, Naki o esmagou com suas raízes, enterrando pele, músculos e ossos sem nenhuma piedade. Dizem que o espírito delu deslizou, feito uma serpente, de volta para o mar. Talvez quisesse voltar para casa.

Houve apenas um grito, um que contorceu o mundo e fez rocha virar poeira.

Então Tacruk se calou e esperou. Esperou que amores nascessem e morressem, que visões voltassem a ser apenas pesadelos, que a vida padecesse.

Mas a vida sempre vence, Vaelith. Ela sempre encontra uma brecha entre a rocha mais seca, sempre cria raízes na geleira mais inóspita.

Tem um deserto nascendo aqui onde estou, um solo seco e duro. Sem águas e plantas e pedras, até o vento é raro. Uma terra abandonada pelos deuses. O lugar perfeito para nós.

E, mesmo aqui, vejo a vida nascer todos os dias, para depois vê-la crescer, definhar e morrer.

Criamos algo belo e terrível. Algo muito maior do que nós. Criamos algo que não podemos destruir.

Wata tentou e falhou.

Zora tentou e falhou.

Tacruk tentaria, mas falharia também. Fui generosa em poupá-lo dessa vergonha.

Quando ele me procurou oferecendo uma vitória sobre Naki, enfiei duas espadas em seu peito e o deixei sangrar. Vi a pedra se transformar em lava e ser absorvida pela fúria da terra. Vi seus olhos perdendo o brilho enquanto sua testa enrugada me perguntava "por quê?".

"Porque eu me lembro", respondi.

A memória é mesmo uma serpente que quer ser dragão.

Sem Tacruk, Aymora se perdeu no céu, alimentada eternamente pela força que Naki nunca conseguiu recuperar. A deusa da Terra agora definha lentamente, traída por todos que amou ou em quem arriscou confiar, sem pedras, sem amantes e sem futuro. Suas florestas um dia serão um deserto, e cada areia quente se lembrará das vidas que ela tirou em vez de conceder.

No fim, nossos filhos ainda estarão aqui, sobrevivendo e resistindo.

Nós vencemos.

Às vezes fecho os olhos e sinto de novo o calor da areia sob nossos pés, quando você reclamava do sol quente demais e eu gargalhava, lançando punhados de areia contra suas pernas. Sinto falta daquele sorriso, Vae. A dor dessa saudade é mais profunda que qualquer lâmina que já tenha atravessado meu peito.

Todas as noites, ainda sinto sua sombra ao meu lado, como se você estivesse sentado comigo, observando o céu escuro e dizendo que cada estrela só existe porque minha luz nunca morre. Mas não é verdade. As estrelas só aparecem na escuridão.

Você disse que eu era a melhor entre os deuses, mas não, Vaelith. *Você* era.

Você amou o mundo mesmo quando não havia esperança, mesmo quando não conseguia mais suportá-lo.

Se meu fogo é eterno, suas sombras também são. Enquanto eu existir, você existirá. Nas sombras pequenas e bruxuleantes de uma vela, nas marcas escuras deixadas pelo sol, no suave balançar das folhas das árvores sob a luz da lua.

E continuará aqui depois que eu também for. Nas sombras que abraçarão o mundo quando a última luz se apagar.

Eu fui a primeira e você será o último.

O deus das almas que nunca se esquecem, das almas que não são esquecidas.

No final, é sempre você que permanece. Sempre você.

Te amo com o calor de cada sol que acendi, com a força de cada vulcão que criei. Te amo no silêncio da noite, nas sombras que você espalhou pelo mundo, e que agora me acolhem quando não consigo dormir.

Te amo até mesmo quando essa memória me destrói, pedaço por pedaço, como areia se desfazendo ao vento.

Que você veja nossas estrelas, onde quer que esteja, e saiba que fui eu quem as acendeu por você.

Que você saiba que eu me lembro, Vaelith.

Eu me lembro.

Da sua irmã,<br>Vaelay

## Artefatos mágicos

As **Sete Pedras Falsas do Equilíbrio**, criadas por Hikaru Takahashi:

- **A Pedra da Água**, imitando a fluidez e a renovação de Wata;
- **A Pedra da Chama**, uma imitação da energia ardente e implacável de Vaelay;
- **A Pedra da Montanha**, imitando a dureza e a força de Tacruk;
- **A Pedra da Terra**, imitando a conexão com a terra e com a natureza de Naki;
- **A Pedra das Sombras**, uma imitação da energia misteriosa e sombria de Vaelith;
- **A Pedra dos Sonhos**, imitando o poder mágico e criativo de N'oto;
- **A Pedra do Ar**, imitando a fúria e o equilíbrio de Zora.

As pedras criadas pelo deus da Montanha, Tacruk:

- **A Pedra de Naki**, uma esmeralda conhecida como o Sol de Aymora;
- **A Pedra de N'oto**, uma opala brilhante;
- **A Pedra de Tacruk**, um topázio imperial localizado na Espada Coração da Montanha;
- **A Pedra de Vaelay**, um rubi conhecido como o Rubi do Éter;
- **A Pedra de Vaelith**, um diamante negro partido em três pedras menores.

## Deuses

- **O Oculto,** o deus dos deuses. Entidade primordial, anterior ao tempo e ao espaço. Criou o Éter e os sete deuses. É aquele que recebe as almas dos mortais depois de sua morte.

Os sete deuses do Éter:

- **N'oto, deus dos Sonhos**. É o guardião do continente de Otau, ao sul de Asai. Após ter ficado preso e exilado por quinhentos anos, se isolou com seu povo e raramente mantém contato com os outros deuses.
- **Naki, deusa da Terra e das Florestas**. Também conhecida como a Deusa da Vida, é a responsável pela vida natural, pelas plantas, animais e pela gravidade que une tudo. É guardiã das florestas na parte oeste de Amaya.
- **Tacruk, deus das Pedras e das Montanhas.** Representa a força da terra firme, das rochas e da estabilidade. Dividia o continente de Amaya com Naki antes da chegada do Povo de Além-Mar. Era o guardião das Montanhas de Amaya, mas abandonou suas terras e seu povo após as Guerras da Invasão.
- **Vaelay, deusa da Chama**. É a Deusa da Luz e foi a primeira a ser criada pelo Oculto. Dividia com Vaelith a guarda do continente de Asai, especialmente durante o dia, mas perdeu seu território e grande parte de seu poder durante a Guerra do Deserto e o cataclisma. É dada como "morta", embora deuses não possam morrer.
- **Vaelith, deus das Sombras**. É irmão de Vaelay e também era guardião de Asai, especialmente durante a noite. Foi exilado, após a "morte" de sua irmã, no Mundo das Sombras.
- **Wata, deusa da Água**. Controla os mares, rios, lagos e todas as formas de água. Era a guardiã de Eurai, região gelada ao norte do mundo, antes do cataclisma. Guiou os povos do Leste até Amaya e os ajudou a conquistar o que hoje é o território do Império de Körin.
- **Zora, deuse do Ar e do Céu.** Responsável pelos ventos, pelo clima e pelos céus. Antes do cataclisma, protegia a Ilha de Osin, localizada no extremo leste do mundo. Depois que a Ilha afundou, refugiou-se em Amaya, com os poucos sobreviventes de seu povo.

## Grandes eventos

*Ordem cronológica*

- **A Guerra do Deserto:** Conflito entre Asai e as forças de Wata e Zora, marcando a história como a guerra mais longa e brutal de Etéria. Wata usou tecnologia avançada, magia da água e tropas otauanas escravizadas, enquanto Zora controlava os ventos e tempestades. Vaelay e Vaelith lideraram a resistência asaiana com táticas de guerrilha no deserto. A virada aconteceu quando Vaelith libertou N'oto, deus dos Sonhos, que uniu os otauanos em rebelião e se juntou à luta. Com os três deuses lado a lado, Asai lançou uma contraofensiva e recuperou vantagem no conflito. Porém, Wata respondeu acordando os vulcões das Montanhas do Dragão, gerando um grande cataclisma.
- **Cataclisma:** Em um ato final de vingança após a derrota, Wata, deusa da Água, sacrificou parte de sua essência para provocar um cataclisma que alterou Etéria para sempre. Despertou vulcões entre Asai e Eurai, causando erupções em cadeia que destruíram a Ilha de Osin, congelaram Eurai em um inverno eterno e transformaram o deserto de Asai em uma terra morta e envenenada. O evento pôs fim à Guerra do Deserto, não por vitória ou paz, mas pela destruição total dos grandes reinos envolvidos.
- **Travessia:** Cerca de cem anos após o fim da Guerra do Deserto, Wata convocou os sobreviventes de Eurai, Osin, Asai e alguns de Otau a migrarem rumo a Amaya, um continente ainda fértil. Com a ajuda de Zora e proteção de Wata, milhares atravessaram o oceano em navios. A travessia foi longa e mortal, marcada por fome, doenças e naufrágios, especialmente dos povos de Asai e Otau, e os pobres de Eurai e Osin, que foram levados nos porões escuros e sujos dos navios.
- **Guerras da Invasão:** Ao chegarem em Amaya, os refugiados de Eurai, Osin, Asai e Otau, liderados por Wata e Zora, entraram em guerra com as confederações nativas do continente. O conflito dividiu até os recém-chegados: muitos asaianos, otauanos e euraianos se aliaram aos nativos, dando origem a uma resistência interna contra a dominação de Wata. A guerra marcou o início de uma colonização violenta de Amaya.
- **Golpe de Estado/Revolução Mineriana:** Em 234 d.i., Tacruk traiu Naki, roubou parte de seu poder e fundou Aymora, abandonando

Minéria. Com sua ausência, a instabilidade cresceu e, em 245 d.i., Naki executou um golpe de estado, abolindo a democracia e instaurando uma monarquia absolutista e militarista. Minéria passou a explorar agressivamente seus recursos e a reprimir duramente qualquer oposição à sua Rainha Eterna.

## Guardiões e criaturas mágicas

- **Chad**, guardião de Vaelith. É um gato preto de olhos cor de violeta brilhantes. Quando convocado, se transforma numa pantera negra gigante, conhecida como **Odum**.
- **Fukiryu**, guardião de Zora. É um dragão celeste* que mais parece uma enorme serpente voadora. Tem escamas brancas e prateadas, olhos azuis brilhantes e patas pequenas, com três garras cada.
- **Iskurath**, guardião de Wata. É o maior dos dragões de gelo euraianos**. É um wyvern de escamas e olhos azuis, com patas traseiras, enormes asas, que também servem como patas dianteiras, e uma cauda longa de ponta afiada.
- **Kairús**, guardiões de Tacruk. São onças-pintadas gigantes, de pelo marrom profundo e marcas simétricas que brilham num tom forte de amarelo e cor de laranja. Ao contrário dos outros deuses, Tacruk não é protegido por apenas um kairú, mas por todos.
- **Mzali**, guardião de N'oto. Leão gigante de olhos opalescentes.
- **Song**, guardião original de Vaelith. É um dragão celeste negro, de olhos cor de violeta brilhantes, cujas patas pequenas têm cinco garras.
- **Xinyan**, guardiã de Vaelay. É uma fênix de penas douradas e alaranjadas, e asas de fogo. Após morrer, a alma de Xinyan se senta ao lado do Oculto, esperando tempos de paz para retornar ao mundo mortal.
- **Yba-tus**, guardiãs de Naki. São serpentes gigantes, cujas escamas têm cores que variam entre o verde e o marrom. Algumas parecem longos troncos de árvores. Assim como Tacruk, Naki é protegida por todas as yba-tus, e não somente por uma.

***Dragão celeste:** Os dragões celestes são associados aos céus, ao vento e às sombras. São criaturas longilíneas, serpentiformes, que raramente tocam o chão. Eles têm corpos alongados, escamas brilhantes que refletem a luz do sol e das estrelas, e patas pequenas, com um número variável de garras. Voam sem asas, deslizando pelas correntes de ar.

**Dragão euraiano: Os dragões euraianos são wyverns, ou seja, têm apenas patas traseiras, usando suas enormes asas como membros anteriores. Adaptados a ambientes extremos, como geleiras, fiordes e oceanos congelados, eles têm caudas longas com pontas afiadas e escamas que variam entre tons de preto, vermelho escuro, azul e prata.

## Lugares

- **Amaya**: Vasto continente ocidental de Etéria, uma terra rica, fértil e de geografia diversa, isolada do restante do mundo. Amaya tinha dois deuses guardiões: Tacruk, o deus da Montanha, e Naki, a deusa da Terra. Juntos, Tacruk e Naki dotaram seus mortais de características físicas e culturais alinhadas à natureza: muitos amayanos tinham pele marrom-amarelada ou avermelhada, olhos em tons de verde ou castanho-terra, e cabelos pretos e lisos.
- **Asai**: Abrangia as vastas planícies desérticas e semiáridas do centro-leste de Etéria. Os irmãos Vaelay e Vaelith dividiam o domínio de Asai de forma peculiar: todo mortal nascido durante o dia claro era considerado filho de Vaelay (Chama), enquanto aqueles nascidos sob a escuridão da noite eram filhos de Vaelith (Sombras). Assim, a própria gente de Asai refletia essa dualidade: muitos tinham pele bronzeada e olhos cor de âmbar ou vermelho-acobreado (associados a Vaelay), enquanto outros exibiam pele mais clara e olhos de tons violáceos (associados à noite de Vaelith). A maioria tinha cabelos muito lisos e pretos, herança de ambos os deuses.
- **Aymora**: Lendária ilha flutuante, conhecida também como Cidade Perdida de Aymora. Segundo a lenda, Tacruk, o deus da Montanha, elevou aos céus um pedaço de terra do território de Minéria para criar um lugar seguro e fora do alcance da deusa da Terra onde ele pudesse viver seu romance com Zora, ê deuse do Ar.
- **Estados Livres**: Região árida e semiárida no nordeste de Amaya, para onde fugiram muitos dos refugiados mais humildes de Asai, Osin, Otau e Eurai, assim como dissidentes que não queriam viver sob o império de Körin ou sob a monarquia de Minéria. Lá, esses refugiados fundaram pequenas comunidades independentes, que mais tarde formariam os Estados Livres. Essa região é a menos fértil de Amaya, composta por terras difíceis de cultivar. Talvez por isso os grandes

poderes tenham negligenciado essas colônias, permitindo que seus habitantes vivessem sem interferência direta dos demais governos.

- **Eurai**: Ocupava as terras frias do extremo norte de Etéria, um continente de invernos rigorosos e longas costas marítimas, conectado a Asai pelas Montanhas do Dragão, uma cordilheira de altíssimas montanhas geladas. Os euraianos tinham olhos redondos de íris em um tom vívido de azul, pele bem clara e cabelos ondulados loiros, características herdadas de sua deusa, Wata.
- **Grande Floresta**: Território oeste de Amaya, totalmente coberto por florestas tropicais, governado e protegido por Naki, a deusa da Terra.
- **Ilha de Osin**: Osin era uma grande ilha no extremo leste de Etéria, conhecida como a Terra dos Ventos. O povo osiniano descendia diretamente de Zora e tinha seus traços físicos: olhos amendoados, monólidos e escuros, pele clara e cabelos lisos, quase brancos. Era um povo orgulhoso, disciplinado e altamente desenvolvido tecnologicamente.
- **Körin**: Nascida nas terras do sul de Amaya, Körin foi fundada pelos Povos de Além-Mar leais a Wata e Zora, sob o comando da dinastia Himmer, descendente dos antigos monarcas de Eurai. Adotou uma monarquia parlamentarista, governada pelo Conselho dos Sete Clãs, reunindo famílias nobres de Osin e Eurai. Körin tornou-se a nação mais tecnologicamente avançada de Etéria, com destaque para as Indústrias Takahashi. Seu rápido crescimento industrial trouxe luxo à elite, mas aprofundou a desigualdade social, com exploração das camadas mais pobres e uso de trabalho infantil.
- **Minéria**: Fundada por povos originários de Amaya e alguns refugiados do Povo de Além-Mar, Minéria surgiu como uma nação democrática e cooperativa, guiada por Tacruk, o deus da Montanha. Contudo, após a traição de Tacruk e sua retirada para Aymora, a instabilidade cresceu. Em 245 d.i., Naki, a deusa da Terra, tomou o poder com um golpe de estado, transformando Minéria em uma monarquia absolutista e militarista. A democracia foi extinta, o meio ambiente passou a ser explorado intensivamente, e a sociedade tornou-se controlada por um rígido sistema onde Herdeiros da Montanha e pessoas leais a Tacruk eram perseguidos e mortos. Hoje, Minéria é uma terra profundamente pobre, explorada e abandonada.
- **Otau**: Terra situada ao sul de Asai, separada do restante de Etéria por mares agitados e por uma constante muralha de tempestades de areia sopradas do deserto asaiano. O clima é diverso: em algumas regiões

é quente e úmido, com selvas e pântanos, e, em outras, é seco e desértico. Otau é o domínio de N'oto, deus dos Sonhos, e os otauanos têm uma pele marrom muito escura, olhos grandes, arredondados e pretos, e cabelos crespos, características herdadas de seu deus.

## Outros termos comuns

- **Barreira de Naki:** Barreira mágica praticamente intransponível criada e mantida pela magia da deusa da Terra, Naki. Seu objetivo principal é separar Körin e Minéria, e impedir o fluxo de pessoas e recursos naturais entre as nações.
- **Herdeiros:** Desde os tempos antigos, os Herdeiros foram representantes diretos dos deuses entre os mortais. Eles recebiam — inicialmente por seleção direta e, depois, por hereditariedade — o poder elemental de seu deus. Em paz, os Herdeiros governavam; em batalha, eram forças capazes de invocar tempestades, erguer montanhas ou varrer exércitos com fogo.
- **Povo comum:** Quem não é Herdeiro, ou seja, pessoas que não têm poderes elementais.
- **Povo de Além-Mar:** Povos de Eurai, Osin, Asai e Otau que atravessaram o oceano e foram se refugiar em Amaya após o cataclisma.
- **Sete Infernos:** Cada deus tem um inferno próprio para onde as almas de seus mortais vão depois da morte e antes de se encontrarem com o Oculto.

## Mini dicionário de Amayara
## Traduções das frases por capítulos

### *Capítulo 10*

- **Kruak reinê joprek.**
- A filha voltou para a montanha.
- **Kang, kupariú.**
- Acorde, onça guardiã.
- **Kang, Kairú.**
- Acorde, Kairú.
- **Kruak japrak.**
- A filha chegou.

- **Kang, kruak taruh.**
- Acorde, herdeira do vento.
- **Tup-nunúk.**
- Você não pode ficar.

*Capítulo 13*

- **Prankang, kupariú.**
- Durma, onça guardiã.
- **Kang, Kairú.**
- Acorde, Kairú.

*Capítulo 28*

- **Ki-jikan, tang pret.**
- Abra a passagem / Abra o caminho.
- **Kruak roti keh.**
- Sua filha está aqui.

*Capítulo 31*

- **Reinê, kruak.**
- Volte, filha.
- **Kruak reinê joprek.**
- A filha voltou para a montanha.
- **Kang, kupariú. Kang, Kairú. Kruak japrak. Kang, kupariú.**
- Acorde, onça guardiã. Acorde, Kairú. A filha chegou. Acorde, onça guardiã.

*Capítulo 35*

- **Kruak, Rawê!**
- Filha, venha! / Filha, escute!

*Capítulo 58*

- **Amê keh, kruak.**
- Estou aqui, filha.

*Capítulo 60*

- **Mung, kupariú.**
- Corra, onça guardiã.

- **Kon kruak joprek.**
- Proteja a filha da montanha.
- **Mung taruh.**
- Corra até o vento.

*Dicionário básico*

- **Amê**: Eu estou / Eu sou
- **Japrak**: Chegar
- **Joprek**: Montanha / Monte
- **Kairú**: Criatura guardiã dos Herdeiros da Montanha
- **Kang**: Acordar
- **Keh**: Aqui
- **Ki-jikan**: Porta / Passagem
- **Kon**: Proteger / Guardar
- **Kruak**: Filha
- **Kupariú**: Onça guardiã
- **Mung**: Ir / Correr
- **Prankang**: Dormir / Descansar
- **Pret**: Caminho / passagem / porta
- **Rawê**: Venha / Escute
- **Reinê**: Voltar
- **Roti**: Sua / seu (possessivo)
- **Tang**: Abrir
- **Taruh**: Vento
- **Tup-nunúk**: Não pode ficar

# AGRADECIMENTOS

Este livro existe porque sonhei com ele. Desde adolescente, eu criava esses mundos diferentes e fantásticos na minha cabeça, mas não achava que tinha capacidade de realmente escrevê-los.

É que escrever é muito difícil.

Felizmente nunca estive sozinha nesse processo, porque sempre tive os meus leitores. Foi por causa deles que esta ideia surgiu e foi por eles que ela foi escrita. Muito obrigada por confiarem em mim e nas minhas histórias.

Este livro também não existiria se não fossem os profissionais que trabalharam nele, tanto os da Galera Record, representados pela nossa Herdeira dos Livros, Rafaella, quanto os que me ajudaram a fazer essa história ser a melhor que ela podia ser. Obrigada Victor Coelho por sempre me ajudar a imaginar o visual desses personagens, suas ilustrações me ajudaram a colocá-los no papel. E Cláudia Lemes, a maioral das maiorais. Sua leitura crítica me salvou de algumas furadas das quais eu não escaparia sozinha. É uma honra enorme, e a realização de um sonho, trabalhar com você.

Também agradeço à minha família e aos meus amigos, por serem o suporte e a força que me impediram de desistir tantas vezes. Mamis, papis, Ra, João, William, Páolla, Antonella, Anthony, João Paulo e Luísa. E também Vitória, Alex, Ananda, Giu, Jéssyca, Luanda, Nalaura, Nalu e Thay, entre outros que eu poderia mencionar, mas não caberia. Ah, e claro, Thati e Alan, por acreditarem em mim desde o começo, e Bia, por me fazer perceber que, sim, nós podemos escrever sobre nossa própria escuridão.

Maurício, meu bebê de quatro patas, que surgiu na minha vida para me mostrar que existe um amor puro e simples nesse mundo, um amor que só os animais e as crianças são capazes de sentir. Eu precisava conhecer esse sentimento. Antes eu nem gostava de cachorro, hoje amo todos os cachorrinhos do planeta, só porque amo você.

Thaís, quando a nossa história começou, nós éramos só duas estudantes de jornalismo quebradas, buscando alguém para ajudar a colar nossos caquinhos. Então construímos uma vida juntas, pedaço por pedaço, pedra por pedra. Não tínhamos nada além de nós duas e um colchão velho e pequeno. Nada além de um amor que crescia todos os dias. Não, não era isso. Nosso amor estava criando raízes, hoje tão profundas que abraçam o centro do mundo. Eu já amava você quando comprei meu primeiro livro. Minha estante nunca foi só minha. E eu quero continuar comprando livros para nós, os criando para que você possa se ver no amor que escrevo. Para que você saiba, sempre, que meu maior orgulho é a vida que construímos juntas. Quando formos bem velhinhas e estivermos sentadas em poltronas confortáveis na nossa biblioteca (você certamente lendo alguma coisa da Isabel Allende e eu uma farofa que somente uma mente muito perturbada é capaz de criar), sei que vou desejar voltar no tempo, só para viver de novo minha vida do seu lado.

Eu te amo por cada areia do deserto e cada estrela do céu.

Maria.

Este livro foi composto na tipografia Minion Pro,
em corpo 11,5/14,5, e impresso em
papel off-white no Sistema Cameron da
Divisão Gráfica da Distribuidora Record.